인조두뇌

BRAIN
인조두뇌

로빈 쿡 지음 문용수 옮김

오늘

사랑하는 바바라에게 이 책을 바친다.

등장인물

마틴 필립스 :: 홉슨대학 병원 신경방사선과 부과장

데니스 생거 :: 신경방사선과 레지던트 2년차. 마틴의 애인

윌리엄 마이클스 :: 인공지능과 과장. 청년 컴퓨터과학자

헬렌 워커 :: 마틴의 비서

캐서린 콜린스 :: 홉슨대학 병원의 환자

리사 마리노 :: 홉슨대학 병원의 환자

크리스틴 린퀴스트 :: 홉슨대학 병원의 환자

린 앤 루커스 :: 홉슨대학 병원의 환자

엘렌 맥카시 :: 홉슨대학 병원의 환자

데이비드 하퍼 :: 홉슨대학 병원의 산부인과 레지던트

커트 매너하임 :: 신경외과 과장

헤럴드 골드블래트 :: 신경방사선과 과장

스탠리 드레이크 :: 홉슨대학 병원 원장

워너 :: 시체안치소 잡역부

샌슨 :: FBI 수사관

두뇌로부터, 그리고 두뇌에서만
비탄, 고통, 괴로움, 눈물과 함께
즐거움, 기쁨, 웃음, 농담도 생긴다.
_ 히포크라테스 「신의 질병에 대하여」 제17절

차례

이상한 경험

3월 7일

캐서린 콜린스는 여전히 결심을 못한 채 보도에서 계단 3개를 올라갔다. 유리와 스테인리스로 만들어진 콤비네이션 문을 밀었지만 문은 열리지 않았다. 그녀는 몸을 젖히고 문 위에 새겨져 있는 '홉슨대학병원 : 뉴욕시의 병약자를 위하여' 라는 글씨를 읽었다. 하지만 캐서린은 머릿속으로 이렇게 읽고 있었다. '여기 들어오는 자는 모든 희망을 버려야 한다.'

뒤를 돌아보는 그녀의 눈동자가 3월의 아침햇살에 가늘어졌다. 그녀는 따뜻한 자신의 아파트로 돌아가고 싶은 충동을 느꼈다. 지금 가장 들어가고 싶지 않은 곳이 이 병원이었다. 그녀가 미처 걸음을 떼기도 전에 환자 몇 사람이 계단을 올라와 그녀의 곁을 스치듯이 지나갔다. 그러더니 재빨리 중앙의 외래용 문을 열고 그 기분 나쁜 건물 안으로 빨려 들어갔다.

캐서린은 순간 자신의 어리석음이 어이없어서 눈을 감았다. 그 외래용 문은 앞으로 잡아당기게 되어 있었다! 그녀는 파라슈트 백을 겨드랑이에 단단히 끼고 문을 잡아당겨 그 황천국에 발을 들여놓았다. 그 순간 악취가 그녀의 코를 찔렀다. 그것은 그녀가 살아온 지난 21년 동안 한 번도 맡아보지 못한 냄새였다. 그중 압도적인 것은 약품냄새, 알코올과 가슴이 메슥거리는 방취제 냄새였다. 알코올은 공기 속을 떠돌고 있는 병원균을 억제하기 위한 것이고 방취제는 환자의 몸에서 발산되는 냄새를 없애기 위한 것이라고 여겨졌다. 어떻게든 이 병원에 오려고 스스로 부추겼던 자신의 자제심도 그 악취 앞에서는 금방 허물어지고 말았다.

몇 달 전 처음으로 이 병원을 찾아오기 전까지만 해도 캐서린은 자신이 죽는다는 생각은 한 번도 해본 적이 없었고, 건강과 행복은 당연히 약속되어 있는 것으로 생각했다. 그러나 악취에 가득 차 있는 이 외래에 발을 들여놓는 순간, 갑자기 최근의 건강에 대한 우려가 그녀의 의식을 지배하게 되었다. 그녀는 그 격한 감정을 억누르려고 아랫입술을 깨물며 엘리베이터 쪽으로 향했다.

병원 안의 북적거리는 인파가 매우 성가셨다. 그녀는 부딪쳐 지나가며 자신에게 입김을 뿜어대고 기침을 해대는 사람들로부터 누에고치처럼 자신을 감싸고 싶었다. 고통에 일그러진 얼굴과 기분 나쁜 발진, 고름이 나는 부스럼을 보는 것도 매우 불쾌했다. 엘리베이터 안은 더 지독해서 자신을 밀어붙이고 있는 환자들이 꼭 브뤼겔의 군집도를 연상케 했다. 그녀는 층수를 표시하는 화살표를 쳐다보면서 산부인과의 외래접수에 가서 할 말을 연습하며 되도록 주위의 문제는 잊어보려고 애썼다.

'저는 캐서린 콜린스라는 대학생인데 여기서 네 번 진료를 받았어요. 고향에 가서 건강문제를 우리 집 주치의와 의논하려고 하는데, 산부인과 차트 기록을 복사해갈 수 있을까요?'

그녀는 그것을 매우 간단한 일로 생각했다. 캐서린은 엘리베이터 안내원 쪽으로 눈길을 돌렸다. 남자의 얼굴은 굉장히 넓적한데 옆으로 얼굴을 돌리는 것을 보니 머리는 납작했다. 캐서린은 무심코 그 남자의 일그러진 얼굴 모양을 바라보고 있었다.

3층에 왔다는 것을 알리기 위해 고개를 돌리는 순간 그녀의 시선을 느꼈는지 남자는 한쪽 눈은 감고 한쪽은 악의에 가득 찬 눈초리로 캐서린을 뚫어질 듯이 지켜보았다. 그녀는 자기도 모르게 얼굴을 붉히면서 눈을 돌렸다. 그때 털이 많은 덩치 큰 사나이가 그녀를 밀치며 지나갔다. 그녀는 손으로 엘리베이터 벽을 짚고 옆에 있는 5세쯤 되는 여자아이를 내려다보았다. 그 아이는 에메랄드빛 눈을 가지고 있었는데 한쪽 눈으로 미소를 지었다. 한쪽 눈은 보랏빛으로 부풀어 오른 큼직한 종양덩어리에 가려져 있었다.

문이 닫히고 엘리베이터가 다시 올라가기 시작했다. 캐서린은 순간 현기증을 느꼈다. 그것은 지난달에 두 번의 발작이 일어났을 때 경험했던 것과는 달랐으나 그래도 그녀는 사방이 막힌, 숨이 막힐 것만 같은 엘리베이터 안이었으므로 더욱 겁이 났다. 그녀는 눈을 감고 폐소공포증과 같은 그 느낌과 필사적으로 싸웠다. 누군가가 뒤에서 기침을 하자 지저분한 침방울이 목에 들러붙는 것만 같아 께름칙했다.

이윽고 엘리베이터가 덜컹하고 멈추며 문이 열렸고 캐서린은 4층에서 내렸다. 그러고는 벽에 몸을 기대고 뒤에서 밀고 나오는 사람들을 먼저 통과시켰다. 현기증은 금방 나았다. 그녀는 그것을 다시 한 번 확인한 다음, 20년 전에 엷은 녹색으로 칠한 뒤 한 번도 덧칠한 적이 없는 넓은 복도를 따라가다가 왼쪽으로 구부러졌다.

그 복도는 산부인과 외래의 대기실로 이어져 있었는데 대기실은 환자와 아이들로 가득 차 있었고 복도에는 담배연기가 자욱했다. 캐서린은 그 가운데를 지나 오른쪽의 막다른 길로 들어갔다.

대학병원의 산부인과 외래는 의학생들과 병원의 직원들을 위해 장식과 가구를 일반적인 방처럼 꾸며놓고 있었다. 캐서린이 그곳으로 들어서자 7명의 여성들이 비닐시트의 파이프로 만든 의자에 앉아서 짜증스러운 표정으로 낡은 잡지를 뒤적이고 있었다. 접수대 앞에는 25세쯤 되어 보이는 간호사 한 명이 앉아 있었는데, 염색을 한 머리에 갸름한 얼굴과 창백한 피부가 왠지 새와 같은 느낌을 주었다. 엘렌 코헨이라고 적힌 명찰을 납작한 가슴에 달고 있었는데, 캐서린이 다가가자 그녀는 얼굴을 들었다.

"저, 전 캐서린 콜린스라고 하는데요."

그 목소리는 자기가 생각하고 있던 것만큼 야무지지 못했다. 야무지기는커녕 말의 끝부분은 마치 '제발 부탁합니다'라고 애원하는 듯한 가엾은 느낌마저 들게 하는 것 같았다.

접수계는 그녀를 힐끗 쳐다보고 말했다.

"기록이 필요하다고 했나요?"

그 목소리에는 경멸과 불신감이 깃들어 있었다.

캐서린은 고개를 끄덕이면서 어떻게든 미소를 지으려고 했다.

"그럼 그 얘기는 미즈 블랙먼에게 해주세요. 아무튼 좀 앉으세요."

엘렌 코헨의 목소리는 더욱 무뚝뚝하고 고압적이었다. 캐서린은 뒤를 돌아보다가 책상 근처에 빈 의자가 있는 것을 발견했다. 접수 간호사는 서류 선반에 가서 캐서린의 차트를 뽑아내더니 진찰실 문을 열고 그 안으로 모습을 감추었다.

캐서린은 한 손으로 윤기가 흐르는 갈색머리를 쓰다듬어 왼쪽 어깨 위로 내려뜨렸다. 그것은 그녀가 긴장될 때 흔히 하는 버릇이었다. 그녀는 밝은 회청색 눈을 가진 매력적인 여성으로, 키는 160센티미터 정도밖에 안되었으나 활동적인 성격 때문에 약간 더 크게 보였다. 대학에서는 그 밝은 성격 때문에 친구들의 사랑을 받고 있었고 부모로부터도 많은 귀여움을 받고 있었다.

그녀의 부모는 유혹이 많은 뉴욕의 정글 속으로 외동딸을 혼자 보내놓고 걱정이 많았다. 그러나 캐서린으로 하여금 일부러 뉴욕의 대학을 선택하게 한 것은 양친의 그런 염려와 과보호 때문이었다. 실제로 그녀는 이 뉴욕이 자신이 타고난 능력과 개성을 발휘하게 해줄 것으로 믿고 있었다.

최근에 병이 나기 전까지만 해도 모든 일이 순조롭게 이루어지고 있었기 때문에 그녀는 부모님의 주의를 비웃고 있었고, 뉴욕은 그녀의 거리가 된 듯 그 활기찬 생기를 사랑하고 있었다.

이윽고 엘렌이 다시 나타나더니 앉아서 타이프를 치기 시작했다. 캐서린은 가만히 대기실 안을 둘러보았다. 젊은 여성들이 도살장의 가축처럼 고개를 떨어뜨리고 조용히 차례를 기다리고 있었다. 그녀는 자신이 진찰을 받으려고 기다리고 있는 것이 아니라는 사실이 진심으로 기뻤다. 정말이지 진찰을 받는 것만큼 기분 나쁜 것은 없었다. 그것을 지금까지 네 번이나 참아왔던 것이다.

마지막 진찰은 겨우 4주 전의 일이었다. 혼자 지내는 캐서린에게 있어 진찰을 받으러 온다는 것은 자신의 자주정신에 비추어볼 때 가장 괴로운 일이었다. 실제로 그녀는 고향인 매사추세츠 주의 웨스턴으로 돌아가서 자신의 산부인과 주치의인 월슨 선생님의 진찰을 받는 것이 더 좋겠다고 생각했다. 그는 자신을 처음으로 진찰해준 유일한 의사였고 이 병원의 레지던트보다 나이가 많지만 유머감각도 있었다. 그래서 진찰을 받을 때 느끼는 그 굴욕적인 느낌을 조금이라도 잊게 해서 어떻게든 참을 수 있게 해주곤 했다. 그러나 여기는 그렇지 않았다. 특히 이 외래는 비인간적이고 냉정한 데다 도시의 병원이라는 환경까지 곁들여져 진찰을 받을 때마다 악몽 같은 느낌을 받아야 했다. 그러나 캐서린은 그것을 잘 참아냈다. 적어도 병이 나기 전까지의 그녀의 독립정신이 그것을 명령했다.

이윽고 주임 간호사인 미즈 블랙먼이 여러 개의 방이 늘어서 있는 곳에서 나왔다. 45세의 튼튼한 체격을 가진 여성이었는데 칠흑 같은 머리를 돌돌 말아 위로 단정하게 올려붙이고 있었고, 산뜻하게 풀을 먹인 새하얀 가운을 입고 있었다. 옷차림으로만 봐도 너무 차가워 보여서 능률지향적인 그녀의 업무태도를 짐작할 수 있었다. 그녀는 즐겁게 병원 안을 뛰어다니고 있었는데, 이미 11년 동안이나 이 병원에서 근무를 하고 있으니 당연하게 보였다.

접수 간호사가 블랙맨에게 말을 걸었을 때 캐서린은 그 말 속에 자기 이름이 나오는 것을 들었다. 블랙맨은 고개를 끄덕이며 캐서린을 힐끗 쳐다보았다. 그 빈틈없는 겉모습과는 달리 암갈색 눈에는 따뜻한 분위기가 깃들여 있었다. 왠지 병원 밖에서는 틀림없이 아주 좋은 사람일 거라고 캐서린은 생각했다.

그러나 블랙맨은 캐서린에게 말을 걸지 않고 엘렌 코헨과 무언가를 소곤거린 다음 다시 진찰실로 들어가 버렸다. 캐서린은 얼굴이 붉어지는 것을 느꼈다. 그 태도는 자신의 주치의에게 진찰을 받고 싶다고 말한 환자에 대해 병원 측에서 불쾌감을 표시하는 방법 같았기 때문이다.

캐서린은 블랙맨이 일부러 자신을 무시했다고 생각되었다. 그녀는 쭈뼛거리면서 표지가 떨어져나간 낡은 〈레이디즈 홈 저널〉에 손을 뻗었으나 거기에 정신을 집중시킬 수가 없었다.

그녀는 그날 밤 집에 돌아갈 일을 생각하면서 시간을 보내기로 했다. 부모님은 얼마나 놀라실까? 옛날에 쓰던 자신의 방은 작년 크리스마스 이후로 한 번도 돌아가지 못했지만 틀림없이 떠날 때와 같은 모습일 거라고 생각했다. 노란색 침대 커버, 거기에 어울리는 빛깔의 커튼, 그리고 소녀시절의 기념이 될 수 있는 물건들이 어머니의 손으로 소중히 보관되어 있을 것이다.

어머니를 떠올리게 되자 캐서린은 부모님에게 전화를 걸어 집에 돌아간다는 것을 알려야 할까 말아야 할까 갈등에 사로잡혔다. 부모님이 로건공항으로 마중을 와주는 것은 도움이 되지만 왜 집에 돌아오느냐고 묻는다면 입장이 난처했다. 어쨌든 전화로는 병에 대한 얘기는 하고 싶지 않았다.

블랙맨은 20분쯤 후에 다시 나타나더니 또 접수 간호사와 작은 소리로 속삭였다. 캐서린은 잡지를 보는 체하고 있었다. 이윽고 블랙맨이 얘기를 마치더니 캐서린에게 다가왔다.

"콜린스 양?"

블랙맨은 약간 짜증 섞인 목소리로 그녀를 불렀다.

캐서린은 얼굴을 들었다.

"차트 사본이 필요하다고 했다는데 맞나요?"

"네, 그래요."

캐서린은 잡지를 내려놓으며 대답했다.

"우리 병원의 치료가 맘에 들지 않아요?"

미즈 블랙먼이 다시 물었다.

"아니에요. 고향에 가서 주치의의 진찰을 받으려면 제 기록을 모두 가지고 가야 할 것 같아서요."

"그건 좀 곤란하군요. 우리는 의사의 요구가 있을 때만 보내기로 되어 있어서요."

"난 오늘밤 고향에 가기 때문에 기록을 가지고 가야 해요. 의사가 필요하다고 하면 그것이 올 동안 또다시 기다려야 하잖아요."

"이 병원에서는 그런 일은 못하게 되어 있어요."

"하지만 내가 필요할 때는 기록의 사본을 받아갈 권리는 있다고 생각하는데요."

캐서린은 매우 불쾌한 표정으로 입을 꾹 다물었다. 이런 억지는 지금까지 한 번도 부려본 적이 없었다. 블랙맨은 마치 반항적인 아이에게 화를 내는 어머니처럼 그녀를 노려보고 있었고, 캐서린도 그 윤기 있는 암갈색 눈동자를 뚫어져라 응시했다.

"그렇다면 담당 선생님에게 직접 말씀드려 봐요."

블랙맨은 갑자기 내뱉듯이 말하고는 상대방의 대답도 기다리지 않고 가까이 있는 방으로 들어가 버렸다. 그리고 문을 잠그는지 찰칵하는 소리가 들려왔다.

캐서린은 가만히 한숨을 쉰 뒤 주위를 둘러보았다. 다른 환자들은 병원의 간호사가 평소의 관습이 깨뜨려진 데서 오는 불쾌감을 노골적으로 표시하는 데 동조라도 하듯이 가만히 그녀를 지켜보고 있었다.

캐서린은 그것이 자신의 신경과민이라고 생각하면서 다시 잡지를 집어 들고 읽는 척했다. 그녀는 거북이처럼 등딱지 속으로 몸을 숨기거나 일어나서 밖으로 나가버리고만 싶었다. 그러나 그럴 수는 없었다.

시간은 고통스럽게도 더디게 흘러갔다. 그동안 몇 명의 환자들이 진찰실로 불려들어 갔다. 자기가 무시되고 있는 것이 틀림없었다.

무려 45분쯤 지나서야 주름투성이 가운을 걸친 의사가 캐서린의 차트를 들고 나타났다. 접수계가 머리로 그녀를 가리키자 산부인과 레지던트인 하퍼는 천천히 다가오더니 그녀 앞에서 걸음을 멈추었다. 머리는 완전히 벗겨졌고, 이가 빠진 브러시처럼 두 귀 위에 약간 남아 있는 머리카락을 목 쪽으로 쓰다듬어 붙이고 있었다.

캐서린은 약간이라도 상대방의 따뜻한 배려를 기대하면서 의사의 얼굴을 쳐다보았다. 그러나 그런 기색은 흔적도 찾아볼 수 없었다. 그는 아무 말 없이 차트를 펼치더니 왼손으로 받쳐 들고 오른손의 집게손가락으로 글자를 더듬고 있었다. 목사가 설교를 하는 듯한 모습이었다.

캐서린은 눈을 내리깔았다. 하퍼의 바지 왼쪽다리에 조그만 핏자국이 점점이 한 줄로 묻어 있는 것이 눈에 띄었다. 벨트의 오른쪽에는 고무줄을, 왼쪽에는 호출기를 차고 있었다.

"무엇 때문에 차트 사본이 필요한 거죠?"

하퍼는 그녀의 얼굴도 보지 않은 채 물었다.

캐서린은 다시 자신의 계획을 되풀이해서 설명했다.

"그건 시간낭비가 되겠군요."

하퍼는 여전히 차트를 뒤적이면서 말을 이었다.

"사실 이 차트에는 거의 아무것도 쓰여 있지 않아요. 2, 3회의 비정기적인 팝 도말검사(주 : Pap smears ; 자궁경부암 조기검사법)로 약간의 이형세포와 그램 양성(gram positive ; 박테리아를 그램 염색법으로 염색한 후 관찰했을 때 보라색으로 보이는 반응)이 검출되었는데, 이것은 자궁경부의 미란(erosion ; 썩거나 헐어서 문드러짐)으로 설명이 됩니다. 즉 이것만으로는 누구에게도 도움이 안 된단 말입니다. 여기에는 방광염에 대한 소견도 있는데, 이것은 당신도 인정했다시피 증상이 생기기 전날 섹스를 했기 때문인 것이 틀림없고……."

캐서린은 극도의 수치심으로 얼굴이 확 달아올랐다. 대기실에 앉아 있는 다른 사람들에게도 들렸을 것이 틀림없었다.

"……알겠습니까, 콜린스 양. 발작을 일으키는 당신의 병은 산부인과와는 아무런 관계도 없어요. 내 생각엔 신경과에 가서 진찰을 받아보는 것이 좋을 것 같은데……."

"신경과에도 갔었어요. 그리고 그쪽의 기록도 얻어났고요."

캐서린은 상대방의 말을 가로막았다. 그녀는 필사적으로 눈물을 참고 있었다. 원래는 그렇게 감정에 휩쓸리는 편이 아니지만, 이따금 울고 싶어지면 감정을 억제하기가 몹시 어려웠다.

데이비드 하퍼는 차트에서 눈을 떼고 천천히 얼굴을 들더니 숨을 한번 들이켠 다음, 입술을 오므렸다가 소리를 내며 뱉어냈다. 그리고 불쾌한 표정으로 말했다.

"콜린스 양, 당신은 여기에서 최상의 진료를 받고 있는 겁니다. 알겠습니까?"

"저는 치료가 나쁘다는 게 아니에요."

캐서린은 얼굴도 들지 않고 말했다. 금방이라도 눈물이 흘러나와 뺨을 적실 것만 같았다.

"단지 내 기록이 필요한 것뿐이에요."

"내가 말하고 싶은 건 산부인과에서 진찰한 결과로는 그밖에는 할 말이 없다는 것뿐입니다."

하퍼가 말했다.

"제 기록을 주시겠어요, 아니면 원장선생님을 찾아갈까요?"

그녀는 천천히 하퍼를 바라보면서 눈에서 흘러나온 눈물을 주먹으로 닦았다.

하퍼는 마침내 어깨를 으쓱하더니 차트를 접수계의 책상에 던지면서 카피를 만들라고 했다. 그때 그의 한숨과 함께 나직하게 욕을 하는 것이 캐서린의 귀에 들렸다. 그는 잘 가라는 인사도 없이 뒤도 돌아보지 않고 그대로 진찰실 안으로 자취를 감추었다.

캐서린은 코트를 입을 때 몸이 떨리는 것을 느꼈다. 동시에 현기증도 느껴졌다. 그녀는 접수계의 책상으로 다가가 그 가장자리를 붙잡고 몸을 지탱했다.

새처럼 생긴 그 금발의 여자는 캐서린을 일부러 무시하고 타이핑을 끝냈다. 그녀가 타이프라이터에 봉투를 끼웠을 때 캐서린은 자신이 그녀의 면전에 있다는 것을 상기시켜 주었다.

"이제 다 됐어요. 조금만 더 기다려요."

엘렌 코헨은 단어 하나하나에 힘을 주며 내뱉었다. 그녀는 봉투에 타이프를 한 다음, 서류를 넣고 봉한 뒤 도장을 찍었다. 그리고 자리에서 일어나 캐서린의 차트를 들고 옆방으로 사라졌다. 그동안 그녀는 내내 캐서린의 시선을 피하고 있었다.

다시 2명의 환자가 더 불려 들어간 다음에야 캐서린은 간신히 마닐라지 봉투를 받았다. 그녀는 접수계에게 고맙다고 인사했으나 그에 대한 대답은 돌아오지 않았다. 하지만 어찌되었든 상관없었다. 그녀는 봉투를 겨드랑이에 끼고 백을 어깨에 걸친 뒤 산부인과의 일반 대기실에서 기다리고 있는 사람들을 헤치고 종종걸음으로 그곳을 빠져나왔다.

무겁게 짓누르는 것 같은 현기증의 파도가 다시 느껴졌다. 캐서린은 그 탁한 공기 속에서 걸음을 멈췄다. 몹시 신경을 쓰고 있었던 데다 급히 빠른 걸음으로 걸은 것이 무리를 가져온 듯했다. 눈앞이 캄캄해지자 그녀는 자기도 모르게 대기실의 의자를 잡았다. 마닐라지 봉투는 겨드랑이에서 바닥으로 떨어졌다. 방이 빙글빙글 돌고 그녀의 무릎이 꺾였다.

이윽고 자신의 팔을 양쪽에서 잡아 일으켜 세우는 힘찬 손이 느껴졌다. 그리고 누군가가 격려하는 목소리도 들렸다. 그녀는 잠시 앉혀만 주면 된다고 말하려고 했으나 혀가 말려서 말이 나오지 않았다. 그녀는 어렴풋이 자신이 곧추선 채로 들려서 복도를 따라 운반되고 있다는 것을 알아차렸다. 그녀의 발끝이 마치 꼭두각시처럼 힘없이 바닥에 끌리고 있었다.

문을 하나 지나자 작은 방이 나왔다. 빙글빙글 돌고 있는 불쾌한 느낌은 아직도 계속되고 있었다. 병이 난 것일까 하고 캐서린은 생각했다. 이마에서 식은땀이 흐르는 것이 느껴졌다.

그녀는 곧바로 바닥에 내려지는 것을 의식할 수 있었다. 그러자 거의 동시에 눈앞이 똑똑하게 보이고 빙글빙글 돌아가던 방이 멈췄다. 흰 가운을 입은 의사 두 사람이 곁에서 도와주고 있었다. 그들은 간신히 그녀의 코트를 벗기고 팔에 토니켓(Tourniquet ; 혈관주사를 놓을 때 팔에 묶는 고무줄)을 감았다. 그녀는 사람들이 붐비는 대기실에 있으면 구경거리가 될 뻔했는데 방으로 들어와서 다행이라고 생각했다.

"이제 기분이 좋아졌어요."

캐서린은 눈을 깜빡이면서 말했다.

"다행이오. 주사를 한 대 놓겠소."

한 의사가 말했다.

"무슨 주사인데요?"

"좀 진정을 시켜줄 거요."

캐서린의 팔꿈치 안쪽의 부드러운 피부에 바늘이 꽂혔다. 토니켓이 풀어지자 그녀는 손가락 끝에 맥박이 뛰는 것을 느낄 수 있었다.

"하지만 아까보단 많이 좋아졌어요."

그녀는 고개를 돌려 주사를 하고 있는 손을 바라보며 말했다. 2명의 의사가 그녀를 내려다보고 있었다.

"이젠 괜찮아요."

캐서린은 다시 말했다. 그러나 두 의사는 아무 말 없이 그녀가 움직이지 못하도록 붙잡고 그녀를 뚫어질 듯이 지켜보고 있을 뿐이었다.

"정말 기분이 아주 좋아졌어요."

캐서린은 그렇게 말하면서 두 의사의 얼굴을 번갈아 바라보았다. 한 사람의 눈은 그녀가 지금까지 한 번도 본 적이 없는 근사한 에메랄드 색이었다. 캐서린은 몸을 움직이려고 했으나 그녀가 움직이려고 할 때마다 의사들은 그녀를 잡은 손에 더욱 힘을 가했다.

갑자기 눈앞이 흐려지면서 의사들의 모습이 점점 멀어지고 있는 것 같은 느낌이 들었다. 곧이어 귀 울음이 나고 몸이 점점 무거워지기 시작했다.

"난 이제……."

캐서린은 자신의 목소리가 잠기더니 입술의 움직임이 느려지다가 툭 하고 머리가 힘없이 옆으로 떨어지는 것을 느꼈다. 지금 자신은 헛간의 바닥에 눕혀져 있구나 하는 생각이 얼핏 들었으나 이윽고 눈앞이 캄캄해졌다.

증거는 피임약

3월 14일

콜린스 부부는 서로를 부축하며 아파트 문이 열리기를 기다렸다. 처음에는 열쇠가 구멍에 들어가지 않았다. 관리인이 그것을 다시 빼내어 분명히 92호실 열쇠라는 것을 확인한 다음 거꾸로 넣었다는 것을 알고 다시 끼웠다. 문이 열리자 그는 옆으로 비켜서서 대학의 학장을 안으로 들여보냈다.

"아담한 아파트군요."

학장이 말했다. 그녀는 50세쯤 되어 보이는 자그마한 여성이었는데 매우 신경질적이었고 동작이 민첩했다. 그녀가 성가신 문제를 안고 있다는 것은 한눈에도 알아볼 수 있었다.

콜린스 부부와 제복을 입은 뉴욕 시경의 경관 두 사람이 학장의 뒤를 이어 방으로 들어갔다.

매우 좁고 침실이 하나뿐인 아파트였다. 광고에 따르면 강을 바라볼 수 있다고 했으나 그것은 창고 같은 욕실의 작은 창문을 통해서 바라볼 수 있을 뿐이었다. 2명의 경관은 뒷짐을 지고 옆에 서 있었고, 52세인 콜린스 부인은 방안을 들여다보기가 두려운 듯 문가에서 들어가기를 망설이고 있었다.

콜린스 씨는 다리를 절룩거리면서 곧장 방안으로 들어갔다. 그는 유행성 소아마비에 걸려 오른쪽 다리가 마비되고 말았으나 일에 대한 총명함은 전혀 손상을 입고 있지 않았다. 55세인 그는 보스턴 그룹의 퍼스트 내셔널 시티은행의 제2인자이며, 무엇보다도 행동하는 사람으로서 존경을 받는 인물이었다.

"캐서린 학생이 보이지 않은 지 아직 1주일밖에 되지 않았는데…. 걱정하기엔 너무 이르지 않을까요?"

학장이 말했다.

"캐서린이 뉴욕에 오는 걸 막았어야 하는데……."

콜린스 부인은 안절부절못하고 계속 두 손을 비비면서 혼잣말처럼 중얼거렸다.

콜린스 씨는 두 사람의 얘기를 무시하고 침실로 가더니 안을 들여다보았다.

"그 애의 슈트케이스가 침대 위에 있군."

"그건 좋은 증거군요. 고민이 있으면 흔히 2, 3일 동안 학교생활을 떠나보는 학생들도 많으니까요." 하고 학장이 말했다.

"여행을 떠났다면 가방을 가지고 갔겠죠. 그리고 일요일에는 전화를 걸었을 거예요. 일요일에 항상 전화를 했었으니까."

"저는 학장으로서 갑자기 기분전환을 해보고 싶어하는 학생들이 많다는 것을 알고 있습니다. 아무리 캐서린과 같은 우수한 학생이라도 말입니다."

"우리 캐서린은 달라요."

콜런스 씨는 욕실로 들어가면서 말했다.

학장은 무표정한 얼굴로 서 있는 경관들을 흘금흘금 쳐다보았다.

이윽고 콜런스 씨가 다리를 절룩거리면서 거실로 나왔다. 그리고 단호하게 말했다.

"그 아이는 아무 데도 가지 않았어."

"그게 무슨 뜻이죠?"

콜런스 부인이 불안한 표정으로 물었다.

"방금 말한 대로야. 그 애가 이것을 놔두고 갈 리가 없단 말이야."

그는 피임약이 반쯤 들어 있는 상자를 소파에 던지면서 말했다

"틀림없이 뉴욕에 있어. 그 애를 꼭 찾아주기 바랍니다. 만약 찾지 못한다면 나는 이 사건을 고발하겠소."

그는 경관들을 똑바로 쳐다보면서 말했다.

도저히 믿을 수가 없어!

4월 15일

마틴 필립스 박사는 통제실 벽에 머리를 기대고 있었다. 석회의 찬 기운이 기분을 좋게 했다. 눈앞에서는 의과대학 3학년 학생 4명이 칸막이 유리에 찰싹 달라붙어서 CAT(컴퓨터 단층촬영) 검사 장치에 환자가 올려지는 것을 지켜보고 있었다. 마침 그들이 방사선과에 배속되는 첫날이어서 먼저 신경방사선과부터 시작하고 있었던 것이다.

마틴은 학생들을 데리고 우선 CAT 검사부터 보이기로 했다. 그렇게 하면 그들은 틀림없이 깜짝 놀라서 기가 죽을 것이라고 생각했다. 의대생들은 이따금 너무 건방져서 곤란할 때가 많았다.

검사실 안에서는 촬영기사가 거대한 도넛 모양의 촬영기에 환자의 머리를 맞추려고 몸을 구부리고 있었다. 이윽고 그는 몸을 일으키더니 접착 테이프로 환자의 머리를 스티로폼 받침대에 고정시켰다.

마틴은 책상 위로 몸을 내밀어 의뢰서와 환자의 차트를 집어 들고 학생들에게 환자의 증상을 설명하기 위해 그것을 대충 훑어보았다.

"환자의 이름은 쉴러다."

마틴은 설명하기 시작했다. 그러나 학생들은 기계 쪽에 정신을 빼앗겨서 마틴이 말하고 있는데도 그를 거들떠보지도 않았다.

"주요 증상은 오른쪽 팔다리의 쇠약이다. 나이는 마흔일곱 살."

마틴은 환자를 바라보았다. 그의 경험상 환자가 몹시 겁에 질려 있다는 것을 알 수 있었다. 그는 의뢰서와 차트를 다시 책상 위에 올려놓았다.

검사실 안에서는 촬영기사가 검사대를 움직이기 시작했다. 환자의 머리가 빨려드는 것처럼 서서히 촬영기 구멍 속으로 미끄러져 들어갔다. 머리의 위치를 마지막으로 확인하고 나서 기사는 몸을 돌려 통제실 쪽으로 나왔다.

"오케이, 잠깐만 창문에서 떨어져 뒤로들 물러서게."

마틴이 말하자 4명의 학생들은 곧 아까부터 빛이 명멸하고 있는 컴퓨터 옆으로 이동했다. 아니나 다를까, 그가 생각한 대로 학생들은 거기에 압도되어 매우 긴장하고 있는 것 같았다.

기사는 촬영실로 통하는 출입문이 잠겼는지 확인한 다음 마이크를 들었다.

"움직이면 안 됩니다, 쉴러 씨. 가만히 계세요."

그가 제어반의 단추를 누르자 환자의 머리를 둘러싸고 있는 거대한 도넛 모양의 둥근 고리가 마치 큰 시계의 톱니바퀴처럼 갑자기 단속적인 회전운동을 시작했다. 쉴러 씨에게는 굉장히 시끄러운 소리였지만 유리창으로 가려져 있는 옆방의 사람들에게는 모기소리로밖에는 들리지 않았다.

"지금 저 안에서는 촬영기가 1도씩 회전할 때마다 한 번에 240장의

X-ray 사진이 찍히고 있는 거야."

마틴이 학생들에게 설명해주었다.

학생 중 한 사람이 동료를 향해 도무지 어떻게 돌아가고 있는지 모르겠다는 듯한 표정을 지었다. 마틴은 모른 체하고 손가락으로 눈과 관자놀이를 문질렀다. 아직 커피를 마시지 못했기 때문에 다리가 후들거리고 있었다. 여느 때 같으면 병원의 커피숍에서 마셨겠지만 오늘 아침에는 이 학생들 때문에 시간이 없었던 것이다.

신경방사선과의 부과장으로 있는 마틴은 학생들에게 이 과를 견학시키는 역할을 맡고 있었는데 이 일이 자신의 연구시간을 잡아먹고 있었기 때문에 몹시 짜증이 나 있었다. 처음 2, 30번은 자신의 완벽한 뇌 해부 지식으로 학생들을 압도하는 것이 재미있었지만, 이젠 거기에 대한 신선한 느낌도 없었고 특별히 머리가 좋은 학생이라도 오지 않는 한 아무런 재미가 없었다. 뿐만 아니라 이제 이 신경방사선과에는 그런 일이 자주 있는 것이 아니었다.

몇 분 뒤 도넛 모양의 촬영기기가 회전운동을 그치자 그 대신 컴퓨터 모니터가 활동하기 시작했다. 그것은 마치 SF영화에 나오는 계기판처럼 매우 인상적인 장치였다. 학생들은 모두 환자로부터 컴퓨터의 명멸하는 불빛 쪽으로 시선을 돌렸으나 마틴은 자신의 손을 들여다보면서 집게손가락 옆의 거스러미를 떼어내려고 기를 쓰고 있었다. 그의 생각은 엉뚱한 곳을 헤매고 있었다.

"지금부터 30초 내에 컴퓨터가 뇌조직의 밀도를 측정해서 4만3200개의 방정식을 한꺼번에 풀게 됩니다."

기사가 마틴을 대신해서 열심히 설명하기 시작했다. 마틴도 그것을 장려하고 있었다. 사실 그는 학생들에게 형식적인 강의를 할 뿐 실습

같은 것은 그 과의 전임의(fellow ; 특별연구생으로 레지던트 과정을 마친 후 보다 전문적인 연구를 위해 계속 남아서 수련을 하는 의사)나 고도로 훈련된 촬영기사에게 맡기고 있었다.

마틴은 고개를 들어 컴퓨터 모니터에 시선을 고정하고 있는 학생들을 바라본 다음 칸막이 유리 쪽으로 시선을 옮겼다. 유리창 너머로 쉴러 씨의 맨발이 보였다. 환자는 잠시 동안 전개되었던 드라마의 잊힌 등장인물이 되어 있었다. 학생들에게는 환자보다 기계가 더 재미있는 구경거리였다.

마침 구급상자 위에 작은 거울이 놓여 있어서 마틴은 거기에 자기 얼굴을 비쳐보았다. 수염도 깎지 않아서 턱 주위로 다박수염이 브러시의 솔처럼 자라 있었다. 그는 항상 누구보다 먼저 출근해서 외과의 로커룸에서 면도를 하는 버릇이 있었다. 아침에 일어나서 조깅을 하고 샤워를 한 다음 병원에서 수염을 깎고 커피숍에서 커피를 마시는 것이 그의 아침일과였다. 그런 뒤에 2시간쯤 누구의 방해도 받지 않고 연구를 시작했다.

마틴은 계속 거울을 들여다보면서 담갈색의 숱이 많은 머리를 손가락으로 그러모아서 뒤로 쓰다듬어 붙였다. 머리의 뿌리 쪽은 짙은 금발이었고 끝으로 갈수록 색깔이 옅어지기 때문에 그 차이가 더욱 눈에 띈다고 그를 놀리는 간호사들도 있었다. 그러나 그것은 그녀들의 입방아 구실에 지나지 않았다.

마틴은 자신의 용모에 대해서는 별로 생각해본 적이 없었다. 아무튼 병원의 이발소에 갈 시간이 없으면 때로는 직접 깎고 마는 경우도 있을 정도였다. 그렇게 용모에는 무관심했으나 마틴은 미남이었다. 올해 41세였는데 최근에 눈의 가장자리나 입가에 생긴 잔주름이 이전의 어린애 같았던 얼굴을 근엄하게 보이게 하고 있었다. 지금은 상당히 강인하게 보이기 때문에 어떤 환자들은, 그를 의사라기보다 텔레비전에 나오는 카우보이 같다고 말하기도 했다. 그런 말은 그를 매우 즐겁게 했는데, 전혀 근거 없는 말도 아니었다.

마틴은 신장이 180센티미터 가까이 되고 몸은 호리호리하지만 건장해서 결코 학자라는 인상을 주지는 않았다. 네모진 얼굴에 잘생긴 코, 표정이 풍부한 입모양, 그리고 아름다운 담청색의 눈은 다른 무엇보다도 그의 타고난 지성을 잘 나타내주고 있었다. 그는 1961년에 하버드를 최우수 성적으로 졸업한 수재였다.

이윽고 컴퓨터 모니터에 나타났던 글자가 사라지고 화면이 밝아지더니 첫 영상이 나타났다. 기사는 황급히 영상의 크기와 명암을 조절하여 가장 잘 보이게 했다. 학생들은 마치 슈퍼볼이라도 보는 듯이 소형 텔레비전처럼 생긴 모니터 주위에 모여들었으나 보이는 것은 흰 테 안에 짙고 옅은 입자가 있는 타원형의 영상뿐이었다. 이 컴퓨터가 만들어낸 환자의 뇌 사진으로 쉴러 씨의 두개골 상부를 잘라서 위에서 내려다본 모습이었다.

마틴은 손목시계를 들여다보았다. 7시 45분이었다. 이제 슬슬 데니스 생거가 와서 이 학생들을 데려가주었으면 좋겠다고 생각했다. 오늘 아침 마틴의 마음을 온통 사로잡고 있는 것은 여기서 학생들과 시시콜콜 노닥거리는 것이 아니라 그의 공동연구자인 윌리엄 마이클스를 만나는 일이었다. 마이클스가 어제 전화를 걸어서 오늘 아침 일찍 그를 약간 놀라게 하러 오겠다고 했었다. 그래서 그의 호기심은 면도날처럼 예민해져서 놀라운 소식이란 대체 무얼까 궁금해서 미칠 지경이었다.

지난 4년 동안 그들은 두개골 내부의 X-ray 사진을 방사선 학자 대신 컴퓨터에게 판독시키는 프로그램 제작을 같이 해왔다. 문제는 X-ray 사진의 특정 부분의 밀도를 보고 판독할 수 있는 컴퓨터의 프로그램 작성에 있었다. 만약 그것이 성공한다면 그 공적은 이만저만한 것이 아닐 것이다. 두개골 내부의 X-ray 사진을 판독하는 문제는 다른 X-ray 사진을 판독하는 것과 본질적으로 같은 것이기 때문에 이 프로그램은 결국 방사선학의 전 분야에 적용할 수 있었다. 그리고 만약 그것이 실현된다면……. 마틴은 이따금 자신의 독자적인 연구 부서를 갖는 것과 동시에 노벨상까지도 꿈꾸곤 했다.

다음 영상이 모니터에 나타나자 마틴은 현실로 돌아왔다.

"이것은 좀 전 것보다 13밀리미터 위쪽의 영상입니다."

기사는 마치 노래하듯이 얘기를 시작하면서 손가락으로 그 타원형의 밑바닥을 가리켰다.

"이것이 소뇌이고……."

"거기에 이상이 있군."

마틴이 끼어들었다.

"어디 말입니까?"

컴퓨터 앞의 작은 의자에 앉아 있던 촬영기사가 물었다.

"여기."

마틴은 손가락으로 가리키기 위해 학생들을 헤치고 앞으로 나갔다. 그의 손가락은 기사가 방금 소뇌라고 하던 곳을 가리키고 있었다.

"소뇌의 오른쪽에 있는 이 밝은 음영이 이상해. 반대쪽과 똑같이 빛깔이 짙어야 하는데 말이야."

"그게 뭡니까?"

한 학생이 물었다.

"글쎄, 이것만으로는 뭐라고 할 수가 없군."

마틴은 몸을 앞으로 구부리고 이상이 있는 부분을 가까이에서 바라보았다.

"이 환자에게 혹시 보행 장애는 없었나?"

"네, 일주일 전부터 운동장애를 호소하고 있었습니다."

기사가 대답했다.

"종양 같은데."

마틴이 몸을 일으키면서 말했다.

모니터에 나타나 있는 맑고 밝은 부분을 응시하고 있던 학생들의 얼굴에 일제히 경악의 빛이 떠올랐다. 그들은 현대 진단기술의 위력을 눈으로 보고 흥분하는 한편, 종양이라는 병에 자신들도 모르게 흠칫했다. 그것은 누구에게나 일어날 수 있는 일이고 자기들 역시 예외가 아닌 것이다.

다음의 영상이 앞의 것을 지우기 시작했다.

"여기에 또 하나 이상한 음영이 있군. 측두엽이야."

마틴은 다음 영상으로 바뀌는 부분을 재빨리 가리키면서 말했다.

"다음 화면에선 더 확실히 알 수 있을 거야. 물론 조영제를 넣고 조사해볼 필요가 있겠지만."

그러자 촬영기사가 재빨리 자리에서 일어나 쉴러 씨의 정맥에 조영제를 주사하러 나갔다.

"조영제는 어떤 작용을 합니까?"

낸시 맥파든이 물었다.

"혈액 뇌 장벽, 즉 혈관과 뇌 조직 사이에 있는 것으로 생각되는 장벽이 손상되었을 경우 그 종양과 같은 병소의 윤곽을 알려주는 거야."

마틴은 그렇게 말하면서 누가 방에 들어왔는지 보기 위해 뒤를 돌아다보았다. 복도 쪽으로 난 문이 열리는 소리가 들렸기 때문이다.

"요오드가 들어 있습니까?"

그때 데니스 생거가 들어왔다. 마틴의 얘기를 듣는 데 열중하고 있던 학생들 뒤에서 그녀가 따뜻한 미소를 보내고 있었기 때문에 마틴은 그 마지막 질문을 듣지 못했다.

그녀는 흰 가운을 벗어서 구급상자 옆의 옷걸이에 걸려고 손을 뻗었다. 그것은 그녀가 일을 시작하기 전에 늘 하는 행동이었지만 그 동작이 마틴에게 뜻밖의 눈요기를 제공해주었다.

데니스는 앞에 주름이 잡히고 나비매듭을 한 가느다란 파란색 리본이 목 부분에 달려있는 핑크색 블라우스를 입고 있었는데, 가운을 걸려고 손을 뻗었을 때 그 블라우스 위로 그녀의 유방이 불룩하게 솟아올랐다. 마틴은 그 모습을 마치 감정가가 미술품을 감상하듯이 바라보았다. 그는 데니스가 자신이 지금까지 본 여자 중에서 가장 아름답다고 생각했다.

그녀는 신장이 165센티미터라고 했으나 사실은 163센티미터였다. 체중은 49킬로그램이었으며, 유방은 결코 크지 않았으나 매우 근사한 모양을 하고 있었다. 윤기 있는 갈색머리를 하고 있었는데 그녀는 그것을 항상 머리 뒤로 묶어 핀을 꽂고 있었다. 눈은 회색 반점이 있는 옅은 갈색이었는데 그것이 그녀를 매우 쾌활하고 장난스럽게 보이게 했다. 그래서 그녀가 3년 전에 의대를 수석으로 졸업했다는 것과 그녀가 지금 28세라는 것을 믿으려는 사람은 거의 없었다.

데니스는 가운을 건 다음 마틴 옆을 스쳐갔는데 그때 그녀가 살짝 그의 팔꿈치를 꼬집었다. 너무 순식간의 일이어서 마틴은 거기에 응할 만한 틈이 없었다. 그녀는 모니터 옆에 가서 앉고는 화면을 조절한 다음 학생들에게 자기소개를 했다. 그때 기사가 돌아와서 조영제를 넣었다고 보고하고 다시 화면을 조작하기 위한 준비에 들어갔다.

마틴은 허리를 굽혀 데니스의 어깨에 몸을 의지한 채 화면의 한 부분을 손가락으로 가리켰다.

"측두엽 여기에 병소가 있군. 그리고 전두엽에도 같은 병변이 최소한 한두 개는 더 있을 것 같아."

그는 학생들 쪽을 돌아보면서 다시 말했다.

"이 환자는 헤비 스모커라고 차트에 기록되어 있다. 여기에 대해 자네들은 어떻게 생각하나?"

학생들은 아무런 의사표시도 못하고 뚫어질 듯이 화면만 바라보고 있었다. 여기서 무슨 말을 하는 것은 마치 한 푼 없이 경매에 나가는 것과 마찬가지여서 몸만 꼼짝해도 입찰로 간주되고 마는 꼴이었다.

"한 가지 힌트를 주지. 원발성 뇌종양(주: Primary Brain Tumor; 처음부터 뇌 조직 자체에서 발생한 종양)은 보통 하나가 고립되어 있지. 하지만 몸의 다른 쪽에서 옮겨온 것, 그것을 우리는 전이라고 하는데 이것은 한 개일 경우도 있고 다발성일 경우도 있어."

"폐암이겠군요."

그때 한 학생이 마치 텔레비전의 게임 쇼에 참가하는 기분으로 느닷없이 말했다.

"좋았어. 이 단계에서는 100퍼센트 확실하다고 말할 수 없지만 나 같으면 기꺼이 거기에 걸겠네."

마틴이 말했다.

"이 환자는 앞으로 얼마나 살 수 있습니까?"

그 진단에 충격을 받았는지 그 학생이 떨리는 목소리로 물었다.

"담당의사가 누군가?"

마틴이 물었다.

"신경외과 커트 매너하임 박사입니다."

데니스가 대답했다.

"그럼 별로 오래 살지 못하겠군. 매너하임이라면 틀림없이 수술을 할 테니까."

마틴이 말하자 데니스는 고개를 돌리며, "이런 경우에는 수술이 불가능해요." 하고 말했다.

"당신은 매너하임을 잘 몰라. 그는 무엇이든 자르는 사람이지. 특히 종양이라면 기를 쓰고 말이야."

마틴은 다시 데니스의 어깨에 몸을 기대고 그녀의 머릿결에서 나는 향내를 맡았다. 그 향기는 마틴에게 지문처럼 뚜렷이 남아서 강의 시간이라는 사실에도 불구하고 은근히 솟구쳐 오르는 욕정을 느꼈다. 그는 마법에서 깨어나려고 몸을 일으켰다.

"생거 선생, 잠깐 할 얘기가 있어요."

그는 불쑥 한마디 내뱉고는 방의 한쪽 구석을 몸짓으로 가리켰다.

데니스는 갑자기 무슨 얘기일까 하고 의아하게 생각하면서도 순순히 따라갔다.

"이것은 의사로서의 내 의견인데……."

마틴은 지금까지와 마찬가지로 딱딱하게 말을 시작하더니 갑자기 중단하고는 목소리를 낮추어 소곤거리듯이 말했다.

"……오늘 당신은 믿을 수 없을 만큼 섹시해."

데니스의 표정은 서서히 달라져갔다. 상대방의 말을 이해하는 데 시간이 걸렸던 것이다. 이윽고 그녀는 금방이라도 웃음을 터뜨릴 것 같은 표정이 되었다.

"마틴, 그런 말을 그렇게 갑자기 하다니요. 너무 긴장시킨 다음이라 내가 무슨 실수를 한 줄 알았잖아요."

"실수지. 그런 섹시한 모습을 하고 나타난 것은 내 집중력을 교란시키기 위해서였다고밖에는 생각할 수 없단 말이야."

"섹시하다고요? 목까지 단추를 채웠는데도 그렇게 보이나요?"

"당신은 무엇을 입어도 섹시해."

"그건 당신이 음흉한 생각을 갖고 있어서 그렇죠, 영감탱이!"

마틴은 웃지 않을 수 없었다. 데니스의 말이 맞았기 때문이다. 그녀를 볼 때마다 그는 거의 무의식적으로 그녀의 나체를 떠올리곤 했다.

그는 그녀와 이미 반년 이상이나 데이트를 하고 있었지만 아직도 가슴이 두근거리는 10대 소년과 같은 기분이었다. 처음에는 그들의 사이가 병원에 알려지지 않도록 조심했으나 차츰 두 사람의 관계가 매우 진지하다는 확신을 가지게 되고, 서로를 잘 알게 되자 나이 차이에도 신경을 쓰지 않게 되었다. 그리고 굳이 비밀로 해야 한다는 생각도 별로 하지 않게 되었다.

마틴은 신경방사선과의 부과장이고 데니스는 방사선과 레지던트 2년차이기 때문에 서로 학문적인 자극을 받을 수 있었다. 뿐만 아니라 3주 전부터 그녀가 그의 과에 실습을 오게 되자 더욱 친숙해졌다. 데니스는 이제 방사선과의 레지던트 과정을 먼저 마친 2명의 동료와도 충분히 필적할 수 있는 성적을 올리고 있었다. 그리고 무엇보다도 같이 있는 것이 즐거웠다.

"영감탱이라고? 흥!"

마틴은 속삭였다.

"그 말 때문에 벌을 받을 줄 알라고. 저 학생들을 당신에게 맡기겠어. 만약 저 친구들이 따분해하면 혈관조영실로 데리고 가요. 이론보다 실제적인 임상을 단단히 경험하게 해야 하니까."

데니스는 잠자코 고개를 끄덕였다.

"그리고 아침의 CAT 스케줄이 끝나면."

마틴은 여전히 속삭이듯 말했다.

"내 방으로 와요."

그녀가 미처 대답도 하기 전에 그는 긴 가운을 입고 밖으로 나갔다.

마틴은 방사선과와 같은 층에 있는 외과 수술실로 향했다. X-ray 투시를 기다리는 환자들을 태우고 있는 스트레처카의 혼잡을 피하면서 그는 X-ray 판독실을 가로질렀다.

판독실은 X-ray 사진의 판독상자를 몇 개나 늘어놓은 큰 방인데 10여 명의 레지던트들이 커피를 마시면서 잡담을 하고 있었다. 30분쯤 전부터 X-ray 촬영은 매우 바빠지기 시작했는데, 매일같이 쏟아져 들어오는 대량의 필름이 아직 도착하지 않고 있었기 때문이었다. 항상 처음에는 낙숫물처럼 조금씩 들어오다가 갑자기 감당할 수 없을 만큼 쏟아져 들어올 것이 뻔했다.

마틴은 자신의 레지던트 시절을 잘 기억하고 있었다. 그는 이 병원에서 훈련을 받은 다음, 전국에서 가장 크고 훌륭한 이 방사선과 중의 하나인 이곳에서 하루에 12시간씩 일하며 버텨냈다.

그 노력의 결실로 그는 신경방사선과의 연구원으로 머물러 있으라는 권유를 받았다. 그 연구원으로서의 기간이 끝났을 때 그는 업적이

탁월하다는 평을 받으며 의과대학 강사를 겸해 이 병원의 간부직을 제공받았다. 그때부터 그는 순조롭게 출세하여 신경방사선과 부과장이라는 현재의 자리까지 올랐다.

마틴은 X-ray 사진의 판독실 한가운데서 잠시 걸음을 멈추었다. 판독상자의 젖빛 유리를 통해 밖으로 새어나오는 형광등의 그 색다른 조명이 방안의 사람들에게 기분 나쁜 빛을 던지고 있었다. 한순간 레지던트들이 생기가 없는 창백한 피부와 눈이 없는 눈구멍만 가지고 있는 시체처럼 보였다. 마틴은 왜 지금까지 그것을 깨닫지 못했을까 하고 자기 손을 내려다보았다. 자기 손도 역시 창백한 빛깔로 물들어 있었다. 그는 이상하게 뒤숭숭한 심정으로 발걸음을 떼었다.

이런 경험이 처음은 아니었다. 작년에도 그는 이 눈에 익은 병원의 풍경을 생소한 눈으로 바라본 일이 있었다. 그때는 틀림없이 자신의 일에 대해 약간이나마 불만을 느끼고 있었기 때문이었을 것이다. 일은 차츰 관리직처럼 되고, 게다가 무엇보다도 병원의 침체된 공기가 느껴졌다. 신경방사선과 과장인 톰 브록턴은 58세가 되었는데도 아직 은퇴를 고려하지 않고 있었고, 방사선과 과장인 헤럴드 골드블래트 역시 신경방사선 학자였다. 따라서 이 과에서의 급속한 승진도 여기서 끝났다는 느낌이 들었다. 그것도 그 자신의 일에 대한 능력 부족 때문이 아니라 다만 두 사람의 상사들이 움직이려 하지 않기 때문인 것이다. 그래서 지난 1년 동안 마틴은 본의는 아니지만 이 병원을 그만두고 다른 병원으로 옮길 생각까지 했었다.

마틴은 수술실로 향하는 복도로 구부러졌다. 그리고 외부인 출입금지라고 써 있는 쌍바라지의 스윙도어를 지나 또 하나의 자동문을 열고 환자 대기실로 들어갔다. 거기에는 수술의 차례를 기다리고 있는 불안한 표정의 환자들을 태운 스트레쳐카로 가득 차 있었다.

이 큰방의 맞은편에는 붙박이의 흰 호마이카 책상이 놓여 있었는데, 30개의 수술실과 회복실로 가는 입구를 감시하고 있었다. 녹색의 수술복을 입은 3명의 간호사가 그 책상 앞에 앉아서 환자들이 지정된 수술실에 들어가 지정된 수술을 받는지를 확인하느라 바쁘게 움직이고 있었다. 24시간 동안 거의 200회의 수술이 이루어지기 때문에 여기는 온종일 휴식이 없는 작업의 연속이었다.

"누구 매너하임 박사의 수술에 대해서 말해줄 사람 있소?"

마틴은 책상 위로 몸을 굽히며 물었다. 그러자 3명의 간호사가 동시에 얼굴을 들고 말했다. 마틴은 몇 안 되는 훤칠한 용모를 가진 의사 중 한 사람이었으므로 수술실에 있는 간호사들은 그에게 매우 호의적이었다. 그들은 동시에 말한 것에 웃음을 터뜨리더니 이번에는 서로 양보하는 미덕을 발휘했다.

"누군가 다른 사람한테 물어보는 것이 좋을 것 같군."

마틴은 일부러 나가는 척하고 말했다.

"아, 아니에요. 매너하임 박사님의 어떤 환자를 찾으세요? 마리노예요?"

갈색머리의 간호사가 말했다.

"그렇소."

마틴이 대답했다.

"그녀는 선생님 바로 뒤에 있는 환자예요."

마틴은 뒤를 돌아보았다. 6미터쯤 떨어진 곳에 스트레쳐카가 있었고 그 위에 시트를 덮고 있는 여성이 있었다. 머리를 천천히 이쪽으로 돌리고 있는 것을 보아 그녀는 수술 전의 주사를 맞고 몽롱한 상태에 있으면서도 자기 이름은 알고 있는 것 같았다. 머리는 수술 전의 처치로 깨끗이 밀어버린 상태였는데 그것을 보자 마틴은 털 뽑힌 참새가 연상되었다. 그는 수술 전에 X-ray 사진을 찍으러 왔던 그녀를 두 번인가 힐끗 보았는데 너무나도 변한 지금의 모습에 충격을 받았다. 왜 그리 작고 가냘파 보일까. 그녀의 눈은 꼭 버림받은 아이처럼 가엾어 보였다. 마틴은 얼른 눈을 돌려 간호사 쪽을 바라보았다. 그가 외과에서 방사선과로 옮긴 것은 특정 환자에 대해 동정을 금할 수 없었던 것이 하나의 이유이기도 했다.

"왜 빨리 시작하지 않는 거요?"

마틴은 환자가 공포 속에 방치되고 있는 것이 화가 나서 간호사에게 물었다.

"매너하임 박사님은 깁슨 메모리얼병원에서 특수한 전극이 도착되기를 기다리고 계세요. 박사님은 절제한 뇌 조직에서 일어나는 반응을 기록하실 작정이신가 봐요."

금발의 간호사가 말했다.

"알았소……."

마틴은 아침에 해야 할 일들이 머리에 떠올랐다. 매너하임은 남의 스케줄을 망쳐놓는 버릇이 있었다.

"매너하임 박사님은 일본에서 온 손님 두 분과 같이 계세요. 그리고 선생님은 지난 일주일 내내 큰 수술만 해왔습니다. 하지만 곧 시작될 거예요. 수술실에서 환자를 불렀거든요. 그녀를 데리고 들어갈 사람이 아무도 나타나지 않아서……."

금발의 간호사가 계속해서 말했다.

"오케이."

마틴은 그렇게 말하고 환자 대기실을 빠져나왔다.

"매너하임 박사님께 국부사진이 필요하다면 곧 내 방으로 전화하라고 전해줘요. 그래야 조금이라도 시간이 절약될 테니까."

그는 돌아오면서 수염을 깎아야겠다고 생각하고 외과 휴게실로 향했다. 7시 반부터 시작된 수술이 지금까지 진행 중이었고, 다음 환자는 아직 한참 더 기다려야 하기 때문에 8시 10분 현재, 그곳은 한산했다. 외과의사 한 사람이 무의식적으로 몸을 닦으면서 주식중개인과 전화로 얘기를 하고 있었다. 마틴은 탈의실로 들어가서 자신의 로커 번호를 돌렸다. 외과의 잡역부인 토니라는 노인이 그 로커를 사용하게 해줬던 것이다.

얼굴을 완전히 거품투성이로 만들었을 때 호출기 벨이 울려서 그는 펄쩍 뛸 정도로 놀랐다. 신경이 이렇게 긴장되어 있는 줄은 미처 생각지 못하고 있었다. 그는 벽에 걸려 있는 전화기를 들었다. 그리고 수화기에 세이빙크림이 묻지 않도록 조심했다.

전화를 받은 것은 그의 비서인 헬렌 워커였는데, 윌리엄 마이클스가 그의 방에 와서 기다리고 있다고 말했다.

마틴은 다시 열심히 수염을 깎기 시작했다. 윌리엄 녀석이 놀랄 일이 있다고 했던 때의 흥분이 되살아났다. 그는 오드콜로뉴를 뿌린 다음 긴 가운을 다시 걸친 뒤 외과 휴게실을 빠져나왔다. 외과의사는 아직도 전화를 계속하고 있었다.

마틴은 거의 뛰다시피해서 자기 연구실에 도착했다. 헬렌 워커는 타이프 치던 손을 멈추고 자기를 모른 체하고 지나가는 마틴의 꾀죄죄한 모습을 깜짝 놀란 표정으로 쳐다보았다. 그리고 편지와 전화메시지를 적은 메모에 손을 뻗으면서 일어서려는데 연구실 문이 쾅하고 닫히자 도로 자리에 앉아 어깨를 한번 으쓱한 다음 다시 타이프를 치기 시작했다.

마틴은 닫힌 문에 몸을 기대고 숨을 몰아쉬었다. 그제야 마이클스가 방사선 관계 잡지를 뒤적거리고 있는 모습이 눈에 들어왔다.

"무슨 일이야?"

마틴은 흥분한 목소리로 물었다. 마이클스는 공과대학 3학년 때 산 그 낡은 트위드 재킷을 여전히 입고 있었다. 나이는 30세지만 실제로는 20세정도로밖에 보이지 않았다. 그의 금발머리는 너무 노래서 그 때문에 필립의 머리가 갈색으로 보일 정도였다. 그는 미소를 짓고 있었는데 장난기어린 입가에 만족스러운 빛을 띠고 엷은 블루 빛 눈을 깜빡거리고 있었다.

"무슨 일 있어요?"

다시 잡지를 보는 척하면서 그가 말했다.

"이봐, 자네가 나를 초조하게 만들려는 것 정도는 나도 알고 있어. 자네가 너무 능숙하게 하기 때문에 곤란하단 말이야." 하고 마틴은 말했다.

"무슨 말을 하는지 모르겠군……."

마이클스는 입을 열었으나 다음 말을 잇지 못했다. 마틴이 방을 가로질러가 그가 들고 있던 잡지를 낚아챈 것이다.

"장난은 그만하고. 자네가 헬렌에게 전화를 걸어서 놀랄 일이 있다고 했잖아. 그 때문에 난 신경이 날카로워져 있단 말이야. 하마터면 새벽 4시에 전화를 걸려고 했을 정도라고. 그때 전화를 걸어서 자네를 두드려 깨웠어야 했어. 그래도 자네는 할 말이 없단 말이야."

"아, 놀랄 일 말예요? 난 완전히 잊어버리고 있었는데."

마이클스는 놀리듯이 말했다. 그러고는 몸을 앞으로 구부려 서류가방을 부스럭거리며 뒤지더니 짙은 녹색의 종이에 싸서 노란색 리본으로 묶은 조그만 꾸러미를 꺼냈다.

마틴은 그것을 보자 실망한 표정이 되었다.

"그게 뭐야?"

그는 무슨 연구 성과가 들어 있는 컴퓨터 프린트라도 나오는 줄 알았다. 이런 선물 같은 것은 예상도 하지 못했었다.

"이게 바로 깜짝 놀랄 물건이에요."

마이클스는 마틴에게 그 꾸러미를 내밀었다. 마틴은 다시 그 선물 꾸러미를 바라보았으나 거의 화가 난 목소리로 말했다.

"도대체 무엇 때문에 이런 선물을 사온 거야?"

"나의 훌륭한 연구 파트너에게 주는 거예요. 자, 어서 받아요."

그는 꾸러미를 내민 채 말했다.

마틴은 실망의 충격에서 벗어나자 조금 전의 자기 행동이 부끄러운 생각이 들었다. 어찌 되었든 그의 행동은 선의에서 나온 것이니 마이클스의 감정을 상하게 하고 싶지는 않았다.

마틴은 꾸러미의 무게를 어림해보았다. 길이 10센티미터, 두께 2.5센티미터 정도여서 가벼웠다.

"풀어보지 않겠어요?"

마이클스가 말했다.

"글쎄."

마이클스의 얼굴을 힐끗 보면서 마틴은 대꾸했다. 컴퓨터 과학부의 이 천재 청년이 선물을 사온다는 것은 생각지도 못한 일이었다. 그가 친절하지 않다든가 인색하다는 뜻이 아니었다. 항상 연구에 몰두해 있느라 예의 같은 것에 관심을 가질 겨를이 없는 그였다. 실제로 지난 4년 동안 같이 일해 오면서 그가 사교장에 나가는 것을 한 번도 본 적이 없었다. 그런 마이클스가 지금까지의 태도를 싹 바꿔서 선물을 줄 생각을 다 했다니 믿어지지 않았다.

아무튼 그가 매사추세츠 공과대학에서 박사학위를 딴 것은 겨우 19세 때였고, 26세의 나이에 대학에 신설된 인공지능과의 과장으로 선출되었다.

"어서 풀어 봐요."

마이클스는 안달이 나는지 재촉했다.

마틴은 나비매듭을 풀어서 그것을 얌전하게 책상 위의 잡동사니 사이에 놓았다. 짙은 녹색의 종이를 풀자 안에서 검은 상자가 나왔다.

"약간 상징적인 것이 들어 있어요."

마이클스가 말했다.

"뭐라고?"

"그래요. 심리학자들은 두뇌를 블랙박스처럼 다루고 있다는 것을 당신도 알잖아요. 자, 어서 열어보세요."

마틴은 미소를 지었다. 마이클스가 무슨 말을 하고 있는지 알 수가 없었다. 그는 상자의 뚜껑을 열었다. 안에서 나온 것은 놀랍게도 플리트우드 맥의 '소문'이라는 제목이 붙어 있는 카세트였다.

"도대체……."

마틴은 빙그레 웃었다. 마이클스가 무엇 때문에 플리트우드 맥이 취입한 음악 같은 것을 사왔는지 까닭을 알 수가 없었다.

"그러니까 더 상징적이죠. 그 안에는 당신 귀를 즐겁게 하는 음악보다 더 좋은 것이 들어 있단 말예요!"

마이클스가 말했다. 그러자 갑자기 모든 수수께끼가 풀렸다. 마틴은 케이스를 열고 카세트테이프를 꺼냈다. 그것은 음악이 아니라 컴퓨터 프로그램이었다.

"어디까지 했나?"

마틴은 목소리를 낮추어 마치 속삭이는 것처럼 물었다.

"모두 들어 있어요."

마이클스가 대답했다.

"세상에!"

마틴은 믿어지지 않는다는 듯이 말했다.

"저 한테 마지막으로 준 자료를 기억하고 있겠죠? 그게 아주 기가 막힌 거였어요. 드디어 음영과 경계선의 해독문제가 해결된 거죠. 이 프로그램은 당신이 뽑아놓은 자료에 들어 있는 것을 모두 채택한 거예요. 저기에 집어넣기만 하면 입력된 X-ray 사진은 무엇이든 판독해낼 수 있어요."

그러면서 마이클스는 마틴의 방 한쪽 구석을 가리켰다. 그곳의 작업대 위에는 텔레비전만한 크기의 전자장치가 놓여 있었다. 대량 생산된 제품이 아니라 견본품으로 만들어진 것이었다. 앞면은 평평한 스테인리스 판인데 고정된 볼트가 튀어나와 있고, 그 위쪽의 왼쪽 구석에는 프로그램 테이프를 꽂는 삽입구가 있었다. 그리고 양쪽에서 굵은 전선 다발 두 가닥이 튀어나와 있었는데 그 한 가닥은 프린터의 입출력 장치에 연결되고, 또 한 가닥은 1평방미터에 높이 30센티미터 정도의 직사각형 스테인리스 상자에 연결되어 있었다. 그리고 그 상자의 앞면에는 X-ray 사진을 집어넣을 수 있도록 노출된 롤러가 붙은 가느다란 삽입구가 달려 있었다.

"도저히 믿을 수가 없어!"

또 마이클스에게 놀림당하는 것은 아닐까 하고 의심스러워하면서 마틴이 말했다.

"우리도 마찬가지예요. 모든 일이 갑자기 한꺼번에 이루어졌어요."

마이클스는 구석으로 걸어가서 컴퓨터 장치의 머리를 두드리며 말을 이었다.

"당신이 고안한 방사선학에서의 문제 해결과 영상을 판독하는 유형 분류방식이 새로운 기기의 필요성을 인식하게 했을 뿐 아니라 그것을 설계하는 방법까지 가르쳐주었어요. 이것이 바로 그거예요."

"겉모양은 아주 단순한데 말이야."

"일반적으로 겉만 봐서는 알 수가 없죠. 그렇지만 이 장치의 내부는 컴퓨터 계에 혁명을 일으키고 말 겁니다."

"맞았어. 자네도 생각해보게. 만약 이 녀석이 진짜로 X-ray 사진을 판독할 수 있다면 방사선학의 모든 분야에 어떤 일이 일어나게 될런지 말이야."

마틴이 말했다.

"틀림없이 판독할 수 있어요. 하지만 이 프로그램에도 약간의 결점은 있어요. 당신이 해야 할 일은 지금까지 당신이 본 X-ray 사진을 되도록 많이 모아서 이 프로그램에 넣어보는 거예요. 만약 거기에 문제가 있다면, 그것은 틀림없이 잘못된 정보의 입력일 거예요. 즉 프로그램 상으로는 X-ray 상에 소견이 없는데 실제로는 병리학적으로 병변이 있었던 경우죠."

마이클스가 말했다.

"그것은 방사선 학자에게도 똑같이 문제가 되니까 말이야."

"그런 고민은 이 프로그램에서 제거할 수 있을 거예요. 그건 전적으로 당신한테 달렸고요. 일을 시작하려면 먼저 컴퓨터를 켜세요. 의학박사라도 그 정도는 할 수 있겠죠?"

"물론이지. 하지만 플러그를 꽂는 데는 따로 박사학위가 필요하겠는걸."

"좋았어요. 당신의 유머능력도 날로 발전하는군요. 이 장치의 플러그를 꽂고 컴퓨터를 켰으면 카세트의 프로그램을 기계의 본체에 집어넣으세요. 그리고 레이저 스캐너 X-ray 사진을 삽입해주면 출력장치인 프린터가 답을 내주게 되어 있어요."

"필름의 위치는 어떻게 하나?"

"그건 상관없어요. 다만 필름의 감광면만 밑으로 향하게 해서 넣으면 돼요."

"알았어."

마틴은 두 손을 비비면서 마치 대견스러운 자식을 대하는 부모처럼 그 장치를 지켜보았다.

"하지만 아직도 믿어지지가 않아."

"그건 저도 마찬가지예요. 4년 전만 해도 우리가 이런 프로그램을 만들리라고 누가 상상이나 했겠어요? 나는 당신이 예고도 없이 불쑥 컴퓨터과학부를 찾아와서 누구든 영상의 판독에 관심이 있는 분은 없습니까, 하고 가엾은 어조로 말하던 날의 일을 아직도 기억하고 있어요."

"자네를 만난 것이 행운이었네. 난 그때 자네가 영락없이 의대생인 줄로만 알았어. 하기야 인공지능과가 있다는 것도 모르고 있었으니까."

마틴이 말했다.

"과학의 발달에는 운이 따라야 하는 것 같아요. 하지만 그 행운 뒤에는 그것을 뒷받침할 노력이 많이 기다리는 법이죠. 예를 들면 당신이 지금부터 해야 할 일 같은 거예요. 되도록 많은 필름을 프로그램에 넣어보세요. 이 프로그램으로 많은 X-ray 사진을 판독하면 할수록 그만큼 더 이 프로그램의 결점을 제거할 수 있고, 또 프로그램도 더 자습적이 된다는 것을 기억해두세요."

"내 앞에서 그 알량한 문자를 쓰지 말았으면 하는데. '자습적'이라는 게 대체 무슨 말이야?"

"흠, 그리고 보니 당신은 참 이상한 데가 있군요. 자기가 이해하지 못하는 말을 들으면 화를 내는 의사인 줄은 몰랐어요. 뜻밖이에요. 자습적인 프로그램이란 스스로 습득할 수 있는 능력이 있다는 거예요."

마이클스는 웃으며 말했다.

"그럼 이 녀석이 스스로 영리해진다 이 말인가?"

"그래요."

마이클스는 문 쪽으로 걸어가면서 말을 이었다.

"하지만 지금부터는 당신한테 달렸어요. 이것과 똑같은 체계를 방사선학 이외의 다른 분야에도 적용할 수 있다는 것을 기억해두세요. 그리고 한가할 때, 아니 이렇게 말하면 당신이 항상 한가한 것처럼 들리지만, 아무튼 시간이 있으면 뇌 혈관조영 사진들을 분석해서 자료를 뽑아놓으세요. 나중에 또 얘기해요."

마이클스가 나가고 나자 마틴은 문을 닫고 작업대로 다가가 X-ray 사진 판독장치를 가만히 지켜보았다. 당장이라도 그 앞에 앉아서 일을 시작하고 싶었으나 그것을 못하게 하는 일상적인 일이 산더미처럼

쌓여 있다는 것을 깨달았다. 그것을 입증이라도 하듯이 편지와 전화
메모를 잔뜩 들고 헬렌이 들어왔다. 그중에는 뇌 혈관조영실의 X-ray
장치가 고장 났다는 짜증스러운 소식도 들어 있었다. 마틴은 할 수 없
이 그 새로운 기계에서 등을 돌렸다.

음모의 시작

"리사 마리노?"

리사는 자신을 부르는 소리가 들리자 눈을 떴다. 캐롤 비글로우라는 명찰을 단 간호사가 몸을 구부리고 내려다보고 있었다. 얼굴에서 보이는 것은 짙은 갈색의 눈뿐이었고, 머리는 꽃무늬 모자로 덮여 있었으며 코와 입은 외과용 마스크로 가려져 있었다.

리사는 자신의 팔이 들어올려지는 것을 느꼈다. 간호사가 그녀의 인적사항이 적힌 인식표 팔찌를 보기 위해 그녀의 팔을 들어 올렸다가 다시 제자리에 내려놓고는 가볍게 두드리면서 말했다.

"자, 갑니다. 준비는 됐겠죠, 리사 마리노?"

캐롤은 그렇게 말한 다음 스트레처카의 고정 장치를 발로 풀고 벽으로부터 끌어냈다.

"모르겠어요."

리사는 마지못해 간호사의 얼굴을 보려고 했지만 간호사는 고개를 돌리고 있었다. 캐롤은 "준비가 됐을 거예요." 하고 말하면서 흰 호마이카 책상 옆으로 스트레처카를 밀고 갔다.

자동문이 두 사람의 뒤에서 닫혔다. 리사는 21호 수술실로 통하는 복도를 따라 운명의 여로에 오른 것이다.

신경외과의 수술은 보통 20, 21, 22, 23호실 등 4개의 방에서 실시된다. 이 방들에는 4개 모두 뇌수술을 위한 특별한 장비가 설치되어 있었다. 거기에는 머리 위에 달려 있는 수술용 현미경과 기록을 할 수 있는 폐쇄회로 비디오 장치, 그리고 특수한 수술대가 갖추어져 있었다. 그중 21호실에 견학실이 있었는데, 그곳은 신경외과 과장이자 의대 학과장이기도 한 커트 매너하임 박사가 이용하는 방이기도 했다.

리사는 차라리 지금 잠들었으면 좋겠다고 생각했다. 그러나 오히려 눈은 더욱 말똥말똥해지고 모든 감각이 극도로 예민해져 있었다. 소독약 냄새도 유난히 강하게 그녀의 코를 자극했다. 아직은 시간이 있다고 그녀는 생각했다. 이대로 침대에서 빠져나가 달아나고 싶었다. 수술은 받고 싶지 않았다. 더구나 머리 수술 같은 것은 질색이었다. 다른 곳이라면 또 모르지만 머리라니…….

이윽고 스트레처카의 움직임이 멈췄다. 머리를 돌려서 보니 간호사가 모퉁이를 돌아가는 것이 보였다. 리사는 자신이 혼잡한 큰길 옆에 세워놓은 자동차 같은 존재로 여겨졌다. 한 무리의 사람들이 스트레처카에 구역질을 해대는 한 남자를 싣고 그녀의 옆을 지나갔다. 스트레처카를 밀고 있는 잡역부 한 사람이 그의 턱을 밑으로 당겨주고 있었고 환자의 머리에는 기분 나쁜 붕대가 감겨 있었다.

리사의 눈가장자리로부터 귀 쪽으로 눈물이 흘러내렸다. 방금 지나간 환자를 보고 자신이 겪어야 할 시련을 생각하지 않을 수 없었다. 이제 곧 그녀의 신체 가장 중요한 중추부가 거칠게 절개되고 마구 파헤

처질 것이다. 예를 들어 손이나 발 같은 말단부가 아니라 머리가⋯⋯ 거기에는 인격과 영혼 그 자체가 깃들여 있다는데⋯ 수술이 끝난 후에도 자신이 전과 같은 사람으로 존재할 수 있을까?

리사는 11세 때 급성충수염에 걸린 적이 있었다. 그 당시 그렇게 무서웠던 맹장수술은 지금의 경험과는 비교할 바도 못되었다. 생명은 건질지 모르지만 지금의 자기 자신은 잃을 것이 틀림없을 것 같았다. 아무튼 자기 자신이 잘게 썰어져서 사람들이 그 한 토막 한 토막을 자세히 들여다볼 것만 같았다.

이윽고 캐롤 비글로우가 다시 나타났다.

"됐어요, 리사. 이제 준비가 다 끝났어요."

"잘 부탁해요."

리사는 작은 소리로 말했다.

"가요. 자, 리사. 매너하임 박사님에게 우는 모습을 보이고 싶지는 않겠죠?"

리사는 누구에게도 눈물을 보이고 싶지 않았다. 그녀는 캐롤 비글로우의 질문에 대해서는 아니라고 고개를 저었으나 속에서는 왠지 화가 치밀었다. 자신이 왜 이렇게 되었을까. 이것은 틀림없이 운명의 장난 같았다.

1년 전만 해도 그녀는 평범한 대학생이었다. 대학원에서 법률을 전공하기로 하고 대학에서는 국어를 전공했다. 문학을 좋아했기 때문에 적어도 짐 콘웨이를 만나기 전까지는 우수한 학생이었다. 그녀는 계속해서 공부에 열중할 생각이었으나 그것은 겨우 한 달밖에 지속되지 않았다. 짐을 만나기 전에도 몇 번인가의 섹스 경험은 있었지만 그것은 결코 만족할 만한 것이 못 되었기 때문에 사람들이 왜 이런 일로 큰

소동을 벌이는지 이상하게 생각했을 정도였다.

그러나 짐을 상대해보니 사정이 달랐다. 짐과 관계를 가지면서 섹스가 무엇인지 금방 납득할 수가 있었다. 그리고 무책임할 수도 없게 되었다. 그녀는 필(경구 피임약)은 믿을 수 없다는 생각이 들어서 페서리와 같이 사용하기도 했다. 그러나 처음으로 산부인과를 찾아가야겠다는 결심을 했을 때, 또 필요하다면 앞으로도 몇 번이나 다니지 않으면 안 된다고 생각했을 때 그것이 자신에게 얼마나 괴로운 일이었던가를 지금도 똑똑히 기억하고 있었다.

이윽고 스트레처카는 수술실로 들어갔다. 그곳은 한쪽이 8미터쯤 되는 네모난 방이었는데 벽은 잿빛 타일이 발라져 있었고 위쪽은 유리로 칸막이가 된 견학실로 되어 있었다. 천장에는 케틀드럼을 거꾸로 해놓은 것 같은 스테인리스로 된 커다란 수술 등이 2개나 달려 있고 방의 중앙에는 수술대가 놓여 있었다. 수술대는 폭이 좁고 볼품이 없는 것이었는데 리사에게는 왠지 이교도들의 의식을 위한 제단 같은 섬뜩한 느낌이 들었다.

수술대 한쪽 끝에, 한가운데 구멍이 뚫려 있는 물건이 놓여 있었다. 리사는 저것으로 머리를 누르는구나 하는 것을 직감적으로 알 수 있었다. 그런 분위기와는 딴판으로 방 한쪽 구석에 놓인 작은 트랜지스터라디오에서는 비지스의 노래가 낮게 흘러나오고 있었다.

"자, 이제 당신이 해줘야 할 일은 저 수술대로 옮겨가는 거예요."

캐롤 비글로우가 말했다.

"네, 좋아요. 고마워요."

리사는 자신의 대답에 당혹감을 느꼈다. 무엇이 고맙단 말인가. 그러나 아무튼 이 사람들에게 신세를 지고 있으므로 무엇이든지 이 사람들의 미움을 사지 않도록 해야겠다고 생각했다.

스트레처카에서 수술대로 옮긴 리사는 약간 남아 있는 자존심이나마 잃지 않으려고 안간힘을 쓰면서 시트 위에 드러누웠다. 그리고 수술 등을 바라보았다. 그 수술 등 바로 옆에는 유리로 된 칸막이가 있었는데 빛의 반사 때문에 잘 보이지는 않았으나 그 유리창 너머로 이쪽을 지켜보고 있는 사람들의 얼굴이 보였다. 리사는 눈을 감았다. 지금 자신이 구경거리가 되고 있는 것이다.

그 운명의 밤을 맞이하기 전까지만 해도 모든 것이 근사했던 그녀의 인생은 하루아침에 악몽으로 변해버렸다. 그녀는 짐과 같이 있었고 두 사람 모두 공부를 하고 있었다. 그러나 차츰 책을 읽기가 어려워졌다. 특히 '항상'이라는 말로 시작되는 특정한 문장에 부딪치면 더욱 그랬다. 그 말의 뜻은 알고 있었으나 머리가 그것을 받아들이기를 거부하고 있었다. 그녀는 짐에게 그것을 물었고, 짐은 그녀가 놀리는 줄로만 알고 미소를 지어 보였다. 몇 번이나 질문을 거듭한 후에야 그는 그 뜻을 가르쳐주었는데, 짐이 설명해준 뒤에도 그 활자의 모양을 보고 있으면 무슨 말인지 이해할 수가 없었다. 그때 절망과 공포감을 강하게 느꼈던 것을 그녀는 지금도 똑똑히 기억하고 있었다.

그리고 그때부터 갑자기 이상한 냄새가 나기 시작했다. 그것은 지독한 악취였는데 이전에도 맡아본 듯한 냄새이긴 했으나 무슨 냄새인지는 알 수가 없었다. 짐은 아무런 냄새도 나지 않는다고 했으나 그녀가 기억하고 있는 것은 거기까지였다. 그 후 최초의 발작이 시작된 것이다. 그것은 굉장히 무서운 발작이었다. 그녀가 의식을 되찾았을 때 짐은 부들부들 떨고 있었다. 짐의 얼굴은 그녀에게 얻어맞고 할퀸 자국에다 여기저기 멍이 들어 있었다.

"굿모닝, 리사."

영국식 억양이 섞인 쾌활한 남자의 목소리가 들려왔다. 옆을 돌아보니 대학에서 연수를 받고 있는 인도인 의사 발 라네이드의 검은 눈동자가 보였다.

"어젯밤에 내가 한 말을 기억하고 있죠?"

리사는 고개를 끄덕였다.

"기침을 해도 안 되고 갑자기 몸을 움직여도 안 된다고 하셨죠?"

그녀는 어떻게든지 그의 마음에 들도록 해야겠다고 생각하고 그렇게 말했다.

라네이드가 왔을 때의 일은 똑똑히 기억하고 있었다. 저녁식사가 끝난 후 찾아온 그는 자신은 수술 중 리사를 돌보게 될 마취의사라고 말하고는 그녀가 전에도 다른 의사에게 몇 번이나 대답한 같은 질문을 장황하게 되풀이했다. 다만 다른 점은, 라네이드는 그녀의 대답에 별로 관심이 없어 보이는 점이었다. 그녀가 11세 때 충수염 수술을 받았다고 말할 때 외에는 그 마호가니 빛깔의 얼굴에 아무런 표정의 변화도 나타나지 않았고, 다만 이전에 마취에 문제가 없었느냐고 물어보고는 고개를 끄덕일 뿐이었다.

그가 꼭 한 가지 관심을 보인 것은 그녀에게 알레르기 반응이 없다는 것을 알았을 때였는데, 그때도 그는 고개를 끄덕이기만 했다.

리사는 언제나 사교적인 사람을 좋아했다. 그러나 라네이드는 그와는 반대로 겉으로 아무런 감정도 드러내지 않는 사람이었다. 그러나 지금과 같은 상황 아래서는 오히려 그의 냉정한 태도가 리사로서는 고마웠다. 그녀는 자신의 이런 고난을 예사로 생각하는 사람을 만나게 된 것이 매우 기뻤다. 그러나 그 뒤의 라네이드의 말은 그녀에게 큰 충격을 주었다. 여전히 정확한 옥스퍼드 악센트로 그는 말했다.

"매너하임 박사가 당신에게 사용할 마취방법에 대해서 말씀하시던가요?"

"아뇨."

"그거 이상하군요."

라네이드는 한참 사이를 두었다가 말했다.

"왜요?"

리사는 당혹감을 느끼며 물었다. 상대방의 얘기를 이해하지 못할 것 같아서 그것이 두려웠다.

"왜 그것이 이상하죠?"

"우리는 보통 개두술에는 전신마취를 사용하는데 매너하임 박사가 이번에는 국소마취로 하겠다고 알려왔거든요."

자기가 받을 수술이 개두술이라는 것도 리사는 처음 듣는 말이었다. 매너하임의 얘기로는 먼저 '두피를 벗기고' 두개골에 조그만 구멍을 뚫어서 측두엽에 있는 손상부위를 제거하는 수술이라고 했었다. 아무튼 리사의 뇌 외부에 손상이 있기 때문에 그것이 발작을 일으키는 원인이 되고 있다고 그는 리사에게 말했었다. 그리고 그 부위만 정확하게 제거하면 발작은 없어진다고 했다.

뿐만 아니라 이런 수술은 이미 100번이나 했는데 모두 훌륭한 성과를 올릴 수 있었다고 했다. 그때 리사는 하늘에라도 오를 것처럼 기뻤다. 매너하임 박사를 만나기 전에는 모든 의사들이 약속이나 한 것처럼 한결같이 이런 종류의 수술에 대해서 부정적인 견해를 나타내고 있었기 때문이었다.

아무튼 발작은 무서운 것이었다. 여느 때는 이상하게 코에 익은 냄새가 나서 발작이 일어난다는 것을 알 수 있지만, 어떤 때는 아무런 징조도 없이 마치 눈사태가 일어나듯이 덮쳐오는 경우도 있었다.

대량 투약으로 이미 병이 억제되고 있다는 의사의 보증이 있었는데도 불구하고 한번은 영화관에서 그 무서운 냄새가 나기 시작한 적이 있었다. 그때 그녀는 당황해서 자리에서 벌떡 일어나 엎어지고 넘어지며 통로로 뛰어나가 로비를 향해 달려가기 시작했다. 그러나 그때는 이미 자신이 무슨 행동을 하고 있는지 전혀 의식이 없었다. 나중에 정신을 차리고 보니 그녀는 로비에 세워져 있는 캔디 자판기에 등을 기댄 채 사타구니에 손을 집어넣고 있었다. 옷을 일부 벗은 채로 마치 발정한 고양이처럼 오나니를 하고 있었던 것이다.

한 무리의 사람들이 그녀를 정신병자라고 생각했는지 둘러서서 빤히 지켜보고 있었다. 그녀에게 얻어맞고 발로 걷어차인 짐도 그중 한 사람이었다. 2명의 젊은 여성에게 덤벼들어 그중의 한 사람에게는 입원을 해야 할 정도로 상처를 입혔다는 것도 그녀는 나중에 알았다.

정신이 돌아왔을 때 그녀는 다만 눈을 감고 울고 있을 뿐이었다. 사람들은 모두 겁이 나서 그녀에게 접근하려고 하지 않았다. 멀리서 구급차의 사이렌 소리가 들려오고 있던 것을 그녀는 아직도 기억하고 있었다. 그때 자신이 완전히 미쳤다고 생각했었다.

리사의 인생은 거기서 정지했다. 미치지는 않았으나 어떤 약도 그녀의 발작을 억제할 수는 없었다. 그래서 매너하임 박사가 나타났을 때 그녀는 그를 구세주처럼 생각했다. 그리고 라네이드 의사의 방문을 받고서야 비로소 그녀는 자기 몸에 무슨 일이 일어나게 될지 이해하게 되었다.

그때 시중드는 남자가 와서 그녀의 머리를 밀었다. 그때부터 그녀는 공포를 느끼기 시작했다.

"국소마취를 하는 건 무엇 때문이에요?"

리사는 두 손을 떨었다. 라네이드 의사는 신중하게 대답을 생각하고 있었다.

"그건 말이죠."

마침내 그는 말했다.

"매너하임 박사는 당신의 뇌의 병소를 정확하게 확인하려는 겁니다. 그러려면 당신의 협력이 필요해서죠."

"그렇다면 그 동안 저는 눈을 뜨고 있어야 한다는…….."

리사는 끝까지 말할 수가 없었다. 완전히 혼란에 빠져서 목소리가 차츰 작아졌다.

"그렇습니다."

라네이드가 대답했다.

"하지만 저의 뇌 어디가 나쁜지는 박사님이 아시잖아요?"

"확실히는 모르죠. 하지만 염려 말아요. 내가 붙어 있으니까요. 통증도 없습니다. 다만 잊지 말아야 할 것은, 기침을 하지 않을 것과 갑자기 몸을 움직이지 않을 것입니다."

리사의 걱정은 왼쪽 팔에 느껴지는 통증 때문에 잠시 중단되었다. 눈을 들어보니 머리 위에 거꾸로 매달린 병 속의 물방울이 올라가고 있었다. 라네이드가 벌써 링거주사를 시작한 것이다. 그는 오른팔에도 정맥주사를 꽂은 뒤 길고 가느다란 플라스틱 관을 찌르는 작업을 했다. 그리고 수술대를 조작해서 발이 약간 밑으로 기울어지게 했다.

"리사, 지금부터 카테테르를 넣겠어요."

캐롤 비글로우가 말했다.

리사는 머리를 들고 밑을 내려다보았다. 캐롤이 부산스럽게 플라스틱 상자를 열고 있었다. 또 한 명의 간호사인 낸시 도노반은 리사의 시트를 끌어올려 그녀의 하체를 노출시켰다.

"카테테르를 넣는다고요?"

리사가 물었다.

"그래요. 당신의 방광에 튜브를 넣는 거예요."

캐롤 비글로우는 헐렁헐렁한 고무장갑을 끼면서 말했다.

리사는 머리를 뒤로 떨어뜨렸다. 낸시 도노반이 그녀의 두 다리를 잡아 발바닥을 서로 맞대놓자 리사의 무릎 사이가 크게 벌어졌다. 이제 자신의 모든 것을 그대로 드러낸 꼴이 된 것이다.

"지금부터 만니톨이라는 약을 넣습니다. 이렇게 하면 소변이 많이 나오게 됩니다."

라네이드가 설명했다.

리사는 알았다고 고개를 끄덕였으나 한편으로는 캐롤 비글로우가 자신의 음부를 씻고 있는 것을 알 수 있었다.

"여~, 리사. 나는 닥터 조지 뉴먼이오. 나를 기억하겠소?"

리사는 눈을 뜨고 마스크를 하고 있는 남자를 지켜보았다. 그의 눈은 블루 빛이었다. 반대쪽에는 갈색 옷을 입은 또 한 사람의 얼굴이 보였다.

"난 신경외과의 수석 레지던트요. 그리고 이쪽은 닥터 랄프로리, 우리 과의 3년차 레지던트죠. 아제도 설명했듯이 우리 두 사람이 매너하임 박사님을 보조합니다."

리사는 미처 대답을 하기도 전에 두 다리 사이에서 날카로운 통증을 느꼈다. 그리고 갑자기 방광이 가득 차는 것 같은 기분이 들었다.

그녀는 한숨을 쉬었다. 사타구니 안쪽에 테이프를 붙이는 것도 느껴졌다.

"자, 긴장을 풀어요."

뉴먼은 리사의 대답도 기다리지 않고 말했다.

"당신을 금방 낫도록 해줄 테니까."

두 의사는 뒷벽에 걸려 있는 X-ray 사진을 살펴보기 시작했다.

수술은 갑자기 바빠졌다. 낸시 도노반은 소독한 기구를 담은 스테인리스 쟁반을 들고 나타나더니 요란한 소리를 내며 가까이 있는 테이블 위에 올려놓았다. 또 한 사람의 간호사인 다렌 쿠퍼는 이미 가운과 장갑을 착용하고 소독한 기구로 다가가더니 그것들을 쟁반 위에 가지런히 놓기 시작했다. 다렌 쿠퍼가 큰 드릴을 들어 올리고 있는 것을 보고 리사는 고개를 돌렸다.

라네이드가 리사의 오른쪽 팔꿈치 윗부분에 혈압을 측정하는 띠를 감는 동안 캐롤 비글로우는 그녀의 가슴을 젖히고 심전계의 도선을 설치했다. 그러자 곧 트랜지스터에서 흘러나오는 존 덴버의 노랫소리와 경쟁이라도 하듯이 수중음파 탐지기 비슷한 심장감시장치의 발신음이 들려오기 시작했다.

뉴먼이 X-ray 사진을 보고 돌아오더니 리사의 깨끗이 밀어버린 머리의 위치를 선정하여 그녀의 코에는 새끼손가락을, 정수리에는 엄지손가락을 대고 펜으로 선을 그었다. 먼저 그은 선은 한쪽 귀에서 정수리를 지나 다른 쪽 귀까지, 또 하나의 선은 이마 한가운데서 시작해서 먼젓번 선을 2등분하고 후두부에 이르는 것이었다.

"자, 리사, 머리를 왼쪽으로 돌려봐요."

뉴먼이 말했다.

리사는 눈을 감았다. 오른쪽 눈에서 귀에 이르는 광대뼈의 가장자리를 손가락으로 누르는 것이 느껴졌다. 그리고 그 다음에는 오른쪽 관자놀이에서 시작해서 위쪽으로, 이어서 뒤쪽으로, 두 귀가 있는 곳에서 끝나는 고리 모양의 선을 펜 끝이 더듬고 있는 것을 알았다. 즉, 이 선은 리사의 귀를 기점으로 해서 말굽 모양을 그린 것인데, 이 부분이 매너하임이 두피를 젖힌다고 말한 곳이라는 것을 알 수 있었다.

리사는 갑자기 졸리기 시작했다. 방안의 공기가 끈끈한 것 같고 손발이 납덩이를 매달아놓은 것처럼 무거워졌다. 눈을 뜨고 있는 것마저 굉장히 힘이 들었다. 라네이드는 그녀를 내려다보며 미소를 지었다. 그는 한손에는 링거주사 줄을 쥐고, 한손에는 주사기를 들고 있었다.

"편안하게 해줄 거요."

라네이드의 목소리였다.

시간이 멎어버렸다. 주위의 소리가 그녀의 의식 속을 드나들기 시작했다. 잠들어버리고 싶었으나 몸이 무의식적으로 그것과 싸우고 있었다. 그녀는 반쯤 모로 눕도록 몸이 돌려져서 오른쪽 어깨 밑에 베개가 받쳐지는 것을 느꼈다. 그리고 방심한 상태 속에서도 두 손목이 수술대 옆에 직각으로 튀어나온 팔걸이에 묶여 있다는 것을 깨달았다. 그러지 않더라도 팔이 무거워서 움직일 수는 없었다.

몸을 고정시키기 위해 혁대가 허리 주위에 감겨졌다. 머리를 씻고 소독을 하고 있다는 것도 알 수 있었다. 몇 번인가 날카로운 바늘이 찌르는 것 같은 따끔한 통증을 느꼈다. 그리고 바이스 같은 것이 머리를 죄어 왔다. 리사는 잠에 빠지지 않으려고 애를 썼지만 자신도 모르게 잠이 들고 말았다.

급격한 통증에 그녀는 깜짝 놀라 눈을 떴다. 시간이 얼마나 지났는지 알 수가 없었다. 통증은 오른쪽 귀의 위쪽이었다. 통증이 다시 왔다. 리사는 자기도 모르게 비명을 지르면서 몸을 움직이려고 했지만 눈구멍만 제외하고는 온통 외과용 소독포가 온몸을 가리고 있었다. 그 구멍 사이로 라네이드의 얼굴이 보였다.

"모두 잘돼가고 있어요, 리사. 지금 움직이면 안 돼. 국소마취를 하고 있는 중이니까. 조금만 참아요, 곧 끝나니까."

라네이드가 말했다. 그러나 통증은 잇따라 일어났다. 머리 가죽이 터지는 것만 같았다. 그녀는 팔을 들려고 했으나 팽팽하게 처져 있는 소독포 속에 갇혀 있다는 느낌만 들 뿐이었다.

"제발!"

리사는 힘껏 외쳤으나 그 소리는 가냘팠다.

"잘돼가고 있어요. 마음을 편하게 가져요."

통증이 멎었다. 의사들의 숨소리가 들려왔다. 오른쪽 귀 바로 위에 그들이 있는 것이다.

"메스!"

뉴먼이 말했다.

리사는 몸을 움츠렸다. 마치 손가락이 두피를 누르면서 펜으로 그린 선을 따라 선회하고 있는 것 같은 느낌이 들었다. 이윽고 얼굴을 덮고 있는 천을 통해 따뜻한 액체가 목을 타고 흐르는 것이 느껴졌다.

"헤머스탯(지혈감자)! 레이니 클립! 그리고 매너하임 박사님께 연락해. 30분 내에 준비가 끝난다고 말이야."

뉴먼이 큰소리로 말했다.

리사는 지금 자기 머리에서 어떤 일이 일어나고 있는지 생각하지 않으려고 했다. 대신 방광이 꽉 찬 느낌이 들어서 라네이드를 불러 소변을 보고 싶다고 말했다.

"방광에 카테테르가 들어가 있어서 그래요."

라네이드가 말했다.

"하지만 보고 싶어요."

"안심해요, 리사. 잠자는 약을 조금 더 줄 테니까."

다시 잠들었던 리사가 잠을 깬 것은 모터가 돌아가는 소음과 함께 머리를 압박하고 진동시키는 소리 때문이었다. 모터 돌아가는 소리가 무엇인지를 알고 있었기 때문에 리사는 부들부들 떨었다. 두개골에 구멍이 뚫리고 있는 것이다. 그녀는 그것이 '개두기'라고 불린다는 것을 알지 못했다. 언제 통증을 느끼게 될까 하고 긴장하고 있었으나 다행히 통증은 없었다. 뼈가 타는 냄새가 풍겨왔다. 라네이드가 손을 잡아주는 것이 반가웠다. 그녀는 의사의 손만이 유일한 구원이라도 되는 듯이 그 손을 힘껏 움켜쥐었다.

이윽고 개두기의 소리가 멈췄다. 갑작스런 고요 속에 심장감시장치의 리드미컬한 소리가 다시 들려왔다. 리사는 또다시 통증을 느꼈다. 이번에는 편두통이었다. 라네이드의 얼굴이 다시 소독포 사이로 나타났다. 혈압계의 띠가 부풀기 시작했으므로 리사의 얼굴을 지켜보기 위해서였다.

"골겸자(bone forceps)!"

뉴먼이 말했다.

몇 번이나 찌르는 것 같은 통증이 느껴지더니 마침내 뚝 하고 부러지는 것 같은 소리가 들렸다. 드디어 머리가 열렸구나 하고 리사는 생각했다.

"거즈."

뉴먼의 목소리는 사뭇 사무적이었다.

커트 매너하임 박사는 손을 소독하면서 몸을 내밀어 21호 수술실 창 너머로 맞은편 벽에 걸려 있는 시계를 보았다. 9시가 되어가고 있었다. 그와 동시에 주임 레지던트인 뉴먼이 수술대에서 물러서고 있는 것이 보였다.

그는 장갑을 낀 손으로 팔짱을 끼고 판독상자에 걸어놓은 X-ray 사진을 보러 갔다. 그것은 다름이 아니라 개두술을 끝내고 과장이 나오기를 기다리고 있다는 것을 의미했다.

매너하임 박사는 이제 시간이 별로 없다는 것을 알고 있었다. 미국 위생연구소의 조사위원이 정오에 도착하게 되어 있었다. 앞으로 5년 간 자신의 연구 활동을 지탱해줄 수 있는 1천 2백만 달러의 교부금이 그 조사결과에 달려있는 것이다. 그 돈은 어떻게든지 받아야 할 필요가 있었다. 만약 그것이 손에 들어오지 않으면 모든 동물실험과 지난 4년 동안의 연구결과가 수포로 돌아가고 마는 것이다.

그는 이번 수술이 인간의 공격성과 폭행에 관계되는 뇌의 정확한 부위를 찾아내는 작업이 완성되느냐 아니냐의 중대한 기로에 서게 된다는 데 생각이 미쳤다.

비누거품을 씻으면서 수술실의 수간호사인 로리 매킨터를 발견한 매너하임은 큰소리로 그녀를 불렀다. 그녀는 걸음을 멈췄다.

"로리! 도쿄에서 일본인 의사 두 사람이 와 있는데, 휴게실에 사람을 보내서 그들이 수술복 입는 것을 도와주도록 해주겠소?"

로리 매킨터는 그의 부탁에 불쾌감을 느끼면서도 고개를 끄덕였다. 복도에서 큰소리로 떠드는 그의 행동이 못마땅했던 것이다.

매너하임은 그 말없는 비난을 알아차리고 마음속으로 간호사를 욕했다.

"여자들이란……."

간호사들의 행동에는 이것 말고도 짜증나게 하는 일이 많았다.

매너하임은 투우장에 뛰어드는 황소처럼 수술실로 들어갔다. 그 순간 화기애애하던 실내 분위기가 돌변했다. 다렌 쿠퍼는 소독한 수건을 건네주었다. 매너하임은 두 손의 물기를 차례로 닦은 다음 몸을 구부리고 리사 마리노의 개구부를 들여다보았다.

"이게 뭐야, 뉴먼. 언제쯤이나 제대로 개두술을 할 수 있겠나. 단면을 좀 더 비스듬하게 자르라고 그렇게 말했는데 말이야. 빌어먹을! 이건 엉망진창이잖아."

리사는 그 말을 듣고 새로운 공포를 느꼈다. 수술이 뭔가 잘못된 것 같았다.

"저는……."

"변명 따위 듣고 싶지 않아. 좀 더 잘하거나 아니면 다른 병원을 찾아보거나 둘 중 하나를 택해. 조금 있으면 여기에 일본인 의사들이 올 텐데, 그들이 이걸 보면 어떻게 생각하겠나?"

낸시 도노반이 그의 옆에 서서 수건을 받으려고 했으나 매너하임은 그것을 바닥에 던져버렸다. 그는 어린아이처럼 어디에 가거나 자신이 중심이 되기를 원했고, 그러기 위해서는 사람들의 주목을 끄느라 행패 부리는 것을 서슴지 않았다. 그리고 항상 원하는 바대로 되었다. 그는 이 나라 최고의 신경외과 의사 가운데 하나였다. 수술을 신속하게 할 뿐 아니라 그 테크닉에 있어서 단연 뛰어났다.

"일단 머리를 열고 나면 우물쭈물하고 있을 틈이 없다."

이것이 평소 그의 말버릇이었다. 그는 인간의 복잡한 신경해부학에 대한 백과사전적 지식을 소유하고 있었기 때문에 수술에 있어서도 일급 실력자였다.

다렌 쿠퍼는 매너하임의 지시대로 특제 갈색 고무장갑을 벌려서 내밀었다. 그는 두 손을 고무장갑에 넣으면서 그녀의 눈을 뚫어질 듯이 쳐다보았다.

"음……."

그는 장갑 속에 손을 밀어 넣는 것만으로도 성적인 쾌감을 얻는 듯이 신음소리를 냈다.

"베이비, 넌 정말 최고야."

다렌 쿠퍼는 매너하임의 회청색 눈을 피하면서 장갑에 묻어있는 가루를 닦으라 젖은 수건을 내밀었다. 그녀는 그의 짓궂은 장난에 너무나 익숙해져 있었기 때문에 최상의 저항은 상대방을 무시해버리는 것임을 알고 있었다.

이윽고 매너하임은 뉴먼을 오른쪽에, 로리를 왼쪽에 거느리고 수술대 머리 쪽에 자리를 잡고는 리사의 뇌를 덮고 있는 반투명 경막을 내려다보았다. 뉴먼이 이미 신중하게 경막의 일부 두꺼워진 부분에 봉합사를 끼워서 그것을 뼈의 개구부 가장자리에 묶어놓은 것이 보였다. 이로써 경막은 두개골의 안쪽에 단단히 고정되었다.

"좋아, 이 구경거리를 가지고 흥행에 나서야겠군."

매너하임이 말했다.

"경막하고 메스."

기구들이 그의 손에 세게 부딪혔다.

"좀 부드럽게 부탁해요, 베이비. 우리는 지금 텔레비전에 출연하고 있는 게 아니야. 도구를 받을 때마다 손이 이렇게 아파서야 수술을 어떻게 하나?"

그는 고개를 숙이고 경막을 기술적으로 교묘하게 끌어올려 메스로 작은 구멍을 뚫었다. 그 구멍 안에 핑크색이 섞인 회색의 뇌 표면이 드러나 보였다.

매너하임은 일단 수술에 착수하면 완전한 프로가 되어 비교적 작은 그의 손은 신중히, 그러나 매우 능률적으로 움직이기 시작했다. 그의 약간 튀어나온 두 눈은 잠시도 환자에게서 떠나지 않았다. 그가 눈에서 손으로 전달하는 컨트롤은 단연 남의 추종을 불허했다. 그는 키가 170센티미터밖에 되지 않았는데 그것이 항상 그가 신경질을 부리는 원인이 되고 있었다. 그는 자기의 키가 10센티미터 정도만 더 컸어도 자신의 지적능력과 잘 어울릴 것이라고 생각했다. 그러나 컨디션을 항상 최상의 상태로 유지하고 있었기 때문에 61세의 실제 나이보다 훨씬 젊게 보였다.

그는 뇌 조직을 보호하기 위해 경막과 뇌 사이에 작은 솜조각을 끼워가면서 작은 가위로 절개된 리사의 두개골 가장자리까지 연 다음 집게손가락으로 조심스럽게 리사의 측두엽을 건드려보았다. 그의 경험으로 비추어볼 때 아무리 사소한 병변이라도 이 방법으로 찾아낼 수 있었다. 매너하임에게 있어서는 살아서 맥동하고 있는 인간의 뇌와의 이 친밀한 접촉은 바로 자신의 실존을 신격화하는 것이나 마찬가지였다. 수많은 수술 과정에서 이 짜릿한 자극은 그를 성적으로 흥분하게까지 했다.

"자, 이제 전기자극기와 뇌파기록 도선을 부탁하네."

그가 말했다.

뉴먼과 로리 두 의사는 뒤엉켜 있는 가는 선의 끝이 어딘지 몰라서 쩔쩔매며 도선을 풀어냈고, 간호사 낸시 도노반은 그들이 건네주는 도선을 가까이 있는 조작대에 끼웠다. 뉴먼은 솜으로 싼 전극을 한 가닥은 측두엽의 한가운데에, 또 한 가닥은 실비우스 정맥 위로 신중하게 지나가도록 해서 두 줄로 조심조심 평행하게 꽂았다. 끝에 은구슬이 달린 부드러운 전극은 뇌의 밑으로 들어갔다.

낸시 도노반이 스위치를 넣자 심장감시장치 옆에 있는 뇌파 스크린에 형광 불빛이 기묘한 선을 그리기 시작했다.

그때 하라다와 나가모토라는 두 일본인 의사가 수술실에 들어왔다. 매너하임이 그들을 초청한 이유는 그들에게 무엇을 가르쳐주기 위한 것이 아니라 단지 관중이 필요해서였다.

"알겠습니까?"

매너하임은 몸짓과 손짓을 하며 이야기를 시작했다.

"측두엽 절제수술을 할 때 측두엽의 상부를 절제해야 하느냐의 여부를 두고 문헌에는 여러 가지 잡다한 의견들이 나와 있지 않습니까? 어떤 의사들은 환자가 언어장애를 일으킬 것이라고 걱정하지만 그 해답은 우선 테스트를 직접 해보라는 것이죠."

오케스트라의 지휘봉 같은 전기 자극기를 손에 들고 매너하임 의사는 라네이드 의사에게 신호를 했다. 그러자 라네이드는 몸을 구부리고 소독 천을 걷어 올리더니 "리사." 하고 불렀다.

리사는 눈을 떴다. 사람들은 그녀가 대화를 듣고 있었다는 것을 깨닫고 당혹감을 나타냈다.

"리사, 생각나는 동요를 부를 수 있는 대로 불러볼래요?"

라네이드가 말했다.

리사는 그렇게 하면 수술이 빨리 끝나는 줄 알고 그의 말을 따랐다. 그녀가 노래를 부르고 있을 때 매너하임이 자극기를 뇌의 표면에 접촉시키자 그녀의 노래가 중간에서 끊겼다. 그녀는 무슨 말을 하려고 했으나 입에서 소리가 나오지 않았다. 그와 동시에 그녀는 누군가가 문을 열고 들어오는 환상을 보았다.

리사의 말이 중단된 것을 확인하고 매너하임이 말했다.

"이것이 해답입니다! 우리는 이 환자의 측두엽 상부를 절제해서는 안 됩니다."

일본인 의사들은 납득을 했는지 고개를 끄덕였다.

"그럼 이 실험의 더욱 흥미 있는 부분이 남아 있는데……."

매너하임은 깁슨 메모리얼 병원에서 구해온 두 가닥의 심부전극 중에서 한 가닥을 들고 말했다.

"참, 누가 방사선과에 전화를 걸어서 촬영기사를 부르도록 해. 사진을 찍어놔야 나중에 전극의 위치를 알 수 있을 테니까."

딱딱한 바늘같이 생긴 이 전극은 기록과 자극을 겸하는 장치였다. 매너하임은 전극을 소독하기 전에 바늘 끝에서 미리 4센티미터 되는 곳에 표시를 해놓았었다.

그는 조그만 금속제 자로 측두엽의 앞쪽 표면에서 4센티미터 되는 지점을 재더니 그 전극을 뇌의 표면과 직각이 되도록 힘 있게 쥐고, 그러나 힘들이지 않고 4센티미터 표시가 되어 있는 곳까지 밀어 넣었다. 뇌 조직에서는 약간의 저항이 있을 뿐이었다. 그는 다시 두 번째 전극을 들고 앞의 장소에서 2센티미터쯤 뒤쪽에 같은 방식으로 밀어 넣었다. 그렇게 되자 두 가닥이 모두 뇌의 표면에서 5센티미터쯤 튀어나온 모양이 되었다. 그때 다행히 신경방사선과의 X-ray 주임 기사인 케네스 로빈스가 들어왔다. 만약 그가 조금이라도 늦었더라면 매너하임은 틀림없이 그 유명한 신경질을 폭발시켰을 것이다. 수술실에는 미리 X-ray 사진을 찍을 수 있도록 설비가 되어 있었기 때문에 주임 기사는 사진 2장을 찍는 데 불과 몇 분밖에 걸리지 않았다.

"그럼."

매너하임은 시계를 쳐다보고 나서 빨리 서둘지 않으면 안 되겠다고 생각했다.

"심부전극을 자극해서 간질 발작의 뇌파가 나오는지 어떤지를 보기로 합시다. 만약 이것이 성공한다면 절제술로 발작성 장애를 물리치는 일은 100퍼센트 승산이 있는 것이오."

의사들이 다시 환자 주위에 모여들었다. 매너하임이 말했다.

"라네이드, 자극이 가해질 때 어떤 느낌을 받고 어떤 생각을 했는지 환자한테 설명하라고 하게."

라네이드는 고개를 끄덕인 다음, 소독포 밑으로 몸을 숨기더니 이윽고 다시 나와서 "시작하시지요." 하고 매너하임에게 말했다.

그 자극은 리사에게 있어서 소리도 아픔도 없는 폭탄이 터지는 것 같은 것이었다. 1초인지 1시간쯤인지조차 짐작할 수 없는 공백의 시간이 지나자 소독포의 긴 터널 끝에 만화경같이 변화무쌍한 라네이드의 얼굴이 나타났다. 그러나 리사는 그가 라네이드라는 것도 알 수 없었고 자신이 지금 어디에 있는지도 알 수가 없었다. 그녀가 깨닫는 것은 단 하나, 발작이 온다는 것을 예고하는 그 무서운 냄새뿐이었다. 그녀는 겁에 질렸다.

"어떤 느낌이 들었습니까?"

라네이드가 물었다.

"도와주세요!"

리사는 소리쳤다. 몸을 움직이려 했지만 묶여 있어서 꼼짝도 할 수 없었다. 그녀는 발작이 일어나고 있다는 것을 알았다.

"살려주세요!"

"리사!"

라네이드가 크게 놀라며 말했다.

"리사, 모든 게 잘돼가고 있어요. 좀 진정해요."

"살려주세요!"

리사는 정신을 잃으면서 소리쳤다. 그녀는 몸부림쳤으나 머리는 단단히 고정되어 있었고 허리에는 가죽벨트가 감겨 있었다. 그러나 그녀의 모든 힘은 오른팔로 집중되어서 손목을 묶고 있던 끈이 그 엄청난 힘에 의해 툭 끊어지고 말았다. 자유로워진 그녀의 팔은 소독포 속에서 허우적거렸다.

매너하임은 뇌파의 모니터에 갑자기 비정상적인 기록이 나타나는 것을 놀란 채 바라보고 있었다. 그 순간 소독포 속에서 빠져나온 리사의 팔이 시야에 들어왔다. 그가 조금만 더 일찍 거기에 대처할 수 있었더라도 중대한 사태는 피할 수 있었을지 모른다. 그러나 그는 너무도 놀라고 당황해서 거기에 대처하는 순발력을 발휘하지 못했다. 리사는 수술대에 묶여 있는 몸을 풀려고 손을 마구 휘젓다가 무의식중에 삐죽이 튀어나와 있는 전극을 쳐서 그것을 자신의 뇌 속에 수직으로 처박고 말았다.

마틴이 조지 리스라는 소아과 의사와 통화를 하고 있을 때 로빈스가 노크를 하고 문을 열었다. 마틴은 기사에게 들어오라는 손짓을 하고 통화를 계속했다. 리스는 계단에서 떨어졌다고 생각되는 두 살짜리 남자아이의 두개골 X-ray 사진에 대해 문의를 하고 있었다. 마틴은 환자의 가슴 사진에 오래된 늑골 골절이 있는 것으로 봐서 유아 학대가 아닌지 의심스럽다고 대답해주었다. 그는 이 성가신 전화를 빨리 끊고 싶었다.

"무슨 일인가?"

마틴은 의자 위에서 몸을 돌리며 로빈스에게 물었다.

로빈스는 마틴이 추천한 신경방사선과 주임 기사이기 때문에 두 사람 사이에는 특별한 친분이 있었다.

"매너하임 박사님을 위해 찍어달라고 말씀하신 국부사진을 가지고 왔습니다."

마틴이 고개를 끄덕이자 로빈스는 마틴의 판독상자에 사진을 끼웠다. 평소에는 주임기사가 부서 밖에서 X-ray 사진을 찍는 일이 없었다. 이번만 특별히 매너하임의 비위를 거스르지 않기 위해 마틴이 로빈스에게 직접 찍어달라고 부탁했다.

스크린에 리사 마리노의 수술 X-ray 사진이 비치기 시작했다. 두개골의 절제된 부분이 음영이 감소된 다각형으로 나타난 측면사진이었다. 예리한 절제선 안쪽으로 무수한 전극의 하얀 실루엣이 떠오르고 있었다. 매너하임이 리사의 측두엽에 삽입한 긴 바늘처럼 생긴 심부 전극이 가장 뚜렷하게 비치고 있었다. 마틴은 바로 그것에 관심을 가지고 있었다. 전극이 삽입된 위치를 알고 싶었던 것이다.

마틴은 벽면 크기의 올터네이터라는 이름의 다른 자동 투시기의 모터 스위치를 발로 밟았다. 페달을 밟고 있는 동안에 눈앞의 스크린에 비치는 영상이 잇따라 바뀌었다. 이 장치에는 보고 싶은 필름을 얼마든지 걸어놓을 수가 있었다.

마틴은 리사 마리노의 이전 필름들이 나오자 페달에서 발을 뗴었다. 전의 것과 새것을 비교해보고 그는 심부전극이 있는 정확한 위치를 알게 되었다.

"자네는 정말 깨끗한 사진을 찍는구먼. 자네하고만 일할 수 있다면 내가 고민하는 문제의 절반은 해결되는데 말이야."

로빈스는 그 말을 듣고 별것 아니라는 듯이 어깨를 한번 으쓱했으나 칭찬을 받은 것은 기분 좋았다. 그에게 있어서 마틴은 잔소리는 많지만 안목이 상당히 높은 상관이었다.

마틴은 정밀한 자로 예전 필름에 나와 있는 가느다란 혈관 사이의 거리를 세밀하게 측정했다. 뇌의 구조와 혈관의 정상적인 위치에 대한 그가 가지고 있는 지식으로 볼 때 그의 관심사인 이 부위의 입체상을 머릿속에 그리는 것은 매우 쉬운 일이었다. 그는 이것을 새로 찍은 필름에 적용해보고 전극이 도달한 위치를 정확하게 알게 되었다.

"정말 놀라운 일이야. 이 전극의 위치는 매우 정확해. 매너하임은 역시 대단한 사람이야. 다만 그의 판단이 수술 솜씨와 필적한다면 더 이상 나무랄 데가 없는데 말이야."

마틴은 의자의 등받이에 몸을 기대고 말했다.

"이 필름을 수술실로 가져갈까요?"

로빈스의 질문에 마틴은 고개를 저었다.

"아니야, 내가 가지고 가겠네. 매너하임에게 할 얘기가 있으니까. 예전 필름들도 같이 가져가야겠어. 이 후부대뇌동맥의 위치가 약간 걱정이 되는군."

그는 사진을 주섬주섬 챙겨 집어 들고 문으로 향했다.

21호 수술실의 상황은 간신히 혼란이 수습되었으나 매너하임은 이 뜻밖의 사건에 몹시 화가 나 있었다. 그래서 외국 손님 앞에서도 그 노여움을 억제할 수 없었다. 뉴먼과 로리가 특히 욕을 많이 얻어먹었다. 마치 두 사람이 짜고 이 사건을 일으킨 것처럼 그는 길길이 날뛰었다.

그는 라네이드가 리사에게 삽관 전신마취를 실시하는 것과 동시에 측두엽 절제수술을 시작했다. 리사의 갑작스런 발작에 수술실은 순간 공황상태에 빠졌지만, 그래도 모두들 재빨리 그 상황을 훌륭하게 수습할 수 있었다.

리사가 휘두르는 팔을 붙잡아 더 이상 상처가 커지지 않도록 한 사람은 매너하임이었고, 정말로 중요한 역할을 한 사람은 라네이드였다. 라네이드는 즉시 티오펜탈(마취제의 일종)의 수면량인 150밀리그램을 주사하고, 이어서 d-투보쿠라린이라는 근육 마비제를 주입했다. 이 두 가지 약제는 리사를 잠들게 했을 뿐만 아니라 발작도 억제해주었다. 그녀가 발작을 멈추고 잠든 지 몇 분 후 라네이드는 기관지 튜브를 삽관하여 아산화질소를 주입한 뒤 감시 장치를 설치했다.

한편 뉴먼은 로리가 표면에 박힌 전극을 빼내는 동안 뜻하지 않게 깊이 박혀버린 두 가닥의 전극을 뽑았다. 로리는 노출되어 있는 뇌 위에 젖은 솜을 놓은 다음 소독 거즈로 그곳을 덮었다. 환자에게는 다시 소독포가 씌워지고 의사들은 새 가운과 새 장갑을 착용했다. 매너하임의 기분을 제외하고는 모든 것이 원래대로 되돌아간 것이다.

"빌어먹을!"

매너하임은 등의 긴장을 풀기 위해 몸을 똑바로 폈다.

"로리, 어른이 되어서 뭔가 다른 일을 해야겠다 싶으면 나한테 말해. 그러지 않으려거든 내가 볼 수 있도록 그 견인기(retractor;수술

부위를 벌리기 위한 기구)를 제대로 들고 있으란 말이야."

로리가 있는 곳에서는 그가 무엇을 하는지 볼 수가 없었다. 그때 수술실 문이 열리며 마틴이 X-ray 사진을 들고 들어섰다.

"조심하세요. 나폴레옹의 기분이 별로 좋지 않거든요."

낸시 도노반이 속삭였다.

"고마워."

마틴은 못마땅한 표정으로 말했다. 매너하임이 얼마나 유명한 외과의사인지는 모르지만, 모든 사람이 어린애 같은 그의 까다로운 비위를 맞추느라 쩔쩔매는 것이 한심스러웠다. 그는 매너하임이 자기를 바라보고 있는 것을 느끼며 X-ray 사진을 판독상자에 걸어놓았다.

5분쯤 지나자 마틴은 매너하임이 일부러 자신을 무시하고 있다는 것을 깨달았다.

"매너하임 박사님."

마틴은 심장감시장치가 움직이는 소리 너머로 그에게 말을 걸었다. 사람들의 시선이 일제히 움직였다. 매너하임은 등을 펴고 머리를 들었다. 그때 광부가 달고 있는 것 같은 그의 헤드램프의 빛이 정면으로 마틴의 얼굴에 닿았다.

"우린 지금 뇌수술중이라는 것을 박사께서 모르시는 것 같은데, 방해하지 마시오."

매너하임은 억지로 화를 참으면서 말했다.

"위치 설정을 위해 국부 X-ray 사진을 부탁하시지 않았습니까. 그 정보를 알려드리는 것이 제 의무라고 생각합니다."

마틴은 차분하게 대꾸했다.

"잘 생각해보시오. 당신의 의무는 끝났소."

매너하임은 다시 몸을 구부려 확장된 절개부위로 시선을 옮겼다. 그러나 마틴의 진짜 관심사는 전극의 위치가 아니었다. 위치는 완벽했다. 문제는 무서운 후부대뇌동맥으로 향해 있는 전극의 방향이었다.

"그뿐만 아닙니다. 저는……."

그러자 매너하임이 머리를 번쩍 들었다. 헤드램프의 빛이 벽을 타고 죽 올라가 천장을 비추기 시작했다. 그와 동시에 그의 고함소리가 채찍처럼 날카롭게 튀어나왔다.

"마틴 박사, 제발 그 사진을 가지고 돌아가 주게. 그래야 우리로 수술을 끝낼 것 아닌가. 박사의 도움을 얻어야 할 필요가 있을 때는 내가 부탁하러 가지."

그리고 목소리를 가다듬은 다음, 그는 간호사에게 총검겸자(bayoet forceps)를 달라고 하더니 다시 수술을 하기 시작했다.

마틴은 차분히 사진을 챙겨들고 수술실을 나왔다. 그리고 로커룸에서 평복으로 갈아입었다. 그는 더 이상 생각을 하지 않기로 했다. 그것이 감정을 다스리는 가장 쉬운 방법이었다.

방사선과로 돌아오면서 방금 전의 그 소동에 대해 곰곰이 생각해보았다. 매너하임을 상대하려면 자신이 방사선학자로서는 전혀 필요하다고 생각하지 않은 다른 자질을 갖추고 있지 않으면 안 될 것 같았다. 그는 아무런 결론도 내리지 못한 채 자기 과로 돌아갔다.

"혈관조영실에서 준비가 끝났다고 합니다."

연구실에 들어서자 헬렌 워커가 말했다. 그녀는 자리에서 일어나 방안에까지 따라왔다. 헬렌은 퀸즈 대학을 졸업한 38세의 아름다운 흑인여성이었는데 벌써 5년째 마틴의 비서로 근무하고 있었다. 두 사람은 일을 하는 데 있어서는 굉장히 호흡이 잘 맞는 사이였다. 마틴은 그녀가 비서를 그만두고 나간다는 것은 생각만 해도 겁이 났다. 보통의 다른 비서들과 마찬가지로 몹시 분주한 마틴의 일상생활에 없어서는 안 될 사람이었다. 마틴이 지금 입고 있는 세련된 옷만 하더라도 그녀가 노력한 결과였다. 만약 헬렌이 토요일 오후 블루밍데일에서 만나자고 끈질기게 부탁하지 않았다면 아마도 그는 아직도 대학시절에 입었던 것 같은 어깨가 떡 벌어진 유행이 지난 옷을 입고 있었을 것이다. 아무튼 그 결과 새로운 마틴이 탄생해서 그의 늠름한 몸에 딱 맞는 최신 양복을 입을 수 있게 되었다.

마틴은 매너하임의 X-ray 사진을 다른 사진과 서류, 잡지, 책 등과 함께 책상 위에 집어던졌다. 그곳은 항상 헬렌에게는 손을 대지 못하도록 금하고 있는 곳으로, 책상 위가 아무리 지저분해도 그는 어디에 무엇이 있는지를 정확하게 알고 있었다.

헬렌은 그의 뒤에 서서 마틴이 잠잠해지는 것을 보고는 그동안 전달된 것에 대해 큰 소리로 읽기 시작했다. 마치 그에게 빨리 전해야 자신의 임무를 끝낸다는 생각으로.

리스 선생으로부터는 환자의 CAT 촬영에 대해 문의하는 전화가 왔다는 것, 제2혈관조영실의 X-ray 장치가 수리되어 정상적으로 가동되고 있다는 것, 응급실에서는 곧 중증의 두부 외상환자가 도착할 예정인데 시급히 CAT 촬영이 필요하다는 것 등등이었다. 매일매일 끝없이 반복되는 일이었다. 마틴이 모든 일을 잘 부탁한다고 그녀에게 말했다. 그것이 차질 없이 진행되도록 스케줄을 만드는 것이 그녀의 일인 것이다.

이윽고 그녀는 자기 자리로 돌아갔다.

마틴은 가운을 벗고 X-ray 촬영시 방사선으로부터 몸을 지키기 위해 납으로 처리한 에이프런을 입었다. 에이프런에는 빛바랜 슈퍼맨 모노그램이 붙어 있어서 눈에 확 띄었는데 아무리 지우려고 해도 지워지지 않았다. 2년 전 이 과의 연구생이 장난삼아 그려놓은 것인데, 그것은 오히려 그에 대한 경의의 표시였기 때문에 마틴은 굳이 그것을 떼버리려고 하지 않았다.

그는 방을 나오기 전에 책상 위를 한번 둘러보았다. 마이클스의 얘기가 꿈이 아니라는 것을 확인하기 위해 프로그램 카세트가 있는지를 다시 한 번 확인하려고 한 것이다. 그러나 보이지 않자 마틴은 책상으로 다가가 최근에 놓아둔 잡동사니 속을 뒤져보았다. 카세트는 리사 마리노의 국부 X-ray 사진 밑에 놓여 있었다. 그는 문 쪽으로 걸어가다가 다시 걸음을 멈추고 그 카세트와 리사 마리노의 두개골 측면사진을 집어 들었다. 그리고 열려 있는 문 너머로 헬렌에게 혈관조영실에 곧 간다고 전화해달라고 큰소리로 말한 다음 작업대 쪽으로 걸어갔다.

그는 납 처리된 에이프런을 벗어 의자에 걸쳐놓고 지켜보면서 이놈이 정말 제대로 작동을 해줄까 하고 생각했다. 그리고 즐비하게 늘어서 있는 판독상자의 스크린에서 나오는 빛에 리사 마리노가 수술을 받을 때의 사진을 비쳐보았다. 그러나 전극의 실루엣이 비쳐 있는 것에는 흥미가 없었기 때문에 그것은 제외하기로 했다. 마틴이 관심을 가지고 있는 것은 컴퓨터가 이 개두술에 대해 뭐라고 할까 하는 것이었다. 그러나 그런 것이 이 프로그램에 포함되어 있지 않다는 것은 그도 잘 알고 있었다.

그는 컴퓨터 본체에 스위치를 넣고 빨간 램프가 켜지자 카세트를 천천히 넣었다. 4분의 3쯤 들어가자 기계는 마치 굶주린 개처럼 그것을 삼켰고 곧 출력장치가 움직이기 시작했다. 마틴은 출력된 글자를 읽기 위해 그쪽으로 갔다.

안녕하세요. 나는 래드리드 1입니다.

환자의 이름을 입력하세요.

마틴은 양 검지손가락을 사용해서 '리사 마리노'라고 치고 엔터키를 눌렀다.

땡큐, 현재의 주요한 증상을 입력하세요.

그는 '경련발작'이라고 입력했다.

땡큐, 관계있는 임상자료를 입력하세요.

마틴은 '여성 21세, 1년 전부터 측두엽성 간질 호소'라고 쳤다.

땡큐, 필름을 레이저 스캐너에 넣으세요.

마틴은 스캐너 쪽으로 걸어갔다. 삽입구 안쪽의 롤러가 맞물려 돌아가고 있었다. 마틴은 조심스럽게 X-ray 사진의 감광면을 밑으로 해서 넣었다. 기계는 그것을 물어 안으로 끌어들였다. 프린터가 다시 문자를 찍어냈다.

땡큐, 커피 한잔 드시면서 기다리세요.

마틴은 미소를 지었다. 마이클스의 유머센스가 생각지도 못한 곳에서 튀어나왔기 때문이다.

스캐너는 윙윙거리는 전기적인 소리를 발했고, 프린터는 조용히 멎어 있었다. 마틴은 납 처리된 에이프런을 들고 방에서 나왔다.

21호실 수술실에서는 매너하임이 리사의 오른쪽 측두엽을 가만히 들어 올리고 있었다. 그 순간 실내는 물을 끼얹은 듯이 조용해졌다. 가느다란 정맥이 2~3개, 측두엽과 정맥동(venous sinuses)을 연결하고 있는 것이 보였다. 뉴먼은 익숙한 솜씨로 혈관을 전기로 응고시켜서 절단하고, 좀 떨어진 곳에서는 매너하임이 뇌의 일부를 잘라내 그것을 다렌 쿠퍼가 들고 있는 스테인리스 접시에 올려놓았다.

매너하임은 기분이 점차 좋아졌다. 이런 상태라면 평소보다 절반 정도 일찍 일을 마칠 수 있기 때문에 정오에는 자기 방으로 돌아갈 수 있을 것이다.

"아직 완전히 끝나지 않았어."

매너하임은 왼손에는 흡인기, 오른손에는 핀셋을 들고 말했다. 그리고 조심스럽게 측두엽이 있던 곳을 찾아내어 아직 남아 있는 뇌 조직을 빨아들였다. 심부 신경 핵이라고 이름을 붙인 부분을 제거하고 있는 것이다. 이 수술에서는 가장 위험한 부분이지만 동시에 매너하임이 가장 좋아하는 곳이기도 했다. 그는 생명에 관계되는 조직을 피해가면서 자신만만하게 흡인기를 조작했다.

한번은 뇌 조직의 큰 덩어리가 흡인기의 주둥이에 약간 막힌 적이 있었는데 마치 피리소리 같은 소리를 내면서 그 일부가 관 속으로 빨려 들어갔다. 그러자 매너하임이 아무렇지도 않게 내뱉었다.

"자, 음악레슨이 시작되는구먼."

이것은 신경외과에서는 흔히 하는 농담이었지만 그가 일으켜놓은 긴장의 뒤끝이었기 때문에 여는 때보다 더 우스웠다. 2명의 일본인 의사들까지 덩달아 웃음을 터뜨렸다.

매너하임이 뇌 조직을 떼어내자 라네이드는 즉시 환자의 호흡량을 줄이기 위해 마취기를 조절했다. 리사의 혈압을 약간 높여줘야겠다고 생각했기 때문이었다. 한편에서는 매너하임이 개구부에 더 이상의 출혈이 없는지를 살펴보고 있었다. 면밀하게 탐색을 한 매너하임은 수술 부위가 건조되어 있는 것을 보고 만족했다. 그는 니들홀더를 들고 뇌를 덮고 있는 두꺼운 경막을 봉합하기 시작했다. 그러자 라네이드는 리사가 서서히 마취에서 깨어나도록 조치를 취했다. 수술이 끝나면 기침도 저항도 없이 즉시 삽관을 빼야겠다고 생각했다. 그러기 위해서는 사용하는 약품에도 관현악법적인 미묘한 주의가 필요했다. 리사의 혈압을 너무 높이지 않는 것이 절대적인 조건이었다.

경막의 봉합은 신속하게 진행되어 매너하임은 교묘한 손목놀림으로 결절봉합을 마쳤다. 측두엽이 있었던 언저리의 경막은 움푹 들어가 약간 검은색을 띠고 있었지만 아무튼 리사의 뇌는 원래대로 가려졌다. 매너하임은 자신의 솜씨를 자랑이라도 하듯이 의기양양하게 얼굴을 들고 뒤로 물러서더니 탁 소리가 나도록 장갑을 벗었다. 그 소리가 온 방안에 울려 퍼졌다.

"좋아! 완전히 닫아주게. 하지만 너무 시간이 걸리지 않도록 해."

매너하임이 말했다. 그리고 그는 2명의 일본인 의사에게 따라오라고 신호를 한 다음 방에서 나갔다.

뉴먼이 매너하임이 섰던 자리에 섰다.

"좋아, 로리. 자네가 나를 방해하지 않고 제대로 거들어줄 수 있는지, 어디 솜씨를 한번 볼까?"

뉴먼이 매너하임의 흉내를 내면서 말했다.

뉴먼은 두개골을 마치 할로윈의 호박 가면처럼 원래대로 씌우고 이음매를 맞추더니 봉합준비를 끝마쳤다. 그는 치상겸자(teeth forcep)를 두 손에 하나씩 들고 리사의 두피를 여기저기 들춰보면서 그 끝을 잡았다. 그리고 바늘을 그 안에 깊이 꽂아 넣더니 두개골막을 같이 들어 올리고 있다는 것을 확인한 다음 상처에 바늘을 꽂았다. 다음에는 바늘을 니들홀더에서 빼내고 다시 바늘 끝을 쥐고 꿰매기 시작했다. 기본적으로 같은 조작을 되풀이하면서 봉합사를 건너편에서 기다리고 있는 로리의 손에 넘겨주면 로리가 그것을 결합했다. 두 사람이 이 조작을 되풀이하자 마침내 상처는 검은 봉합선을 남겨놓고 완전히 닫히게 되었다. 그것은 마치 리사의 머리에 큰 지퍼를 단 것 같은 느낌을 주었다.

봉합이 진행되는 동안 라네이드는 계속 엠브백을 누르면서 리사를 호흡시키고 있었다. 마지막 봉합이 끝나면 즉시 리사에게 100퍼센트의 산소를 공급하고, 아직 대사되지 않고 체내에 남아 있는 근육 이완제를 제거해야겠다고 생각하고 약제를 투여했다. 그는 예정대로 엠브백을 손으로 다시 한 번 눌렀다. 그러나 이번에는 숙련된 그의 손이 조금 전과는 약간 다르다는 것을 감지했다. 2, 3분 전부터 리사는 스스로 호흡하려고 노력하고 있었기 때문에 그 노력이 타동적인 환기에 약간의 저항을 보이고 있었으나 마지막으로 한번 밀었을 때 그 저항이 없어지고 말았다.

황급히 엠브백을 살펴보고 식도에 삽입되어 있는 청진기 소리를 들어본 라네이드는 리사가 갑자기 스스로 호흡하는 것을 중지했다는 것을 깨달았다. 말초신경 자극기를 살펴보았으나 근육이완제는 틀림없이 예정대로 감소되고 있었다. 그러나 왜 갑자기 호흡을 중지하고 말았을까? 라네이드의 맥박이 빨라지기 시작했다. 그에게 있어서 마취란 낭떠러지에 걸려 있는 바위 위에 앉아 있는 것과 같아서 안전하다고 방심하다가는 순식간에 위험천만한 지경에 이를 수도 있는 것이었다. 라네이드는 재빨리 혈압을 측정해보았다. 150/90으로 올라가 있었다.

'수술 중에는 105/60으로 안정되어 있었는데 이건 아무래도 이상하다!'

"스톱!"

그는 뉴먼 의사에게 말한 다음 심장감시장치를 힐끗 쳐다보았다. 고동은 규칙적이었으나 약간 늦어져서 스파이크 사이의 휴식이 다소 길어지고 있었다.

"무슨 일이에요?"

라네이드의 목소리에 불안을 느낀 뉴먼이 물었다.

"모르겠어."

라네이드는 리사의 정맥혈압을 조사하는 한편 나이트로프루사이드라는 이름의 혈압강하제를 주사할 준비를 했다. 이때까지만 해도 라네이드는 리사의 호흡, 맥박, 체온, 혈압 등의 수치 변화는 뇌수술에 의한 일시적인 뇌의 반사작용일 것이라고 생각하고 있었으나 이제 그는 출혈을 걱정하기 시작했다! 출혈 때문에 2개 내의 압력이 높아질 가능성이 있는 것이다. 숫자의 결과는 그것을 설명하고 있는지도 모른다. 그는 다시 혈압을 측정해보았다. 170/100으로 높아져 있었다. 그는 즉시 나이트로프루사이드를 주사했다. 그 사이에도 그는 공포와 함께 온몸에서 힘이 빠져나가는 것을 깨달았다.

"출혈을 하고 있는지도 몰라."

그는 그렇게 말한 다음 몸을 구부리고 리사의 눈꺼풀을 뒤집어보았다. 그리고 그가 가장 두려워하던 광경과 접했다. 리사의 동공이 산대되고 있었다.

"분명히 출혈이다!"

그는 소리쳤다.

두 사람의 레지던트는 환자를 사이에 두고 서로 얼굴을 쳐다보았다. 그들의 생각은 일치했다.

"매너하임이 무척 화를 낼 거야."

뉴먼이 말했다. 그리고 낸시 도노반에게 지시했다.

"그래도 그를 불러오는 것이 좋겠어. 빨리 가서 긴급 상황이라고 전해요."

낸시 도노반은 원내 전화로 뛰어가서 안내를 불렀다.

"한 번 더 열어야 할까요?"

로리가 물었다.

"모르겠어."

뉴먼이 풀죽은 목소리로 대꾸했다.

"두개 내에 출혈이 있다면 응급 CAT 검사를 해보는 것이 좋아. 만약 수술한 장소에서 출혈이 있다면 열어봐야 할 거야."

"혈압이 계속 올라가고 있어!"

라네이드 의사는 눈금을 지켜보면서 믿을 수 없다는 듯이 소리쳤다. 그는 다시 혈압강하제를 주사할 준비를 했다.

두 레지던트는 아직도 속수무책이었다.

"혈압이 또 올라가고 있군. 어떻게 좀 해봐줘, 부탁이야."

라네이드가 소리쳤다.

"가위!"

뉴먼이 한마디 내뱉었다. 가위가 건네지자 그는 방금 꿰매놓은 봉합사를 다시 자르기 시작했다. 봉합사를 잘라놓자 상처는 금방 빠끔히 벌어졌다. 그는 두피를 젖히고 개두술로 절제한 두개골 부분을 열었다. 그것은 마치 맥박이 치고 있는 것처럼 보였다.

"준비한 혈액 4병만 가져다줘!"

라네이드가 외쳤다.

뉴먼이 뼛조각을 누르고 있던 봉합부를 두 군데 자르자 뼛조각은 뉴먼이 미처 줍기도 전에 옆으로 굴러 떨어졌다. 뇌 경막은 약간 검은 색을 띠고 부풀어 올라 있었다.

그때 수술실 문이 벌컥 열리면서 매너하임 박사가 뛰어들어 왔다. 수술복 바지 단추는 밑의 2개 외에는 채우지도 않고 있었다.

"도대체 어떻게 된 거야?"

매너하임은 소리치다 말고 맥박이 뛰면서 부풀어 오르고 있는 경막을 들여다보더니 "맙소사! 장갑! 장갑을 줘!" 하고 외쳤다.

낸시 도노반이 새 장갑을 꺼내 입구를 벌려주려고 했으나 매너하임은 그것을 낚아채더니 소독도 하지 않고 손에 꼈다.

봉합사를 다시 두세 군데 자르자 경막이 쩍 벌어지면서 시뻘건 피가 매너하임의 가슴으로 튀었다. 그는 피를 뒤집어쓰며 남아 있는 봉합사를 모두 잘라냈다. 어디에서 출혈하고 있는지를 확인하지 않으면 안 되었다.

"흡입기!"

매너하임이 소리쳤다.

기계는 귀에 거슬리는 소리를 내면서 피를 빨아들이기 시작했다. 그가 당황해서 직접 뇌에 닿았기 때문에 뇌는 순간적으로 위치를 바꾸거나 팽창할 것이 분명했다.

"혈압이 떨어지고 있습니다."

라네이드가 말했다.

매너하임은 큰소리로 견인자를 가져오라고 소리쳤다. 수술 부위의 아래쪽을 보려는 것이었다. 그러나 흡입기를 떼기만 하면 피가 다시 가득 차올랐다.

"혈압이……."

라네이드 의사는 거기서 말을 끊었다.

"혈압이 완전히 떨어졌습니다."

수술 중 내내 안정되어 있던 심장감시장치 소리가 괴로운 듯이 느려지더니 이윽고 정지되고 말았다.

"심장 정지!"

라네이드가 소리쳤다.

레지던트들은 무거운 소독포를 리사의 머리 위로 걷어 올려 그녀의 몸을 노출시켰다. 뉴먼은 수술대 옆에 있는 발판에 올라가 그녀의 흉골부를 누르면서 심장마사지 소생술을 시작했다. 라네이드는 혈액을 받아 매달아놓고 모든 링거관을 총동원하여 되도록 빨리 리사에게 약물을 공급하기 시작했다.

"그만해!"

매너하임이 소리쳤다. 그는 라네이드가 심장정지를 알렸을 때부터 수술대에서 몇 걸음 물러나 있었다. 극도로 낙심한 표정으로 그는 견인자를 바닥에 내동댕이쳤다.

손가락 사이로 피와 뇌 조각들을 뚝뚝 떨어뜨리면서 팔을 축 늘어뜨린 채 그는 한동안 그 자리에 멍하니 서 있었다.

"이제 됐어! 쓸데없는 짓이야."

이윽고 그가 말했다.

"틀림없이 어딘가 큰 동맥을 다쳤을 거야. 이 환자가 제 머리 속으로 전극을 처박았기 때문이야. 틀림없이 그때 전극이 동맥을 절단하고 혈관경련을 일으켰을 텐데, 발작 때문에 그것을 몰랐던 거야. 경련이 풀리고 나서 출혈하기 시작했어. 이 환자를 살릴 방법은 없어."

매너하임은 곧 흘러내릴 것 같은 수술복 바지를 붙잡고 방을 나가다가 문 앞에서 걸음을 멈추고 두 레지던트를 돌아보았다.

"다시 봉합을 해서 아직도 살아 있는 것처럼 해놓는 거야. 무슨 말인지 알겠지?"

불길한 증상

"전 크리스틴 린퀴스트라고 해요."

대학병원 산부인과 대기실에서 기다리고 있던 젊은 여성이 말했다. 그녀는 어떻게든지 미소를 지으려고 했으나 입언저리가 약간 떨리고 있었다.

"11시 15분에 존 숀펠드 선생님과 예약을 했어요."

벽에 걸려 있는 시계를 보니 정각 11시였다.

접수계인 엘렌 코헨은 문고판 소설에서 얼굴을 들고 자기를 내려다보고 있는 아름다운 얼굴을 바라보았다. 그녀는 순간 이 크리스틴 린퀴스트가 자신에게는 없는 것을 모두 갖추고 있다는 생각이 들었다.

크리스틴은 비단같이 가느다란 순 금발에 약간 젖혀진 듯한 코, 크고도 깊은 푸른 눈, 늘씬한 다리를 가지고 있었다.

엘렌은 첫눈에 그녀가 싫었다. 그래서 그녀에 대한 레테르를 방탕하기로 소문난 캘리포니아 매춘부라고 붙이기로 했다. 그런데 크리스틴 린퀴스트가 위스콘신 주 매디슨 출신임을 알았다고 해도 엘렌은 마찬가지였을 것이다.

엘렌은 담배 한 모금을 깊이 빨아들였다가 코로 연기를 내뿜으면서 예약 장부를 들춰보았다. 그리고 크리스틴의 이름 밑에 줄을 그은 다음 그녀에게 앉으라고 했다. 그리고 숀펠드 선생이 아니라 하퍼 선생을 만나야 한다고 말했다.

"어째서 숀펠드 선생님을 만날 수 없는 거죠?"

크리스틴은 물었다. 숀펠드는 기숙사에 있는 친구가 추천해준 의사였다.

"그분이 여기에 없기 때문이에요. 이제 아시겠어요?"

크리스틴은 고개를 끄덕였으나 엘렌은 그녀를 보고 있지도 않았다. 그녀는 다시 책읽기를 시작했는데, 이윽고 대기실 쪽으로 걸어가는 크리스틴의 뒷모습을 샘이 나는 표정으로 쏘아보고 있었다.

크리스틴은 그냥 돌아가 버릴까 하는 생각을 했다. 왔던 길을 되돌아나간다고 해서 뭐라고 할 사람은 없었다. 병이나 쇠약함을 연상시키는 이 병원의 황폐한 풍경이 싫어졌던 것이다. 그녀가 다니는 위스콘신 주의 월터 피터슨 선생의 진료실은 매우 청결하고 산뜻했기 때문에 반년마다 있는 검진도 즐거울 정도는 아니지만 적어도 우울하지는 않았다.

그러나 그녀는 그대로 나가지 않았다. 예약을 하는데도 상당히 애를 썼지만, 아무튼 일단 시작한 일은 끝을 보지 않으면 직성이 풀리지 않는 그녀의 성격 때문이었다. 그녀는 대기실의 지저분한 비닐의자에 다리를 꼬고 앉아서 이름이 불리기를 기다리고 있었다.

15분쯤 지났을까. 크리스틴은 손바닥에 땀이 나 있는 것을 깨달았다. 그녀는 더욱 불안한 생각이 들어서 자기는 심리적으로 어딘가 이상한 것이 아닐까 하는 생각이 들기도 했다. 좁은 대기실에는 그녀 외에 6명의 여성이 더 있었는데 모두 침착한 표정을 하고 있는 것이 크리스틴을 더욱 초조하게 했다. 자신의 몸에 어떤 이상이라도 있는 것일까, 진찰받으러 산부인과에 왔기 때문에 야만적이고 불쾌한 분위기에도 모든 것을 드러내야 한다고 생각하니 가슴이 답답해졌다.

크리스틴은 너덜너덜해진 잡지를 주워들고 생각을 다른 곳으로 돌리려고 했다. 그러나 마음대로 되지 않았다. 모든 안 좋은 기사들이 자신에게 닥쳐올 고난과 연관이 있는 것 같은 생각이 들었다. 그리고 남자와 여자가 다정하게 있는 사진들을 보니 새로운 걱정이 생겼다. 성관계를 가진 후 정액이 질 속에 얼마 동안이나 남아 있을까? 그녀는 이틀 전 상급생이자 남자친구인 토머스 휴론과 잠자리를 같이 했었다. 만약 의사가 그것을 안다면 얼마나 부끄러울까.

크리스틴이 이 산부인과에 예약을 한 것은 토머스와의 관계가 있었기 때문이다. 두 사람은 지난 가을부터 만나오고 있었다. 관계가 깊어짐에 따라 크리스틴은 언제가 안전한가를 계산하는 것은 결코 합리적인 피임방법이 아니라고 생각했다. 토머스는 책임지기를 거절하면서도 크리스틴에게 자주 섹스를 요구했다. 그녀는 교내의 약국에 가서 경구피임약을 구입하려다 그러기 위해서는 우선 병원에 가서 산부인과의 검사를 받아야 한다는 말을 들었다.

크리스틴은 고향의 친절한 의사에게 가고 싶었으나 비밀이 알려질 것이 걱정되어 그럴 수도 없었다.

가만히 한숨을 내쉰 크리스틴은 갑자기 위가 살살 아프고 배가 끄르륵거리는 것을 느꼈다. 지금 설사를 한다는 것은 생각만 해도 부끄러웠다. 그녀는 시계를 쳐다보면서 더 이상 기다리지 않았으면 좋겠다고 생각했다.

1시간 20분이 지나서야 엘렌 코헨이 크리스틴을 검진실로 불러들였다. 조그만 가리개 그늘에서 옷을 벗었을 때 그녀는 리놀륨 바닥이 매우 차다는 것을 느꼈다. 갈고랑이가 하나밖에 없었기 때문에 그녀는 옷을 모두 거기에 걸었다. 그리고 시키는 대로 병원의 가운을 입었다. 길이가 넓적다리 중간밖에 오지 않는 그 가운은 앞에서 끈으로 묶게 되어 있었다.

밑을 내려다보니 추위 때문에 빳빳하게 일어선 젖꼭지가 낡은 무명천 아래서 단단한 단추처럼 튀어나와 있었다. 그녀는 의사가 보기 전에 얼른 들어가 주었으면 하고 바랄 뿐이었다.

크리스틴은 커튼을 젖히고 나오다가 거즈 위에 기구를 늘어놓고 있는 미즈 블랙먼 간호사의 모습을 보았다. 그녀는 얼른 눈을 돌렸으나 그때는 이미 보고 싶지 않은 스테인리스 기구들이 번쩍거리는 것을 본 뒤였다. 그중에는 질경과 겸자도 있었다. 그런 기구들을 힐끗 본 것만으로도 크리스틴은 맥이 쭉 빠지고 말았다.

"아, 좋아요. 당신은 참 빠르군요. 자, 이리 올라가세요. 선생님이 곧 오실 테니까요."

블랙맨은 그렇게 말하고 발로 조그만 발판을 움직여서 검진대 밑으로 가져왔다.

속이 훤하게 들여다보이는 가운을 두 손으로 잡고 크리스틴은 검진대로 올라갔다. 반원형의 금속 테두리가 앞으로 튀어나와 있었기 때문에 검진대는 마치 중세의 고문도구를 연상하게 했다. 그녀는 발판에 다리를 내려뜨린 채 간호사와 마주보고 앉았다.

블랙맨은 그때부터 면밀하게 크리스틴의 병력을 물었다. 그리고 그 철저한 질문에 크리스틴은 감탄하고 말았다. 블랙맨은 심지어 그녀의 가족관계까지 상세하게 물었다. 누구도 이렇게 완벽하게 일을 할 수는 없을 것 같았다. 미즈 블랙먼을 처음 봤을 때 그녀는 간호사란 냉정하고 까칠한 사람들이 아닐까 하고 걱정했으나, 병력을 조사하는 동안 그녀가 인간적으로 매우 좋고 재미있는 사람이라는 것을 알게 되었다. 그래서 완전히 긴장을 풀게 되었다. 아무튼 블랙맨이 기록한 병적인 징후는, 크리스틴이 기억하고 있는 범위에서는 지난 수개월 동안 경험한 약간의 대하, 생리와 생리 사이에 있었던 약간의 출혈뿐이었다.

"좋아요. 그럼 검진할 준비를 합시다. 자, 누워서 발을 이 테 안에 넣으세요."

크리스틴은 가운을 여미면서 그의 말에 따랐다. 그러나 완전히 몸을 감쌀 수가 없었기 때문에 다시 마음의 평정을 잃기 시작했다. 금속 테도 얼음처럼 차가워서 온몸이 부들부들 떨렸다.

블랙맨은 깨끗이 빤 시트를 펼쳐서 크리스틴의 몸을 덮더니 그 끝을 들어 올리고 안을 들여다보았다. 크리스틴은 완전히 벌어져 있는 자신의 가랑이 사이에 간호사의 눈길을 아플 정도로 느꼈다.

"오케이. 검진대의 끝까지 더 내려오세요."

블랙맨이 말했다.

크리스틴은 허리를 비틀면서 엉덩이를 밀어 몸을 다리 쪽으로 미끄러뜨렸다.

블랙맨은 시트 속을 들여다보면서 아직도 만족스럽지 않다는 표정을 지었다.

"조금 더 내려와요."

크리스틴은 엉덩이가 검진대의 가장자리에서 벗어날 것 같은 느낌이 들 정도로 몸을 더 미끄러뜨렸다.

"네, 됐어요. 하퍼 선생님이 오실 때까지 편안하게 누워 계세요."

편안하게 누워 있으라고! 어떻게 편안하게 누워 있을 수가 있단 말인가. 그녀는 자신이 손님들이 마구 주무르는 것을 기다리고 있는 선반 위의 고깃덩어리가 된 것 같은 느낌이 들었다. 뒤에는 창문이 있었는데, 그 커튼이 제대로 닫혀 있지 않은 것도 몹시 신경이 쓰였다.

노크소리도 없이 문이 열리더니 병원의 사환이 머리를 들이밀었다.

"검사실에 가지고 갈 혈액표본은 어디 있죠?"

"내가 가르쳐줄게."

블랙맨은 그렇게 말하고 그 아이와 함께 모습을 감추었다.

크리스틴은 알코올 냄새가 나는 그 무균공기 속에 혼자 남게 되었다. 그녀는 눈을 감고 깊은 한숨을 쉬었다. 기다린다는 사실이 그녀를 더욱 초조하게 만들었다.

이윽고 다른 문이 열렸다. 크리스틴은 의사가 들어왔나 하고 얼굴을 들었으나 보이는 것은 접수계였다.

"블랙맨 씨는 어디 갔죠?"

크리스틴이 잠자코 고개를 젓자 접수계는 문을 쾅 닫고 나가버렸다. 크리스틴은 얼굴을 내리고 다시 눈을 감았다. 도저히 더 이상 기다리고 있을 수 없을 것 같았다.

막 일어서서 나갈까 하는데, 그 순간 문이 열리면서 의사가 활기차게 들어왔다.

"안녕하세요, 나는 닥터 데이비드 하퍼입니다. 오늘 어떻습니까?"

"좋아요."

크리스틴은 가냘픈 목소리로 대답했다. 데이비드 하퍼는 그녀가 생각하고 있던 의사는 아니었다. 의사로서는 너무 젊어보였다. 머리가 홀딱 벗겨진 것과는 대조적으로 얼굴이 나부죽해서 어린애 같았고, 눈썹은 너무 짙어서 진짜로 보이지 않을 정도였다.

하퍼는 조그만 세면대로 가서 재빨리 손을 씻었다.

"이 학교 학생인가요?"

그는 그녀의 차트를 보면서 말했다.

"네."

"무슨 과목을 전공하죠?"

"미술이에요."

크리스틴은 꼬박꼬박 대답하면서 하퍼가 시시한 질문만 한다고 생각했으나 그런 것은 어쨌든 상관없었다. 오래 기다리던 끝이라 그래도 고마운 마음이 들었다.

"미술이라, 그거 근사하지요."

하퍼는 심드렁하게 대꾸하면서 손을 말린 다음 라텍스 고무장갑이 들어 있는 봉투를 찢었다. 그리고 크리스틴의 눈앞에서 큰소리를 내며 손목을 집어넣더니 손가락에 딱 맞도록 끼었다. 그 동작은 마치 의식을 치르고 있는 것처럼 보였다. 하퍼는 정수리를 제외하고는 온몸이 털투성이라는 것을 크리스틴은 깨달았다. 손등의 털도 얇은 라텍스 장갑을 통해 혐오스럽게 보였다.

그는 검진대의 발쪽으로 다가와 크리스틴에게 약간의 대하와 이따금씩 하는 출혈에 대해 자세히 물었다. 그러나 그는 그 두 가지 징후에 대해 큰 관심을 표시하는 것 같지는 않았다. 그리고 그 작은 의자에 앉자 크리스틴으로부터는 그 모습이 보이지 않게 되었다. 시트자락이 들춰지는 것을 느끼면서 그녀는 갑자기 공포감을 느꼈다.

"좋아요."

하퍼는 아무렇지도 않게 말했다.

"될 수 있는 대로 내 쪽으로 더 내려오도록 해요."

크리스틴이 검진대 끝으로 내려갔을 때 검진실 문이 열리면서 블랙 맨이 들어왔다. 크리스틴은 그녀의 모습을 보자 반가웠다. 그러나 두 다리가 최대한으로 벌어져 있는 것을 상기하고는 이제 더 이상 감출 것도, 숨길 것도 없다고 생각했다.

"그레이브즈 질경을 줘."

하퍼가 블랙맨에게 말했다.

지금 무엇을 하고 있는지 크리스틴은 알 수가 없었으나 금속이 서로 부딪치는 소리가 들리더니 이윽고 뱃속이 묵직해지는 느낌이 들었다.

"좋아요, 힘을 빼요."

크리스틴이 미처 대답도 하기 전에 장갑 낀 손가락이 질 입구를 벌리는 것이 느껴졌다. 그녀의 넓적다리 근육이 반사적으로 수축되었으나 뒤이어 차디찬 금속의 질경이 비집고 들어오는 것이 느껴졌다.

"자, 자, 힘을 빼요! 마지막으로 팝 도말검사를 받은 것이 언제죠?"

그녀가 자신에게 물은 질문이라는 것을 깨달을 때까지는 약간 시간이 걸렸다.

"1년쯤 전이었어요."

뭔가가 내부에서 확장되는 것 같은 감촉이 느껴졌다.

하퍼는 아무 말도 없었다. 크리스틴은 자신이 무슨 일을 당하고 있는지 전혀 알 수가 없었다. 질경이 들어가 있는데도 근육이 움직이고 있다는 것을 생각하니 그녀는 무서운 생각이 들었다. 왜 이렇게 시간이 오래 걸리는 걸까? 질경이 약간 움직이는가 싶더니 의사가 뭐라고 중얼거렸다. 어디가 나쁜 곳이라도 있는 걸까?

고개를 들어보았으나 의사는 자기를 보고 있지 않았다. 그는 반대편 작은 책상에 몸을 구부리고 두 손으로 무언가를 하고 있었다. 블랙맨이 고개를 끄덕이면서 작은 소리로 무슨 말을 하고 있는 것이 보였다. 크리스틴은 다시 머리를 내리고 빨리 질경을 빼내줬으면 하고 생각했다. 이윽고 그것이 또 움직이자 하복부에 무엇인가 이상한 중압감이 느껴졌다.

"좋아."

마침내 하퍼가 말했다. 그러자 질경이 들어올 때와 같은 속도로 빠져나가고 짜릿한 통증만 남았다. 크리스틴은 검진이 끝났다는 해방감을 느끼면서 안도의 한숨을 쉬었다.

"난소는 아무 이상이 없는 것 같군요."

하퍼는 더러워진 장갑을 벗어 뚜껑이 달린 양동이에 집어던지면서 말했다.

"다행이군요."

크리스틴은 진찰 결과보다는 불쾌한 경험이 끝난 것을 다행으로 생각했다.

유방에 대한 진찰을 재빨리 끝낸 다음 하퍼는 그녀에게 옷을 입어도 좋다고 말했다. 그는 무뚝뚝한 표정이었지만 동시에 무엇엔가 정신이 팔려 있는 것 같은 모습이었다. 크리스틴은 가리개의 안으로 들어가서 커튼을 당겼다. 그리고 의사에게 하고 싶은 말을 하기도 전에 의사가 가버리면 곤란하다고 생각하며 되도록 빨리 옷을 입었다. 그녀는 미처 블라우스의 단추를 다 채우지도 못하고 가리개 안에서 나왔다. 마침 하퍼가 차트를 다 쓰고 난 뒤였기 때문에 타이밍이 매우 좋았다.

"하퍼 선생님, 피임에 대해서 여쭙고 싶은데요."

"무엇이 알고 싶소?"

"제가 무엇을 사용하면 가장 좋은지, 그 방법 좀 가르쳐주세요."

하퍼는 어깨를 으쓱해 보였다.

"어떤 방법이든 좋은 점도 있고 나쁜 점도 있어요. 당신은 어떤 방법을 쓰든지 상관없어요. 그것은 개인의 기호니까. 거기에 대해서는 블랙맨과 의논을 해봐요."

크리스틴은 고개를 끄덕였다. 좀 더 의논을 하고 싶었으나 하퍼의 무뚝뚝한 태도에 기가 질리고 말았다.

"당신을 진찰해보니 본질적으로는 정상이었어. 자궁경부에 약간의 미란이 있고 그것 때문에 분비물이 있긴 하지만 문제될 건 없소. 2, 3개월 지난 후에 다시 한 번 봅시다."

하퍼는 펜을 윗옷 호주머니에 넣고 자리에서 일어서면서 말했다.

"미란이 뭔데요?"

크리스틴은 그것이 무슨 말인지 알 수가 없었다.

"상피세포가 파괴되어 없어진 부분을 말하는 거요. 또 알고 싶은 것이 있소?"

하퍼는 일을 빨리 끝내고 싶어하는 눈치였다. 크리스틴은 무언가 더 말하고 싶었지만 망설였다.

"그럼 다른 환자가 있기 때문에 가봐야겠소."

하퍼는 빠른 어조로 말했다.

"만약 피임에 대해서 더 알고 싶으면 블랙맨에게 물어봐요. 의논하기에는 안성맞춤이니까. 진찰 후에 약간의 출혈이 있을지도 모르지만 그건 걱정할 필요 없어요. 그럼 2, 3개월 후에 다시 만나요."

하퍼는 마지막에 싱긋 웃으면서 크리스틴의 머리를 살짝 때리더니 밖으로 나갔다.

그가 나가자 곧 문이 열리면서 블랙맨이 안을 들여다보았다. 그녀는 하퍼가 없는 것을 보고 놀란 표정을 짓더니, "어머, 빠르기도 하네." 하고 말하면서 차트를 집어 들었다.

"그럼 검사실로 와요. 모두 끝내고 보내드릴 테니까."

크리스틴은 블랙맨의 뒤를 따라 옆방으로 갔다. 거기에도 2개의 검진대와 현미경 등 여러 가지 의료기구가 놓여 있는 긴 책상이 있었다. 그리고 맞은편 벽 쪽에는 유리창이 달린 찬장에 기분 나쁜 도구들이 가득 들어 있었다. 그 옆에는 시력검사표가 걸려 있었는데 이상하게도 크고 작은 글자가 모두 E로만 구성되어 있었다.

"당신은 안경을 끼나요?"

미즈 블랙먼이 물었다.

"아뇨."

"좋아요. 그럼 거기에 누워요. 피를 뽑아야 하니까."

크리스틴은 시키는 대로 했다.

"저는 피를 뽑으면 약간 현기증을 느끼는데요."

"그거야 누구든지 다 그래요. 그래서 누우라고 하잖아요."

크리스틴은 바늘에 찔리는 것을 보지 않으려고 얼굴을 돌렸다. 블랙맨은 매우 신속하게 혈액을 채취한 다음 혈압을 재고 맥을 짚어보왔다. 그리고 시력을 검사하기 위해 실내를 어둡게 했다.

크리스틴은 블랙맨과 피임에 대한 얘기를 하고 싶었으나 검사가 끝날 때까지는 말을 꺼낼 수가 없었다. 간호사는 산부인과 검진은 모두 끝났다고 말하고는 아무런 이상도 없다고 하면서 대학의 가족계획센터에 가보라고 했다. 또 점막의 미란에 대해서도 간단한 그림을 그려서 의심스러운 점이 없다는 것을 설명했다. 그녀는 크리스틴의 전화번호를 물은 다음, 만약 혈액검사 결과 조금이라도 이상이 있으면 알려주겠다고 말했다.

크리스틴은 그제야 안심을 하고 서둘러 검진실을 나왔다. 아무튼 큰일을 끝낸 것이다. 그녀는 지독한 긴장을 맛본 뒤였기 때문에 오후 강의는 빼먹기로 했다.

산부인과 대기실 중간까지 왔을 때 그녀는 갑자기 길을 잃고 아까 어느 쪽에서 왔는지 모르게 되었다. 그래서 뒤를 돌아보고 엘리베이터의 안내판을 찾다가 가까이 있는 복도의 벽에 안내판이 걸려 있는 것을 발견했다. 그러나 그 글씨가 눈에 들어오는 순간 크리스틴의 뇌속에 변화가 나타났다. 갑자기 이상한 느낌이 들면서 가벼운 현기증과 함께 속이 메슥거리는 냄새가 난 것이다. 어디서 나는지는 모르지만 그것은 이상하게도 지금까지 자주 맡았던 익숙한 냄새 같았다.

불길한 예감이 들었으나 크리스틴은 그런 느낌에는 되도록 신경을 쓰지 않고 사람이 붐비고 있는 복도를 걸어갔다. 병원에서 빨리 나가고 싶었다. 그러나 현기증이 점점 심해지더니 복도가 빙글빙글 돌기 시작했다. 그녀는 입구의 기둥을 잡고 몸을 지탱하면서 눈을 감았다. 그러자 빙글빙글 도는 느낌은 사라졌다.

눈을 뜨면 또 그런 느낌이 들지도 모른다고 생각하고 살짝 눈을 떴다. 다행히 현기증은 더 이상 나지 않았고 한참 뒤에는 기둥에서 손을 뗄 수도 있었다.

크리스틴이 막 한걸음 떼놓으려는데 갑자기 그녀의 팔을 붙잡는 사람이 있었다. 그녀는 깜짝 놀라서 몸을 움츠렸다. 그러나 하퍼라는 것을 알게 되자 그녀는 안도의 한숨을 쉬었다.

"괜찮소?"

"네, 괜찮아요."

크리스틴은 자신의 증상을 말하기 싫어서 재빨리 대답했다.

"정말이오?"

크리스틴은 고개를 끄덕인 다음 그것을 강조하듯이 하퍼의 손에서 자기 팔을 빼냈다.

"그럼 방해해서 실례했소."

하퍼는 그렇게 말하고는 복도를 걸어가 버렸다.

크리스틴은 인파 속으로 사라져가는 그를 지켜보다가 가만히 한숨을 내쉬고 엘리베이터 쪽으로 걷기 시작했다. 다리가 후들후들 떨려왔다.

의문스러운 일

마틴은 레지던트가 환자의 동맥에서 카테테르를 빼낸 다음 나머지 처치를 제대로 하고 있는 것을 확인하고는 곧바로 혈관 조영실에서 나왔다. 그리고 활발한 걸음걸이로 복도를 걸었다.

그는 자기 방이 가까워지자 비서인 헬렌이 점심식사라도 하러 가고 없으면 좋겠다고 생각했다. 그러나 모퉁이를 막 도는 순간 그녀가 먼저 마틴을 발견했다. 그녀는 여느 때처럼 긴급 전언 한 다발을 손에 들고 마치 고양이처럼 그에게 덤벼들었다. 마틴은 결코 그녀를 만나는 것이 싫은 것이 아니었다. 그녀가 온갖 나쁜 소식만 전해주기 때문에 기분이 좋지 않았던 것이다.

"제2혈관 조영실을 또 사용하지 못하게 됐어요. X-ray 장치가 나쁜 것이 아니라 필름을 움직이는 기계가 나쁘다고 합니다."

그의 주의를 끌기 위해 헬렌은 즉시 말했다.

마틴은 납 처리된 에이프런을 벽에 걸면서 고개를 끄덕였다. 그 사고에 대해서는 이미 알고 있었고 서비스계약을 맺고 있는 회사에 헬렌이 이미 전화를 걸었으리라는 것을 믿어 의심치 않았다.

그는 작업대 위에 놓여 있는 컴퓨터의 출력물 쪽을 눈여겨보았다. 꼭 한 페이지 분량의 프린트가 나와 있었다.

"그리고 클레어 오브라이언과 조셉 아보단자 두 사람한테도 문제가 생겼습니다."

헬렌이 말했다. 클레어와 조셉은 신경방사선과에서 이미 몇 년 동안이나 훈련을 받고 있는 기술자들이었다.

"문제가 뭐야?"

"그 두 사람, 결혼하기로 했답니다."

"그래서 그들이 암실에서 나쁜 짓이라도 했단 말인가?"

마틴은 웃으며 말했다.

"그게 아니고요!"

헬렌은 펄쩍 뛰었다.

"6월에 결혼해서 유럽으로 여행을 가기 때문에 여름 내내 휴가를 얻겠다는 거예요."

헬렌이 큰소리로 말했다.

"여름 내내라니! 어떻게 그런 짓을 할 수 있단 말인가! 그 무렵엔 2주일도 쉬어서는 안 되는데. 어떻게든 얘기를 해봐야 하지 않겠나?"

"물론 얘기를 했죠. 하지만 그 정도는 얻어야 한다고 고집을 부렸습니다. 해고될지도 모른다고 했더니 그렇게 되면 쉬겠다고 하더군요."

"참, 어처구니가 없군."

마틴은 이마를 때렸다. 그만한 베테랑이라면 두 사람 모두 어떤 큰 병원에 가도 당장 일자리를 얻을 수 있었다.

"그리고 의대 학장실에서 전화가 왔습니다. 지난주 회의에서 앞으로는 신경방사선과에 실습학생들의 배속을 두 배로 늘리기로 했대요. 작년에 실습한 학생들이 선택과목 중에서 이 과의 교육이 가장 좋았다고 했다고 합니다."

마틴은 눈을 감고 관자놀이 근처를 문질렀다.

'학생을 늘리다니! 그것이 가장 곤란하단 말이야. 빌어먹을!'

"마지막으로 한 가지! 관리국의 마이클 퍼거슨 씨가 전화를 했는데 지금 우리가 사용하는 창고를 비워달랍니다. 사회봉사에 관계되는 일에 사용한다고 합니다."

헬렌은 문 쪽으로 걸어가면서 말했다.

"그럼 도대체 우린 그 창고에 있는 물건들을 어떻게 하란 말이야?"

"저도 같은 말을 했습니다. 하지만 그 방이 신경방사선과 창고가 아니라는 것은 처음부터 알고 있지 않느냐, 그러니 빨리 비워줄 생각이나 하라는 것이었습니다. 아무튼 전 잠시 점심을 먹고 오겠습니다."

"아, 좋아요. 천천히 즐기고 와요."

마틴은 그렇게 대꾸했다. 그리고 혈압이 정상으로 돌아올 때까지 그는 잠시 기다리고 있었다. 관리국과의 실랑이는 더욱 복잡해지고 있었다. 그는 프린터로 걸어가서 출력물을 끄집어냈다.

래드리드, 두개골 1

리사 마리노

임상보고

21세, 여성. 1년 동안 측두엽성 간질 발작을 일으킨 병력 있음. 휴대용

X-ray 장치로 좌측면 단순촬영. 촬영 각도는 약 8도쯤 벗어난 것으로 보임. 오른쪽 측두엽부에 두개골 제거를 나타내는 큰 음영 감소부분 있음. 이 부분의 윤곽이 뚜렷한 것은 수술을 했기 때문임. 이 두개골의 구멍 아래쪽에 큰 두피가 벗겨진 조각으로 추측되는 짙은 연조직의 음영이 이 사실을 입증함. X-ray 사진은 틀림없이 수술 중에 촬영한 것으로 생각됨. 다수의 금속조각은 표면전극이고, 또 두 가닥의 가느다란 원통형의 금속은 삽입전극으로 생각되는데 이것은 측두엽부, 아마도 편도(扁桃) 및 히포캄푸스(hippocampus ; 뇌의 해마상 융기)에 도달하고 있는 것으로 생각됨. 뇌의 음영으로 보아 후두엽, 두정엽 중간, 측두엽 바깥쪽에 미세한 선 모양의 병변이 인정됨.

결론

오른쪽 측두부에 두개골을 제거한 흔적이 크게 나타나 있는 수술 때의 X-ray 사진. 다수의 표면전극과 두 가닥의 삽입 전극. 아직 프로그램화되지 않은 광범위한 음영변화 소견

건의사항

선 모양의 병변 및 삽입전극의 소재를 해명하기 위해서는 다시 앞뒤 및 비스듬한 방향의 X-ray 사진촬영과 CAT 검사를 실시할 것을 권고함. 혈관조영도 삽입전극과 주혈관과의 위치관계를 알기 위해서는 필요함.
……프로그램은 중추기억 보존 부위에 있는 선 모양의 음영 변화의 의미에 대해 정보를 삽입해주기를 요망함.

땡큐. 문의사항이 있으면 윌리엄 마이클스 박사와 마틴 필립스 박사에게 보내주시기 바람.

마틴은 이 프린트의 문장을 도저히 믿을 수가 없었다. 상당히 좋은, 아니, 좋은 정도가 아니라 거의 환상적이었다. 마지막 문장은 약간의 유머까지 섞여 있어서 압도적이었다.

자료를 부분적으로 다시 읽어본 마틴은 이것이 기계의 판단이고, 인간인 신경방사선 학자들이 조사한 것이 아니라는 것을 도저히 믿을 수가 없었다. 이 장치에 개두술의 프로그램이 입력되어 있지는 않으나 입수한 정보를 논리적으로 생각해서 올바른 해답에 도달했을 뿐만 아니라 음영농담의 변화까지 지적하고 있었다. 마틴은 그 변화가 마음에 걸렸다. 그것이 무엇인지 도저히 알 수가 없었던 것이다.

마틴은 리사의 X-ray 사진을 레이저 스캐너에서 끄집어내어 판독 상자에 꽂았다. 그러나 컴퓨터가 지적한 음영의 변화가 어떤 것인지 도저히 알 수가 없었다. 그는 약간 무서운 생각이 들었다. 음영의 농담을 판별하기 위한 학자들의 새로운 방법도 처음부터 장해가 있었지만 결국은 무위로 끝나고 말았던 것이다.

마틴은 자동식 판독상자를 움직여서 리사 마리노의 혈관조영이 나올 때까지 스크린의 화면을 잇달아 바뀌가다가 그녀의 초기 두개골 측면사진이 나오자 조작을 중지했다. 그리고 그것과 수술할 때의 사진을 나란히 놓고 자료에 쓰여 있는 음영의 변화를 다시 찾아보았다. 그러나 유감스럽게도 X-ray 사진에서는 조금도 이상한 점이 발견되지 않았다. 그때 문이 열리더니 데니스 생거가 들어왔다. 마틴은 미소를 지었으나 곧 다시 자기 일로 돌아갔다. 종이 한 장을 반으로 접어서 그 귀퉁이를 조금 찢어낸 뒤 종이를 다시 펼치자 한가운데에 조그만 구멍이 생겼다.

"그랬군요!"

데니스는 그를 껴안으며 말했다.

"박사님은 여기서 종이놀이에 바쁘셨군요."

"과학이란 전혀 생각지 못한 방법에 의해서 진보하는 거야. 아무튼 오늘 아침에 당신과 헤어진 이후에 여러 가지 일이 일어났어. 마이클스가 우리에게 최초의 두개골 판독장치를 두고 갔어. 이것이 처음 나온 프린트야."

데니스가 그것을 읽고 있는 동안에 마틴은 판독상자에 비치고 있는 리사 마리노의 X-ray 사진을 그 구멍 뚫은 종이로 비쳐보았다. 그러자 구멍으로 보이는 부분을 제외하고는 필름의 다른 복잡한 화면은 완전히 가려졌다.

그는 그 협소한 부분을 찬찬히 뜯어보았다. 그리고 종이를 치우고 데니스에게 이상한 부분이 보이느냐고 물었다. 그녀는 모르겠다고 했다. 그가 다시 구멍 뚫린 종이를 대고 보게 해도 역시 모르겠다고 했다. 그는 선 모양으로 늘어서 있는 미세한 흰 점들을 손가락으로 가리켰다. 그리고 다시 종이를 치우자 이번에는 두 사람 모두 그 부분을 확실히 볼 수 있게 되었다.

"이게 뭘까요?"

데니스가 다시 가까이에서 그것을 지켜보면서 물었다.

"도무지 알 수가 없어."

마틴은 컴퓨터가 리사 마리노의 수술 전 사진에서도 수술 중 사진에서와 같은 음영 변화를 읽어낼 수 있기를 바라며 레이저 스캐너에 사진을 집어넣었다. 레이저 스캐너는 전과 마찬가지로 매우 즐거운 듯이, 좀 더 빨리 결과를 알려주기 위해 그 필름을 삼켰다.

"하지만 이 녀석은 정말 께름칙해."

마틴은 그렇게 말하면서 덜컥거리며 움직이기 시작한 프린터 쪽으로 돌아갔다.

"왜요? 이 자료는 아주 근사한데요."

데니스의 얼굴은 판독상자의 빛을 받아 창백하게 보였다.

"맞았어. 하지만 그게 문제란 말이야. 이 프로그램이 이 녀석을 만든 사람보다도 X-ray 사진을 더 능숙하게 판독하는 것 같아. 나는 이 음영의 변화를 전혀 몰랐어. 마치 프랑켄슈타인의 얘기를 연상하게 한단 말이야."

마틴은 그렇게 말한 다음 갑자기 웃음을 터뜨렸다.

"뭐가 그렇게 우스워요?"

"마이클스 녀석! 내가 X-ray 사진을 넣을 때마다 이 기계는 내게 제발 마음을 편하게 가지라고 한단 말이야. 틀림없이 그 녀석이 프로그램에 입력시켰을 거야. 처음에는 커피를 한 잔 하라고 하더니 이번에는 식사를 하고 오라고 하잖아."

"난 좋은 충고라고 생각해요. 당신이 계획하고 있던 커피숍에서의 로맨틱한 랑데부는 어떻게 됐어요? 하긴 난 시간도 별로 없어요. CAT 검사를 하러 가야 되거든요."

"응, 나도 지금 당장은 여길 떠날 수가 없어."

마틴은 미안한 듯이 말했다. 점심식사라도 하러 가자고 해놓고 그녀를 실망시켜서 미안했던 것이다.

"이 녀석에게 완전히 반하고 말았으니까."

"괜찮아요. 난 샌드위치라도 먹고 오죠. 올 때 뭘 좀 사올까요?"

"필요 없어."

마틴은 그렇게 말한 다음 출력장치의 프린터가 글자를 찍어내는 것을 지켜보고 있었다.

"당신의 일이 순조롭게 진행되고 있어서 정말 기뻐요. 당신에게 그 일이 얼마나 중요한 것인가를 잘 알고 있으니까요."

그녀는 문 쪽으로 가서 그렇게 말하더니 그대로 밖으로 사라졌다.

출력 프린터가 멈추는 것과 동시에 마틴은 종이를 꺼냈다. 조금 전의 프린트와 마찬가지로 자료는 완전히 작성되어 있는데, 더욱 반가운 것은 컴퓨터는 또 음영의 변화를 지적하면서 다른 각도에서 X-ray 촬영을 하고 CAT 검사를 해보라고 권하고 있었다.

마틴은 흥분한 나머지 환성을 지르면서 컴퓨터의 상판을 드럼처럼 두들겼다. 그 바람에 리사 마리노의 X-ray 사진 2~3장이 판독상자의 유리판에서 밑으로 떨어졌다. 마틴이 몸을 돌려서 사진을 주우려고 몸을 구부렸을 때 헬렌 워커의 모습이 보였다. 그녀는 문 앞에 서서 그가 미친 것은 아닐까 하고 뚫어질 듯이 지켜보고 있었다.

"괜찮습니까, 마틴 박사님?"

"괜찮아, 왜!"

필름을 주워 올리면서 그는 얼굴이 붉어지는 것을 느꼈다.

"아무것도 아냐. 잠깐 흥분했을 뿐이니까. 점심식사 하러 가지 않았나?"

"갔었어요. 샌드위치를 가져와서 막 먹으려던 참이에요."

"윌리엄 마이클스를 전화로 좀 불러주지 않겠어?"

헬렌은 고개를 끄덕이고 모습을 감췄다. 마틴은 X-ray 사진을 다시 걸고 사진의 희미한 반점들을 보면서 이것이 대체 무엇일까 생각했다. 칼슘 같지는 않았다. 혈관을 따라 분포된 것 같지도 않았다. 이 변화는 피질로 일컬어지는 뇌의 회백질, 또는 세포층에 생기고 있는 것인지, 아니면 백질, 또는 신경 섬유층에 있는 것인지 판단을 내리기가 어려웠다. 어떻게 하면 그것을 알 수 있을까 하고 마틴은 생각했다.

전화 버저가 울리자 마틴은 수화기를 들었다. 마이클스였다. 프로그램의 작업이 믿을 수 없을 만큼 성과를 거두고 있다고 말할 때 마틴은 흥분을 감추지 못했다. 자신이 발견하지 못했던 일종의 음영 변화까지 컴퓨터가 찾아냈다는 얘기도 했다. 너무 빨리 치껄였기 때문에 마이클스가 좀 천천히 말하라고 부탁할 정도였다.

"그래요? 생각한 대로 작동해줘서 저도 기뻐요."

마틴이 간신히 말을 중단했을 때 마이클스가 말했다.

"생각한 대로라니? 이건 예상한 것보다 훨씬 우수하다고!"

"그래요. 그런데 X-ray 사진은 몇 장이나 넣어봤어요?"

"정확히 말하면 한 건이야. 두 장을 넣어봤는데 모두 한 환자의 사진이거든."

"두 장뿐이란 말이죠?"

마이클스는 실망한 듯이 말했다.

"벌써 지쳤나 보죠?"

"알았어, 알았어. 하지만 오늘은 이 일을 할 시간이 별로 없었단 말이야."

마이클스는 알았다고 했으나 이상이 있는 한 가지만 쫓아다니지 말고 지난 2, 3년 동안에 본 두개골 사진을 전부 프로그램에 넣어봐 달라고 부탁했다. 그리고 지금은 위음성(false negative)으로 판독하는 요인을 제거하는 것이 이 일의 가장 중요한 점이라고 다시 한 번 강조했다.

마틴은 상대방의 말을 계속 듣고 있었으나 마음속으로는 역시 리사 마리노의 사진에 나와 있는 거미줄 같은 음영의 변화를 계속 추적해 봐야겠다고 생각하고 있었다. 그녀가 간질발작이 있는 환자라는 것을 알고 있기 때문에 그의 과학적 정신은 그 발작과 X-ray 사진 속의 그 약간의 소견과 어떤 연관관계가 있는지 그것을 빨리 해명하고 싶었던 것이다. 틀림없이 그 소견은 어떤 신경병학적인 병변을 가리키고 있을 것이다…….

마틴은 새로운 흥분을 느끼면서 마이클스와의 통화를 끝냈다. 리사 마리노의 병명중 하나의 가설이지만 '다발성 경화증'이라는 것이 있던 것을 떠올렸던 것이다. 만약 방사선학 쪽에서 이 병명을 진단하게 된다면 어떻게 될까? 이것은 틀림없이 획기적인 발견이 될 것이다. 의사들은 오랫동안 다발성 경화증 검사소견에서 새로운 진단법을 찾아보려고 노력했었다.

이제 리사 마리노의 X-ray 사진을 더 많이 찍어서 CAT검사도 다시 해볼 필요가 있었다. 물론 수술이 금방 끝났기 때문에 곧 착수할 수는 없을 것이고 매너하임의 허가도 받지 않으면 안 된다. 그러나 매너하임은 워낙 연구에 관심이 있는 사람이기 때문에 직접 그와 교섭을 해 봐야겠다고 마틴은 생각했다.

그는 문 너머로 헬렌에게 신경외과를 전화로 불러달라고 큰소리로 지시한 다음, 다시 리사 마리노의 X-ray 사진을 지켜보았다. 이 음영의 변화는 그 가는 선이 그물코라기보다 오히려 평행으로 달리고 있었지만, 이것을 방사선학 용어로는 망상(網狀) 구조라고 할 수 있었다. 마틴은 확대경으로 그것을 들여다보면서 지금 보이고 있는 이 무늬가 신경섬유에서 기인한 변화는 아닐까 생각해보았다. 그러나 두개골을 관통하기 위해 비교적 강한 X-ray를 쬐었다는 사실을 고려할 때 그건 이치에 맞지 않았다. 이런 일련의 생각은 버저소리로 중단되었다. 매너하임에게 전화가 연결된 것이다.

마틴은 조금 전에 수술실에서 있었던 X-ray 사진의 소동에 대해서는 한마디도 하지 않고 여느 때처럼 약간 익살스러운 어조로 얘기를 꺼냈다. 매너하임을 상대할 때는 그 정도의 일쯤은 아예 언급하지 않는 것이 좋기 때문이었다. 리사 마리노의 X-ray 사진에서 이상한 음영이 발견되었기 때문에 전화를 걸었다고 했다. 그런데 그가 설명하고 있는 동안 매너하임은 이상하게 입을 다물고 있는 것 같았다.

"그런 음영이 왜 생겼는지 꼭 알아봐야겠습니다. 그리고 환자가 충분히 회복되면 바로 X-ray 사진을 찍어봐야겠고 CAT 검사도 해봐야겠습니다. 물론 박사님의 허락이 있어야 하지만."

잠시 불쾌한 침묵이 계속되었다. 마틴이 다시 입을 열려고 하는 순간 매너하임이 소리를 질렀다.

"자네 지금 농담을 하고 있나? 그렇다면 너무 악취미구먼!"

"절대로 농담이 아닙니다."

마틴은 당황한 목소리로 말했다.

"잘 들어!"

매너하임은 목소리를 한층 더 높였다.

"방사선과에서 X-ray 사진을 찍고 판독하기에는 이미 늦었단 말이야, 이 머저리야!"

찰칵 소리가 나더니 그 후에는 발신음만 들려왔다. 매너하임의 자기중심적인 행동은 이미 새로운 경지에 이르러 있었다. 마틴은 수화기를 내려놓고 생각했다. 자신의 이 기분 나쁜 감정을 이대로 억제할 수도 없고 해서 다른 접근방법을 생각해보았다. 매너하임은 자신이 수술한 환자의 경과를 신중하게 살펴보는 사람이 아니었다. 그 후의 환자 관리에 책임을 지고 있는 것은 주임 레지던트인 뉴먼이라는 것을 잘 알고 있었다. 그래서 그는 뉴먼에게 연락해서 그 환자가 아직도 회복실에 있는지 알아보려고 했다.

"뉴먼 선생님요? 선생님은 지금 안 계시는데요."

수술실 접수계가 말했다.

"아, 그래요!"

마틴은 손을 바꿔 수화기를 반대쪽으로 가져갔다.

"그럼 리사 마리노는 아직 회복실에 있을까요?"

"아니에요. 유감스럽게도 그 일이 잘못됐어요."

"일이 잘못되다니요?"

마틴은 순간적으로 매너하임의 태도를 떠올렸다.

"수술 중에 사망했어요. 슬픈 일이에요. 더구나 매너하임 박사님은 처음 당하는 일이어서……."

간호사가 대답했다.

마틴은 판독상자 쪽으로 돌아섰다. 그러나 리사 마리노의 사진 대신 오늘 아침 수술실 밖의 환자 대기실에서 만난 그녀의 얼굴이 떠올랐다. 깃털이 뜯겨진 새 같던 모습, 그것은 섬뜩한 느낌이었다. 마틴은 자신의 관심을 억지로 X-ray 사진으로 돌리려고 했다. 앞으로는 어떻게 조사를 한단 말인가.

그는 충동적으로 의자를 밀치며 일어섰다. 그럼 리사 마리노의 차트를 조사해보자. 그리고 X-ray 사진에 나와 있는 그 음영과 신경병학적으로 보아 다발성 경화증의 임상 증상이 조금이라도 있다면 그것을 연결시켜볼 수는 없을까 하는 생각이 들었다. 더 이상 사진을 찍을 수도 없고 그 대용품이 될 수도 없지만 그래도 무슨 도움이 될 것이라고 생각했다.

자기 자리에서 샌드위치를 먹고 있는 헬렌의 곁을 지나치면서 그는 혈관 조영실에 전화를 걸어서 곧 갈 테니 레지던트들에게 자기가 없어도 일을 먼저 시작하라고 전해달라고 말했다. 헬렌은 황급히 샌드위치를 삼킨 다음, 만약 마이클 퍼거슨 씨가 창고 때문에 전화를 걸어오면 뭐라고 하는 것이 좋으냐고 물었다. 마틴은 대답하지 않았다. 듣기는 했으나 일부러 못들은 척했다. 그리고 속으로 '퍼거슨 녀석' 하고 욕을 한 다음 외과로 향하는 중앙 복도를 걸어갔다. 그는 언제부터인가 병원의 관리자들이 싫었다.

그가 외과에 도착하자 대기실에는 아직도 2, 3명의 환자가 기다리고 있었다. 하지만 아침과 같은 소동은 아무 곳에서도 보이지 않았다. 그는 마침 수술실에서 나오는 낸시 도노반을 발견하고 그쪽으로 다가갔다. 그녀는 미소를 지었다.

"리사가 잘못됐다는데 어떻게 된 거요?"

마틴은 동정어린 표정으로 말했다.

낸시 도노반의 미소가 사라졌다.

"정말 무서웠어요. 소름이 끼치더군요. 그렇게 젊은 여자가…….
매너하임 박사님은 정말 안됐어요."

마틴은 매너하임 같은 작자를 동정할 수 있는 낸시가 놀라웠으나 그래도 고개를 끄덕여보였다.

"도대체 어떻게 된 건데?"

"수술이 막 끝날 무렵에 큰 동맥이 끊어졌어요."

마틴은 사정을 알게 되자 놀라서 고개를 저었다. 전극의 끝과 후부

대뇌동맥의 위치가 너무 가까웠었다는 사실을 기억해냈다. 그동안 어떻게 돌아간 얘긴지 짐작할 수 있었다.

"차트는 어디 있어요?"

"모르겠어요. 데스크에 가서 알아볼게요."

마틴은 낸시가 3명의 간호사에게 묻고 있는 것을 지켜보고 있었다. 그녀는 이내 돌아와서 일러주었다.

"아직 마취실에 있을 거라고 하는군요. 21호실 옆이에요."

몹시 붐비고 있는 외과 휴게실로 간 마틴은 수술복으로 갈아입고 수술실 구역으로 들어갔다. 아직도 아침의 그 전투의 자취를 남기고 있는 수술실 사이에는 넓은 복도가 나 있었다. 세면대에는 물이 넘쳐흘러서 비누거품으로 허옇게 빛나고 있었고 스펀지와 브러시도 그 가장자리와 바닥에 널려 있었다.

복도 끝에 밀려나 있는 스트레쳐카에서 외과의사가 잠을 자고 있었다. 틀림없이 철야 수술을 마치고 나와서 잠시 휴식을 취하고 있을 것이다. 곧바로 잠이 든 그를 아무도 방해하지 않는 것 같았다.

마틴은 21호실 옆에 붙어 있는 마취실 문을 밀어보았으나 잠겨 있었다. 그는 다시 되돌아와서 수술실의 작은 창문으로 안을 들여다보았다. 실내는 어두웠으나 문을 밀어보니 열렸다. 그가 스위치를 넣자 드럼형의 수술 등 하나가 켜졌다. 그 집중광은 곧바로 수술대를 비추기 시작했으나 방의 주변은 여전히 어두웠다. 놀랍게도 마리노의 그 불행한 사건 후 21호실은 아직도 청소가 되어 있지 않았다. 빈 수술대는 기계장치인 그 차대와 함께 특히 을씨년스러운 모습을 하고 있었는데 수술대의 머리맡 근처의 바닥에는 아직도 피가 두껍게 달라붙어 있었고, 그 피를 밟은 발자국이 방사형으로 흩어져 있었다.

마틴은 그것을 보자 의대생 시절의 여러 가지 불쾌한 사건들이 떠올라서 기분이 나빠졌다. 그는 어깨를 움츠리며 그 불쾌한 기억들을 털어버리고 바닥에 달라붙어 있는 피를 피하면서 수술대를 돌아 마취실로 통하는 스윙 도어를 밀고 들어갔다. 그리고 발로 문을 괴고 실내를 둘러보았다. 스위치가 있는 곳은 금방 알 수 있었다. 그러나 실내는 생각만큼 어둡지 않았다. 복도로 나가는 문이 10센티미터쯤 열려 있어서 그리로 약간의 빛이 들어오고 있었기 때문이었다.

마틴은 머리 위의 형광등을 켜다가 깜짝 놀라서 기절할 뻔했다. 수술실의 반쯤 되는 넓이의 그 방 중간에 시체가 실려 있는 스트레처카가 놓여 있었다. 시체는 발끝만 내놓은 채 흰 시트에 덮여 있었다. 발가락만 보이지 않았어도 마틴은 그렇게 놀라지 않았을 것이다. 차트는 그 시체 위에 아무렇게나 얹혀 있었다.

마틴은 마치 괴질로 죽은 시체라도 대하듯 숨을 죽이면서 스트레처카 옆을 지나 복도로 통하는 문을 활짝 열었다. 아직도 자고 있는 외과 의사와 몇 명의 잡역부들이 보일 뿐이었다. 그는 양쪽 방향을 힐끗 보고 이상한 생각이 들었다. 자신은 반대편 문을 열려고 했던 것이 아니었을까? 그는 다시 차트가 있는 곳으로 돌아갔다.

그는 차트를 펼치려다 말고 갑자기 시트를 들춰보고 싶은 충동을 느꼈다. 지금까지는 시체 같은 것은 보고 싶은 생각도 없었는데 저절로 손이 뻗어나가 천천히 시트를 잡아당기고 있었다. 그러나 머리가 나타나기도 전에 마틴은 눈을 감았다. 그리고 눈을 떴을 때 그는 리사 마리노의 생기 없는 얼굴을 지켜보고 있는 자신을 깨달았다. 한쪽 눈은 완전히 감고 있었다. 깨끗이 깎은 머리 오른쪽에는 신중히 봉합한 말굽 모양의 절개자국이 남아 있고, 수술 자리는 깨끗이 닦아내어 피

같은 것은 보이지도 않았다. 죽은 것은 수술중이 아니라 수술 후였다고 말할 수 있도록 매너하임이 그렇게 시켰을지도 모른다고 마틴은 생각했다.

죽음이라는 인생의 종말, 그 냉엄한 현실이 북극의 바람처럼 마틴의 가슴을 으스스하게 했다. 그는 까까머리에 얼른 시트를 씌워주고 그녀의 차트를 마취의사의 책상으로 가져갔다. 대학병원의 다른 환자들과 마찬가지로 리사 마리노의 차트도 겨우 이틀밖에 입원하지 않았는데 이미 상당히 두꺼워져 있었다. 많은 레지던트들과 학생들이 한 작업 내용이 장황하게 쓰여 있었기 때문이었다.

마틴은 신경과나 안과의 장황한 진찰내용을 대충 훑어보았다. 그중에는 매너하임 자신이 기록한 것도 있었으나 너무 난필이어서 도저히 판독할 수가 없었다. 마틴이 읽고 싶었던 것은 신경외과 주임 레지던트인 뉴먼이 쓴 최종 요약 부분이었다.

요약하면 환자는 21세의 백인 여성으로 지난 1년 동안 약화되고 있는 측두엽성 간질의 병력을 가지고 있는데, 국소 마취에 의한 오른쪽 측두엽 절제수술을 받기 위해 본과에 입원했다. 환자의 발작은 최대한의 약물요법으로도 전혀 효과가 없었으며, 차츰 빈도를 더해갔다. 악취를 느끼는 증상으로 시작되는 것이 보통이며, 차츰 더해가는 폭력행위와 성적 표출을 수반하는 것이 특징이다. 발작을 유발하는 부위는 양쪽 측두엽이었지만 뇌파 기록에 의하면 특히 오른쪽이 현저하다.

병력상 알려진 외상 또는 뇌의 상해는 없고, 환자는 몇 번의 팝 도말검사에서 이형세포가 검출되었다는 보고는 있으나 현재의 증상이 나타날 때까지는 완전히 건강한 생활을 하고 있었다. 뇌파 기록의 이상을 제외하고 신경병학적 검색 결과는 모두 정상이며, 뇌 혈관조영 및 CAT 검사를 포함하는 검사소견도 모두 음성이었다.

또 환자는 일시적인 감각 이상과 시각적인 불편을 호소하고 있으나 이것은 신경병학적으로나 안과학적으로나 아무런 확증을 얻지 못하고 있다. 또 환자는 반복되는 피부의 이상 감각과 체력의 저하를 호소하고 있으나 이것도 역시 원인은 분명치 않다. 발작을 수반하는 다발성 경화증의 진단도 고려할 수 있으나 확실한 진단은 아니다. 환자는 신경과와 신경외과의 증례검토회에 공람되어 오른쪽 측두엽 제거술을 받아야 할 좋은 예가 될 수 있다는 통일된 견해에 도달했다.

마틴은 리사 마리노에게 아직도 감각이 남아 있기라도 한 것처럼 차트를 그 시체 위에 가만히 올려놓았다. 그리고 몸을 돌려 일상복으로 갈아입기 위해 휴게실로 돌아갔다. 차트에는 기대했던 것만큼의 자료가 들어 있지 않았다. 그가 기억하고 있었던 것처럼 다발성 경화증이라는 병명은 나왔으나 다시 시도할 예정인 X-ray 사진이나 CAT 재검사에 대신할 정도의 유력한 정보는 제공해주지 못했다.

옷을 갈아입고 난 후에도 마틴은 한동안 리사의 죽은 얼굴을 떠올리고 있었다. 그때 문득 깨달아지는 것이 있었다. 수술 중에 사망했다면 틀림없이 부검에 돌려질 것이다. 그래서 그는 벽에 붙어 있는 전화를 이용해서 친구이며 동기생이기도 한 병리의 제프리 레이놀즈 의사를 불러서 매너하임의 수술 중 사망 건에 대해서 얘기했다.

"난 아직 그 얘기를 듣지 못했어."

레이놀즈는 말했다.

"오늘 점심때 수술실에서 죽었어. 물론 다시 봉합을 하는데 시간은 좀 걸린 것 같지만."

마틴이 말했다.

"드문 일도 아니지. 경우에 따라서는 회복실로 얼른 보내놓고 거기서 사망을 선고하는 경우도 있는데 뭘. 그들의 수술 통계를 엉망으로 만들지 않기 위해서야."

"부검을 할 것 같은가?"

"뭐라고 말할 수 없어. 책임은 검시관에게 있으니까."

"부검을 한다면 몇 시쯤이나 되겠나?"

"지금 당장은 바빠서 안 될 거야. 아마도 저녁 무렵이나 돼야 할걸."

"난 이 증례에 아주 관심이 많아. 부검이 시작될 때까지 병원 안에 남아 있겠어. 뇌를 열 때는 나도 참여하기로 했다고 꼭 좀 전해주게."

"알았어. 자네 부탁도 있고 하니 확실한 팀을 만들지. 만약 부검을 하지 않는다면 자네에게 연락해줄게."

소지품을 전부 로커에 집어넣은 다음 마틴은 휴게실을 뛰어나왔다. 그는 학생 때부터 일이 예정보다 늦어지면 항상 불안감을 느끼고 있었는데, 분주하게 움직이고 있는 병원 안을 뛰어가고 있는 지금도 옛날과 같은 씁쓰레한 느낌을 맛보고 있었다. 혈관조영실의 일에도 늦어서 레지던트들을 기다리게 하고 있고, 퍼거슨의 일 같은 것은 무시하고 있었지만 그 바보 같은 인간에게도 전화를 해주지 않으면 안 된다. 그리고 여름 내내 휴가를 얻으려고 하는 기사들의 문제에 대해서도 로빈스와 의논할 필요가 있었다. 헬렌도 역시 긴급한 용무를 가지고 연구실에서 자기를 기다리고 있을 것이 틀림없었다.

CAT 검사실 앞을 지나치던 마틴은 거기에 잠시 들렀다. 어차피 늦었는데 2분 정도 더 지체된다고 무슨 일이 생기지는 않을 것 같았다. 통제실에 들어가자 기계 운전에 필요한 그 서늘한 에어컨의 공기가 매우 상쾌했다. 4명의 학생들이 데니스와 함께 컴퓨터 모니터 앞에 모여 있었는데 그가 들어온 줄도 모르고 무언가 열중해 있었다. 학생들의 뒤에는 조지 뉴먼 의사가 서 있었다.

마틴은 그들에게 방해가 되지 않도록 소리 없이 다가가 화면을 쳐다보았다. 생거는 왼쪽의 경막 밑에 있는 큰 혈종을 설명하면서 그 응혈의 덩어리가 뇌를 오른쪽으로 압박하고 있는 모습을 학생들에게 손가락으로 가리키고 있었다. 뉴먼이 중간에 끼어들어서 그 응혈은 뇌내출혈이 아닐까 하고 말했다. 즉 뇌의 표면이 아니라 내부에서 일어난 것으로 생각된다는 것이었다.

"아니, 생거 선생 말이 맞아."

마틴이 말하자 그들이 일제히 뒤를 돌아보고는 그가 들어와 있는 것을 보고 모두 놀란 표정을 지었다. 그는 몸을 구부리고 경막 밑 혈종의 전형적인 방사선학적 특징들을 가리키면서 설명했다. 데니스의 주장이 옳다는 것은 이론의 여지가 없었다.

"그럼 이것으로 완전히 해결되었군요. 이 환자는 수술실로 보내는 것이 좋겠어요."

뉴먼은 호인답게 싹싹하게 말했다.

"빠르면 빠를수록 좋지."

마틴도 찬성했다. 그리고 이 혈종을 제거하기 위해서는 두개골의 어디쯤에 구멍을 뚫어야 될지를 뉴먼에게 알려주었다. 그때 그는 그 주임 레지던트에게 리사 마리노에 관해 몇 가지를 물어볼까 하다가 생각을 고쳐먹고는 나가는 그를 붙잡지 않았다.

마틴은 다시 검사실을 뛰쳐나오려다가 데니스를 옆으로 불렀다.

"자, 들어봐요. 점심을 못 먹은 대신 로맨틱한 저녁식사 어떨까?"

데니스는 미소를 지으며 고개를 저었다.

"당신은 또 일이 있잖아요. 그리고 난 오늘밤 당직이란 걸 알고 있 잖아요."

"응, 알고 있지. 난 병원의 커피숍을 생각하고 있었단 말이야."

"멋지군요."

데니스는 비꼬듯이 말했다.

"그럼 라켓볼은 어떻게 되는 거죠?"

"그건 취소야."

"당신은 정말 뭔가에 정신이 팔리긴 팔려 있군요."

마틴은 웃었다. 그녀의 말이 맞았다. 그는 국가적인 비상사태가 아 니고서는 절대로 라켓볼을 취소하지 않기 때문이었다.

그는 데니스에게 예정된 CAT 검사가 끝나면 오늘의 X-ray 사진을 보여줄 테니 자기 방으로 오라고 말했다. 학생들이 희망한다면 같이 와도 좋다고 말했다.

복도로 나온 마틴은 황급히 작별인사를 한 뒤 또다시 달리기 시작 했다. 그는 헬렌의 옆을 지날 때 온몸에서 나오는 후끈후끈한 열기에 싸여 한 줄기 연기 같은 존재가 되어버렸으면 좋겠다고 생각했다.

뇌가 없어진 시체

접수계의 긴 줄 뒤에 서서 기다리면서 린 앤 루커스는 응급실에 온 것이 과연 잘한 일일까 하고 생각했다. 그전에 학교에서 진찰을 받아보려고 학생보건실에 전화를 걸었으나 의사가 3시에 나가고 없기 때문에 금방 진찰을 받아볼 수 있는 곳은 대학병원의 응급실뿐이었다. 린 앤은 내일까지 기다려볼 생각도 해봤지만 책을 펼쳐놓고 눈을 시험해보고는 아무래도 곧 가보지 않으면 안 되겠다고 생각했다. 다른 방법이 없었다. 그녀는 두려웠다.

늦은 오후의 응급실은 몹시 혼잡해서 단지 접수를 하기 위해 늘어서 있는 줄도 좀처럼 줄어들지 않았다. 마치 뉴욕의 모든 시민들이 여기에 모여들고 있는 것만 같았다. 린 앤의 바로 뒤에 서 있는 남자는 몹시 취해 있었는데, 누더기 같은 옷을 걸치고 지린내와 술 냄새를 풍기면서 줄이 전진할 때마다 린 앤 쪽으로 비틀거리면서 쓰러지지 않으려고 그녀를 붙들곤 했다. 또 린 앤의 앞에 있는 사람은 덩치가 큰 여자였는데 더러운 담요를 덮어씌운 아이를 안고 있었다. 그 두 사람은 묵묵히 차례를 기다리고 있었다.

이윽고 린 앤의 왼쪽에 있는 큰 문이 활짝 열리면서 2, 3분 전에 일어난 자동차 사고 피해자들을 태운 스트레처카 몇 대가 들어오는 바람에 줄을 서고 있던 사람들을 길을 비켜주지 않으면 안 되었다. 부상자와 사망자들은 대합실을 지나 곧장 응급실 안으로 들어갔다. 진찰을 기다리고 있는 사람들은 불려나갈 시간이 더욱 길어졌다는 것을 깨닫지 않으면 안 되었다.

한쪽 구석에서는 한 무리의 푸에르토리코 사람들이 저녁식사인 켄터키 프라이드치킨 바구니를 둘러싸고 앉아 있었다. 그들은 응급실에서 무슨 일이 일어나고 있는지에 대해서는 전혀 관심이 없는지 자동차 사고의 희생자들이 실려와도 거들떠보지도 않았다.

마침내 린 앤 앞에는 그 갓난아기를 안고 있는 여자만 남게 되었다. 그녀의 말을 들어보니 틀림없이 외국인이었다. 그녀는 접수계원에게 "아기가 울지 않아, 조금도 울지 않아." 하고 말했다. 접수계는 우는 것이 보통인데 이상하다고 말했으나 그녀에게는 조금도 통하지 않았다. 계원이 아기를 좀 보여 달라고 하자 여자는 담요 가장자리를 들추고 아이를 보여주었다. 아이의 얼굴은 마치 여름 태풍이 닥치기 직전의 하늘처럼 검푸른 빛을 띠고 있었다. 그 아기는 이미 오래전에 죽어서 판자조각처럼 경직되어 있었다.

린 앤은 너무 충격을 받아서 자기 차례가 되어도 말을 할 수가 없었다. 접수계는 그녀를 위로하면서 여기서는 무엇이든, 어떤 병이든 봐줄 준비가 되어 있다고 말했다. 이마에 내려온 다갈색 머리를 쓸어 올리면서 그제야 목소리가 나오는 것을 깨달은 린 앤은 간신히 자기 이름과 신분증명서의 번호와 증세를 얘기했다. 계원은 앉아 있으라고 말했다. 그것은 또 기다리라는 것이었다. 계원은 될 수 있는 대로 빨리 진찰을 받을 수 있도록 해주겠다고 그녀를 안심시켰다.

다시 2시간쯤 더 기다린 다음, 린 앤은 혼잡스러운 복도를 지나 더러운 나일론 커튼으로 큰 방을 갈라놓은 좁은 방으로 안내되었다. 곧 숙련된 검사계의 간호사가 구강 내 체온과 혈압을 재고 나갔다. 린 앤은 낡은 검진대 가장자리에 걸터앉아서 주위의 잡다한 소리를 듣고 있었다. 불안감 때문에 손에는 땀이 배어 있었다. 그녀는 20세의 대학 2년생이었는데 필요한 학점을 따서 의과대학에 진학할 꿈을 가지고 있었다. 그러나 지금 주위를 둘러보면서 그녀는 의아한 생각이 들었다. 이것은 자기가 기대하고 있던 것과는 전혀 딴판이었던 것이다.

지금까지 그녀는 매우 건강한 여성이었다. 꼭 한번 병원의 응급실을 경험한 것은 11세 때 롤러스케이트를 타다가 사고가 났을 때뿐이었다. 이상하게 그때도 오늘과 똑같은 이 응급실에 들어왔었는데, 그것은 플로리다로 이사하기 전에 그녀의 집이 이 근처에 있었기 때문이었다. 그러나 린 앤에게 있어서 당시의 방문에 대해서는 결코 불쾌한 추억이 남아 있지 않으나, 어릴 때 자기가 살던 동네만큼이나 이 병원도 놀라울 만큼 달라져 있음을 알았다.

30분쯤 지난 뒤 나타난 인턴은 젊은 허겐스였다. 웨스트 팜비치 출신인 그는 린 앤이 코랄 게이블스에서 온 것을 알자 매우 반가운 듯 플로리다 얘기를 하면서 그녀의 차트를 살펴보았다. 뿐만 아니라 그는 린 앤이 미스 아메리카에 나가도 손색이 없을 만한 미인이고, 그가 지금까지 만난 수천 명의 환자 중에서도 찾아볼 수 없을 정도로 아름다운 여성인 것이 몹시 기분 좋은 것 같았다. 그는 나중에 그녀의 전화번호를 묻기도 했다.

"응급실에는 왜 왔죠?"

맨 먼저 그가 물었다.

"설명하기가 좀 어렵지만, 갑자기 물건이 보이지 않게 됐어요. 일주일쯤 전에 책을 읽고 있었는데 갑자기 어떤 말의 뜻을 알 수 없게 됐어요. 글자는 보이는데 아무리 생각해도 그 뜻을 알 수 없는 거예요. 그와 동시에 불쾌한 느낌의 두통이 시작됐어요. 이 근처가."

린 앤은 손을 후두부에 대고 거기에서 머리 옆을 지나 귀 위의 한곳까지 움직였다.

"무지근한 통증인데 생겼다가 사라지곤 해요."

허겐스는 고개를 끄덕였다.

"그리고 무슨 냄새가 났어요."

"무슨 냄새?"

린 앤은 약간 난처한 표정을 지으면서 대답했다.

"모르겠어요. 아무튼 불쾌한 냄새인데, 무슨 냄새인지는 모르지만 잘 알고 있는 것 같은 느낌이 들었어요."

허겐스는 또 고개를 끄덕였으나 린 앤의 증상은 아무래도 단순한 병으로 생각할 수는 없다는 생각이 들었다.

"그밖에는?"

"현기증이 조금 나고 다리가 무거워져요. 요즘 자주 일어나는 증상인데 책을 읽으려고 하면 증상이 반드시 시작돼요."

허겐스는 차트를 내려놓고 린 앤을 진찰했다. 먼저 귀와 눈을 보고 입을 들여다본 다음 심장과 폐의 소리를 들었다. 그리고 반사를 조사한 다음 물건을 만져보게 하기도 하고 일직선으로 걷게도 하고 일련의 숫자를 말하고 나서 그것을 외우게 하기도 했다.

"내가 볼 때는 아무데도 나쁜 곳이 없는 것 같군."

허겐스는 말했다.

"그럼 의사를 두 달쯤 먹어보고 아스피린에게 진찰을 좀 해달라고 할까."

그리고 그는 자신의 농담에 웃었으나 린 앤은 웃지 않았다. 그리고 '이렇게 간단히 다뤄져서는 안 된다. 더구나 그렇게 오랫동안 기다렸는데.' 하고 생각했다. 허겐스는 상대방이 자신의 농담에 말려들지 않음을 눈치 챘다.

"아무튼 당신에게는 대증요법으로 아스피린을 줄 테니 내일 신경과로 오도록 해요. 틀림없이 어디가 나쁜지 알게 될 테니까."

"지금 곧 신경과에 가서 진찰을 받고 싶어요."

"여기는 응급실이지 병원의 외래가 아니에요."

"그런 게 나하고 무슨 상관이에요!"

린 앤은 자신의 감정을 그대로 드러냈다.

"알았어, 알았어요! 신경과에 알아봅시다. 그리고 안과에도. 하지만 또 기다려야 할지도 몰라요."

린 앤은 잠자코 고개를 끄덕였다. 입을 열면 가까스로 쌓아놓은 자신의 방어벽이 금세라도 눈물로 쏟아져 내릴까 봐 입을 열기가 무서웠다.

또다시 오랫동안 기다리는 시간이 계속되었다. 커튼이 다시 열린 것은 6시가 지나서였다. 린 앤은 웨인 토머스 의사의 수염투성이 얼굴을 바라보았다. 그는 볼티모어 출신의 흑인이었는데, 아직 한 번도 흑인 의사의 진찰을 받아본 일이 없는 그녀로서는 당황스러웠다. 그러나 금세 처음에 받은 충격을 잊어버리고 증세를 상세히 물어보는 의사의 질문에 꼬박꼬박 대답했다.

토머스는 문진에서 중요하다고 생각되는 몇 가지 사실을 알아낼 수 있었다. 사흘쯤 전에 그녀는 침대에서 책을 읽다가 그녀가 '사건'이라고 부르는 상태를 경험하고 갑자기 벌떡 일어나다가 정신을 잃었다. 그리고 다시 정신을 차렸을 때는 자신이 바닥에 누워 있었다고 했다. 머리를 부딪쳤는지 머리의 오른쪽에는 큰 혹이 나 있었다. 그리고 두 번 팝 도말검사를 받았는데 이형세포가 검출되어 요즘은 매주 산부인과에 다니고 있었다는 것과, 최근 요로감염증에 걸렸는데 설파제로 완쾌되었다는 것을 토머스는 알게 되었다.

병력을 다 듣고 난 토머스는 검사계의 간호사를 불러서 린 앤이 지금까지 한 번도 받아본 적이 없으리만큼 완벽한 검사를 했다. 그것은 허겐스가 이미 한 것보다 더 많은 정밀한 검사였다. 대부분은 린 앤이 전혀 모르는 것뿐이었으나 그만큼 상세하게 검사를 받는 데 대해 그녀는 새로운 용기를 얻었다.

다만 한 가지 싫었던 것은 요추천자였다. 옆으로 누운 자세로 무릎이 얼굴에 닿을 정도로 등을 구부리고 등 아래쪽을 바늘에 찔려야 했다. 그러나 그것은 순간적인 통증뿐이었다.

검사가 끝나자 토머스는 쓰러질 때 두개골에 금이 갔는지 어떤지를 알아보기 위해 X-ray 사진을 찍어봐야겠다고 말했다. 그리고 진찰 결과 밝혀진 것은 신체의 어떤 부분에 감각이 없어진 곳이 있는 것 같은데, 그것이 어떤 의미가 있는지는 아직 잘 모르겠다고 말했다.

그가 나가자 린 앤은 또 기다려야만 했다.

"당신은 믿을 수 있겠어?"

마틴은 칠면조 테트라짜니 요리를 입 속에 넣으면서 물었다. 그리고 재빨리 씹어 삼켜버렸다.

"매너하임의 첫 수술 사망 환자가 하필이면 내가 X-ray 사진을 더 찍고 싶어 했던 환자란 말이야."

"겨우 스물한 살이었다면서요?"

데니스가 말했다.

"그래. 비극이야. 사진을 더 찍지 못했기 때문에 그야말로 두 배의 비극이지."

마틴은 음식 맛을 내기 위해 소금과 후추를 더 뿌리면서 말했다.

두 사람은 병원의 분위기로부터 될 수 있는 한 멀리 떨어져 있기 위해 병원 커피숍의 쟁반을 스팀 선반에서 가장 먼 구석 자리로 날라다 놓고 있었다. 그러나 분위기를 무시한다는 것은 어려운 일이었다. 벽은 지저분한 겨자 빛인 데다 바닥에는 회색 리놀륨이 깔려 있고, 주형으로 찍어낸 플라스틱 의자는 끔찍한 연두색을 하고 있었다. 또 뒤에서는 병원의 호출 아나운서가 단조로운 목소리로 의사의 이름과 그를 찾는 내선번호를 끊임없이 알려주고 있었다.

"그녀는 왜 수술을 받았는데요?"

데니스가 샐러드를 집으면서 물었다.

"발작이 있었기 때문이야. 그러나 더 흥미가 있는 것은 그녀에게 다발성 경화증이 있었을지도 모른다는 거야. 오후에 당신과 헤어진 다음 문득 깨달았지. 그녀의 X-ray 사진에 나와 있는 음영의 변화는 뭔가 광범위한 신경계통의 질환을 나타내고 있는 것이 아닐까 하고. 그녀의 차트를 봤는데 역시 다발성 경화증이 고려되고 있더군."

"지금까지 다발성 경화증으로 진단된 환자의 사진은 찾아봤나요?"

"그건 오늘밤부터 시작할 작정이야. 마이클스가 만든 프로그램을 시험해보기 위해 될 수 있는 대로 많은 두개골 필름을 넣어보려고 해. 다른 증례에서도 같은 음영을 발견할 수 있을런지, 정말 흥미진진해."

"그 말은 마치 당신의 연구계획이 이미 착수된 것처럼 들리네요."

"나도 그렇기를 바라지."

마틴은 아스파라거스를 한 입 베어 물고는 더 먹지 않기로 했다.

"너무 일찍부터 흥분하지 않으려고 노력하는데, 아무래도 잘될 것 같은 생각이 들어. 내가 마리노의 증례에 대해 흥분하는 것도 그 때문이야. 금방이라도 무언가를 손에 잡을 수 있을 것 같은 느낌이 든단 말이야. 실제로 기회는 아직도 얼마든지 있어. 오늘밤 마리노를 부검하기로 했는데 병리의 소견과 X-ray 사진의 영상을 비교해볼 생각이야. 만약 다발성 경화증이라는 게 밝혀지면 라켓볼을 치러 가자고. 하지만 당신한테 분명히 말하겠는데, 1주일에 2, 3일만이라도 이 임상작업의 지겨운 경쟁에서 빠져나올 수 있도록 어떻게든 해보지 않으면 안 되겠어."

데니스는 포크를 내려놓고 들떠 있는 마틴의 파란 눈동자를 들여다 보았다.

"임상작업에서 달아나겠다고요? 그건 안 돼요. 당신은 여기서 최고의 신경방사선 학자 중 한 사람이에요. 당신 기술력의 혜택으로 목숨을 구할 많은 환자들을 생각해야죠. 당신이 방사선의 임상작업을 그만둔다면 그거야말로 진짜 비극이에요."

마틴은 포크를 내려놓고 그녀의 손을 잡았다. 그는 처음으로 병원의 누구에게 들켜도 상관없다는 생각이 들었다.

"이봐, 데니스."

그는 상냥한 목소리로 말했다.

"지금 내가 진심으로 원하는 것은 두 가지밖에 없어. 당신과, 그리고 내 연구야. 하지만 만약 당신과 같이 살면서 생활을 유지할 수 있는 다른 방법이 있다면 난 연구 같은 것은 잊어버릴 수 있어."

데니스는 그 말을 듣고 좋아해야 할지, 어째야 할지 몰라서 마틴의 얼굴을 지켜보기만 했다. 날이 갈수록 그의 애정은 더 확신하게 되었으나 그래도 그가 정말 헌신할 만한 사람이라고는 생각할 수 없었다. 그녀는 처음부터 그의 명성과 방사선학에 대한 백과사전적 지식을 존경하는 마음을 가지고 있었다. 그는 연인이며 직업상의 우상이기는 했으나 두 사람의 관계에 장래가 있을지도 모른다는 생각은 전혀 하지 않았었다. 그녀 자신이 그럴 수 있는 마음의 준비가 되어 있는지 어떤지 확신이 서지 않았기 때문이다.

"아무튼 내 말 좀 들어봐. 이런 얘기를 할 만한 시간도 장소도 아니지만."

마틴은 아스파라거스를 옆으로 밀어놓고 몸을 앞으로 내밀면서 말을 계속했다.

"내가 지금까지 무엇을 해왔는지 당신이 알아둘 필요가 있어. 당신은 임상에 대한 공부를 막 시작했는데 참 잘하고 있어. 공부도 하고 환자를 접촉하기도 하면서 시간을 아주 유효적절하게 쓰고 있고. 하지만 불행하게도 난 그렇게 사용할 수 있는 시간이 극도로 제한되고 있어. 대부분은 골치 아픈 관리문제나 시시한 관료들과의 접촉에 소비하고 있단 말이야. 난 지금까지 그런 것밖에는 하지를 못했어."

데니스는 아직도 그에게 단단히 붙들려 있는 손을 들어다 그의 손등에 가볍게 입술을 찍었다. 그리고 재빨리 입술을 떼고 밑에서 올려다보듯이 그의 얼굴을 들여다보았다. 그렇게 하면 그의 갑작스런 화가 누그러질 것이라고 생각하고 일부러 애교를 부려본 것이다. 아니나 다를까, 그것이 효과가 있었는지 그는 웃었다. 그리고 손을 놓기 전에 다시 한 번 꽉 쥐더니 누가 보지나 않았을까 하고 황급히 주위를 둘러보았다.

갑자기 그의 호출기가 울리는 소리에 두 사람은 움찔했다. 마틴이 즉시 자리에서 일어나 전화가 있는 쪽으로 성큼성큼 걸어가자, 데니스는 눈길로 그의 모습을 쫓았다. 두 사람이 처음 만났을 때부터 그녀는 그에게 마음이 끌리고 있었고, 그의 풍부한 유머와 뛰어난 감수성에 자신이 갈수록 매료되고 있다는 것을 깨달았다. 그리고 지금 그가 새삼스럽게 불안과 좌절감을 호소하는 것을 듣자 그녀는 다시 그에 대한 감정이 고조되고 있었다.

그러나 그것이 정말 좌절감일까? 마틴이 관리 분야에서 책임이 무겁다는 것을 변명한 것은 단순히 나이가 들었다는 데 대한 불만을 합리화하는 것이 아닐까. 그리고 직업적으로는 그의 인생의 장래가 뻔하다는 것을 인정하는 데 지나지 않는 것이 아닐까.

데니스는 아무것도 알 수가 없었다. 그녀가 아는 한 그는 불만 같은 것은 조금도 없는 사람처럼 항상 일에 열중하고 있었다. 아무튼 그가 자신의 감정을 솔직히 털어놓은 데 대해서 그녀는 감동을 받았다. 그것은 마틴이 두 사람의 연대감을 그녀가 상상하고 있는 것 이상으로 중대하다고 생각하고 있는 증거가 아닐까.

전화를 걸고 있는 마틴을 보면서 그녀는 또 하나의 중요한 사실이 있다는 것을 인정했다. 그는 그녀에게 너무도 힘들었던 다른 사람과의 관계를 완전히 청산할 수 있는 힘을 주었던 것이다.

데니스는 학생시절 그녀의 감정을 교묘하게 조종할 줄 아는 신경과 레지던트를 만나 금세 그에게 현혹되고 말았었다. 서로 개인적인 친분이 없는 고립된 학생시절의 고독감 때문에 데니스는 장래를 약속할 수 있을지도 모른다는 생각으로 쉽게 이끌려갔다. 그녀는 의사의 생활에 관해 잘 알고 있는 사람과 결혼하면 가정과 직장을 조화롭게 양립시켜갈 수 있을 거라고 굳게 믿었다. 애인이 된 리처드 드루커는 그녀의 마음을 얼른 알아채고 자기도 같은 생각이라는 것을 믿게 했다.

그러나 그것은 그의 진심이 아니었다. 몇 년 동안이나 남자로서의 책임은 회피하면서 그녀를 유혹하고 있었는데, 그러면서도 그는 그녀의 독립성을 교묘하게 부채질하고 있었다. 결국 그녀는 그의 본성을 알게 되었지만 그 수많은 정사에서 호된 상처를 입으면서도 끝내 그와 헤어지지 못하고 그가 자신이 말하는 것 같은 사람으로 돌아오기를 부질없이 기다리면서 마치 갈 곳이 없는 늙은 개처럼 다시 거듭되는 오욕 속으로 되돌아가고는 했다. 그리고 상대방의 유아성보다 오히려 자신의 연약함에 의문을 느끼기 시작했을 때 그녀의 기대는 절망으로 바뀌었다. 그녀는 마틴 필립스를 만날 때까지 끝내 해방되지 못했었다.

마틴이 다시 자리로 돌아오자 데니스는 걷잡을 수 없는 사랑에 감사를 느꼈다. 그와 동시에 마틴이야말로 진정한 남자라고 생각하면서 그는 아직 생각지도 않고 있는 먼 장래의 책임을 그에게 지우는 것이 왠지 미안하게 생각되었다.

"오늘은 운이 없군. 레이놀즈였어. 마리노에 대한 부검은 하지 않기로 했대."

마틴은 그녀의 맞은편에 앉으면서 말했다.

"당연히 해야 되는 걸로 알았는데요."

데니스는 다른 곳으로 향해 있던 마음을 얼른 추스르며 말했다.

"글쎄 말이야. 검시관이 매너하임의 체면을 봐주려고 시체를 대학의 병리학과로 넘겼대. 그래서 병리학과에서 가족의 허가를 얻으려고 했는데 거절당했다는군. 가족들은 틀림없이 화를 내고 있을 거야."

"그 기분은 이해할 수 있어요."

"그렇겠지. 빌어먹을…… 빌어먹을!"

마틴은 몹시 실망하고 있었다.

"그러지 말고 다발성 경화증이라는 확실한 진단이 내려져 있는 환자의 X-ray 사진을 찾아서 같은 변화가 일어나고 있는지 어떤지 살펴보면 되잖아요."

"응."

마틴은 한숨을 쉬며 대답했다.

"실망만 하지 말고 환자도 좀 생각해야죠."

그러자 마틴은 잠시 데니스의 얼굴을 바라보았다. 그녀는 자신이 주제넘은 얘기를 한 것은 아닌가 해서 뜨끔했다. 그를 훈계할 생각은 없었던 것이다. 그러나 그는 표정을 풀고 환한 웃음을 지었다.

"당신 말이 맞아! 실은 당신 덕분에 아주 근사한 생각을 해냈어!"

응급실 데스크 맞은편에는 붉은 글씨로 '응급실 직원용'이라는 팻말이 붙어 있는 회색 문이 있었다. 인턴이나 레지던트들을 위한 휴게실이었지만 실제 휴식을 위해서 거의 사용되지 않았다. 그 안쪽에는 샤워시설이 딸린 남자용 화장실이 있었기 때문에 여의사들은 2층의 간호사실로 가야 했다. 그 휴게실 옆으로는 간이침대를 2개씩 비치해놓은 작은 방이 3개 있었지만 잠시 눈을 붙일 때 외에는 거의 사용되지 않았다. 의사들에게는 그럴 시간이 없었기 때문이다.

웨인 토머스는 휴게실 안의 안락의자 하나를 차지하고 앉았다. 그것은 낡은 가죽의자였는데 마치 열상처럼 입을 떡 벌리고 있는 솔기에서 금방이라도 내용물이 튀어나올 것만 같은 물건이었다.

"린 앤 루커스는 틀림없이 병이야."

그는 확신에 찬 목소리로 말했다.

그의 주위에는 내과 레지던트인 허겐스와 카롤로 랑곤, 신경외과 레지던트인 랄프 로리, 산부인과 레지던트인 데이비드 하퍼, 안과 레지던트 선 판스워드가 책상에 기대거나 나무 의자에 앉아 있었다. 이 무리들과 별도로 방의 한쪽 구석에서는 두 사람의 의사가 심전도를 판독하고 있었다.

"자네 그녀한테 뿅 간 거 아냐?"

로리가 냉소적인 미소를 띠면서 말했다.

"그녀는 오늘 우리가 진찰한 여자 중에서 제일 미인이었어. 그래서 무슨 핑계를 대서라도 그녀를 자네 과로 끌고 가려는 거야."

일동은 웃음을 터뜨렸으나 토머스는 웃지 않고 눈만 움직여 랑곤 의사를 돌아보았다.

"랄프의 말이 맞아. 그녀는 체온, 맥박, 혈압이 정상이고 혈액 소견도 정상, 소변 정상, 뇌척수액도 정상이야."

"그리고 X-ray 사진도 정상이야."

로리가 덧붙였다.

"그렇다면 그녀의 병명이 무엇이 됐든 산부인과가 상관할 바는 아니야. 팝 도말검사에서 이형세포는 있었지만, 그것은 지금 외래에서 결과를 알아보고 있는 중이고, 그러니까 이 문제는 나를 제외하고 자네들끼리 해결해. 솔직히 말하면, 내 생각에 그녀는 히스테리 같아."

하퍼가 의자에서 일어서면서 말했다.

"나도 마찬가지야. 시력이 좀 이상하다고 하는데 안과에서 진찰해 보니 전혀 이상이 없고, 근접 시력검사에서도 가장 작은 글씨가 있는 줄까지 깨끗이 읽으니까 말이야."

안과의사 판즈워스가 말했다.

"시야는 어떤가?"

토머스가 물었다.

판스워드는 나가려고 일어나면서 말했다.

"내가 볼 때는 이상이 없는 것 같아. 내일 골드만 시야 측정을 해볼 수는 있지만, 응급으로 하지 않아도 될 것 같네."

"그럼 망막은?"

토머스가 다시 물었다.

"이상 없어. 상담을 요청해줘서 고맙네. 큰 도움이 됐어."

판즈워스는 그렇게 말하고 나서, 기구가 들어 있는 슈트케이스를 들고 방을 나갔다.

"큰 도움이 됐다고! 빌어먹을! 만약 밤에는 골드만 시야 측정을 안한다고 까탈 부리는 안과 의사 한 놈만 더 있어봐라. 한방에 날려버리고 말 테니까."

로리가 말했다.

"그만둬, 랄프. 꼭 외과의사 같은 말투잖아."

토머스가 나무랐다.

랑곤은 자리에서 일어나 기지개를 켰다.

"나도 가겠어. 그런데 토머스, 왜 그녀가 병이라고 생각하는지 얘기를 해봐. 단순히 감각이 좀 이상하다고 해서 하는 말인가? 그것은 어디까지나 주관적인 문제야."

"느낌이 그래. 그녀는 겁에 질려 있었지만 틀림없이 히스테리는 아니야. 그리고 그 감각이상은 여러 번 되풀이되고 있어. 그것은 꾀병도 아니야. 틀림없이 뇌에 문제가 있는 거야."

로리는 웃었다.

"내가 한 가지 궁금하게 생각하는 것은, 자네가 이런 병원 안에서가 아니라 사교장에서 그녀를 만났으면 어떻게 했을까 하는 거야. 토머스, 말해 봐. 자네는 틀림없이 내일 아침에 그녀를 외래로 오라고 했을 것 아닌가."

사람들은 일제히 웃음을 터뜨렸다. 토머스는 안락의자에서 일어나면서 불쾌한 표정으로 말했다.

"자네들 같은 망나니들에게는 나도 손들었네. 좋아, 나 혼자서 이 환자를 돌보지."

"그녀 전화번호나 확실히 알아놓게."

로리는 밖으로 나가는 토머스의 뒤에 대고 빈정거렸다. 허겐스는 자신이 이미 했던 생각이라 혼자 웃었다.

토머스는 응급실로 돌아오자 주위를 둘러보았다. 7시부터 9시까지는 환자들이 식사를 하면서 질병과 고통과 불행으로부터 잠시 벗어나 휴식을 취하고 있는 것 같았다. 그러나 10시가 가까워지면 술에 취한 사람과 자동차사고로 부상을 입은 사람, 강도 피해자, 미치광이들이 속속 모여들기 시작한다. 그리고 11시가 되면 이번에는 사랑과 미움의 칼부림 사태가 벌어진다. 토머스는 린 앤 루커스에 대해 생각할 여유가 약간 있었다. 뭔가가 그에게 그 환자에 대한 것을 끈질기게 속삭이고 있었다. 꼭 뭔가 중대한 단서를 놓치고 있는 것 같은 느낌이 들어서 견딜 수가 없었다.

그는 방 한가운데 있는 접수대에서 걸음을 멈추고 담당자에게 린 앤 루커스의 차트가 기록실에서 와 있는지 물어보았다. 담당자는 한 번 훑어보더니 아직 도착하지 않았다며 다시 와보라고 말했다. 토머스는 린 앤이 뭔가 이상한 약이라도 먹고 있지 않았을까 생각하면서 건성으로 고개를 끄덕였다. 그러고는 중앙통로를 돌아 린 앤이 기다리고 있는 진찰실로 향했다.

데니스는 마틴이 말한 '아주 근사한 생각'이라는 것이 무엇인지 전혀 짐작할 수가 없었다. 그가 밤 9시쯤 자기 방에 와달라고 했으나 그녀가 응급실에서 외상환자의 X-ray 사진을 판독하다가 잠시 휴식을 취했을 때는 15분이나 지나고 있었다. 그녀는 이미 문을 닫은 구내매점 맞은편에 있는 계단을 통해 방사선과가 있는 층으로 올라갔다. 복도는 낮의 그 혼잡한 소동에 비하면 꼭 다른 장소에 와 있는 것 같았다. 복도 저 끝에서는 잡역부 한 사람이 전기광택기로 바닥에 광을 내고 있었다.

마틴의 연구실 복도 쪽 문이 열려 있고 구술을 하고 있는 그의 단조로운 목소리가 들려왔다. 데니스가 방에 들어갔을 때 그는 마침 그날의 뇌혈관조영 사진의 판독을 막 끝낸 참이었다. 판독상자 위에는 혈관조영을 한 사진이 한 묶음 끼워져 있었다. 그리고 한 장 한 장의 X-ray 사진에는 마치 나무뿌리를 거꾸로 세운 것 같은 몇천 개나 되는 혈관의 흰 줄기가 비치고 있었다. 그는 구술을 계속하면서 데니스에게

손가락으로 병든 부위를 지적해주었다. 그녀는 그것을 보고 고개를 끄덕였으나 그가 어떻게 그 하나하나의 혈관의 이름이나 정상적인 굵기, 그리고 장소를 알고 있는지는 도저히 이해할 수가 없었다.

"결론적으로 말해서 이 뇌혈관조영사진은 이 열아홉 살짜리 남성의 오른쪽 뇌저 신경절에 있는 큰 동정맥의 기형을 아주 훌륭하게 포착하고 있다. 피리어드. 이 순환계 기형은 시상천공지(視床穿孔枝) 및 시상슬상지(視床膝上枝)를 통해 오른쪽 뒤의 대뇌동맥으로, 그리고 렌즈 핵 선상체지(線狀體枝)를 통해 오른쪽 중간 대뇌동맥의 혈류에 의해 대상(代償)되고 있다. 피리어드. 구술 끝. 이 보고서의 사본은 매너하임, 프린스, 클라우슨 박사에게 보내주기 바란다. 땡큐."

마틴이 말하고 나서 찰칵 하는 소리와 함께 레코더가 정지하자 마틴은 의자를 돌렸다. 그는 장난스러운 미소를 지으면서 셰익스피어의 연극에 나오는 어릿광대처럼 두 손을 비비고 있었다.

"아주 멋진 타이밍이야."

"무슨 음모를 꾸미고 계신 거예요?"

그녀는 짐짓 무서워하는 듯한 표정으로 말했다.

"따라와요."

마틴은 그녀를 방밖으로 데리고 나갔다. 벽 가에는 링거병과 리넨 베개 등이 실려 있는 스트레쳐카가 놓여 있었다. 마틴은 그녀가 놀라는 얼굴을 보고 빙긋이 웃으면서 스트레쳐카를 복도 쪽으로 밀고 가기 시작했다. 데니스는 환자용 엘리베이터가 있는 곳에서 그를 따라잡았다.

"내가 당신한테 드렸다는 근사한 아이디어가 이거예요?"

엘리베이터 안으로 스트레쳐카를 밀어 넣는 것을 거들면서 그녀가 말했다.

"맞았어."

마틴이 지하 2층의 단추를 누르자 문이 닫혔다.

이윽고 두 사람은 병원의 창자라고도 할 수 있는 곳으로 들어갔다. 파이프들이 마치 혈관처럼 사방으로 뻗으면서 괴로워 발버둥을 치는 것 같은 모습으로 뒤얽혀 있었다. 다른 빛깔은 찾아볼 수 없고 모두 회색이나 흑색으로 칠해져 있었다. 그물 같은 전선에 드문드문 매달린 형광등 불빛이 짙게 깔린 어둠의 군데군데를 허옇게 비춰 극적인 대조를 이루고 있었다.

엘리베이터 맞은편에 '시체 안치소―붉은 선을 따라 오시오'라는 표지가 붙어 있었다. 그 붉은 선은 마치 핏자국처럼 복도의 한가운데를 달리면서 어두운 통로를 복잡하게 이끌고 가더니 복도의 갈림길에서 예각으로 꺾어졌다. 그리고 길은 내리막이 되어 마틴은 제멋대로 굴러 내려가려는 스트레처카를 꽉 붙잡아야 했다.

"이런 곳에 와서 도대체 뭘 하실 작정이죠?"

데니스의 목소리가 그 인적이 없는 빈 공간에 발소리와 함께 메아리쳤다.

"곧 알게 돼."

마틴의 미소는 어느 결엔가 사라지고 목소리까지 잔뜩 긴장되어 있었다. 항상 장난기가 많은 그도 역시 조심스러운지 약간 짜증스러운 투로 말했다.

그 복도는 갑자기 거대한 지하 동굴을 향해 입을 벌렸다. 그 안의 조명도 복도만큼이나 어두웠다. 2층 건물 높이의 천장이 어둠 때문에 보이지 않았다. 왼쪽 벽에는 소각로로 통하는 닫힌 문이 있었는데 뭔가를 태우려는 굶주린 화염이 내지르는 소리가 그 안쪽에서 희미하게 들려왔다.

그 끝에 양쪽으로 열게 되어 있는 스윙도어가 있었는데 그것이 시체안치소로 통하는 문이었다. 바닥의 붉은 선은 그 문 앞에서 갑자기 끝나고 있었다. 마틴은 스트레처카를 거기에 두고 입구를 향해 들어가다가 오른쪽 문을 열고 안을 들여다보았다.

"재수가 좋군."

마틴은 그렇게 말하고 스트레처카를 가지러 왔다.

"우리 세상이야."

데니스는 마지못해 그의 뒤를 따라갔다.

그 시체안치소는 땅속에서 발굴된 폼페이 유적을 연상시킬 정도로 황폐할 대로 황폐해진 채 방치된 큰 방이었다. 천장으로부터 드러난 전선에는 전등갓이 여러 개 매달려 있었으나 전구가 붙어 있는 것은 매우 적었다. 바닥에는 지저분한 테라조가 깔려 있고 벽에는 타일이 발라져 있었으나 군데군데 깨지거나 떨어져나가고 없었다.

방 한가운데에는 약간 움푹 팬 곳이 있었는데 거기에 낡은 대리석 부검대가 놓여 있었다. 그것은 몇십 년 전부터 사용하지 않는 것으로, 수북이 쌓인 먼지 사이에 서 있는 것이 꼭 이교도의 제단처럼 보였다. 지금은 시체 부검을 5층의 현대적 감각의 스테인리스로 꾸민 병리학부에서 하고 있었다.

그 방의 벽에는 많은 문이 늘어서 있었는데 그중에는 정육점의 대형 냉장고를 연상하게 하는 대형 나무로 만든 문도 있었다. 그 반대쪽 벽에는 오르막으로 되어 있는 캄캄한 복도가 있었고, 병원 빌딩군의 뒷골목으로 나가는 출입구와 통하고 있었다. 실내는 쥐 죽은 듯이 조용하고 소리라고는 이따금 떨어지는 물방울소리와 그들 자신의 공허한 발소리뿐이었다.

마틴은 스트레쳐카를 멈추고 링거 병을 매달았다.

"여기야."

그는 데니스에게 새로운 시트의 한쪽을 들게 하고 스트레쳐카의 깔개 주위에 그것을 밀어 넣었다. 그리고 그 큰 나무문이 있는 곳으로 가서 빗장의 가로대를 뽑더니 온 힘을 다해 문을 밀었다. 문이 열리자 드라이아이스 같은 안개가 솟아올라 테라조의 바닥에 감돌았다.

마틴은 전기 스위치를 발견하고 그것을 켰을 때에야 데니스가 아까부터 꼼짝도 하지 않고 있다는 것을 깨달았다.

"이리와! 그 스트레쳐카를 가지고 와."

"무엇을 하려는 것인지 설명해주기 전에는 한 발짝도 움직이지 않겠어요."

"우리는 지금 15세기인 체하는 거야."

"그게 무슨 말이죠?"

"과학을 위해 시체를 훔치려는 거야."

"리사 마리노의?"

데니스는 믿을 수 없다는 듯한 표정이 되었다.

"그렇다니까."

"난 도울 수 없어요."

그녀는 금방이라도 달아날 듯이 뒷걸음질 쳤다.

"데니스, 꾸물거리지 마. 이건 모두 CAT검사와 X-ray 사진을 찍기 위해서야. 그것이 끝나고 나면 시체는 다시 여기에 갖다 두는 거야. 설마 내가 이것을 갖고 싶어 한다고 생각하는 거야? 그래?"

"어떻게 생각해야 할지 모르겠어요."

"아무렇게나 상상해."

마틴은 스트레쳐카의 손잡이를 잡더니 그것을 구식 냉동실 안으로 끌고 들어갔다. 링거 병이 금속 막대기에 부딪혀 쨍그랑거리고 있었다. 데니스는 뒤쫓아 들어가 재빨리 실내를 둘러보았다. 내부는 벽도 천장도 바닥도 모두 타일을 발라놓았으나 처음에는 하얗던 것이 지금은 구중중한 쥐색으로 변해 있었다. 냉동실은 길이 9미터, 폭 6미터 정도의 넓이였는데 자전거 바퀴만한 크기의 바퀴가 달린 낡은 짐수레가 방 양쪽에 한 줄로 늘어서 있고, 그 수레마다 시트에 싸인 시체가 실려 있었다.

마틴은 가운데 통로를 천천히 걸으면서 양쪽의 수레를 훑어보며 끝까지 가서 몸을 돌렸다. 그리고 이번에는 일일이 시트자락을 들추고 안을 들여다보았다. 데니스는 그 뒤를 따라가면서 그 축축하고 서늘한 공기에 몸을 떨었다.

가장 가까운 곳에 있는 것은 러시아워 때 교통사고로 죽은 피투성이의 시체였는데 그녀는 되도록 그것을 보지 않으려고 애를 썼다. 아직도 구두를 신고 있는 한쪽 발이 엉뚱한 방향으로 내밀어져 있는 것을 보면 장딴지 중간쯤에서 다리가 부러진 것 같았다. 보이지 않는 곳 어딘가에서 낡은 압축기가 작은 소리를 내고 있었다.

"아, 여기 있군."

마틴은 시트 속을 들여다보면서 말했다. 데니스로서 고마웠던 것은, 그가 그 시트를 벗기지 않고 스트레쳐카를 가져오라고 그녀에게 손짓을 한 것이었다. 그녀는 자동인형처럼 그의 지시에 따랐다.

"자, 옮기는 것을 좀 도와줘."

데니스는 시체에 직접 손이 닿지 않도록 시트와 함께 발목을 잡았고, 마틴은 동체를 들고 하나 둘 셋의 구령과 함께 이미 경직되어 있는 시체를 옮겼다. 그들은 서로 끌고 밀면서 스트레처카를 냉동실 밖으로 끌고 나왔고, 곧이어 마틴은 다시 문을 닫고 빗장을 걸었다.

"링거는 무엇 때문에 가져왔죠?"

"시체를 옮기고 있다는 것을 알리지 않기 위해서지. 링거는 아무리 생각해도 내가 생각해낸 걸작이란 말이야."

그가 시트를 끌어내리자 핏기 없는 리사 마리노의 얼굴이 나타났다. 마틴이 그녀의 머리를 들고 그 밑에 베개를 넣을 때 데니스는 자기도 모르게 얼굴을 돌렸다. 빈 링거관을 시트 속에 집어넣은 다음 그는 한 걸음 뒤로 물러서서 그 효과를 살펴보았다.

"완벽하군."

그리고 그는 시체의 팔을 두드리면서 "이봐, 이제 좀 편하지?" 하고 말했다.

"마틴, 제발 그런 소름끼치는 짓 좀 그만할 수 없어요?"

"사실 이건 사과 비슷한 거야. 우리가 이런 짓을 해도 되는지, 자신이 없으니까."

"이제야 인정하는군요."

데니스는 스윙도어를 밀고 서서 스트레처카가 나가는 것을 도와주면서 말했다.

이윽고 두 사람은 다시 지하의 미로로 되돌아나가 환자용 엘리베이터에 올랐다. 그런데 엘리베이터가 1층에서 멈추는 바람에 두 사람은 순간 긴장했다. 잡역부 두 사람이 휠체어를 탄 환자를 데리고 서 있었다. 마틴과 데니스는 불안한 표정으로 잠시 서로의 얼굴을 마주보았다. 데니스는 이런 미치광이 같은 행동에 끌려들어간 자신을 나무라면서 먼저 시선을 돌렸다.

잡역부들은 평소의 원칙과 달리 환자의 휠체어를 밀면서 엘리베이터를 탔다. 그 바람에 환자가 엘리베이터 문을 등지는 꼴이 되었다. 잡역부들은 곧 시작되는 야구시즌 얘기에 꽃을 피우고 있었기 때문에 설사 리사 마리노의 얼굴을 본다고 해도 별로 신경을 쓰지 않을 것 같았다. 그러나 환자는 달랐다. 그는 리사 마리노의 머리 옆에 말굽모양의 큰 봉합자국이 있는 것을 유심히 바라보다가 물었다.

"이분은 수술을 받았습니까?"

"그렇습니다."

마틴이 대답했다.

"괜찮아질까요?"

"약간 지쳐 있기 때문에 휴식을 취할 필요가 있지요."

환자는 납득을 했는지 고개를 끄덕였다. 그때 엘리베이터가 2층에서 멈추었고, 마틴과 데니스는 그곳에서 내렸다. 잡역부 한 사람은 스트레쳐카를 밀어내는 일까지 도와주었다.

"정말 어이가 없어요. 꼭 범죄자가 된 것 같은 기분이에요."

인적이 없는 복도를 걸으면서 데니스가 말했다.

두 사람은 CAT 검사실로 들어갔다. 붉은 머리의 기사는 컴퓨터실에서 납유리창 너머로 그들을 보고 도와주기 위해 검사실로 들어왔다. 마틴은 응급촬영을 해야 한다고 말했다. 기사는 검사대를 조정한 다음, 리사 마리노의 머리 쪽에 서서 그녀를 들어 올리려고 어깨 밑에 두 손을 넣다가 얼음같이 차가운 시체라는 감각이 손끝에 느껴지자 소스라치게 놀라 뒤로 펄쩍 물러섰다.

"죽었잖아!"

데니스는 눈을 가렸다.

"말하자면 오늘은 이 환자의 액일이었네. 이 촬영 얘기는 아무에게도 말하지 말게."

마틴이 말했다.

"아직도 CAT 검사를 포기하지 않으셨군요?"

기사가 믿을 수 없다는 듯이 말했다.

"절대적일세."

기사는 그제야 마틴과 함께 리사를 검사대에 올렸다. 환자가 움직이는 것을 방지하는 벨트는 필요 없기 때문에 기사는 곧 검사대를 움직여서 리사의 머리를 기계에 넣었다. 그리고 정확하게 들어갔는지를 확인한 다음 마틴과 데니스에게 통제실로 들어가라고 지시했다.

"안색은 창백하지만 신경외과에서 보내오는 환자들 중에는 이 사람보다 더한 것도 있어요. 이 사람은 오히려 나은 편이에요." 하고 기사가 말했다.

그가 CAT 검사기의 단추를 누르자 도넛형의 거대한 기계가 갑자기 움직이기 시작하더니 리사의 머리 주위를 회전하기 시작했다.

마틴과 데니스는 서로 몸을 기대고 모니터 앞에서 기다리고 있었다. 이윽고 모니터 상부에 횡선이 나타나더니 최초의 영상을 비추기 위해서 밑으로 움직였다. 그러나 두개골은 똑똑히 알 수 있었으나 그 내부는 도저히 판정할 수가 없었다. 어둡고 성분이 같은 음영만 보일 뿐이었다.

"도대체 어떻게 된 거야?"

마틴이 말했다.

기사는 조작대로 가서 기계를 살펴보고 오더니 고개를 저었다. 그들은 다시 다음 영상이 나타나기를 기다렸다. 이윽고 다시 두개골의 윤곽은 나타났으나 내부는 여전히 아무런 얼룩도 없는 영상뿐이었다.

"기계가 오늘밤 어떻게 된 것은 아니겠지?"

마틴이 물었다.

"아무 이상도 없는데요."

기사가 대답했다.

마틴은 손을 뻗어 모니터를 상하좌우로 조정하더니, "어처구니가 없군……." 하고 말을 잇지 못했다.

"지금 우리가 보고 있는 게 뭔지 알아? 공기뿐인 빈 주머니야! 뇌가 없어. 없어져버렸단 말이야!"

그들 모두는 똑같이 놀라움과 함께 믿어지지 않는다는 듯이 서로의 얼굴을 쳐다보았다. 다음 순간, 마틴은 갑자기 몸을 돌려 검사실로 뛰어 들어갔다. 데니스와 기사가 그 뒤를 쫓았다. 마틴은 리사의 머리를 두 손으로 잡고 들어 올렸으나 몸이 경직되어 있기 때문에 몸통까지 딸려 올라왔다. 마틴이 리사의 뒷머리를 들여다보는 것을 기사가 도와주었다.

마틴은 검푸른 피부에 눈을 가까이 대고 자세히 살피다가 두개골 아랫부분을 빙 둘러싸듯이 U자형으로 봉합한 미세한 자국이 나 있는 것을 발견했다. 꿰맨 자국이 보이지 않도록 표피 안쪽으로 봉합되어 있었다.

"시체안치소에 도로 갖다 두는 것이 좋겠어."

마틴이 불안한 표정으로 말했다.

리사 마리노의 시체를 시체안치실로 되돌려놓는 일은 거의 무언으로 신속하게 진행되었다. 데니스는 가고 싶지 않았으나 스트레쳐카에서 리사의 시체를 들어 올릴 때 마틴을 도와줄 사람이 있어야 한다는 것에 생각이 미쳤다.

이윽고 소각로에 도착하자 마틴은 시체안치소 안에 사람이 없는지를 다시 확인했다. 그는 문을 열고 그것을 누르면서 데니스에게 들어오라고 신호했다. 그리고 냉동실 쪽으로 스트레쳐카를 밀고 가는 것을 거들면서 황급히 그 큰 나무문을 열었다.

그가 스트레쳐카를 끌고 냉동실의 가운데 통로를 걸어가고 있을 때 찬 공기 속에서 그의 입김이 파르르 떨리고 있는 것을 데니스는 가만히 바라보고 있었다. 이윽고 그들이 스트레쳐카를 낡은 나무수레 옆에 세워놓고 리사의 시체를 막 들어 올리려고 할 때 갑자기 요란한 소리가 얼어붙은 공기를 흔들면서 울려 퍼졌다.

데니스와 마틴은 소스라치게 놀랐다. 그것이 무엇인지를 깨달을 때까지는 몇 초의 시간이 걸렸다. 그것은 데니스를 호출하는 벨소리였다. 그녀는 황급히 스위치를 끄고 그 벨소리가 마치 자신의 잘못이라도 되는 것처럼 미안해하면서 리사의 발목을 잡고, 다시 하나 둘 셋의 구령으로 나무수레 위로 리사의 시체를 옮겼다.

"시체안치소 밖에 전화가 있으니 빨리 가서 호출에 응답해요. 그 동안 나는 시체를 원래대로 해놓을 테니까."

그가 더 이상 권할 필요도 없이 데니스는 허둥지둥 냉동실을 뛰쳐나갔다. 그 다음의 일에 대해 그녀는 너무도 조심성이 없었다. 그녀가 전화기 있는 쪽으로 방향을 바꾸는 순간, 활짝 열려진 냉동실 쪽으로 오고 있는 한 남자와 딱 마주쳤다. 그녀는 자기도 모르게 비명을 지르며 부딪치는 충격을 덜려고 두 손을 내밀었다.

"여기서 뭘 하는 거요!"

남자는 소리를 버럭 질렀다. 워너라는 병원 잡역부였다. 그는 손을 내밀고 있는 데니스의 한쪽 손목을 움켜잡았다.

소란스러운 소리를 듣고 마틴이 냉동실 문턱에서 얼굴을 내밀었다.

"나는 마틴 필립스 박사요. 이 사람은 데니스 생거 의사이고."

그는 되도록 근엄한 목소리로 말하려고 했으나 막상 입 밖으로 나온 소리는 공허하고 기죽은 목소리에 지나지 않았다.

워너는 데니스의 손목을 놓아주었다. 그는 굉장히 마른 남자였는데, 광대뼈는 툭 불거지고 곰보에다 이곳의 어두운 불빛 아래서는 그의 쑥 들어간 눈을 볼 수가 없었다. 두 눈구멍은 마치 다 타버린 구멍처럼 공허하게 보였고 코는 마치 도끼처럼 가늘고 날카로웠다. 그는 검은색 자라목 스웨터를 입고, 역시 검은색 고무 앞치마를 두르고 있었다.

"내 시체들을 어떻게 하려는 거요?"

워너는 의사들과 스트레처카 앞을 지나면서 말하더니 냉동실 안의 시체를 세어본 다음 리사를 가리키면서 말을 이었다.

"이 녀석을 여기서 데리고 나갔었소?"

최초의 충격에서 벗어난 마틴은 시체들이 마치 자기 소유물인 것처럼 말하는 남자의 태도에 감탄했다.

"내 시체라는 말이 옳은지 어떤지는 모르지만, 미스터……. 워너."

남자는 마틴이 있는 곳까지 돌아와서 그의 면전에 투박한 집게손가락을 내밀면서 말했다.

"누군가가 이 시체에 대해 서명을 할 때까지는 내 시체요. 내가 책임자니까."

마틴은 여기서 말다툼을 해봐야 아무런 소용도 없겠다고 생각했다. 워너는 그 얄팍한 입술을 꽉 다물고 절대로 타협하지 않겠다는 의지를 보이고 있었다. 마치 단단히 감아놓은 스프링 같아 보였다.

마틴은 말을 하려고 했으나 당황했기 때문인지 목이 약간 잠겨 있었다. 그는 헛기침을 한 다음 입을 열었다.

"이 시체에 관해 물어볼 것이 있소. 이상한 흔적이 있는데……."

그때 데니스의 호출 벨이 다시 울렸다. 그녀는 양해를 구한 다음, 벽가의 전화로 달려가 용무를 보았다.

"어느 시체 말이오?"

워너는 물어뜯을 듯이 말했다. 그의 눈은 잠시도 마틴의 얼굴에서 떠나지 않았다.

"리사 마리노."

마틴은 일부분이 시트에 가려져 있는 시체를 가리키면서 말했다.

"이 여자에 대해 아는 게 있소?"

"잘 모르오. 외과에서 데리고 왔는데 틀림없이 오늘밤 늦게나 내일 아침 일찍 가지고 갈 거요."

리사 쪽을 돌아보면서 상당히 누그러진 태도로 워너는 대답했다.

"이 시체는 어떻소?"

마틴은 그 남자가 머리를 전부 뒤로 넘기고 있는 것을 보며 물었다.

"근사하지."

여전히 리사를 지켜보면서 워너가 말했다.

"근사하다는 것은 무슨 뜻이오?"

"요즘 한동안 구경한 적이 없는 미인이란 말이오."

워너는 음침한 웃음을 흘리면서 마틴을 돌아보았다.

마틴은 할 말을 잃고 말았다. 그때 데니스가 돌아와 "난 가봐야 해요. 응급실에서 두개골 사진을 봐달라고 해서요." 하고 말했다.

"알았어. 일이 끝난 다음 내 방에서 만납시다."

마틴이 말하자 데니스는 고개를 끄덕인 다음, 그제야 마음을 놓은 듯이 밖으로 나갔다.

마틴은 시체안치소에 워너와 단둘이 남게 되자 왠지 마음이 불안했다. 그러나 하는 수 없이 용기를 내어 리사 마리노의 시체 옆으로 가서 시트를 벗긴 다음 어깨를 들어 시체를 뒤집었다. 그리고 교묘히 봉합한 자국을 가리키면서 물었다.

"이것에 대해 아는 거 있소?"

"난 아무것도 모르오, 그런 건."

워너는 얼른 대답했다.

그는 마틴이 가리킨 곳을 제대로 본 것 같지 않았다. 마틴은 리사의 시체를 다시 원래대로 뒤집은 다음 남자를 똑바로 쳐다보았다. 그의 딱딱한 표정은 전형적인 나치스를 연상하게 했다.

"말해 봐요. 오늘 매너하임의 똘마니들이 여기 내려오지 않았소?"

마틴은 다시 물었다.

"난 모르오. 부검은 없다고 하는 것 같던데."

"자, 이건 부검자국이 아니오. 무엇인가 이상한 일이 일어나고 있소. 당신은 정말 여기에 대해서 아무것도 모른단 말이죠?"

마틴은 시트의 가장자리를 잡아당겨 리사 마리노의 시체를 덮으며 말했다.

워너는 고개를 저었다.

"알겠소."

마틴은 그렇게 말하고 스트레쳐카의 처리를 워너에게 맡겨둔 채 냉동실을 나왔다.

워너는 바깥문이 닫히는 소리가 들릴 때까지 기다리고 있다가 스트레쳐카의 손잡이를 잡고 느닷없이 힘껏 밀어버렸다. 스트레쳐카는 냉동실을 뛰쳐나가 시체안치실을 반쯤 달리더니 대리석 부검대의 모서리에 부딪혀 요란한 소리를 내면서 뒤집혀버렸다. 링거 병은 산산조각이 났다.

웨인 토머스는 팔짱을 끼고 벽에 몸을 기대고 있었고 린앤 루커스는 낡은 검진대 위에 앉아 있었다. 그래서 두 사람의 눈은 같은 높이에 있었다. 한쪽은 조용히 지켜보는 것 같은 눈이고, 또 한쪽은 완전히 기진맥진한 것 같은 눈이었다.

"최근의 요로감염은 어떻습니까? 설파제로 해결이 됐다고 하더군요. 그밖에 아직 당신이 말하지 않은 병은 없습니까?"

토머스가 물었다.

"없어요. 비뇨기과에 간 것밖에는 없어요. 그쪽 선생님은 내가 화장실에 갔다 온 다음에도 방광에 상당한 소변이 남아 있는 것이 문제라며 신경과에 가보라고 하시더군요."

린 앤은 천천히 말했다.

"그래서 가봤습니까?"

"아뇨, 그 문제는 저절로 해결이 됐기 때문에 상관이 없을 거라고 생각했어요."

그때 커튼이 젖혀지면서 데니스 생거가 얼굴을 들이밀었다.

"실례해요. 누가 두개골 필름을 봐달라고 부르지 않았어요?"

토머스는 방금 제가 부탁드렸습니다, 하고 말하면서 벽 가에서 떨어졌다. 그는 휴게실로 돌아가면서 데니스에게 린 앤의 증상을 대충 설명한 다음 X-ray 사진으로는 이상이 없으나 뇌하수체 주변을 잘 살펴봐달라고 부탁했다.

"진단은 어떤데요?"

데니스가 물었다.

"그게 문제입니다."

토머스가 휴게실 문을 열면서 말했다.

"저 환자는 가엾게도 이미 다섯 시간이나 여기에 있는데 저는 아무 결정도 내릴 수가 없습니다. 무슨 약을 상용하고 있는 줄 알았는데 본인은 그렇지 않다고 합니다. 마리화나도 피우지 않는다고 합니다."

토머스는 필름을 판독상자에 끼웠다. 데니스는 원칙대로 뼈부터 살펴보았다.

"전 응급실 동료들로부터 짓궂은 소리만 들었습니다. 저 환자가 섹스 상대로 좋을 것 같기 때문에 이 증례에 흥미를 느끼게 된 것이 아니냐고요."

토머스가 말했다.

데니스는 X-ray 사진을 검토하다가 그만두고 날카로운 눈으로 토머스를 노려보았다.

"하지만 그게 아닙니다. 저 여자의 뇌에는 틀림없이 이상한 데가 있어요. 그리고 그것이 무엇인지는 모르지만 널리 퍼져 있다는 생각이 듭니다."

데니스는 다시 필름을 살펴보았다. 뇌하수체 부위를 포함한 뼈의 구조는 정상이었다. 다음에는 두개골 내부의 희미한 음영을 살펴보았다. 부위를 확인하기 위해 우선 송과선이 석회화되지 않았는지의 여부를 살펴보았다. 그러나 석회화는 없었다.

사진에 이상은 없다고 말하려다가 그녀는 조직의 배열에 약간의 변화가 있는 것을 알았다. 그래서 두 손을 끼고 작은 동그라미를 만든 다음 그 일부분을 세밀히 살펴보았다. 그것은 마틴이 종이에 구멍을 뚫고 들여다보는 것과 같은 방법이었다. 이윽고 그녀는 확신이 생겼고, 손을 뗐다. 마틴이 리사 마리노의 사진에서 보여준, 그 음영의 변화와 똑같은 병변을 발견한 것이다.

"이 사진을 다른 선생님에게 좀 봐달라고 해야겠어요."

데니스는 그 필름을 판독상자에서 빼내면서 말했다.

"뭔가 찾아냈습니까?"

토머스는 흥분한 목소리로 물었다.

"그런 것 같아요. 내가 돌아올 때까지 그 환자를 여기에 붙들어두세요."

데니스는 토머스가 미처 대답을 하기도 전에 밖으로 나갔다.

2분 후에 그녀는 마틴의 방에 와 있었다.

"정말이야?" 하고 마틴이 물었다.

"틀림없어요."

그녀는 그에게 필름을 넘겨주었다.

마틴은 사진을 받았으나 그것을 바로 판독상자에 끼우지 않고 손가락으로 만지작거렸다. 또 실망을 하게 될까 봐 겁이 났던 것이다.

"어서요."

데니스가 재촉했다. 그녀는 자신의 생각이 옳다는 것을 확인하려고 안달이 났다.

마틴은 X-ray 사진을 클립에 끼웠다. 곧바로 판독상자의 불이 깜빡이다가 켜졌다. 마틴의 잘 훈련된 눈이 어떤 부분을 유심히 살펴보기 시작했다.

"당신 말이 맞는 것 같군."

그는 그렇게 말하고 가운데 구멍을 뚫은 종이를 들고 사진을 더 가까이에서 살펴보았다. 틀림없이 리사 마리노의 필름에서 보았던 이상한 음영이 거기에도 있었다. 다만 다른 것은 이번 것이 더 뚜렷하지 않고 범위도 좁다는 것뿐이었다.

마틴은 흥분되는 것을 억제하며 마이클스의 컴퓨터에 스위치를 넣었다. 그리고 환자의 이름을 입력한 다음 데니스를 돌아보고 환자가 호소하는 증상이 무엇인지 물어보았다. 데니스는 그녀가 순간적으로 철자를 잊어버려서 글을 읽지 못할 때가 있다는 것을 이야기해주었다. 마틴은 그 정보를 입력한 다음 레이저 스캐너가 있는 곳으로 가서 빨간 불이 켜지자 필름을 그곳에 삽입했다. 프린터가 소리를 내며 활동하기 시작하더니, 이런 문장이 찍혀 나왔다.

땡큐, 잠깐 눈을 붙이시죠.

기다리고 있는 동안 데니스는 마틴에게 린 앤 루커스에 대한 여러 가지 이야기를 했다. 마틴은 그 환자가 아직도 살아 있고, 더구나 응급실에서 기다리고 있다는 말에 완전히 흥분하고 있었다.

프린터의 딸가닥거리는 소리가 멈추자 마틴은 나온 자료를 잡아챘다. 그리고 어깨너머로 들여다보고 있는 데니스와 같이 읽었다.

"정말 근사해!"

마틴은 자료를 다 읽고 나자 감탄한 듯이 말했다.

"컴퓨터도 당신의 직감에 찬성하고 있어. 뿐만 아니라 리사 마리노의 사진에서도 같은 음영의 형태가 있었다는 것까지 기억하고 있어. 그리고 이 음영의 변화는 무엇이냐고 묻고 있단 말이야! 이 녀석은 대단한 놈이야. 알고 싶다고 한다고! 꼭 사람 같아서 무서운 생각이 드는군. 좋아, 다음에는 이 녀석이 CAT 검사를 하는 컴퓨터와 결혼해서 여름 내내 휴가를 얻고 싶으냐고 물어봐야지."

"결혼이라고요?"

데니스는 웃었다.

마틴은 손짓으로 그녀를 제지했다.

"너무 큰소리내지 마. 관리부 녀석들이 걱정하니까. 그럼 이 린 앤 루커스를 이리로 데리고 와서 리사 마리노는 할 수 없었던 CAT 검사와 X-ray 사진을 찍도록 할까?"

"좀 늦었다고 생각하지 않아? 촬영기사는 10시에 문을 닫고 돌아갔어요. 또 부르지 않으면 안 될 거예요. 오늘밤에 꼭 하셔야겠어요?"

마틴은 손목시계를 보았다. 10시 반이었다.

"당신 말이 맞군. 하지만 이 환자는 놓치고 싶지 않아. 적어도 오늘밤만이라도 입원시킬 수 있는지 물어봐야겠어."

데니스는 마틴을 응급실로 안내해서 곧바로 넓은 치료실로 갔다. 그리고 오른쪽 구석의 좁은 진찰실을 가리고 있는 커튼을 젖혔다. 린 앤 루커스가 충혈된 눈으로 올려다보았다. 그녀는 책상에 기대앉은 채 머리를 팔에 올려놓고 있었다.

데니스가 막 마틴을 소개하려는데 그녀의 호출기가 울렸다. 마틴은 린 앤과 직접 얘기하기 시작했다. 환자가 몹시 지쳐 있다는 것은 첫눈에 알 수 있었다. 그는 따뜻한 미소를 보내면서, 내일 아침 특별한 X-ray 사진을 찍어야 하는데 오늘 하룻밤만 입원하면 어떻겠느냐고 물었다. 린 앤은 이 응급실에서 나가 잠을 잘 수만 있다면 조금도 상관없다고 말했다. 마틴은 다정하게 그녀의 팔을 잡으며 그렇게 조치해주겠다고 말했다.

중앙접수대로 간 마틴은 마치 백화점의 염가매장 판매 사원처럼 정신없이 바쁜 접수계의 주의를 끌기 위해 소리를 지르기도 하고 카운터를 손바닥으로 탕탕 치기까지 해야 했다. 그리고 간신히 린 앤 루커스의 담당의사가 누구냐고 물었다. 접수계는 그제야 당직표를 살펴본 뒤 담당의사는 웨인 토머스인데 지금 발작을 일으킨 7호실에 가 있다고 대답했다.

마틴이 그 방에 들어가 보니 한창 심장발작을 일으키고 있는 중이었다. 진찰대 위에 누워 있는 환자는 뚱뚱해서 마치 거대한 팬케이크를 엎어놓은 것 같았다. 토머스라는 것을 금방 알아차릴 수 있는 수염이 많은 흑인이 의자 위에 올라서서 열심히 심장마사지를 하고 있었다. 한 번씩 누를 때마다 토머스의 두 손은 환자의 살 속으로 파묻혀버렸다. 환자의 맞은편에서는 레지던트가 세동제거기의 전극을 들고 심장감시장치의 진동상태를 뚫어질 듯이 지켜보고 있었다. 그리고 환자의 머리맡에는 마취의사가 서서 엠브백으로 환자에게 호흡을 시키면서 혼자 싸우고 있는 토머스를 돕고 있었다.

"잠깐만요."

이윽고 세동제거기를 들고 있는 레지던트가 말했다.

사람들은 뒤로 물러섰다. 그 레지던트가 전극을 환자의 심장부에 갖다 대고 앞가슴의 도선 위에 있는 단추를 누르자 전류가 환자의 가숨을 꿰뚫으면서 큰 전기충격을 일으켰다. 환자의 두 다리는 마치 날려고 하는 살찐 닭처럼 경련을 하고 있었다.

마취의사는 즉시 또 환자의 호흡운동을 도우라고 지시했다. 감시장치가 다시 설치되자 느리기는 하지만 규칙적인 진동을 볼 수 있게 되었다.

"경동 맥박은 좋아졌다."

마취의사는 환자의 목 옆을 손으로 누르면서 말했다.

"좋아."

세동제거기를 들고 있는 레지던트도 그렇게 말했으나 감시 장치에서 눈을 떼지 않고 있는 동안에 처음으로 심실성 기외수축(心室性 期外收縮)의 진동이 일어났다.

"리도카인 75밀리그램."

그가 지시했다.

마틴은 토머스에게 다가가 그의 다리를 툭툭 쳤다. 그는 의자에서 내려와 뒤로 물러났으나 여전히 환자에게서는 눈을 떼지 않고 있었다.

"자네 환자인 린 앤 루커스 말이야. X-ray 사진을 보니 후두부에 전방으로 뻗어 있는 흥미로운 음영이 발견됐네."

마틴이 말했다.

"아무튼 뭘 찾아내셨다니 참 대행입니다. 저의 직감으로도 그녀에게 무엇인가 이상한 데가 있다는 것은 알았으나 그것이 무엇인지는 도저히 알 수가 없었습니다."

"나도 아직 확실한 진단을 내릴 수는 없어. 그래서 내일 아침에 사진을 좀 더 찍어볼까 하는데 오늘밤 환자를 입원시키면 어떨까?"

"좋습니다. 그렇게 해주시면 고맙겠습니다. 아무튼 임시진단이라도 내려놓지 않으면 동료들로부터 시달림을 당하니까요."

"다발성 경화중으로 하면 어떨까?" 하고 마틴이 말했다.

토머스는 수염을 쓰다듬었다.

"다발성 경화중이라. 그건 높은 사람들이 잔소리를 할지도 모르겠는데요."

"다발성 경화중으로 하면 안 될 무슨 이유라도 있는가?"

"아닙니다. 다만 그 병명을 써야 하는 이유가 좀 빈약한 것 같단 말입니다."

"중상이 극히 초기라고 하면 어떨까?"

"그것도 좋겠군요. 하지만 다발성 경화중이라는 것은 보통 전형적인 중상이 분명히 나타나는 말기에나 겨우 진단을 내릴 수 있는 것 아닙니까?"

"그것을 노리는 거야. 말기보다는 오히려 초기에 진단을 내린다, 그것이 바로 우리가 노리는 거야."

"알겠습니다. 입원 차트에 방사선과에서 이런 진단을 제시했다는 것을 특별히 기록해두도록 하겠습니다."

토머스가 말했다.

"내 환자로서 내일 CAT 검사와 측면 단층촬영을 실시한다는 것을 지시표에 적어두게. 스케줄은 방사선과에서 잡겠네."

다시 접수계가 있는 데스크로 돌아온 마틴은 린 앤 루커스의 응급실 차트와 병원 기록을 손에 넣기 위해 오랫동안 그들과 실랑이를 했다. 그리고 간신히 2개의 차트를 들고 아무도 없는 휴게실로 가지고 와서 소파 위에 털썩 주저앉았다.

먼저 인터 허겐스 의사와 레지던트 토머스 의사의 기록부터 읽었으나 특별히 흥미를 끌 만한 것은 없었다. 다음에는 차트를 보았다. 페이지의 가장자리에 붙어 있는 부호로 방사선과의 보고가 있다는 것을 알았다. 그 페이지를 열어보니 11세의 린 앤 루커스가 롤러스케이트 사고 때 찍은 두개골의 X-ray 기록이 적혀 있었다. 그것을 쓴 것은 마틴도 알고 있는 몇 년 후배인 레지던트인데 지금은 휴스턴에 있었다. 사진은 이상이 없다고 기록되어 있었다.

마틴은 방으로 돌아가기 전에 응급실 데스크에 그 차트를 돌려주었다. 계단을 2개씩 뛰어올라가는 그의 에너지는 왕성한 탐구정신 때문에 더욱 고양되고 있었다. 마리노의 일로 몹시 낙담한 뒤였기 때문에 루커스를 발견한 것은 더욱 좋은 자극이 되었다.

방으로 돌아간 그는 먼지가 수북이 쌓여 있는 내과학교과서를 꺼내어 다발성 경화증의 항목을 찾았다.

그가 기억하고 있는 한 이 병의 진단은 그야말로 천방지축이어서 시체 부검 이외에는 일정한 검사소견도 없는 것 같았다. 그러므로 방사선학적으로 진단을 내리게 되면 그 가치는 헤아릴 수가 없는 것이다. 그는 시각이상과 비뇨기계의 기능장애를 포함하고 있는 이 병의 고전적인 증상에 유의하면서 그것을 읽었다. 그리고 다음 항목의 처음에 나오는 2개의 문장을 읽다가 멈추고 처음으로 되돌아가서 소리를 내어 다시 한 번 읽어보았다.

본 병은 초기에는 진단이 결코 용이하지 않다. 의학적으로도 주목받지 못하고 있는 초기의 경미한 증상과 속발하는 더욱 두드러진 증상 사이의 긴 잠복기에는 확정적인 진단을 내리지 못하는 경우가 많다.

마틴은 수화기를 들고 마이클스의 자택 전화번호를 눌렀다. 고감도의 방사선학적 진단으로 확정적인 진단의 지연은 해소될 것이 틀림없었다.

전화벨이 울리기 시작한 직후에 시계를 본 마틴은 11시가 지난 것을 보고 깜짝 놀랐다. 그때 아직 한 번도 만난 적이 없는 마이클스의 부인 엘리너가 전화를 받았다. 아직 자고 있지는 않은 것 같았으나 마틴은 이렇게 늦은 시각에 전화를 한 것을 장황하게 사과했다. 엘리너는 12까지는 자지 않는다고 하면서 남편을 바꿔주었다.

마이클스는 마틴이 아직도 자기 연구실에 있다는 소식을 듣고 웃으면서 여느 때처럼 청년 마틴의 열정이라고 놀렸다.

"바빴단 말이야. 커피 한잔과 무얼 좀 집어먹고 선잠을 좀 잤을 뿐이라고."

마틴이 말했다.

"그 프린트 때문이군요. 아무한테나 보이지 말아요. 프로그램에 약간 음란한 정보도 들어 있거든요."

마이클스는 다시 웃기 시작했다.

마틴은 들뜬 목소리로 마리노의 필름에 있었던 것과 같은 이상한 음영 변화를 보이는 린 앤 루커스라는 이름의 환자를 또 한 사람 발견했다는 것을 자세히 설명했다. 그리고 마리노는 더 이상 관찰할 수 없게 되었지만 이번 환자는 계속 관찰할 수 있으리라는 것과 오늘밤에는 더 이상 검사를 할 수 없고 내일 아침에 결정적인 사진을 찍을 생각이라고 말했다. 또 컴퓨터 쪽에서 그 이상한 음영의 변화는 무엇이냐고 물어왔다는 말도 했다.

"그놈이 그것을 가르쳐달라고 할 때는 정말 어이가 없더군!"

"명심해두세요. 그 프로그램은 당신이 하는 것과 똑같은 방법으로 방사선학 작업에 접근하도록 짜여 있어요. 바로 당신의 기술이 이용되고 있단 말이에요." 하고 마이클스가 대꾸했다.

"그건 그런데, 하지만 그 녀석은 이미 나보다 한수 위란 말이야. 이음영의 변화도 나는 못 본 것을 끄집어냈으니까. 만약 그 기계가 내 기술을 이용하는 것이라면 이 사실은 어떻게 설명해야 할지 모르겠네."

"그것은 간단해요. 들어보세요. 컴퓨터는 영상을 세로 256, 가로 256의 격자로 분할해서 각 점의 흑백의 농담도를 0에서 200까지 분류하여 디지털화한 것을 판독하는 거예요. 우리가 테스트를 해보니 당신은 겨우 제로에서 50정도밖에는 식별하지 못하는 것 같더군요. 기계가 훨씬 더 민감해요."

"여러 가지 질문을 해서 미안하네." 하고 마틴은 말했다.

"오래된 두개골의 필름을 입력시켜서 프로그램과 의논해봤어요?"

"아니야, 지금부터 할 거야."

"아무튼 하룻밤에 무엇이든지 다 하려고는 하지 말아요. 그런 일은 아인슈타인도 하지 못했으니까. 왜 내일 아침까지 기다리지 않는 거예요?"

"그만."

마틴은 싹싹하게 말하고 전화를 끊었다.

랜 앤 루커스의 환자번호로 마틴은 그녀의 X-ray 사진을 비교적 쉽게 찾아낼 수 있었다. 그중에는 최근의 흉부사진 2장과 11세 때 롤러스케이트 사고 후에 찍은 일련의 두개골 사진이 포함되어 있었다. 그래서 그는 오늘밤에 찍은 X-ray 사진에 이어 오래된 두부의 측면사진을 겹쳐 판독상자에 걸었다. 그리고 그 두 장을 비교해보고서야 비로소 마틴은 그 이상한 음영이 11세 이후에 생긴 것임을 확인했다. 그리고 그것을 다시 확인하기 위해 그는 묵은 사진 한 장을 컴퓨터에 넣어 보았다. 그의 예상은 적중했다.

마틴은 린 앤의 옛날 필름을 봉투에 집어넣고 새로운 사진을 맨 위에 올려놓았다. 그리고 헬렌이 손을 대지 않는 책상 위에 그것을 놓았다. 린 앤에 대해서는 새로운 일을 시작할 때까지 이제 아무것도 할 일이 없었다.

마틴은 지금부터 무엇을 할까 하고 생각했다. 이렇게 늦은 시간인데도 너무 흥분을 해서 도저히 잠이 올 것 같지도 않았고, 무엇보다도 데니스가 오기로 되어 있었다. 그녀가 지금쯤 무엇을 하고 있는지는 모르지만 일이 끝나면 틀림없이 이 방으로 올 것이다. 호출기로 그녀를 부를까도 생각했으나 그것은 그만두기로 했다. 자료실에서 오래된 두개골 필름을 가져다가 시간을 보내야겠다는 더 좋은 생각이 떠올랐던 것이다. 컴퓨터 프로그램의 검토를 더 미루어서는 안 되겠다는 생각이 들었기 때문이다. 그러나 일이 끝나기 전에 데니스가 오면 곤란하다고 생각하고 문 앞에 '나는 중앙방사선과에 있음'이라는 쪽지를 써 붙였다.

병원의 중앙컴퓨터실로 들어간 그는 모니터 앞에 앉아서 지난 10년 동안에 두개골 X-ray 사진을 찍은 환자들의 이름과 번호를 입력시켰다. 그리고 엔터키를 누른 다음 출력 프린터 쪽으로 의자를 돌렸다. 프린터는 잠시 뜸을 들인 후 이윽고 굉장히 빠른 속도로 종이를 토해 냈다. 출력이 완전히 끝났을 때는 그의 손에 수천 명의 이름이 실린 명단이 들어 있었다. 보기만 해도 까마득했다.

그러나 마틴은 낙담하지 않고 그 과의 야간 당직인 랜디 제이콥스를 찾아 나섰다. 하루 동안 찍은 X-ray 사진을 정리하고 다음날 필요한 필름을 뽑아놓는 것이 그의 업무였다. 그는 낮에는 약학과 학생인데 플루트도 잘 불고 매우 쾌활한 청년이었다. 마틴은 랜디의 명석한 두뇌와 발랄한 성격, 그리고 일을 잘하는 능력을 인정하고 있었다.

마틴은 랜디에게 먼저 리스트의 첫 페이지에 있는 사람들의 X-ray 사진을 좀 찾아달라고 부탁했다. 그것만도 60명 정도나 되었다. 여느 때처럼 재빠른 솜씨로 랜디는 겨우 20분 동안에 20매의 두개골 측면 사진을 마틴 자동 판독상자에 넣었다. 그러나 그는 필름을 마이클스가 부탁하던 대로 컴퓨터에 넣지 않고 직접 자기 눈으로 살펴보았다. 마니로와 루커스의 사진에서 발견한 것과 같은 이상한 음영을 좀 더 많이 발견하고 싶다는 유혹을 뿌리칠 수가 없었던 것이다.

그는 한가운데 구멍을 뚫은 종이를 사용하는 그 특유의 방법으로 레버를 발로 누르면서 스크린에 비치는 영상을 한 장 한 장 살펴 나갔다. 그러다 보니 데니스가 찾아왔을 무렵에는 이미 사진을 반쯤 보고 난 다음이었다.

"방사선의 임상 같은 것은 그만두고 말겠다고 큰소리를 치시더니 이번에는 한밤중까지 X-ray 사진을 조사하고 있는 거예요?"

"좀 우습게 보이겠지만."

마틴은 의자 등받이에 몸을 기대고 손등으로 눈을 비비면서 말했다.

"옛날 필름을 끄집어내어 어떻게든지 루커스나 마리노 같은 예를 찾아보려고 하는 거야."

데니스는 그의 등 뒤로 돌아가서 목을 주물러주었다. 굉장히 지쳐 있는 표정이었다.

"뭘 찾아냈어요?"

"아니, 이제 겨우 한 다스 정도 봤을 뿐인데 뭘."

"범위가 좀 좁아졌나요? 그러니까 지금까지 두 건을 봤잖아요. 두 사람 모두 최근의 증례인 데다, 여성이고, 게다가 모두 스무 살 전후잖아요."

마틴은 눈앞에 쌓여 있는 산더미 같은 필름을 바라보면서 신음소리를 냈다. 비록 그녀의 말을 입 밖으로 시인하지는 않았지만 데니스는 정확하게 요점을 파악하고 있었다. 사실은 자기가 먼저 그것을 깨달았어야 했는데 왜 그러지 못했을까.

데니스는 그를 따라 중앙컴퓨터실로 걸어가며 눈코 뜰 새 없이 바쁜 응급실의 저녁 일정에 관해 쉬지 않고 얘기했다.

마틴은 데니스의 이야기를 건성으로 들으며 키보드를 두드렸다. 그가 청구한 것은 15세에서 25세까지의 여성으로 최근 2년 동안에 두개골 X-ray 사진을 찍은 환자의 이름과 번호였다. 그러나 출력 프린터가 내놓은 것을 보니 겨우 한 줄밖에는 쓰여 있지 않았다. 데이터 뱅크에는 필름을 성별에 의해 골라낼 수 있도록 입력되어 있지 않다는 것이었다. 마틴은 명령을 고친 뒤 다시 입력했다. 프린터가 다시 움직이기 시작하더니 잠시 후 놀라운 속도로 글자를 찍어냈다. 리스트에 들어 있는 것은 130명 정도인데, 대충 살펴보니 여성은 반도 안 되는 것 같았다.

랜디는 마틴에게서 건네받은 새 리스트를 보고 반색을 하면서 아까 것은 솔직히 너무 많았다고 말했다. 그리고 봉투를 7장 가지고 와서 자기가 다른 필름을 찾는 동안에 우선 그것부터 일을 시작하라고 말했다.

연구실로 돌아온 마틴은 완전히 지쳐서 그의 열정도 피로에는 이길 수 없다는 것을 인정했다. 그는 자동 판독상자 앞에 X-ray 사진을 던져놓고 데니스를 꼭 껴안으면서 그녀의 어깨에 머리를 기댔다. 데니스도 그의 겨드랑이 사이로 두 팔을 넣어 그를 껴안았다. 두 사람은 서로에게 몸을 기댄 채 한동안 말없이 서 있었다.

이윽고 데니스는 마틴의 얼굴을 쳐다보면서 이마로 흘러내린 금발 머리를 쓸어 올렸다. 그는 눈을 감고 있었다.

"오늘은 이쯤 해두는 게 어때요?"

데니스가 말했다.

"좋은 생각이군."

마틴은 눈을 뜨며 말했다.

"당신은 왜 내 아파트에 오지 않는 거지? 난 아직도 조울 상태야. 대화가 필요해."

"대화라뇨?"

데니스가 물었다.

"무슨 얘기라도 좋아."

"불행히도 난 틀림없이 병원의 호출로 돌아와야 할 거예요."

마틴은 타워즈라고 불리는 아파트먼트 건물에 살고 있었다. 그것은 병원에서 건립한 것인데, 병원에 인접하고 있을 뿐만 아니라 디자인은 독창성이 좀 부족하지만 신축건물이어서 안전하고 최고로 편리하게 되어 있었다. 또 강가에 지어져 있어서 마틴의 방에서는 강물을 내려다볼 수 있었다. 반면 데니스는 소란한 뒷골목에 있는 낡은 건물에 살고 있었다. 3층에 있는 그녀의 아파트는 창문 앞으로 통풍관이 지나가서 방안이 늘 어두컴컴했다.

마틴은 자기 아파트가 간호사들의 집합소인 당직실만큼이나 병원에서 가깝기 때문에 데니스가 마음 놓고 있을 수 있으며, 그녀의 집에서보다도 3분의 1 정도나 더 가깝다는 것을 강조했다.

"만약 호출을 하면 금방 가면 되잖아."

그녀는 망설였다. 당직날 밤에 데이트를 한다는 것도 첫 경험일 뿐만 아니라, 두 사람의 관계가 점점 더 확대되면 최종적인 결정을 강요당하게 되지 않을까 두려웠다.

"글쎄요. 하지만 먼저 응급실에 가서 무슨 용무가 있을 것 같은지 보고 와야겠어요."

그녀가 돌아오기를 기다리면서 마틴은 새로운 필름을 판독상자에 끼웠다. 3장을 일렬로 늘어놓은 다음 처음부터 다시 살펴보기 시작했는데, 이윽고 그는 의자에서 튕기듯 벌떡 일어서서 필름에 코를 바짝 들이댔다. 또 있었던 것이다! 똑같은 얼룩무늬가 뇌의 맨 뒤쪽에서 시작해서 앞으로 뻗어 있는 것이 아닌가. 필름의 봉투를 보니 이름은 케서린 콜린스, 나이는 21세로 기입되어 있었고 봉투에 붙어있는 타이핑한 자료에는 임상 증상이 '경련 발작'으로 되어 있었다.

그는 캐서린 콜린스의 X-ray 사진을 들고 소형 컴퓨터로 다가가서 그것을 스캐너에 삽입했다. 그리고 나머지 4장의 봉투에서 두개골 사진을 모두 꺼내어 판독상자에 걸었다.

그런데 첫 필름에서 미처 손을 떼기도 전에 그것이 똑같은 병변이 있는 필름이라는 것을 발견하게 되었다. 그의 눈은 이제 그 미묘한 변화에 대해 아주 예민해져 있었다.

엘렌 맥카시, 나이는 22세, 임상증상은 두통과 시각장애, 오른쪽 팔다리의 무력감이었다. 그 밖의 다른 필름은 전혀 이상이 없었다.

그는 엘렌 맥카시의 봉투에서 약간씩 각도를 바꿔 찍은 2장의 측면

사진을 꺼냈다. 그리고 입체 판독상자의 불을 켜고 접안렌즈를 사용해 들여다보았으나 그 얼룩무늬는 쉽게 눈에 띄지 않았다. 이 환자의 경우는 병변이 표면 가까이 있었던 것이다. 장소는 백질의 신경섬유가 있는 곳이 아니라 오히려 대뇌피질 근처였다. 이것은 결코 예사로운 발견이 아니었다. 다발성 경화증의 병소는 대뇌의 백질에 있는 것이 보통인 것이다.

그는 컴퓨터에서 출력된 보고서를 읽었다. 맨 위에 필름을 넣은 데 대해 고맙다는 인사가 있었고, 이어서 환자의 이름과 엉터리 전화번호가 적혀 있었다. 이것 역시 마이클스의 유머였다. 그러나 자료 그 자체는 마틴이 생각한 그대로였다. 역시 음영에 대해서도 언급하고 있었는데, 그것은 린 앤 루커스의 경우와 마찬가지로 컴퓨터는 이번에도 프로그램화되어 있지 않은 그 소견에 대해 질문을 해오고 있었다.

데니스가 15매의 X-ray 필름봉투를 든 랜디와 거의 동시에 그의 방에 도착했다. 마틴은 주위에 소리가 들릴 만큼 요란한 키스를 데니스에게 퍼부었다. 그리고 당신이 조언을 해줬기 때문에 다시 두 장을 더 찾았는데 모두 젊은 여성이었다고 말했다. 그가 랜디가 가지고 온 새로운 필름을 받아서 막 보려고 할 때 데니스는 그의 어깨에 손을 얹으면서 말했다.

"응급실은 이제 조용해졌어요. 한 시간 후에는 또 어떻게 될지 모르지만."

마틴은 한숨을 쉬었다. 마치 새 장난감을 얻은 아이가 오늘밤에는 그만 가지고 놀고 잠자리에 들라는 말을 듣고 있는 것 같았다. 그는 할 수 없이 봉투를 내려놓고, 랜디에게 두 번째 리스트에 올라 있는 나머지 사람들의 필름을 찾아서 자기 책상 위에 놓아달라고 부탁했다. 그리고 시간이 남으면 첫 번째 명단의 필름들도 찾아서 작업대 뒤 벽 가에 쌓아두라고 말했다. 그리고 문득 생각이 나서 랜디에게, 기록실에 전화를 걸어 캐서린 콜린스와 엘렌 맥카시의 차트를 이 방으로 갖다 주도록 조치를 해달라고 부탁했다. 그리고 그는 방안을 둘러보면서 말했다.

"또 뭐 잊은 것이 없을까?"

"당신 자신을 잊고 있잖아요."

데니스는 화가 난 듯이 말했다.

"벌써 열여덟 시간이나 여기에 있었단 말예요. 그만하면 충분해요. 자, 이젠 가요."

아파트는 병원의 부속이기 때문에 조명이 밝고 기분 좋은 빛깔로 치장을 한 지하 터널로 병원 건물과 연결되어 있었다. 전력선과 난방장치는 음향효과를 고려해서 타일을 바른 터널의 천장 안에 숨겨져 있었다.

마틴과 데니스는 손을 잡고 먼저 의대 구관과 신관 건물 아래를 지나 브레너 소아과 병원과 골드먼 정신병동으로 가는 갈래 길을 지났다. 아파트는 그 터널의 종점에 있었는데, 병원이 그 주위의 일반사회 속에 마치 암세포처럼 확대되어갔던 경계선을 나타내고 있었다. 방탄유리 안쪽에 있던 수위가 마틴의 모습을 발견하고 버저 소리를 내며 두 사람에게 문을 열어주었다.

아파트는 매우 쾌적한 주거지로 병원의 상급의사나 스태프들이 살고 있었다. 대학교수들도 몇 명 입주하고 있었으나 대부분은 집세가 더 비싼 지역에 임대를 구해서 살고 있었다. 그 중에는 차츰 증가하고 있는 젊은 의사들이 출세욕에 눈이 어두운 부인과 함께 살고 있었지만, 그들 중에는 이혼한 사람들이 많았다. 아버지가 돌볼 차례인 주말이 아니면 아이들은 거의 눈에 띄지 않았다. 그밖에도 많은 정신과 의사들이 살고 있었고, 또 적지 않은 호모가 살고 있다는 것을 마틴은 알고 있었다.

마틴도 이혼한 경력이 있는 사람이었다. 그는 6년간의 결혼생활이 막다른 골목에 이르렀던 때인 4년 전에 아내와 헤어졌다. 대부분의 동료들과 마찬가지로 마틴도 이런저런 요구가 많은 학구생활에 대한 반발로 레지던트 때 결혼했었다. 아내의 이름은 셜리였는데 그는 그녀를 사랑했었다. 아니, 적어도 사랑하고 있다고 생각했다. 그래서 그녀가 갑자기 집을 뛰쳐나갔을 때 그는 충격을 받았다. 다행히 두 사람 사이에는 자식이 없었다. 이혼에 대한 그의 반응은 우울증으로 나타났다. 그는 될 수 있는 한 오랜 시간 일에 매달림으로써 그것을 극복해나갔다. 차츰 시간이 지나자 그는 과거를 뒤돌아볼 수 있는 정신적인 여유가 생겼고, 그러자 자신이 처한 상황을 올바로 바라볼 수 있게 되었다. 마틴이 진짜로 결혼한 상대는 의학이었고 아내는 애인에 지나지 않았던 것이다. 셜리가 헤어지자고 한 것은 그가 신경방사선과의 부과장에 임명되었을 때였다. 그녀는 남편이 무엇을 가장 중요시하고 있는지를 그제야 깨달았다.

아내가 그런 선택을 하기 전에 그는 일주일에 70시간씩 일하는 것은 부과장이 되기 위한 것이라고 변명했다. 그러나 막상 부과장이 되고 나자 이번에는 부과장으로서 그만한 시간을 일하지 않을 수 없다고 했다. 그러자 셜리는 더 이상 독수공방하는 생활은 하고 싶지 않다면서 집을 뛰쳐나가고 만 것이다.

"마리노의 뇌가 없어진 사건은 무슨 결론을 내렸나요?"

데니스의 말에 마틴은 문득 현실로 돌아왔다.

"아니, 하지만 매너하임이 어떤 면에서든지 관계가 있는 것은 틀림 없을 거야."

두 사람은 화려한 샹들리에 아래서 엘리베이터를 기다리고 있었다. 불빛으로 생긴 금빛 동그라미들에 의해 카펫은 짙은 오렌지색으로 물 들어 있었다.

"그것에 관해 당신은 뭔가 일을 할 거예요?"

"내가 무엇을 할 수 있을지 모르지만 왜 훔쳐갔는지, 그 이유는 꼭 알아내고 말겠어."

마틴의 아파트에서 가장 근사한 것은 강과 아름다운 곡선을 가지고 있는 다리를 바라보는 것이었다. 그밖에는 별로 내세울 만한 특징이 없었다. 마틴이 이곳으로 이사온 것은 갑작스런 일이었다. 그는 전화 로 임대계약을 했고, 가구 들여놓는 일은 임대회사에 부탁했었다. 그 결과 소파와 사이드 테이블 2개, 커피 테이블, 거실 의자 2개, 작은 식 탁, 침대와 거기에 딸린 사이드 테이블이 들어왔다. 결코 많은 것이 아 니었으나, 어차피 임시로 사용될 것들이었다. 4년이나 여기서 살게 될 줄은 생각지도 못했었다.

마틴은 술을 별로 좋아하지 않았으나 오늘밤은 긴장을 푸는 것이 좋을 것 같아서 얼음을 담은 유리잔에 스카치를 따랐다. 그리고 인사 치레로 데니스를 향해 병을 들어보였다. 그러나 그녀는 예상했던 대 로 고개를 저었다. 여느 때 같으면 와인이나 진 토닉 정도는 마시겠지 만 오늘은 당직이니 병원의 호출이 있을 경우에 대비해야 했다. 그 대 신 그녀는 냉장고에서 키가 큰 글라스에 오렌지 주스를 직접 따라가지고 왔다.

그녀는 거실에서 마틴이 늘어놓는 이야기를 들으며 그가 빨리 녹초가 되기만을 기다리고 있었다. 일에 대한 얘기나 도둑맞은 뇌에 대한 얘기 같은 것은 듣고 싶지 않았다. 그녀는 그가 자신에 대한 사랑을 시인한 것을 떠올리고 있었다. 그가 그토록 진지해질 수 있는 것에 그녀는 놀랐고, 자신의 감정도 무리 없이 받아들일 수 있게 되었다.

"인생은 정말 놀라워. 단 하루 사이에 이렇게 달라졌으니 말이야."

마틴은 얘기를 계속했다.

"무슨 말이죠?"

데니스는 그것이 자신들에 대한 언급이기를 바라면서 물었다.

"어제만 해도 X-ray 사진을 판독하는 프로그램이 이렇게까지 잘 되어가고 있는 줄은 몰랐단 말이야. 만약에 일이……."

약이 오른 그녀는 벌떡 일어나 그를 억지로 일으켜 세우고는, 병원 일 같은 것은 잊고 휴식을 취하라며 그의 와이셔츠 자락을 끌어당겼다. 그리고 분위기가 어색해지지 않도록 억지웃음을 띠고 무슨 영문인지 몰라서 어리둥절해 하는 그의 얼굴을 쳐다보았다.

마틴은 자신이 너무 일에만 열중해 있었다는 것을 인정하면서 잠깐 샤워라도 하고 나면 기분이 한결 좋아질 것이라고 말했다. 그것은 그녀가 바라던 행동과 반드시 일치하는 것은 아니었으나, 함께 있어 달라는 그의 부탁에 그녀는 욕실까지 따라 들어갔다.

한쪽은 젖빛 유리, 한쪽은 빗각으로 되어 있는 샤워실의 유리창 너머로 그녀는 그를 지켜보고 있었다. 기세 좋게 내려 쏟아지고 있는 물줄기를 맞으면서 움직이고 있는 마틴의 알몸을 보자 데니스는 관능적인 자극을 받았다.

데니스는 마틴이 그 시끄러운 물소리 너머로 여전히 얘기를 계속하는 동안 오렌지 주스만 홀짝거리고 있었다. 물소리 때문에 한마디도 들리지 않았으나 들렸다고 해도 마찬가지였을 것이다. 지금 이 순간만은 이야기를 듣는 것보다 보고 있는 것이 훨씬 즐거웠다. 그녀는 마음속에서 사랑이 샘솟고 열정으로 가득 차는 것을 느꼈다.

이윽고 마틴이 수도꼭지를 잠그고 수건을 든 채 샤워실에서 나왔다. 그는 여전히 컴퓨터 얘기와 의사들에 대한 얘기를 계속하고 있었다. 데니스는 진절머리가 난 나머지 얼른 수건을 빼앗아 그의 등을 닦아주었다. 그리고 곧바로 그를 돌려세웠다.

그녀는 화가 난 듯이 "부탁이에요. 제발 좀 잠자코 있어줘요." 하고 말했다. 그리고 그의 손을 잡고 욕실에서 끌어냈다. 그녀의 갑작스러운 감정 폭발에 당황한 그는 어두운 침실로 말없이 따라 들어갔다. 고요한 강의 흐름과 멋진 다리가 바라보이는 방에서 데니스는 마틴의 목에 팔을 두르고 정열적인 키스를 퍼부었다.

마틴도 곧바로 반응했다. 그러나 데니스의 옷도 벗기기 전에 그녀의 호출 벨이 집요하게 울리기 시작했다. 순간 두 사람은 헤어지는 시간을 잠시 늦추려고 한동안 포옹한 채로 있었다. 서로 말은 하지 않았지만 두 사람은 그들의 관계가 새로운 단계로 접어들었다는 것을 감지할 수 있었다.

새벽 2시 40분, 구급차 한 대가 병원 주차장으로 들어왔다. 그 전에 들어온 2대의 구급차가 먼저 주차하고 있었는데 뒤에 들어온 차가 후진해서 그 사이로 들어오다가 고무판에 범퍼를 부딪쳤다. 엔진이 덜덜거리다가 멈추고 앞좌석에서 운전사와 또 한 사람이 내렸다. 그들은 줄기차게 내리는 4월의 비를 피하기 위해 머리를 숙인 채 종종걸음으로 차 뒤로 달려가서 발판으로 뛰어올라 갔다. 둘 중의 마른 남자가 구급차의 뒷문을 열어젖히자 체격이 좋은 다른 남자가 차 안에 들어가서 들것을 꺼냈다. 다른 구급차와는 달리 이 차는 환자를 싣고 온 것이 아니라 반대로 데리러온 것이다. 이런 일은 드문 일이 아니었다.

두 남자가 들것의 양쪽 끝을 들어 올리자 다림질 판과 같은 다리가 밑으로 내려왔는데, 폭은 약간 좁았지만 그것은 상당히 기능적인 스트레쳐카가 되었다. 두 사람은 그것을 밀고 응급실의 자동문을 지나 좌우는 거들떠보지도 않고 중앙복도를 통해 엘리베이터를 타고 곧바로 14층의 신경병동까지 올라갔다. 그 층에는 2명의 등록 간호사(RN)와 5명의 학생 간호사(LPN)가 당직을 하고 있었으나 간호사 1명과 보조 3명은 휴식중이었고 나머지 한 사람인 클로딘 아네트만 근무하고 있을 뿐이었다.

마른 남자가 그녀에게 환자 이송서를 제출했다. 환자는 뉴욕병원의 개인병실로 옮겨져서 개인 주치의가 치료를 전담하게 된다고 쓰여 있었다.

아네트는 그 서류를 보고 한숨을 내쉬며 투덜거렸다. 그 환자는 이제 막 입원수속을 마치고 문서에 서명을 끝내고 있었다. 그녀는 마리아 곤잘레스에게 이분들을 1420호실로 데려가라고 한 다음 휴식을 취하러 가기 전에 마취제를 점검했다. 어두운 조명 아래서도 구급차 운전사의 눈이 놀라우리만큼 아름다운 녹색이라는 것을 금방 알 수 있었다.

마리아 곤잘레스는 1420호실의 문을 열고 린 앤을 흔들어 깨웠다. 그러나 그녀는 눈을 뜨지 않았다. 그녀는 구급차의 남자들에게, 전화

지시를 받고 환자에게 2배의 수면제와 발작을 예방하는 페노바르비
탈을 투여했기 때문인가 보라고 설명했다.

그들은 상관없다고 마리아에게 인사를 한 다음 들것을 내려놓고 담
요를 준비했다. 그리고 매우 익숙한 솜씨로 환자를 옮기고 담요를 덮
었다. 그래도 린 앤은 눈을 뜨지 않았다.

남자들은 벌써 린 앤이 누워 있던 침대의 시트를 벗기고 있는 마리
아에게 인사를 한 다음 스트레쳐카를 복도로 밀고 나갔다. 그들이 간
호사실 앞을 지나 엘리베이터로 가는 동안 아네트는 얼굴도 들지 않
았다.

그로부터 한 시간 뒤 구급차가 병원을 빠져나갔다. 그러나 사이렌
을 울릴 필요도, 빨간 램프를 회전시킬 필요도 없었다. 구급차의 뒤 칸
은 텅 비어 있었다.

암담한 현실

자명종이 울리기 직전에 눈을 뜬 마틴은 시계의 노브를 누르고 천장을 바라본 채로 누워 있었다. 전날 밤 몇 시에 자더라도 아침엔 반드시 5시 25분에 깨는 습관이 들어 있었기 때문에 사실 자명종 신세를 질 필요는 거의 없었다. 그는 온몸의 힘을 모아 벌떡 일어난 뒤 조깅복을 입었다.

밤새 내린 비가 하늘 가득히 습기를 머금게 했는지 강 위에는 안개가 자욱해서 마치 안개구름으로 교각을 떠받치고 있는 것 같았다. 습기가 모든 소리를 흡수해버린 듯 이른 아침의 자동차 소리가 들리지 않아서 그는 자신만의 생각에 몰두할 수 있었다. 그의 생각은 대부분 데니스에 관한 것이었다.

그가 로맨틱한 사랑의 흥분을 느껴본 지는 이미 몇 년 전의 일이었다. 그런 그가 처음 2주 동안은 왜 잠을 이루지 못하고 이상한 감정의 동요를 느끼고 있는지를 몰랐었다. 그러나 매일같이 데니스가 무슨 옷을 입었었던가를 기억하고 있는 자신을 깨달았을 때 그제야 그는 기쁨과 빈정거림이 뒤섞인 마음으로 그것을 현실로 받아들이게 되었다. 그 빈정거림은 몇 사람의 동료들이 나이 마흔이나 된 주제에 새로운 젊은 애인과 연애에 넋이 빠져 있는 것을 보아왔기 때문이었고, 그 기쁨은 사랑의 교환 그 자체에서 오는 것이었다.

데니스 생거의 육체는 피할 수 없는 시간의 흐름을 부정할 수 있을 정도로 싱싱하다고는 할 수 없었으나 그녀에게는 장난기 어린 창의와 날카로운 지성이 절묘하게 혼재되어 있었다. 게다가 그녀가 아름답다는 사실은 케이크에 얹힌 크림 같은 것이었다. 마틴은 그녀에게 열중하고 있을 뿐만 아니라 자신의 출세에 대한 전망 같은 것은 완전히 잊게 해주는 소중한 존재로서 그녀를 의지하고 있었다. 그것은 싫어도 인정하지 않을 수 없는 사실이었다.

4킬로미터 지점이라는 표지판에 다다르자 마틴은 방향을 바꾸어 되돌아오기 시작했다. 조깅하는 사람들은 이미 많이 나와 있었다. 그중에는 아는 사람도 있었으나 상대방과 마찬가지로 이쪽에서도 모른 체했다. 호흡은 좀 가빠졌지만 그는 여전히 힘차고 차분한 페이스로 아파트까지 달렸다.

마틴은 자신이 의학을 사랑하는 것을 자기 인생의 다른 부분을 꼭 그만큼 희생시키는 것에 대한 변명으로 사용했다는 것을 알고 있었다. 아내의 갑작스런 떠남 뒤의 충격이 이런 자각을 하게 된 가장 크고 유일한 이유였다. 무엇을 하느냐는 것은 별개의 문제였다. 그에게 있어서 연구는 일시적인 구원이 되고 있었다. 매일 녹초가 되도록 일을 하면서 그는 자신이 파고드는 연구의 결과가 궁극적으로 자신에게 자유를 안겨줄 것이라고 믿었다. 결코 임상의학을 단념하고 싶지 않았다. 다만 자신의 생활을 조여 오는 것에서부터 느슨해지고 싶을 뿐이었다. 그리고 데니스가 행동을 같이하게 된 지금, 그에게는 더 무거운 책임이 지워져 있기 때문에 두 번 다시 같은 잘못을 되풀이해서는 안 되겠다고 결심했다.

만약 두 사람 사이가 잘 되어간다면 데니스는 명실 공히 가장 이상적인 아내가 될 수 있을 것이다. 그러나 그러기 위해서는 무슨 일이 있어도 자신의 연구를 완성시키지 않으면 안 되었다.

그는 7시 15분까지 샤워와 면도를 마치고 연구실 입구에 도착했다. 그런데 방안에 한 걸음 들어서다 말고 깜짝 놀라 그는 걸음을 멈췄다. 하룻밤 사이에 그의 연구실은 낡은 X-ray 사진을 쌓아두는 지저분한 창고로 변해 있었다. 랜디 제이콥스가 여느 때와 마찬가지로 그의 능력을 발휘하여 마틴이 부탁한 필름의 대부분을 찾아내어 이 방으로 옮겨놓은 것이다. 첫 번째 리스트에서 골라낸 봉투는 작업대 뒤쪽에 위태롭게 쌓여 있었고, 두 번째의 얇은 리스트에서 골라낸 것은 자동 판독상자 앞에 쌓여 있었으며, 그중에서 골라낸 두개골 측면 사진이 봉투에서 따로 꺼내져 스크린에 끼워져 있었다.

마틴은 순간 마음속에서 무언가가 솟구치는 것을 느끼면서 자동 판독상자 앞에 앉았다. 그리고 즉시 마리노, 루커스, 콜린스, 맥카시에게서 발견된 것과 같은 이상한 음영을 찾기 시작했다. 데니스가 방에 들어온 것은 그것을 거의 반쯤 보고 났을 때였다.

그녀는 몹시 지쳐 있는 것 같았다. 여느 때는 빛나는 것 같은 그녀의 머리도 기름기 때문에 지저분해져 있었고 눈 밑에는 다크서클이 만들어져 있었다.

그녀는 그를 한번 껴안은 다음 의자에 앉았다. 그는 그녀의 창백한 얼굴을 보고, "두세 시간쯤 자고 와요. 피로가 풀리면 혈관 조영실에서 만납시다." 하고 말했다. 그렇게 말하면서도 그의 눈을 필름 쪽으로 가 있었다.

"그만둬요. 상급자의 애인이라고 해서 특별 취급받기 싫어요. 난 일직이니까 뇌혈관 조영실에 가 있겠어요. 자든지 말든지 아무튼 거기에 있겠단 말예요." 하고 데니스는 말했다.

마틴은 자신이 실수했다는 것을 깨달았다. 데니스는 업무에 관해서는 철저히 직업적이지 않으면 건디지 못하는 성격이었다. 그는 그녀의 손등을 가볍게 두드리면서 당신의 생각이 옳다고 말했다. 그러자 그녀는 기분이 약간 좋아졌는지, "얼른 가서 샤워 좀 하고 올게요. 30분 후엔 돌아올 수 있을 거예요." 하고 말했다.

마틴은 데니스가 나가는 것을 지켜보고 있다가 다시 스크린으로 눈길을 돌렸다. 그때 책상 위의 산더미 같은 잡동사니 속에 자신이 보지 못했던 새로운 것이 눈에 띄었다. 가까이 가보니 2장의 차트와 랜디가 써놓고 간 메모가 있었다. 메모에는 나머지 X-ray 사진은 내일 밤 찾아오겠다고 간단히 쓰여 있었고, 차트는 캐서린 콜린스와 엘렌 맥카시의 것이었다.

마틴은 그것을 판독상자 앞에 있는 의자로 가지고 와서 먼저 콜린스의 차트를 열어보았다. 주요한 증상을 읽는 데는 겨우 2, 3분밖에 걸리지 않았다. 즉 캐서린 콜린스는 21세의 백인 여성으로서 광범위한 신경학적 증상을 가지고 있다는 등 신경과 의사가 쓴 장황한 기술은 있었으나 최종적인 진단명은 없었고, 다만 감별진단으로 다발성 경화중이 고려되고 있을 뿐이었다.

마틴은 그 차트를 구석구석까지 주의 깊게 읽어본 다음 콜린스의 진찰과 검사가 한 달쯤 전에 갑자기 중단된 것을 알았다. 그때까지는 통원 횟수가 차츰 늘어가고 있었고, 그 후의 기록을 봐도 경과를 보기 위해서는 계속 내원이 필요하다고 쓰여 있는데 그녀가 모습을 나타내지 않은 것이 틀림없었다.

그는 그보다 더 얇은 또 하나의 차트를 집어 들었다. 엘렌 맥카시의 차트였다. 그녀는 22세의 여성으로 두 번의 경련발작이 병력으로 기록되어 있었다. 그런데 그녀 역시 검사 도중에 갑자기 통원이 중지되고 있었다. 두 달 전의 일이었다. 또 환자는 다음 주에 수면 중의 뇌파 검사가 예정되어 있다는 기록도 발견되었으나 그것도 실시되지 않고 있었다. 그녀의 검사는 중도에서 끝나고, 감별 진단명도 차트에는 기입되어 있지 않았다.

그때 비서인 헬렌이 여느 때처럼 문제를 한 아름 안고 들어왔다. 그러나 그녀는 말을 꺼내기 전에 따끈한 커피와 직접 사온 도넛을 마틴에게 준 다음 비로소 본론으로 들어갔다.

"퍼거슨이 또 전화를 걸어서, 정오까지는 창고에 있는 물건들을 모두 옮기지 않으면 모조리 길거리에 내다버리겠다고 하더군요. 어떻게 할까요?"

그 도구들을 어떻게 해야 할지 마틴으로서는 암담했다. 지금 사용하는 방들도 필요한 공간의 반밖에 안 되는 곳에 모든 것을 다 집어넣고 있었다. 그는 그 어려운 문제를 피하기 위해 일시적이나마 이 방으로 옮겨와서 벽 가에 쌓아두라고, 금주 말까지는 어떻게든지 생각해 둘 것이라고 말했다.

그녀는 납득을 했는지 결혼하려는 기사들의 문제로 화제를 돌렸다. 마틴은 그것은 로빈스에게 맡기자고 했으나 헬렌은 "로빈스는 선생님에게 위임하려고 그 얘기를 제게 가져온 거예요." 하고 물러서지 않았다.

"빌어먹을!"

마틴은 혼잣말처럼 중얼거렸다. 정말이지 좋은 해결방법이 없었다. 그들이 떠나기 전에 새로운 기사를 교육할 시간은 전혀 없었다. 만약 그들을 해임한다고 하더라도 그들은 간단히 다음 직장을 구할 수 있겠지만 이쪽에서는 대신할 사람을 구하기가 이만저만 어려운 것이 아니었다.

"아무튼 얼마나 오랫동안 휴가를 얻어야 되겠는지 그것을 정확하게 들어둬요."

그는 애써 분노를 누르며 말했다. 자신으로서는 지난 2년 동안 휴가를 얻은 적이 없었다.

헬렌은 노트의 다음 페이지를 펼치면서 마틴에게 말했다.

"타이피스트인 코넬리아 로저스는 아직도 병이 낫지 않았다고 전화를 해왔습니다. 이것으로 이 달은 9일 동안이나 결근을 했습니다. 그녀는 신경방사선과에 근무한 5개월 동안에 매월 적어도 평균 7일은 병이 낫다고 합니다. 이 문제를 어떻게 해야 될까요?"

마틴은 그 아가씨를 호되게 때려주거나 능지처참을 하거나, 그것도 아니면 이스트리버에 처넣고 싶었다. 그러나 자신의 마음을 억제하고 말했다.

"당신 같으면 어떻게 하고 싶소?"

"경고를 하고 싶습니다."

"좋아, 당신 하고 싶은 대로 해."

헬렌은 물러가기 전에 마지막으로 말했다.

"그리고 오후 1시에는 현재 배속되어 있는 의학생들에게 CAT 검사에 대한 강의를 하셔야 합니다."

그녀가 막 나가려고 할 때 마틴이 그녀를 불러 세웠다.

"잠깐, 내가 부탁할 것이 있어. 린 앤 루커스라는 입원 환자의 일인데, 오늘 아침에 CAT 검사와 측면 단층촬영 예정이 잡혀 있는지 확인 좀 해줘요. 문제가 있으면 내 특별요청이라고 하고. 그리고 시작할 때 기사더러 내게 직접 알려달라고 해요."

헬렌은 그것을 노트에 받아 적은 다음 나갔다. 마틴은 다시 2권의 차트를 살펴보았다. 그 젊은 여성들은 둘 다 신경병 증상을 나타내고 있었고, 더구나 캐서린 콜린스는 다발성 경화증의 가능성도 있다고 적혀 있었다. 이건 쓸 만하다. 그리고 엘렌 맥카시에 대해서는 다발성 경화증의 임상증상의 하나로서 경련이 어느 정도의 빈도로 나타나는가를 조사한 결과가 나와 있었다. 10퍼센트 이하라고 기록되어 있었으나 그래도 전혀 일어나지 않은 것은 아니었다. 하지만 왜 이 두 사람은 경과를 보고 있는 도중에 갑자기 통원을 하지 않게 되었을까. 어딘가 다른 병원으로 갔거나 다른 도시로 가버렸다면 다시 불러와서 X-ray 사진을 찍을 수 없을지도 모른다. 마틴은 그것이 걱정되어 견딜 수가 없었다.

마침 그때 헬렌이 인터폰으로, 뇌혈관 조영실에서 레지던트들이 준비를 끝내고 그를 기다리고 있다고 알려왔다. 마틴은 슈퍼맨 마크가 붙어 있는 빛바랜 납치마를 걸친 다음 콜린스와 맥카시의 차트를 들고 방을 나섰다. 그리고 헬렌의 책상 앞에서 걸음을 멈추고 무슨 방법을 써서든지 그 두 환자의 행방을 찾아서 진단을 위해 필요한 X-ray 사진을 무료로 찍으러 오라고 권해줄 것을 요청했다. 겁을 먹게 하지는 말되 꼭 사진을 찍어야 할 필요가 있다는 것을 충분히 납득시켜야 한다고 헬렌에게 강조했다.

이윽고 마틴은 아래층에서 자기를 기다리고 있는 데니스를 발견했다. 그녀는 샤워를 하고 머리를 감고 옷도 갈아입고 있었다. 참으로 멋진 30분 만의 변모였다. 이제 피로한 기색은 찾아볼 수도 없고 담갈색의 그 눈은 수술용 마스크 위에서 찬란하게 빛나고 있었다. 마틴은 당장에라도 그녀를 껴안고 싶었으나 대신 몇 초 동안 황홀한 눈빛으로 그녀를 바라보기만 했다.

데니스는 지금까지 혈관조영을 상당히 많이 해왔기 때문에 그는 다만 그녀의 조수 역할만 해주면 되었다. 서로 의논할 필요도 없이 그녀는 카테테르를 능숙하게 조작하여 환자의 동맥에 꽂았다. 마틴은 그것을 유심히 지켜보면서 주의할 것이 있으면 해주려고 했으나 나무랄 것은 아무것도 없었다.

환자는 헤럴드 쉴러라는 사람인데 전날 CAT 검사를 마친 상태였다. 마틴의 생각으로는 분명 수술이 불가능한 상황인데도 수술을 하기 위한 준비로서 매너하임이 뇌혈관조영을 지시한 것 같았다.

한 시간 후 검사는 거의 끝나가고 있었다.

"시작한 지 2, 3주밖에 되지 않았는데 이제 나보다 당신이 훨씬 더 잘할 수 있게 되었군."

마틴은 작은 소리로 그녀의 귀에 대고 속삭였다.

데니스는 얼굴을 붉혔으나 즐거워하고 있는 것은 분명했다.

"다음 환자의 준비가 끝나면 또 전화로 연락해줘요."

그는 그렇게 말한 다음 정리를 하고 있는 그녀를 남겨놓고 밖으로 나갔다. 빨리 자동 판독상자에 두개골 필름을 넣어 조사해보고, 마이클스의 컴퓨터에 낡은 필름을 넣어봐야겠다고 그는 생각했다. 만약 하루에 100장을 할 수 있다면 첫 번째 리스트 사람들의 것이라도 한 달 반이면 끝낼 수 있을 것 같았다. 그러는 동안에 프로그램의 모순점이 드러나면 그것을 마이클스에게 알려서 이쪽이 분석 작업을 끝낼 무렵에는 저쪽도 프로그램의 결점을 수정할 수 있도록 해야겠다고 생각했다. 그렇게만 된다면 7월까지는 무엇인가 새로운 발견을 의학계에 보고할 수 있을 것이 틀림없었다.

그러나 마틴이 연구실로 향하는 모퉁이를 돌자 헬렌이 기다리고 있다가 그를 실망시키는 소식을 전했다. 그가 부탁한 것 중 그 어느 것도 좋은 결과를 얻지 못했다는 것이다. 첫째, 린 앤 루커스는 CAT 검사도 X-ray 사진을 찍을 수가 없게 되었다. 한밤중에 뉴욕병원으로 병원을 옮겨버렸기 때문이다. 캐서린 콜린스와 엘렌 맥카시에 대해서는 대학에 문의한 결과 두 사람 모두 재학하고는 있으나 콜린스는 한 달 전에 행방불명이 되어 소식이 끊겼는데 아마도 증발된 것으로 생각된다는 것이다. 그리고 엘렌 맥카시는 두 달 전 웨스트사이드의 고속도로에서 자동차 사고로 사망했다는 것이었다.

"이런 빌어먹을! 설마 농담은 아니겠지?"

마틴은 말했다.

"유감스럽지만 저로선 최선을 다했습니다."

마틴은 도저히 믿어지지 않는다는 듯이 고개를 저었다. 세 사람 중 적어도 한 사람쯤은 검사할 수 있다고 생각했었다. 그는 연구실로 가서 멍하니 벽만 바라보고 있었다. 충동적인 성격을 지닌 그였지만, 이 같은 뜻밖의 문제에 부딪히게 되면 어떻게 해야 좋을지를 몰랐다.

그가 주먹 쥔 손을 다른 손바닥에 부딪치자 그 소리가 방안에 메아리쳤다. 그는 어떻게든지 생각을 정리해보려고 방안을 서성거렸다.

콜린스는 행방불명이 되었다. 경찰이 찾아내지 않는다면 자신이 무엇을 할 수 있겠는가. 맥카시는? 죽었다면 병원으로 실려 간 것이 틀림없었다. 그러나 어느 병원일까? 그리고 루커스는……. 그녀는 다행히 뉴욕병원으로 갔다고 했다. 거기에는 친한 친구가 있었다. 벨레뷰가 아니어서 다행이었다. 벨레뷰였다면 어쩔 수가 없었을 것이다.

마틴은 헬렌에게 린 앤이 왜 병원을 옮기게 되었는지를 알아봐달라고 한 다음 뉴욕병원의 도널드 트래비스 박사에게 전화를 연결할 것, 그리고 엘렌 맥카시가 사고를 당한 후 어느 병원으로 실려 갔는지 경찰에 알아보라고 말했다.

마틴은 그래도 마음이 울적했다. 어떻게든지 눈앞에 있는 두개골 필름에 마음을 집중시키려고 했다. 아무튼 그 음영에는 아무런 이상도 없었다. 그는 헬렌의 책상으로 가봤으나 좋은 소식은 별로 없었다. 트래비스 박사는 지금 손을 놓을 수가 없기 때문에 나중에 전화를 하겠다는 것이고, 루커스 문제에 대해서는 당시의 당직 간호사가 아침 7시에 퇴근했기 때문에 연락을 할 수가 없었다고 했다. 다만 한 가지 기분 좋은 소식은 엘렌 맥카시가 사고 후 실려 온 병원이 바로 이 병원이라는 사실이었다.

마틴이 헬렌에게 그것을 더 자세히 알아보라고 부탁하려는데 잡역부 한 사람이 책과 서류, 그리고 잡동사니 등을 산더미처럼 실은 손수레를 끌고 왔다. 그러고는 아무 말도 없이 그것을 마틴의 연구실에 내려놓았다.

"그게 도대체 뭐요?"

마틴이 물었다.

"창고에 있던 물건들이에요. 박사님이 여기에 갖다놓으라고 하셔서 가져온 거예요."

헬렌이 설명했다.

"젠장!"

벽 가에 물건을 쌓아올리고 있는 것을 보고 마틴은 내뱉었다. 되는
일이 아무것도 없었다. 마틴은 사건들이 자신의 통제력 밖으로 벗어
나고 있다는 데 불안감을 느꼈다.

한참 소란한 가운데 그는 입원계에 전화를 걸었다. 전화벨이 저쪽
에서 단속적으로 울리는 것을 들으면서 그는 기분이 더욱 나빠졌다.

"잠깐 시간 있어요?"

그때 윌리엄 마이클스의 목소리가 들려왔다. 그는 활짝 열려 있는
문으로 몸을 들이밀고 마틴의 잔뜩 찌푸린 얼굴과는 대조적으로 쾌활
한 웃음을 짓고 있었다. 그러나 이윽고 방안을 둘러보더니 도저히 믿
을 수 없다는 듯한 표정을 지었다.

"아무것도 묻지 마!"

상대방이 무엇인가 신랄한 말을 할 것이 틀림없다고 생각한 마틴은
선수를 쳤다.

"맙소사! 당신은 일할 땐 언제나 깔끔하게 해놓는 사람인데."

마이클스가 말했다.

바로 그때 입원계의 누군가가 전화를 받았다. 그러나 그는 임시직
원이라며 다른 사람을 바꿔주었다. 하지만 그 남자도 입원 관계만 취
급하고 있기 때문에 퇴원이나 전원에 대한 것은 아무것도 모른다고
하면서 전화를 다시 다른 곳으로 돌려주었다. 그제야 마틴은 그가 통
화를 하고자 하는 사람이 지금 휴식중이라는 것을 알았다. 그는 병원
의 관료주의에 진절머리를 내며 전화를 끊었다.

"차라리 배관공이나 될 걸 그랬어!"

마이클스는 웃고 나서 연구계획이 얼마나 진척되었느냐고 물었다. 마틴은 산더미처럼 쌓여 있는 X-ray 사진을 가리키면서, 자료는 대부분 찾아냈으나 저것을 모두 컴퓨터에 넣는 데는 한 달 반쯤 걸릴 거라고 말했다.

"완벽하군요. 난 빠르면 빠를수록 좋아요. 내가 지금 착수하고 있는 새로운 기억집적과 그 호출 장치는 우리가 상상했던 것 이상으로 그 성능을 발휘하고 있기 때문이죠. 당신이 분석 작업을 마칠 무렵에는 문제점을 보완한 프로그램을 작동시킬 수 있는 새로운 소프트웨어가 완성될 거예요. 그 녀석이 얼마나 근사한 일을 할런지는, 도저히 상상도 할 수 없을 거예요." 하고 마이클즈가 말했다.

"천만에. 나도 굉장히 근사한 것을 생각해냈어. 프로그램이 발견해 준 것을 한번 보게."

마틴이 자리에서 일어서며 말했다. 그는 스크린을 비운 다음 마리노와 루커스, 콜린스, 맥카시 등의 X-ray 사진을 끼웠다. 그는 먼저 집게손가락으로, 그 다음에는 한가운데 구멍을 뚫은 종이로 각각의 사진에 있는 이상한 음영을 보여주었다.

"제겐 모두 꼭 같아 보이는데요."

마이클스가 말했다.

"바로 그거야. 그것이 이 장치가 얼마나 근사한 것인가를 말해주는 본보기란 말이야."

마이클스와 얘기를 하고 있는 동안, 마틴은 다시 열정이 불타오르기 시작했다. 마침 그때 전화벨이 울렸다. 마틴이 수화기를 들자 뉴욕병원의 도널드 트래비스 박사가 나왔다. 마틴은 린 앤 루커스의 문제를 설명하고 CAT 검사와 특수 X-ray 사진을 찍을 수 있도록 주선해달라고 부탁했다. X-ray 사진의 이상한 점에 대해서는 일부러 말하지 않았다. 트래비스는 쾌히 승낙하고 전화를 끊었다. 그 직후 인터폰의 버저가 울렸다. 데니스가 다음의 혈관조영 준비를 끝냈다는 헬렌의 연락이었다.

"아무튼 난 이만 돌아가겠어요. 필름 분석이 성공하기를 빌어요. 마틴, 이 일의 성패는 전적으로 당신한테 달려 있다는 걸 잊지 마세요. 우리는 당신이 넘겨주는 자료를 가지고 일을 시작하니까요."

마이클스가 말했다. 마틴은 벽에 걸려 있는 납치마를 두르고 마이클스의 뒤를 따라 연구실을 나섰다.

대학병원의 두 얼굴

크리스틴 린퀴스트의 머리 위에 있는 큰 형광등 하나가 고장이 났는지 자꾸만 깜빡거리면서 끊임없이 윙 하는 소리를 냈다. 그녀는 거기에 신경을 쓰지 않으려고 했으나 도저히 그럴 수가 없었다. 아침에 일어나면서부터 줄곧 가벼운 두통이 있어서 기분이 좋지 않은 데다 깜빡거리는 불빛이 더욱 그녀의 신경을 거슬리게 했다. 둔한 통증은 여전히 계속되었으나 늘 그랬던 것처럼 몸을 움직인다고 더 악화되지는 않았다.

그녀는 방 한가운데 놓여 있는 발판 위에 서 있는 남자모델의 나체를 바라본 다음 자기 작품을 내려다보았다. 그림은 너무 단조로워서 조금도 입체적으로 보이지 않고 정서도 느껴지지 않았다. 어느 때는 신체 데생시간을 좋아하지만 오늘 아침에는 전혀 즐겁지 않았다. 그림에도 그것이 그대로 나타나 있었다.

저 깜빡거리는 불빛만 멈춘다면 얼마나 좋을까. 그것이 그녀의 기분을 몹시 산란하게 했다. 왼쪽 손으로 눈 위를 가리자 그것만으로도 상당히 좋아진 것 같았다. 그녀는 새로운 목탄을 사용하여 모델이 서 있는 발판을 그리기 위해 종이 위에 먼저 수직선을 그렸다. 그러나 목탄을 들어보니 놀랍게도 선은 조금도 그려져 있지 않았다. 목탄 끝을 보니 종이 위를 문지른 자국이 나 있고 분명히 닳아 있었다. 불량품일까 하고 종이구석에 목탄을 문질러보기 위해 약간 머리를 움직이는 순간, 조금 전에 그린 수직선이 시야 끝에 똑똑히 보이는 것이 아닌가. 그러나 정면으로 바라보니 선은 보이지 않았다. 머리를 약간 돌리면 선이 다시 보이기 시작했다.

크리스틴은 착시현상일지도 모른다고 생각하고 몇 번이나 그것을 되풀이해 보았다. 그러나 몇 번을 되풀이해도 머리를 정면으로 향하면 선이 사라지고 머리를 어느 쪽으로 약간만 돌리면 선이 다시 나타났다. 갑자기 오싹한 느낌이 들었다!

지금까지 편두통에 대한 얘기는 들은 적이 있었지만 한 번도 경험한 적은 없었다. 지금 이것이 바로 그것이구나 하는 생각이 들자, 그녀는 목탄을 내려놓고 그림도구를 로커에 넣은 다음 교수님에게 기분이 좋지 않아서 아파트로 돌아가겠다고 말했다.

교정을 가로질러가면서 크리스틴은 아까 수업을 들으러 교실에 갈 때 느꼈던 것과 같은 현기증을 느꼈다. 그것은 갑자기 세계가 빙글빙글 돌기 시작하면서 걸음걸이가 약간 균형을 잃는 것 같은 느낌이었다. 그와 동시에 매우 불쾌하고, 그러면서도 왠지 어디선가 맡아본 적이 있는 것 같은 익숙한 냄새와 함께 가벼운 귀 울음이 시작되었다.

크리스틴의 아파트는 학교에서 한 블록 떨어져 있는 3층 건물이었는데 클래스메이트인 캐롤 댄포스와 같이 살고 있었다. 그녀는 계단을 올라갈 때 마치 유행성 감기에 걸린 것처럼 다리가 무거워지는 것을 느꼈다.

방은 비어 있었다. 캐롤은 틀림없이 수업을 받으러 갔을 것이다. 누구의 방해도 받지 않고 쉬고 싶었기 때문에 잘됐다는 생각이 드는 한편, 캐롤의 동정을 받고 싶은 생각도 들었다. 그녀는 아스피린을 2알 먹은 다음 옷을 벗고 침대에 들어가서 머리에 찬 수건을 얹었다. 그러자 금방 기분이 좋아졌다. 참으로 변덕스러운 일이었으나 또 그런 이상한 일이 생기면 곤란하다고 생각하고 가만히 누워 있기로 했다.

그때 침대 옆의 전화벨이 울렸다. 마침 누군가와 얘기를 하고 싶던 참이어서 기뻤으나 그것은 친구의 전화가 아니라 산부인과의 외래에서 온 전화였다. 그녀의 팝 도말검사에 이상이 있다는 소식이었다.

크리스틴은 애써 평정을 유지하면서 병원 측의 말에 귀를 기울였다. 팝 도말검사에서 이상이 발견되는 것은 드문 일도 아니고, 더구나 자궁경부에 약간의 미란이 있다고 해서 걱정할 것은 없다, 하지만 신중을 기하기 위해 재검사를 해야겠으니 오후에 다시 한 번 외래로 와 달라는 것이었다.

크리스틴은 편두통이 있다면서 거절하려고 했으나 병원에서는 빠르면 빠를수록 좋다면서 물러서지 않았다. 뿐만 아니라 오늘 오후 맨먼저 하기 때문에 기다릴 필요도 없고 시간도 많이 걸리지 않는다는 것이었다.

크리스틴은 할 수 없이 가겠다고 말했다. 틀림없이 자기 몸에 이상이 있기 때문인데, 만약 정말 그렇다면 전적으로 자신이 책임을 지지 않으면 안 된다고 생각했다. 그러나 혼자 가는 것은 두려웠다. 그녀는 남자친구인 토머스에게 전화를 걸었으나 그는 역시 부재중이었다. 그래서는 안 된다고 생각했지만 그녀는 그 병원이 왠지 불길한 느낌이 들어서 견딜 수가 없었다.

마틴은 병리과 문 앞에서 심호흡을 한번 크게 했다. 그가 의학생일 때는 여기에서의 공부가 제일 견디기 힘들었다. 그의 첫 번째 부검 실습은 마음의 준비조차 하지 못한 상태에서 겪은 매우 괴로운 시련이었다.

그도 처음에는 의대 1학년 때의 시체 해부와 같은 것으로만 생각했었다. 당시의 해부용 시체는 인간의 몸이라기보다 나무로 조각한 것이나 마찬가지 느낌이었고, 그 약품냄새만 참을 수 있다면 해부 정도는 얼마든지 견딜 수 있다고 생각했었다. 뿐만 아니라 그때는 학생들의 긴장을 풀기 위해 여러 가지 장난과 농담이 오갔다.

그러나 병리에서는 그렇지 않았다. 부검대상은 백혈병으로 죽은 10세의 남자아이였는데, 소년은 창백하기는 해도 보들보들해서 꼭 살아있는 것만 같았다. 그 시체가 아무렇게나 절개되어 물고기와 같은 내장이 나오는 것을 보자 마틴의 다리는 완전히 마비되고 점심때 먹은 음식이 입에서 튀어나올 것만 같았다. 얼굴을 돌리고 간신히 구역질은 참았으나 시큼한 위액이 식도를 알알하게 만들었다. 그래도 교수는 담담한 어조로 강의를 계속하고 있었다. 마틴의 귀에는 강의가 들리지도 않아서 간신히 머물러 있기는 했으나 기분이 나쁘고 마음은 언제까지나 그 죽은 아이 위를 떠돌고 있었다.

마틴은 병리과로 들어가는 문을 열었다. 안의 분위기는 학생 때 경험했던 것과는 딴판이었다. 부서 자체가 신축빌딩으로 옮겨진 데다 초현대적인 설비가 갖추어져 있었다. 과거에는 높은 천장과 대리석 바닥 때문에 발소리가 부자연스럽게 울릴 만큼 좁고 음산한 방이었으나 새로 옮긴 병리과는 널찍하고 청결했다. 특히 근사한 것은 새하얀 포마이카와 스테인리스 스틸로 된 시설이었는데 옛날의 개인용 방도 어깨 높이의 칸막이로 구획된 방으로 변해 있었다. 뿐만 아니라 벽은 모네를 위시한 인상파 화가들의 그림이 들어 있는 채색 프린트로 뒤덮여 있었다.

접수계가 그를 제프리 레이놀즈가 레지던트들과 함께 부검중인 계단교실로 안내했다. 마틴은 사무실에서 레이놀즈를 만나려고 했으나 접수계는, 레이놀즈 박사님은 방해를 해도 신경을 쓰지 않는 분이기 때문에 계단교실로 가는 게 좋다고 고집을 부렸다. 마틴은 레이놀즈의 수업 방해를 걱정한 것이 아니라 자신이 오히려 걱정이 되었으나 아무튼 접수계가 가리키는 방향으로 걸어갔다.

마틴은 부검실에 들어온 것을 곧 후회했다. 눈앞의 스테인리스 부검대 위에 얹혀 있는 쇠고기의 허구리처럼 보이는 것은 시체였다. 부검은 방금 시작되어 가슴에서 그 밑의 치골까지 Y자형으로 절개되어 있었는데, 피부와 그 밑의 조직이 벗겨져서 흉곽과 복부의 장기가 노출되어 있었다. 마틴이 방에 들어서자 레지던트 한 사람이 큰소리를 내며 늑골을 자르고 있었다.

레이놀즈가 마틴을 알아보고 다가왔다. 그의 손에는 푸줏간에서 쓰는 것과 비슷한 부검용 칼이 들려 있었다. 마틴은 눈앞의 부검 광경에서 눈을 돌리고 방안을 둘러보았다. 그곳은 수술실과 마찬가지로 매우 현대적이고 모두 타일이 깔려 있어서 청소하기는 쉬울 것 같았다. 스테인리스 부검대가 5대나 설치되어 있었고, 뒤쪽 벽에는 직사각형의 냉동실 문이 일렬로 늘어서 있었다.

"어서 오게, 마틴."

레이놀즈는 에이프런에 손을 닦으면서 말했다.

"마리노의 증례는 참 안됐네. 내가 좀 도우려고 했는데 전혀 도움이 안 돼서 말이야."

"괜찮아. 여러 가지로 애써줘서 고맙네. 부검이 없다고 해서 시체로 CAT 검사를 해봤다네. 그런데 놀랍더군. 무엇을 발견한 줄 아는가?"

레이놀즈가 고개를 저었다.

"뇌가 없었어. 누군가가 뇌를 꺼낸 다음 감쪽같이 다시 봉합을 했더라고."

"설마!"

"아냐, 정말이야."

"세상에 그럴 수가! 가족은 말할 것도 없고 신문이 냄새를 맡게 되면 어떤 소동이 벌어질지 모른단 말이야. 가족들은 마리노의 부검에 절대 반대였어."

"그래서 자네와 얘기해보려는 거야."

마틴이 말했다.

잠시 대화가 중단되었다.

"잠깐만. 자네는 설마 병리과가 관련되어 있다고 생각하는 건 아니겠지?"

레이놀즈가 말했다.

"난 뭐라고 말할 수가 없어."

그러자 레이놀즈는 얼굴을 시뻘겋게 붉히며 이마에 핏대를 세웠다.

"좋아, 내가 맹세코 말하는데 시체는 절대로 여기에 오지 않았어. 곧바로 시체안치소로 갔단 말이야."

"신경외과는 어떨까?"

마틴이 물었다.

"글쎄, 매너하임의 똘마니들은 약간 미치광이 같기는 하지만 그렇게까지 미치지는 않았을 거야."

마틴은 어깨를 한번 으쓱해 보이고는 이윽고 본론으로 돌아갔다.

"내가 여기에 온 진짜 이유는 두 달 전에 자동차 사고로 응급실에 실려 와서 죽은 엘렌 맥카시라는 여성에 대해서 알고 싶기 때문이야."

마틴은 그녀가 부검되었는지 어떤지를 알고 싶었다.

레이놀즈는 장갑을 소리 나게 벗더니 병리과의 중앙부서로 통하는 문을 열고 들어갔다. 그리고 병원의 중앙컴퓨터와 연결되는 병리과의 단말기를 사용해서 엘렌 맥카시의 이름과 번호를 입력했다. 그러자 금방 컴퓨터 스크린에 그녀의 이름이 나타나더니 이어서 날짜와 부검 번호, 사망원인이 나타났다. 사인은 대량의 뇌내출혈과 뇌간 헤르니아(brain-stem herniation ; 뇌출혈 등으로 뇌압이 상승되어 생명과 직결되는 뇌간구조가 두개골 내에서 밀려나와 기능이 상실되는 상태)에 의한 두부 손상으로 되어 있었다. 레이놀즈는 즉시 부검보고서를 복사해서 마틴에게 건네주었다.

"뇌를 열어봤나?"

마틴이 물었다.

"물론이지! 두부 손상의 증례인데 뇌도 들여다보지 않는다고 생각하나?"

레이놀즈는 보고서를 빼앗아 재빨리 그것을 훑어보았다. 마틴은 상대방을 뚫어져라 지켜보았다. 레이놀즈는 의학생 시절에 같은 그룹에 있었을 때보다 20킬로그램 이상은 살이 찐 것 같았다. 그리고 목 뒤의 늘어진 피부는 칼라 위쪽을 완전히 덮고 있고 볼은 살이 쪄서 가는 혈관의 그물코가 피부 바로 밑으로 들여다보일 정도였다.

"이 여자는 자동차 사고를 당하기 전에 경련 발작을 일으키고 있었는지도 몰라."

레이놀즈는 아직도 자료를 읽으면서 말했다.

"어째서 그렇게 단정할 수 있는가?"

"몇 번이나 혀를 깨물고 있어. 물론 확실한 것은 아니야. 단순한 추측이지만……."

마틴은 그 말을 듣고 감탄했다. 그런 자세한 것은 보통 법의학을 전공한 병리학자가 아니면 찾아낼 수 없다고 생각하고 있었기 때문이다.

"여기에 뇌의 단면도가 있네. 대량출혈을 했어. 하지만 여기에 재미있는 것이 있어. 측두엽의 피질 단면에 일부 신경세포가 죽어 있는 것을 볼 수 있네. 그리고 신경교 세포의 반응은 거의 없어. 진단은 내려지지 않았지만."

레이놀즈가 말했다.

"후두부는 어떨까? 거기에 X-ray 사진으로는 미세한 이상이 보였는데 말이야."

마틴이 말했다.

"슬라이드 표본이 하나 있는데 이상은 없는 것 같았어."

"단 한 개뿐이란 말이지. 유감스럽군. 좀 더 만들어뒀으면 좋았을 텐데."

"자네는 운이 좋군. 여기에 뇌의 고정 표본을 만들어뒀다고 쓰여 있군."

레이놀즈는 카드 목록표가 있는 곳으로 가더니 M항의 서랍을 열었다. 마틴은 그제야 약간 기운이 나는 것을 느꼈다.

"응, 고정시켜서 보관한 건 사실인데 우리한테는 없어. 신경외과에서 필요하다고 가져갔으니 틀림없이 신경외과 실험실에 있을 거야."

마틴은 데니스의 방에 들러서 그녀가 선택적 혈관조영법을 완벽하게 능률적으로 하고 있는 것을 살펴본 다음, 외과에 가서 대기실 근처에 있는 환자들의 혼잡을 피하면서 수술실 접수대로 다가갔다.

"매너하임 박사를 찾고 있는데, 수술실에서 언제 나올까요?"

마틴은 금발의 간호사에게 물었다.

"정확하게 알고 있어요."

"언제쯤 나오죠?"

"20분 전이에요."

그 말을 듣고 다른 2명의 간호사가 웃었다. 이렇게 분위기가 좋은 것은 수술실이 그녀들에게는 매우 잘되어가고 있기 때문일 것이다.

"레지던트 선생님들이 지금 봉합을 하고 있습니다. 매너하임 박사님은 휴게실에 계세요."

마틴은 매너하임이 휴게실에서 집회를 하고 있는 것을 발견했다. 일본인 의사 두 사람이 그의 양쪽에 서서 미소를 지으면서 이따금 절을 꾸벅꾸벅 하고 있었고, 그밖에도 5명의 외과의사가 한 덩어리가 되어 제각기 커피를 마시고 있었다. 매너하임은 찻잔과 담배를 한 손에 들고 있었다. 그는 1년 전에 담배를 끊었으나 그것은 자신이 직접 담배를 사지 않는다는 것뿐이고 남에게 얻어 피우는 것은 예외로 생각하고 있었다.

"그래서 내가 그 시건방진 변호사에게 뭐라고 했는지 아나?"

매너하임은 비어 있는 손을 연극배우처럼 휘두르면서 의기양양하게 말했다.

"물론 나는 신과 겨룰 수도 있소. 내 환자들이 자신의 뇌를 누구에게 부탁할 것 같소, 청소부겠소? 그랬지."

일동은 웃음을 터뜨린 다음 이윽고 한 사람씩 자리를 뜨기 시작했다. 마틴이 다가가자 매너하임은 그를 아래위로 훑어보았다.

"오~, 우리 유능한 방사선 학자가 아닌가."

"잠깐 실례하겠습니다."

마틴은 싹싹하게 말했다.

"응, 하지만 어제의 자네 농담은 좋지 않더군."

"농담을 하려고 했던 것은 아닙니다. 저의 표현이 적절하지 못했던 점 사과드립니다. 마리노가 죽은 것을 모르고 있었고, 또 그녀의 사진에서 약간 이상한 것을 발견했었거든요."

"그럼 환자가 죽기 전에 사진을 좀 보여주지 그랬어."

매너하임이 빈정거리듯이 말했다.

"저, 마리노의 시체로부터 뇌를 제거한 것에 대해 이야기하고 싶습니다."

그러자 매너하임은 눈을 부릅뜨더니 검붉은 얼굴이 벌겋게 상기되었다. 그리고 황급히 마틴의 팔을 잡고 일본인 의사들에게 말소리가 들리지 않는 곳으로 데려갔다.

"나도 얘기를 좀 해야겠어."

매너하임은 물어뜯을 듯이 말했다.

"나도 우연히 들었지만 자네는 어젯밤 허락도 없이 마리노의 시체를 옮겨 X-ray 사진을 찍었다고 하더군. 이것만은 분명히 말해두지. 누구든 내 환자에게 이상한 짓을 하는 것은 용서할 수가 없어. 특히 귀찮은 문제가 있었던 환자에게는 말이야."

"아무튼 좀 들어보십시오."

마틴은 잡혀 있는 팔을 **빼내**면서 말했다.

"제가 흥미를 가지고 있는 것은 단 하나, 사진에 나와 있는 그 이상한 음영입니다. 그것이 연구를 하는 데 큰 도움이 되거든요. 박사님의 귀찮은 문제에는 조금도 흥미가 없습니다."

"흥미가 없어서 다행이군. 하지만 만약 리사 마리노의 시체에 뭔가 이상한 장난을 했다면 그것은 자네 짓인지도 모르지. 시체안치소에서 시체를 **빼낸** 사람은 자네뿐이니까. 그것을 똑똑히 기억하게."

매너하임 박사는 마틴의 눈앞에다 위협적으로 손가락을 들이댔다.

직업상의 약점을 찔린 마틴은 갑자기 무서운 생각이 들어서 말문이 막혔다. 물론 그런 것을 인정하고 싶은 생각은 꿈에도 없었지만 매너하임의 말에도 일리가 있었다. 만약 마리노의 뇌가 분실되었다는 것이 알려진다면 자신의 소행이 아니라는 것을 증명하지 않으면 안 될 의무가 생긴다. 물론 자기를 거들어준 데니스가 유일한 증인이기는 하지만.

"좋습니다. 마리노의 일은 별도로 하고, 사실은 다른 환자에게서도 똑같은 음영을 발견했습니다. 엘렌 맥카시라는 여성인데 유감스럽게도 이 아가씨는 자동차 사고로 죽었습니다. 하지만 이 병원으로 실려와서 그 뇌는 고정되어 이 신경외과로 옮겨졌다고 합니다. 저는 이 뇌가 꼭 필요하기 때문에……."

"더 이상 나를 방해하지 않았으면 좋겠어. 나는 매우 바쁜 사람이야. 온종일 사진이나 보고 살아가는 사람들과는 다르게 살아 있는 환자를 다루고 있단 말이야."

매너하임은 몸을 돌려 걸어갔다.

마틴은 화가 치밀어 오르는 것을 느끼면서 자기도 모르게 '이 건방진 시골뜨기 같으니라고!' 하고 소리치고 싶었으나 그 말은 하지 않았다. 매너하임 쪽에서는 그렇게 말할 것을 오히려 기다리고 있는지도 모른다. 마틴은 그 대신 외과의사들의 가장 취약점을 찌르기로 하고, 조용하고 분명한 목소리로 말했다.

"매너하임 박사님, 당신은 정신과 의사 진찰을 받아볼 필요가 있겠어요."

매너하임은 금방이라도 때려눕힐 것 같은 자세로 몸을 홱 돌렸다. 그러나 마틴은 이미 문밖으로 나가고 있었다.

정신과 의사라는 말은 그의 입장에서 보면 완전히 대조적인 의미를 가지고 있었다. 그에게 정신의학이란 개념을 초월한 비본질적인 것의 혼란 상태에 불과했다. 따라서 정신과 의사에게 진찰을 받으라는 말은 도저히 용서할 수 없는 최대의 모욕이었다.

앞뒤를 분별할 수도 없이 격노한 그는 문을 와락 열고 탈의실로 뛰어 들어갔다. 그리고 피에 젖은 수술화를 벗어서 방의 구석까지 내던져버렸다. 신발은 로커에 부딪혀 세면대 밑으로 굴러들어갔다.

그는 다시 전화를 들고는 큰소리로 두 사람을 자기 방으로 오라고 불렀다. 병원장인 스탠리 드레이크와 방사전과 과장인 헤럴드 골드블래트였다. 그는 그 두 사람에게 마틴 필립스에 대해 무슨 조치를 취해 달라고 말했다. 두 사람은 잠자코 얘기를 듣고 있었다. 아무튼 매너하임은 이 병원에서는 거물이며 권력자였기 때문이었다.

마틴은 화를 자주 내는 사람은 아니었지만 이때만은 연구실에 도착할 때까지 화를 가라앉히지 못하고 있었다.

헬렌은 그의 모습을 보고는, "앞으로 15분 후에 학생들 강의가 있습니다. 잊지 않도록 하세요." 하고 일러주었다.

마틴은 거친 숨을 몰아쉬면서 무엇인가 투덜거리며 그녀 옆을 지나갔다. 놀랍게도 데니스가 자동 판독상자 앞에 앉아서 맥카시와 콜린스의 차트를 읽고 있었다. 그가 들어서자 그녀는 얼굴을 들고 "점심은 하셨어요, 영감님?" 하고 농담을 걸었다.

"점심 먹을 시간이 어디 있어!"

마틴은 소리치듯 말하고 의자에 털썩 주저앉았다.

"기분이 엉망이시군요."

그는 책상에 팔꿈치를 올리고 두 손으로 얼굴을 가렸다. 한동안 말이 없었다.

데니스는 차트를 놓고 자리에서 일어섰다.

"미안, 미안."

마틴은 얼굴을 가린 손가락 사이로 말했다.

"오늘 아침은 기분이 영 엉망이야. 모처럼 연구에 서광이 비치기 시작했는데 이 병원이라는 곳은 믿을 수 없을 정도로 교묘하게 울타리를 만든단 말이야. 꼭 내가 방사선학의 중요한 발견을 하지 못하도록 병원 전체가 내 연구를 방해하기로 작정한 것 같아."

"헤겔은 이렇게 말했어요. 이 세상의 위대한 것, 그것은 정열 없이는 이루어지지 않는다."

데니스는 한 눈을 찡긋하며 말했다. 그녀는 학부에서 철학을 전공했고 위대한 사상가의 말을 자주 인용하는 자신의 학식을 마틴이 좋아한다는 것을 알고 있었다.

마틴은 그제야 얼굴에서 손을 떼며 미소를 지었다.

"어젯밤에 그 정열을 불태웠어야 했는데."

"그 말을 그런 곳에서 사용하는 것은 자유지만, 헤겔은 틀림없이 그런 뜻으로 말하지는 않았을 거예요. 아무튼 난 식사 좀 하고 오겠어요. 정말 같이 안 갈 거예요?"

"시간이 없어. 강의가 있기 때문에."

"참고로 말씀드리는데, 콜린스와 맥카시의 차트를 보고 두 사람 모두 팝 도말 검사에 이형세포가 있었다는 것을 발견했어요."

데니스는 문 쪽으로 가면서 말하고는 문 앞에서 걸음을 멈추었다.

"산부인과 진찰에서는 이상이 없다고 한 것 같은데?"

"두 사람 다 팝 도말검사 외에는 이상이 없었어요. 이형세포라는 것이 반드시 병적인 건 아니지만 완전히 정상이라는 것도 아니니까요."

"그런 일은 흔하지 않다는 뜻인가?"

"아니에요. 하지만 검사에서 전혀 이상이 없다고 할 때까지 계속해서 상태를 살펴보는 것이 좋을 거예요. 지금까지 정상이라는 보고서는 못 봤거든요. 아무것도 아닐지 모르지만 꼭 한마디, 이 말만은 해두고 싶었어요. 그럼 안녕!"

마틴은 손을 흔들었으나 자리에서 일어서지는 않고 어떻게든지 리사 마리노의 차트에 기재되어 있던 사항을 떠올리려고 했다. 팝 도말 검사에 대한 것도 틀림없이 기록되어 있었을 것이다. 그는 밖으로 얼굴을 내밀고 헬렌을 불렀다.

"오후에 산부인과 외래에 가야겠어. 잊고 있으면 일러줘요."

오후 1시 5분, 마틴은 'CAT 검사장치 입문강의용'이라는 라벨이 붙어 있는 슬라이드 용기를 들고 왈로우스키 기념강당으로 들어갔다.

그곳은 실리 위주로 비좁은 공간에 억지로 밀어 넣기만 한 방사선과 건물과는 큰 차이가 있었다. 그 회의실 같은 것은 굉장히 호화판이어서 병원의 강당이라기보다는 오히려 할리우드의 영사관을 연상하게 했다. 의자는 부드러운 벨벳을 입혀 있었고 어디에서나 스크린이 보이도록 계단식으로 놓아 있었다. 마틴이 들어갔을 때 실내는 거의 만원을 이루고 있었다.

그는 슬라이드를 환등기 위에 놓고 연단으로 올라갔다. 학생들은 재빨리 자리에 앉아 그에게 주의를 집중시켰다. 마틴은 불빛을 어둡게 한 다음 최초의 슬라이드를 내보냈다. 강의는 매우 세련되어 보였다. 마틴은 이미 몇 번이나 같은 얘기를 해왔던 것이다.

먼저 영국의 고드프리 혼즈필드 씨가 CAT 검사 장치를 고안하게 된 그 기원부터 시작해서 그 진보상황을 연대순으로 설명해나가는 것인데, 비록 X-ray관을 사용하고 있기는 하지만 결국은 컴퓨터가 그 정보를 분석해서 수학적으로 재구성한 다음 영상을 만들어낸다는 것을 마틴은 매우 자상하게 설명했다. 학생들이 일단 그 기본적인 개념만 이해하게 되면 강의의 주안점은 이미 끝난 것이나 마찬가지라고 생각했다.

강의를 계속하면서 마틴의 마음은 흔들리기 시작했다. 강의의 내용에 대해서는 완전히 익숙해져 있었기 때문에 몇 번을 되풀이해도 한치의 어긋남도 없었다. 이 CAT 검사 장치를 개발해온 사람들에 대한 칭찬의 말 속에는 다소의 질투심도 섞여 있었지만, 만약 자신의 연구가 성공한다면 역시 그들과 마찬가지로 과학계의 각광을 받게 될 것이라고 생각했다. 그리고 그 업적은 방사선 진단학에 혁명적인 충격을 줄 것이 틀림없고 노벨상 후보경쟁에도 참가하게 될 것이다.

CAT 검사장치가 종양의 형체를 포착하는 능력에 대해 얘기하고 있을 때 마틴의 호출 벨이 울렸다. 그는 불을 켜고 학생들의 양해를 얻은 다음 전화가 있는 곳으로 갔다. 헬렌은 긴급용무 외에는 그를 호출하지 않았다. 그러나 교환은 외부의 전화라고 하면서 그가 뭐라고 하기도 전에 도널드 트레비스 박사를 연결시켜주었다.

"도널드, 지금 강의중이니까 나중에 내가 전화할게."

마틴은 수화기를 손으로 가리고 말했다.

"이것 봐! 자네가 말한 그 한밤중의 이송환자를 찾느라고 나는 오전 내내 시간을 허비했단 말이야!"

트레비스는 버럭 소리를 질렀다.

"린 앤 루커스를 못 찾았단 말이지?"

"그렇다니까. 실제로 그쪽 병원에서는 지난주에 한 사람도 전원한 사람이 없었어."

"그거 이상하군. 난 분명히 뉴욕병원이라고 들었는데. 이봐, 나도 이쪽 입원계에 물어볼 테니까 자네도 한 번 더 확인해주게. 이건 굉장히 중요한 일이야."

마틴은 전화를 끊었으나 한동안 수화기를 놓지 않았다. 관료주의와 상대한다는 것은 매너하임 같은 녀석을 상대하는 것만큼이나 골치가 아팠다.

그는 연단으로 돌아가서 다시 강의를 시작하려고 했으나 도저히 정신을 집중시킬 수가 없었다. 그는 강의를 시작한 이래 처음으로 갑자기 긴급용무가 생겼다고 하고는 강의를 끝내고 말았다.

연구실로 돌아가자 헬렌은 수업을 방해해서 죄송하지만 트래비스 선생님이 무슨 일이 있어도 통화를 해야겠다고 고집을 부리는 바람에 어쩔 수 없이 소재를 알려드렸다고 말했다. 그리고 다른 용건을 전하기 위해 그의 뒤를 따라왔다.

첫째는 스탠리 드레이크 원장이 두 번이나 전화를 걸어서 되도록 빨리 전화를 걸어달라고 부탁했다는 것과 로버트 맥넬리 선생이 휴스턴에서 전화를 해서 뉴올리언스에서 개최되는 연례적인 방사선학회에서 신경방사선 분과위원회의 위원장을 맡아주지 않겠느냐고 물으면서 1주일 내로 대답을 해달라고 했다는 것 등이었다.

그녀가 다시 다른 얘기를 시작하려고 하자 마틴은 황급히 손을 내저었다.

"이제 그만!"

"하지만 또 있는데요."

"있는 것은 알고 있어. 항상 또 있으니까 말이야."

헬렌은 한 발 물러섰다.

"드레이크 씨에게 전화를 하시겠습니까?"

"아냐, 당신이 해. 나는 오늘 너무 바빠서 도저히 얘기를 할 수 없으니 내일 전화하겠다고 전해줘."

헬렌은 자기의 상관을 언제 혼자 있게 내버려두어야 하는지를 아는 센스 있는 비서였다.

마틴은 방의 입구에 서서 방안을 둘러보았다. 산더미처럼 난잡하게 쌓여 있던 두개골 필름은 치워지고 그 대신 오늘 아침에 촬영한 혈관 사진이 놓여 있었다. 이것은 틀림없이 주임 기사인 케네스 로빈스가 해놓았을 것이다.

마틴의 업무의 특징은 안정성에 있었다. 그는 자리에 앉아 마이크를 들고 구술을 하기 시작했다. 마지막 혈관의 형체를 설명하기 시작했을 때 누군가가 방에 들어와서 뒤에 서는 것이 느껴졌다. 데니스인가 하고 뒤를 돌아본 그는 깜짝 놀랐다. 병원장인 스탠리 드레이크가 미소를 짓고 있었다.

마틴이 볼 때 드레이크는 상당히 붙임성이 있고 품위가 있는 정치가 타입이었다. 항상 짙은 감색의 가는 줄무늬가 있는 양복에 금 시곗줄을 늘어뜨리고, 실크 넥타이를 매고 넥타이핀을 하고 있는 모습은 매우 멋진 옷차림이었다. 그래서 새하얀 와이셔츠에서 똑바로 목을 내밀고 있는 것 같은 느낌이 들었다. 그리고 프랑스풍의 큼직한 커프스단추를 달고 있는 것은 마틴이 아는 사람 중에서는 이 사람뿐이었다. 뿐만 아니라 비가 많이 오는 4월의 뉴욕에 살고 있으면서도 항상 볕에 그을린 것 같은 얼굴을 하고 있었다.

마틴은 그를 무시하고 다시 혈관사진을 보면서 구술을 계속했다.

"결론적으로 환자는 왼쪽의 뇌저 신경절 부위에 큼직한 동맥의 기형을 가지고 있으며, 왼쪽 중간의 대뇌동맥, 왼쪽 뒤의 대뇌 맥락총동맥의 혈류에 의해 대신 이루어지고 있다. 피리어드. 땡큐."

마이크를 내려놓은 마틴은 방향을 바꿔서 원장과 마주앉았다. 드레이크가 노크도 없이 이 방에 들어와 태연하게 있을 수 있다는 것은 이 병원에 얼마나 프라이버시가 없는지를 말해주는 것 같아서 마틴은 몹시 기분이 좋지 않았다.

"마틴 박사, 만나서 반갑습니다. 부인도 안녕하시지요?"

드레이크는 미소를 지으면서 말했다.

마틴은 잠시 상대방의 얼굴을 바라보면서 웃어야 할지 화를 내야 할지 망설이다가 이윽고 조용히 대답했다.

"4년 전에 헤어졌습니다."

그로서는 될 수 있는 대로 냉정하게 말했다.

드레이크는 순간 움찔하며 미소를 거뒀다. 이윽고 그는 화제를 바꿔서 마틴이 취임한 이래 신경방사선과를 원활하게 운영했기 때문에 병원의 수뇌부에서 얼마나 기뻐하고 있는가를 얘기했다. 그리고 잠시 어색한 침묵이 흘렀다.

마틴은 잠자코 상대방을 지켜보았다. 드레이크가 왜 여기에 왔는지, 그래서 얼마나 마음이 불편한지를 잘 알고 있었다.

"아무튼."

원장은 더욱 진지한 표정으로 얘기를 시작했다. 그의 작은 입언저리가 긴장되었다.

"내가 여기에 온 것은 그 불행한 마니노의 일을 얘기하고 싶어서예요."

"무슨 말씀이십니까?"

마틴은 반문했다.

"그 불쌍한 아가씨의 시체가 무례한 취급을 당해서 허가도 없이 사후에 X-ray 검사를 당한 일 말이오."

"뿐만 아니라 누군가가 뇌를 가져갔습니다. 하지만 X-ray 촬영과 뇌를 제거하는 것을 같은 부류로 취급하신다면 그건 곤란합니다!"

"그야 물론 그렇지요. 박사가 실제로 뇌를 제거하는 일에 가담했느냐 아니냐 하는 건 이 시점에서 별로 중요하지 않아요. 문제는……."

"잠깐만 기다려 주십시오."

마틴은 의자에서 몸을 일으켰다.

"그 점은 분명히 해둬야겠습니다. 저는 X-ray 사진을 찍었습니다. 그것은 분명 사실입니다. 하지만 뇌는 훔치지 않았습니다."

"마틴 박사, 나는 누가 뇌를 가지고 갔느냐 그런 것은 어떻게 되든 상관없습니다. 내가 문제로 삼고 있는 것은 실제로 뇌가 없어졌다는 사실입니다. 병원과 병원의 직원들을 세상의 평판과 재정적인 부담에서 지키는 것이 내 책임이니까요."

"아뇨. 제가 문제로 삼고 싶은 것은 누가 뇌를 가지고 갔느냐는 것입니다. 더구나 그것을 내가 한 짓이라고 생각하는 사람이 있다면 더욱 그렇지요."

"마틴 박사, 거기에 대해서는 걱정할 필요가 없습니다. 장의사 쪽에는 이미 병원에서 단단히 못을 박아뒀습니다. 유족은 이 불행한 사건을 전혀 알아차리지 못할 겁니다. 하지만 이 사건에 있어서 박사는 매우 곤란한 입장에 있다는 것을 잊어서는 안 됩니다. 부탁하건대 이 사건에서 손을 떼는 것으로 결말을 지었으면 좋겠소. 그럼 문제는 간단해요."

"매너하임 박사가 원장님에게 그 말씀을 부탁하던가요?"

마틴은 차츰 마음의 안정을 잃기 시작했다.

"마틴 박사, 제발 내 입장도 좀 생각해주시오. 나는 박사 편이오. 일이 크게 벌어져서 손해를 보지 않도록 이 정도에서 그만 끝을 냈으면 해요. 박사도 제발 분별력을 가지시기 바랍니다."

"고맙습니다."

마틴은 자리에서 일어나서 말했다.

"일부러 오시게 해서 죄송합니다. 말씀은 잘 알겠습니다. 잘 생각해보겠습니다."

드레이크를 방에서 밀어내듯이 하고 그는 문을 닫았다.

그와 이야기한 것을 다시 생각해보니 그의 방문이 도저히 믿어지지 않았다. 문 너머로 드레이크가 헬렌과 얘기를 하고 있는 것이 들려왔다. 그렇다면 꿈을 꾸고 있는 것도 아니다. 그러나 이런 일을 당하고 보니 지금보다도 더 병원 안의 분쟁에서 발을 빼고 싶었다. 그러기 위해서는 무엇보다도 연구를 성공시키지 않으면 안 되었다.

더욱 고무된 그는 지난 10년 동안에 찍은 두개골 필름의 첫 리스트를 집어 들고 필름번호를 조사한 다음 빨리 그 현물을 자료실에서 가져와야겠다고 생각했다. 그래서 우선 첫 번째 봉투를 집어 들고 리스트의 이름을 지운 다음 사진을 끄집어내어 한 벌로 되어 있는 2장의 측면사진을 남겨놓고 다른 것은 봉투에 도로 집어넣었다. 그리고 컴퓨터에 필요한 정보를 집어넣고, 레이저 스캐너에 필름 한 장을 넣은 다음 다른 사진은 판독상자에 삽입했다. 오래된 X-ray의 기록은 출력장치 옆에 놓았다.

대부분의 강박적인 성격을 가지고 있는 사람들이 그렇듯이 마틴도 리스트를 만드는 데는 명인이었다. 그가 마리노, 루커스, 콜린스, 맥카시에 대한 기록을 적고 있을 때 전화벨이 울렸다. 데니스가 오후의 첫 혈관조영 준비가 끝났다는 것을 알려온 것이다. 마틴은 잠깐 생각한 다음 어차피 자기가 없어도 되니 혼자 마음대로 해보라고 말했다. 예상한 대로 그녀는 매우 기뻐하면서 조금도 염려하지 말라고 의기양양하게 말했다.

다시 리스트로 돌아간 마틴은 콜린스의 이름을 지웠다. 그리고 마리노의 기록 끝에는 '시체안치소, 워너를 만날 것'이라고 썼다. 그 고용인은 틀림없이 리사 마리노의 시체에 무슨 일이 일어났는가를 알고 있다는 생각을 떨쳐버릴 수가 없었다. 맥카시의 기록 뒤에는 '신경외과 실험실'이라고 썼다. 나머지는 루커스였다. 트레비스와 대화한 결과 그녀가 가명으로 입원하지 않은 한 뉴욕병원에는 가지 않았다는 것이 확실해졌다.

그러나 아무리 생각해도 알 수 없는 일이었다. 그래서 그는 루커스의 이름 뒤에 '14 신경병동, 당직 간호사'라고 기입했다.

그리고 전화기를 들고 다시 입원계를 불렀다. 상대방이 나온 것은 벨이 36번이나 울린 다음이었다. 그러나 이번에도 정작 통화할 사람은 없었다. 마틴은 자기 이름을 댄 다음 전화를 걸어달라고 부탁해놓았다.

그 사이에 컴퓨터는 일을 끝내놓고 있었다. 그는 보고서를 읽고는 흥분하여 묵은 기록과 비교하면서 다시 사진을 살펴보았다. 컴퓨터는 기록에 쓰여 있는 모든 사항을 빠짐없이 찾아냈을 뿐만 아니라 원래의 기록에는 빠져 있는 전두동의 극히 사소한 뼈의 비후(肥厚)와 투명도가 약해져 있는 것까지 발견하고 있었다. 그 필름을 다시 살펴보면서 마틴은 컴퓨터 프로그램에 감탄하지 않을 수가 없었다. 그것은 참으로 놀라운 일이었다.

그가 다음 필름을 가지고 조작을 되풀이하고 있을 때 헬렌이 문틈으로 얼굴을 들이밀고는 미안하다는 듯이 "과장님이 곧 뵙자고 하는데요." 하고 말했다.

헤럴드 골드블래트 박사의 사무실은 이 과의 맞은편 끝에 있는데 조그만 직사각형의, 혹처럼 튀어나온 건물의 가장자리에 위치하고 있었다. 바닥에는 카펫이 깔려 있고 벽은 마호가니로 되어 있기 때문에 금방 과장의 성역에 발을 들여놓았다는 것을 알 수 있었다. 마치 전화번호부의 한 페이지처럼 표찰에 이름이 즐비하게 쓰여 있는 다운타운의 변호사협회 건물 같다고 마틴은 생각했다.

그는 육중한 나무문을 두드렸다. 골드블래트는 큼직한 마호가니 책상 뒤에 앉아 있었다. 대통령 관저의 집무실과 비슷할 정도가 아니라 그 이상이었다.

골드블래트는 권력의 허식을 좋아하여 평생 마티아벨리 같은 술책을 부린 끝에 방사선학에서는 국제적인 저명인사가 된 사나이였다. 한때는 신경방사선학에도 능통했으나 명사가 된 지금은 그의 전문지식도 낡아서 별로 쓸모가 없게 되었다.

마틴은 예를 들어 CAT 검사장치와 같은 새로운 기계에 대한 골드블래트의 지식에는 내심 비판적이었으나 그래도 그의 인물은 높이 평가하고 있었다. 그는 방사선학을 현재의 높은 위치로까지 끌어올린 큰 원동력이 된 인물이었기 때문이다.

골드블래트는 자리에서 일어나 마틴의 손을 잡고 책상 앞에 있는 의자를 권했다. 골드블래트는 64세지만 늠름한 체격에다 1939년 하버드 대학을 졸업할 때와 똑같은 옷차림을 하고 있었다. 그는 발목에서 1인치 위로 단을 접어올린 자루 같은 헐렁한 바지에다 조끼를 걸치고 가느다란 나비넥타이를 매고 있었는데 손으로 맸기 때문에 비뚤어지고 뒤틀려 있었다. 머리는 거의 새하얀데 바짝 치켜 깎아서 머리끝이 귀에서 약간 뒤로 처져 있을 정도였다. 그는 벤저민 프랭클린과 같은 금속 테의 안경 너머로 마틴을 응시하며 말했다.

"마틴 박사."

골드블래트는 자리에 앉으며 서두를 꺼냈다. 그는 팔꿈치를 책상에 올리고 두 손을 마주 잡았다.

"미처 차가워지지도 않은 시체를 한밤중에 시체안치소에서 우리과로 싣고 왔다는 것은 내 생각엔 아무래도 정상적인 행동이라고 할 수 없을 것 같네."

마틴은 그 말을 듣고 그것이 비상식적인 일로 생각될 수도 있다는 것을 일단 인정한 다음 변명이 아닌 설명하는 형식으로 골드블래트에게 자초지종을 얘기했다. 먼저 윌리엄 마이클스와 협동으로 개발한 X-ray 사진을 판독하는 프로그램에 대한 것, 그리고 컴퓨터의 프로그램이 리사 마리노의 사진에서 발견한 이상한 음영에 대한 것을 얘기했다. 그러다 보니 그 이상의 음영이 무엇인지를 알아보기 위해 다시 사진을 찍을 필요가 있었고, 이 컴퓨터 X-ray 분석 장치의 성능을 더욱 발전시키기 위해서는 그 발견을 한 번 더 확인하는 것이 절대적으로 필요했었다고 말했다.

마틴이 말을 마치자 골드블래트는 고개를 끄덕이면서 따뜻한 미소를 지었다.

"자네 말을 듣고 있자니 말이야, 자네가 정말 자신이 무슨 일을 했는지 알고나 있는지 하는 의아한 생각이 드는군."

"물론 알고 있습니다."

마틴은 골드블래트의 말에 놀라 화가 치밀어 올랐다.

"나는 기술적인 면에서 자네 노력을 나무라고 있는 것이 아닐세. 자네가 한 일에 대해서 말하고 있는 거야. 우리 과는 말일세, 궁극적으로는 환자를 현재의 위치보다 더 의사에게서 멀리하려고 하는 그런 연구를 지원할 수는 없다고 생각하네. 자네는 지금 기계가 방사선 학자를 대신할 수 있는 방식을 생각하고 있는 것 같지는 않단 말이야."

마틴은 그 말을 듣고 어이가 없었다. 골드블래트로부터 이런 공격을 받으리라고는 꿈에도 생각하지 못했기 때문이다. 그런 말은 세상에 허다한, 방사선 학자라고는 말할 수도 없는 자들로부터는 들을 수도 있을 것으로 생각했었다.

"자네는 장래가 약속되어 있는 사람일세."

골드블래트는 다시 말을 이었다.

"그리고 나도 자네를 응원하고 싶네. 자네도 알다시피 나한테는 이 병원의 방사선과를 완벽한 상태로 유지해 나가야 할 책임이 있네. 자네는 연구방침을 좀 더 납득할 수 있는 방향으로 바꿔 나가기를 바라네. 아무튼 앞으로는 허가 없이 시체의 X-ray 사진 같은 것은 절대로 찍지 않도록 해주게. 이런 것은 말할 필요도 없지만 말이야."

마틴은 갑자기 떠오르는 것이 있었다. 골드블래트에게 연락한 것은 틀림없이 그 매너하임이었다. 그것밖에는 생각할 수가 없었다. 그러나 매너하임은 어느 누구와도 각광을 함께 받기를 원하지 않는 프리마돈나였다. 왜 그런 자가 골드블래트와, 그리고 드레이크와 손을 잡을 생각을 했던 것일까? 도저히 이해할 수 없는 일이었다.

"마지막으로 또 한 가지."

골드블래트는 양손의 손가락을 탑처럼 세우면서 말했다.

"자네가 레지던트 한 사람과 특히 가깝게 지내고 있다는 얘기가 내 귀에 들어왔네. 우리 과에서 그런 관계가 이루어진다는 것은 묵과할 수 없네."

마틴은 그 말을 듣자 갑자기 눈살을 찌푸리며 험악한 표정으로 자리에서 벌떡 일어났다. 그리고 또박또박 천천히 말했다.

"병원 일이 아닌 한 제 사생활까지 병원에서 간섭하는 건 참을 수 없습니다."

그는 몸을 홱 돌려 사무실을 나왔다. 그러자 골드블래트가 뒤쫓아오면서 이 과의 이미지가 어떠니 저떠니했지만 마틴은 걸음을 멈추지 않았다.

연구실에 돌아가자 헬렌이 메모한 노트를 들고 자리에서 일어났다. 그는 거들떠보지도 않고 그 옆을 빠져나가서 문을 꽝 닫고 자동 판독 상자 앞에 앉아 마이크를 집어 들었다. 지금의 기분을 가라앉히려면 일을 하면서 얼마간의 시간을 두는 것이 최선의 방법이었다.

전화벨이 울렸으나 그것도 무시했다. 헬렌이 전화를 받더니 버저를 울렸다. 마틴은 문가로 가서 손짓으로 누구냐고 물었다. 트래비스 박사라고 헬렌이 대답했다.

"뉴욕병원에는 린 앤 루커스라는 환자가 입원한 일이 없었네. 전원 환자로 편법을 써서 넣었을지도 모른다고 생각하고 모든 방법을 다해 온 병원을 뒤졌지만 헛일이었네."

트래비스는 말했다. 그리고 그쪽의 입원계에서는 뭐라고 하더냐고 마틴에게 물었다.

"아직은 잘 모르겠어."

마틴은 변명을 하듯이 말했다. 트래비스에게는 그렇게 큰 폐를 끼쳤는데 이쪽은 아직도 확인하지 못했다고 말하기가 어려웠다. 그는 전화를 끊자 곧 입원계를 불렀다. 끈질기게 전화를 건 보람이 있어서 간신히 퇴원과 전원을 담당하는 여직원을 붙잡을 수가 있었다. 그는 환자가 한밤중에 그렇게 쉽게 나갈 수 있느냐고 물었다.

"환자는 죄수가 아니니까요. 그 사람은 응급실에서 입원했나요?"

그 여직원은 말했다.

"그렇소."

"아, 그렇다면 흔히 있는 일이에요. 응급실을 통해 들어온 입원환자들은 중세가 안정되면 전원하는 경우가 많습니다. 특히 이 병원에 아는 주치의가 없으면 더욱 그렇죠."

마틴은 그 말을 듣고 신음소리를 냈다. 그리고 린 앤 루커스에 대해 자세하게 물었다.

"입원계에서 사용하고 있는 컴퓨터에 환자의 번호나 생년월일을 입력해야 하기 때문에 정보를 입수하려면 응급실에 가서 번호를 알아와야 합니다. 곧 알아보고 전화 드리겠습니다."

그 여직원이 말했다.

마틴은 다시 구술을 시작하려고 했으나 주의를 집중시킬 수가 없었다. 바로 눈앞에는 콜린스와 맥카시의 차트가 있었다. 그리고 데니스가 팝 도말검사에 대한 얘기를 했던 것도 기억났다. 그는 산부인과에 대해서는 알고 있는 것이 그리 많지 않았다. 특히 팝 도말검사 같은 것은 더욱 그랬다. 마틴은 긴 가운을 걸치고 캐서린 콜린스의 차트를 손에 든 채 방을 나왔다. 헬렌의 옆을 지나면서, 곧 돌아오겠지만 긴급한 용무가 있을 때만 호출해달라고 그녀에게 부탁했다.

그가 맨 처음 목적지로 향한 곳은 도서관이었다. 몇 명의 외래환자가 악천후용 옷차림을 하고 있는 것을 보고 마틴은 터널을 빠져나가기로 했다. 의과대학 신관으로 가는 길은 마틴이 자기 아파트로 돌아갈 때 지나는 오른쪽 샛길과 통하고 있었다. 신관은 의대 구관으로 올라가는 계단 바로 앞에 있었다. 구관은 2년 전에 신관이 준공된 이래 사용되지 않고 있었다.

당초 병원측에서는 옛날 건물을 새로 단장해서 방사선과와 같은 새로운 임상분야에 시급히 필요한 공간을 제공할 예정이었으나 거대한 적자 출비 때문에 신관 건물이 완성된 무렵에는 돈이 없어서 2년이 지난 지금도 신축의 일부마저 추경예산을 기다리고 있는 형편이었다. 따라서 구관의 개축계획까지 연기되어 임상부문도 마냥 기다리지 않으면 안 되었다.

새 의과대학은 마틴이 학교를 다니던 때와는 엄청나게 달랐다. 특히 도서관이 그랬다. 옛날 의과대학이 거의 버려진 채로 있는 가장 큰 이유인 돈이 여기서는 전혀 문제되지 않은 것 같았다. 널찍한 현관에는 카펫이 깔려 있고 좌우 대칭을 이루고 있는 2개의 계단은 곡선을 그리면서 위층으로 통하고 있었다.

도서관의 도서목록은 1, 2층으로 사이의 발코니 마루 밑에 있었다. 마틴은 '표준부인과학 교과서'의 색인번호를 찾아냈다. 팝 도말, 또는 파파니콜로 도말검사 항목을 읽는 것은 흥미가 있었으나 방대한 세포학 교과서는 도저히 읽을 생각이 나지 않았다. 그것은 암세포 검출법으로는 틀림없이 가장 신뢰할 수 있는 것이었다.

그도 학생시절에 해본 적이 있는데, 자궁경부의 표면을 설압자로 긁어내 유리로 된 슬라이드에 바르기만 하면 되기 때문에 매우 간단하다는 것은 충분히 알고 있었다. 다만 기억하지 못하고 있는 것은 결과의 분류법이었다. 보고가 이형(異型)으로 쓰여 있을 때는 어떻게 판단해야 하는지 교과서는 유감스럽게도 그 점에 대해 충분히 가르쳐주지 못하고 있었다.

거기에 따르면 경부에 의심스러운 점이 있으면 실러 테스트로 계속해서 검사를 해야 된다고 되어 있었다. 이것은 이상이 있는 부분을 결정하기 위해 경부에 요오드를 바르는 방법인데, 그렇지 않으면 생체조직검사나 질경진(膣鏡診)을 실시하라고 쓰여 있었다. 마틴은 질경이 어떤 것인지를 몰랐기 때문에 색인을 이용하지 않으면 안 되었다.

그래서 간신히 그것은 경부검진에 사용하는 현미경과 비슷한 기구라는 것을 알게 되었다.

마틴이 가장 놀란 것은 경부암의 10~15퍼센트가 20세에서 29세 사이에 생긴다는 것이었다. 그는 지금까지 경부암은 노년층의 문제라고만 잘못 알고 있었다. 해마다 산부인과 검진을 받아야 한다는 것은 이 데이터만 보더라도 알 수 있었다.

마틴은 책을 돌려주고 대학의 산부인과 외래로 향했다. 이 구역은 의학생들에게는 출입금지가 되어 있다는 것을 그는 알고 있었다. 거기에 오는 여성들은 대부분이 아름다운 여대생이므로 마치 굶주린 짐승 앞에 고기를 매달아 보이는 것이나 마찬가지이기 때문이다. 의학생들에게 보이는 환자들은 모두 나이가 든 경산부들뿐이기 때문에 그 극단적인 차이로 인해 여대생들은 꼭 〈플레이보이〉에 끼여 있는 사진처럼 보이게 되는 것이다.

마틴은 접수계가 있는 자리로 다가가면서 마치 자기가 와서는 안 될 곳에 온 것 같은 느낌이 들었다. 그가 접수계 앞에 서자 그녀는 눈을 깜빡이면서 납작한 가슴을 조금이라도 부풀려 보이려고 심호흡을 했다. 그는 상대방의 얼굴이 매우 이상하게 보였기 때문에 유심히 지켜보았다. 그러나 그것은 단지 그녀의 두 눈의 간격이 매우 좁기 때문이라는 것을 깨닫고 얼른 눈을 돌렸다.

"나는 마틴 필립스 박사요."

"어서 오세요. 저는 엘렌 코헨이에요."

마틴은 무심코 엘렌 코헨의 눈을 또 보고 말았다.

"담당 선생님과 얘기를 좀 하고 싶은데."

엘렌 코헨은 이번에도 눈을 깜빡거리면서 말했다.

"하퍼 선생님은 지금 환자를 진찰하고 계십니다. 하지만 곧 나오실 거예요."

그것이 다른 과였다면 마틴은 틀림없이 곧바로 진찰실로 들어갔을 것이다. 그러나 그는 그러지 않고 대기실 쪽으로 발길을 돌렸다. 그리고 아직도 기억에 남아 있는 12세 때 미용실에서 어머니를 기다리고 있던 때와 마찬가지로 강한 자의식을 맛보고 있었다. 그 자리에는 6명 정도의 젊은 여성들이 앉아 있다가 그가 있는 쪽을 유심히 지켜보고 있더니 그가 그쪽을 바라보자 얼른 손에 들고 있던 잡지로 시선을 떨어뜨렸다.

마틴은 접수계로부터 가장 가까이 있는 의자에 앉았다. 엘렌 코헨은 책상 위에 있던 문고판 책을 가만히 서랍에 집어넣었다. 마틴이 무심코 그쪽을 바라보니 그녀는 미소를 지어 보였다. 마틴은 골드블래트와의 일을 또 떠올리고 있었다. 그는 그의 사생활, 아니 연구에 대해서까지 간섭할 권리가 있다고 생각하고 있는 것이다. 정말이지 대단한 신경을 가지고 있는 사나이였다.

만약 마틴의 연구비를 방사선과에서 부담하고 있다면 어느 정도 이해할 수 있었다. 그러나 그렇지 않은 것이다. 과에서 내는 돈은 마틴이 일하는 시간에 대해서뿐이었다. 상당한 액수에 달하는 기계와 프로그램 제작비용은 마이클스가 속하고 있는 컴퓨터과학부에서 제공하고 있었다.

그때 환자 한 사람이 접수계에 가서 팝 도말검사에 이상이 있다는 것은 무슨 의미인가를 묻는 것이 마틴의 귀에 들려왔다. 그녀는 말하는 것도 힘이 드는지 접수계의 책상에 힘없이 몸을 기대고 있었다.

"그건 말예요. 당신이 직접 블랙맨 씨에게 물어보세요."

엘렌 코헨은 대답하고 있었다. 그리고 곧 마틴의 시선을 느끼자, "난 의사가 아니니까요. 아무튼 좀 앉아 계세요. 곧 블랙맨 씨가 나올 테니까요." 하고 말하면서 웃었다. 마틴을 보고 웃는 것 같았다. 그러자 크리스틴 린퀴스트는 그날의 욕구불만을 한꺼번에 터뜨렸다.

"금방 진찰할 수 있다고 했단 말예요!"

그리고 그날 아침에 두통과 현기증이 나고 물건이 이상하게 보였다는 것을 접수계에게 호소하면서 어제처럼 기다리게 되면 도저히 견딜 수 없을 것 같다고 말했다.

"내가 여기에 와 있다는 것을 블랙맨 씨에게 좀 전해주세요. 전화하셨을 때 시간이 걸리지 않도록 하겠다고 하셨다고요."

그리고 크리스틴은 몸을 돌려서 마틴의 맞은편에 있는 자리로 돌아갔는데, 그녀의 움직임은 매우 느리고 마치 균형을 잡지 못하고 있는 사람처럼 보였다.

마틴과 시선이 마주치자 이상한 환자도 다 보는군요, 하고 말하듯이 엘렌 코헨은 눈을 동그랗게 떴으나 그래도 간호사를 찾기 위해 자리를 떴다. 마틴은 다시 크리스틴 쪽으로 시선을 돌렸다. 내심으로는 팝도말검사의 이상과 신경증상과의 관계를 부지런히 떠올리고 있었다.

크리스틴이 눈을 감고 있었기 때문에 마틴은 마음 놓고 그녀를 관찰할 수 있었다. 나이는 20세 정도로 생각되었다. 그는 재빨리 캐서린 콜린스의 차트를 펼치고 초기의 신경증상에 대한 기록을 찾았다. 두통, 현기증, 시각 이상이 있다고 기록되어 있었다.

그는 크리시틴 린퀴스트를 다시 바라보았다. 눈앞에 있는 이 여자는 과연 X-ray 사진으로 볼 때 똑같이 이상한 음영을 가지고 있는 또 한 사람의 증례일까? 아무튼 다른 환자에게서 이상한 음영을 발견한

다는 것은 매우 어려운 일인데 여기서 새로운 증례를 발견할 수 있다면 얼마나 근사한 일인가. 처음부터 필요한 사진을 마음껏 찍을 수 있기 때문이다.

그는 천천히 크리스틴에게로 다가가 그녀의 어깨를 살짝 건드렸다. 그녀는 깜짝 놀라서 펄쩍 뛰더니 이마에 내려온 금발을 쓸어 올렸다. 그 겁에 질린 표정이 몹시 애처로워 보였다. 마틴은 그녀가 매우 아름답다는 것을 알게 되었다.

마틴은 말을 신중히 골라가며 자기는 방사선과 의사라고 소개를 한 다음, 말했다.

"지금 옆에서 아가씨의 증상을 들었는데, 사실은 지금까지 같은 고민을 가지고 있는 4명의 아가씨들의 X-ray 사진을 내가 찍었어요. 그래서 아가씨도 사진을 한번 찍어보는 것이 좋겠다고 생각했습니다. 물론 이것은 어디까지나 만일의 경우를 생각해서 찍는 것이기 때문에 조금도 걱정할 필요는 없습니다. 부탁합니다."

크리스틴에게 있어서 병원이라는 곳은 놀라운 일뿐이었다. 어제 처음 왔을 때는 몇 시간이나 기다려야 했고, 오늘은 또 눈앞에 있는 의사로부터 부탁합니다, 라는 간청을 듣는 것이었다.

"전 병원을 별로 좋아하지 않아요."

그녀는 말을 좀 더 하려고 했으나 그렇게 되면 실례가 될 것 같아서 그만두었다.

"사실은 나도 마찬가지예요."

마틴은 그렇게 말하고 미소를 지었다. 그는 그 매력적인 젊은 여성이 금방 좋아졌기 때문에 어떻게든지 지켜줘야겠다는 생각이 들었다.

"하지만 X-ray 사진은 시간이 걸리지 않아요."

"아무래도 기분이 좋지 않기 때문에 빨리 집에 돌아가는 것이 제일 좋을 것 같아요."

"금방 끝납니다. 약속합니다. 한 장만 찍게 해주세요. 내가 책임을 질 테니까요."

크리스틴은 망설였다. 병원이라는 곳이 질색이지만 다른 한편으로는 컨디션이 매우 나쁘기 때문에 자신을 걱정해주는 마틴에게 매달리고 싶은 생각도 났다.

"어때요?"

그는 끈질기게 물고 늘어졌다.

"좋아요."

마침내 크리스틴이 응낙했다.

"잘 생각했어요. 이 외래에는 앞으로 얼마나 있을 겁니까?"

"모르겠어요. 금방 끝난다는 말을 듣고 왔는데."

"좋아요. 혼자 가버리면 안 돼요?"

이윽고 크리스틴의 이름이 불렸다. 거의 동시에 다른 문이 열리며 하퍼 의사가 나타났다.

마틴은 그 하퍼가 병원의 안팎에서 이따금 본 일이 있는 레지던트라는 것을 금방 알았다. 직접 대면한 일은 없었지만 그 번들번들한 머리는 잊으려고 한다고 잊히는 것이 아니었다. 마틴은 자리에서 일어나서 자기소개를 했다.

잠시 어색한 침묵이 흘렀다. 레지던트 신분인 하퍼에게는 자기 방이 없고 검진실에는 환자가 있기 때문에 얘기를 나눌 장소가 없었다. 결국 좁은 복도에 서서 얘기할 수밖에 없었다.

"무슨 일이십니까?"

하퍼는 의아한 표정으로 물었다. 신경방사선과의 부과장이 산부인과를 찾아온다는 것은 참으로 이상한 일이었다. 의학을 스펙트럼에 비하면 그 양자의 연구와 기술은 그야말로 양극단의 색조인 것이다.

마틴은 다소 애매한 용어를 써가며 외래에는 어떤 식으로 배정이 되느냐, 하퍼는 몇 년이나 근무를 했느냐, 일이 즐거우냐 따위를 묻는 것으로 말문을 열었다. 하퍼는 무뚝뚝한 말투로 상대방의 얼굴을 그 작은 눈으로 힐끔힐끔 보면서 말했다.

"대학의 외래는 선임 레지던트로 있는 동안 선택되어 두 달씩 돌아다녀야 하는데, 이 과정이 레지던트를 마치고 스태프의 일원으로 들어갈 수 있는, 말하자면 상징적인 발판 같은 것입니다."

"그런데 전."

하퍼는 말을 잠시 끊었다가 다시 이었다.

"저는 돌봐야 할 환자들이 굉장히 많습니다."

마틴은 얘기를 함으로써 상대방의 경계심을 풀려고 했는데 도리어 불안하게 만들었구나 하고 생각이 들었다.

"한 가지만 더 묻겠는데, 팝 도말검사에서 이형세포가 발견되면 보통 어떻게 합니까?"

"그건 말이죠."

하퍼는 경계하듯이 대답했다.

"이형세포에는 두 가지 형태가 있는데, 하나는 이형이지만 종양으로는 생각되지 않는 것이고, 또 하나는 이형으로서 종양의 의심이 가는 것입니다."

"그것이 어떤 형태든지 아무튼 뭔가를 해볼 것이 아닙니까. 즉 정상이 아니라면 끝까지 결과를 쫓아가본다든가, 그렇지 않습니까?"

"그렇죠."

하퍼의 대답은 애매했다.

"그런데 왜 저한테 그런 질문을 하십니까?"

그러면서 그는 복도 구석으로 뒷걸음질 쳤다.

"약간 흥미가 있기 때문이오."

마틴은 콜린스의 차트를 들어 보이면서 말을 이었다.

"이쪽에서 팝 도말검사를 한 결과 이형세포가 있다고 한 환자를 몇명이나 봤습니다. 하지만 산부인과의 기록을 읽어보니 실러 테스트를 했다는 말도 없고 생체조직 검사나 질경진찰을 한 흔적도 없고…… 다만 도말검사를 했다는 말만 되풀이하고 있습니다. 이것은…… 좀 이상하지 않습니까?"

그리고 마틴은 하퍼의 얼굴을 가만히 지켜보고 있다가 자신의 말이 상대방을 불쾌하게 만들었다는 것을 알아차렸다.

"아니, 난 여기에 불평을 하러 온 것이 아닙니다. 다만 흥미가 있기 때문입니다."

"차트를 보지 못했기 때문에 저는 아무 말도 할 수가 없습니다."

하퍼는 거기서 대화를 끝낼 생각을 하고 있었다.

그러나 마틴은 콜린스의 차트를 하퍼에게 건네주고 상대방이 그것을 펼치는 것을 지켜보았다. '캐서린 콜린스'라는 이름을 읽었을 때 하퍼의 얼굴이 굳어졌다. 제대로 읽기에는 너무 빠른 속도로 그가 페이지를 넘기고 있는 것을 마틴은 의아한 표정으로 지켜보고 있었다. 다 읽고 나자 그는 얼굴을 들고 차트를 돌려주었다.

"뭐라고 해야 좋을지 모르겠는데요."

"아무튼 이것이 옳은 방법은 아니겠죠?"

"글쎄요, 이렇게 말할 수는 있겠군요. 이것은 적어도 내가 하는 방법은 아니라고."

그리고 그는 마틴을 벽가로 밀어붙이고 길을 트게 했다.

대화가 갑자기 끝나게 되어 어리둥절해진 마틴은 황급히 검진실로 뛰어들어가는 레지던트의 뒷모습을 멍하니 바라보았다. 자신의 질문이 개인적인 문제로 흐르지 않도록 조심을 했는데 비난하는 것처럼 들렸을까? 뿐만 아니라 캐서린 콜린스의 차트를 펼쳐보고 있던 그의 태도도 이상했다. 그러나 마틴은 그것에 대해 더 의심하지 않았다.

하퍼와 더 이상 얘기하기는 틀렸다고 생각한 마틴은 다시 접수계에게로 다가가 크리스틴 린퀴스트는 어떻게 되었느냐고 물었다. 엘렌 코헨은 처음에는 못 들은 체하고 있다가 마틴이 재차 묻자, "린퀴스트 양은 간호사와 함께 곧 나올 거예요." 하고 퉁명스럽게 대답했다.

처음부터 크리스틴을 불쾌하게 생각하고 있던 이 접수계는 마틴이 그녀에게 관심을 가지고 있다는 것을 알게 되자 그녀가 더욱 미워졌다. 엘렌 코헨이 질투를 하고 있다는 것을 알 리 없는 마틴은 다만 이 산부인과에 대해 심한 곤혹감을 느꼈다.

2, 3분이 지나자 크리스틴이 간호사의 부축을 받으며 진찰실에서 나왔다. 마틴은 그 간호사를 본 적이 있었다. 틀림없이 전에 커피숍에서 만난 것 같았다. 숱이 많은 머리를 머리 꼭대기에 묶고 있던 모습이 기억났다.

크리스틴이 접수계에 다가가고 있을 때 마틴은 자리에서 일어났다. 나흘 이내에 다시 오도록 예약을 해주라는 간호사의 목소리가 들려왔다. 크리스틴은 몹시 창백해보였다.

"린퀴스트 양, 끝났어요?"

마틴이 말을 걸었다.

"그런 것 같아요."

"X-ray 사진은 어떻게 하겠어요? 할 수 있겠어요?"

"그런 것 같아요. 그런 것 같아요."

크리스틴은 같은 말을 되풀이했다.

그때 갑자기 그 검은 머리의 간호사가 종종걸음으로 접수계 쪽으로 돌아왔다.

"실례가 안 된다면 말씀 좀 여쭙겠습니다. 어떤 X-ray를 찍을 작정입니까?"

"두개골 측면사진이오."

"알았습니다. 제가 물어본 것은 크리스틴 양의 팝 도말검사에 이상이 있어서 요부의 사진은 이 검사가 정상이 될 때까지 피해야 하기 때문입니다."

"염려 말아요. 우리 과에서는 다만 머리에 관심이 있을 뿐이니까."

팝 도말검사와 X-ray 진단 사이에 어떤 관계가 있다는 말은 들어본 적이 없었다. 그러나 그럴듯하게 들리기는 했다.

간호사는 고개를 끄덕이더니 돌아갔다. 엘렌 코헨은 기다리고 있는 크리스틴의 손에 예약카드를 건네주더니 홱 돌아앉아 타이핑 작업에 열중하고 있는 척했다. 그리고 "캘리포니아 창녀 같으니라고!" 하고 중얼거렸다.

마틴은 크리스틴을 데리고 혼잡한 외래를 빠져나와 본관으로 연결되는 문으로 안내했다. 비상문을 지나자 상황은 달라져서 산부인과 외래와는 대조적으로 매우 쾌적한 분위기가 되었다. 크리스틴은 깜짝 놀란 것 같았다.

"이 근처는 외과 선생님들의 방이에요."

마틴은 카펫이 깔려 있는 긴 복도를 걸으면서 설명했다. 새로 칠한 벽에는 오일 페인트로 덧칠까지 해놓고 있었다.

"전 병원은 어딜 가나 모두 낡고 형편없는 줄 알았어요."

크리스틴이 말했다.

"그럴 리가 있나요."

그렇게 말하기는 했으나 마틴은 방금 보고 온 산부인과 외래와 지하에 있는 시체안치소의 풍경을 얼핏 떠올렸다.

"그런데 크리스틴, 당신은 환자로서 대학병원을 어떻게 생각하죠?"

"그건 매우 어려운 질문이에요. 전 산부인과 외래의 예약이 질색이에요. 그래서 공평한 대답을 할 수 없을 것 같아요."

"지금까지의 당신의 경험에 비춰볼 때는 어떻습니까?"

"네, 적어도 어제 산부인과 선생님을 만났을 때는 매우 비인간적이라는 느낌이 들었어요. 하지만 오늘은 좋은 간호사를 만나게 되어 좀 낫다고 생각했어요. 어제처럼 오래 기다리지 않았기 때문인지는 몰라도, 오늘은 더 많은 피를 빼고 눈 검사도 한 번 더 하긴 했지만 다른 검사가 없었기 때문에 참 좋았어요."

두 사람은 엘리베이터로 갔다. 마틴이 단추를 눌렀다.

"블랙맨 씨도 팝 도말검사에 대한 설명을 오랫동안 해주셨는데 별로 나쁘지는 않다고 했어요. 흔한 2번 타이프여서 곧 정상으로 돌아올 거라고 했어요. 그러나 가벼운 관수요법(灌水療法)을 하면서 섹스는 하지 말라고 했어요."

마틴은 크리스틴의 노골적인 말투에 약간의 당혹감을 느꼈다. 대부분의 다른 의사들처럼 그도 의사라는 존재가 환자들로 하여금 사생활에 관한 비밀이야기도 마음놓고 털어놓게 하는 존재라는 것을 의식하지 못하고 있었다.

방사선과에 도착하자 마틴은 케네스 로빈스를 불러서 찍어야 할 필요가 있는 두개골 측면의 단순사진을 그에게 부탁했다. 이미 4시가 지났기 때문에 방사선과는 비교적 조용하고 X-ray실 하나도 비어 있었다. 로빈스는 사진을 찍은 다음 자동현상기에 필름을 넣어 암실로 들어갔다.

마틴은 크리스틴을 기다리게 한 다음 현상필름이 나올 출구에 가서 버티고 섰다.

"당신은 꼭 쥐구멍을 노리고 있는 고양이 같군요."

데니스가 갑자기 마틴의 등뒤에 나타나서 그를 놀라게 했다.

"나도 그런 생각이 드는군. 오늘 산부인과에 가서 마리노들과 똑같은 증상이 있는 환자를 발견했어. 어쩌면 사진에 같은 음영이 나타날지도 모른다고 생각하고 가슴을 두근거리고 있는 중이야. 그런데 오후의 혈관조영은 어떻게 됐지?"

"아주 잘됐어요. 고마워요. 덕분에 혼자 해볼 수 있었으니까요."

"아이고, 내게 고마워할 필요는 없어. 당신에게 그만한 자격이 있기 때문이야."

그때 크리스틴의 X-ray 사진이 머리를 내밀고 소리를 내며 롤러에서 나오더니 받침상자로 떨어졌다. 마틴은 그것을 잡아채듯이 해서 판독상자에 끼우고 크리스틴의 귀에 해당되는 부분을 손가락으로 더듬으면서 조사했다.

"제기랄! 깨끗하잖아."

마틴은 투덜거렸다.

"오, 세상에! 환자에게 정말로 이상이 있기를 바라는 거예요?"

데니스가 나무라듯이 말했다.

"당신 말이 맞군. 아무도 그런 꼴을 당하게 하고 싶지는 않아. 다만 X-ray 사진을 직접 찍을 수 있는 증례가 필요했을 뿐이야."

그때 로빈스가 암실에서 나왔다.

"더 찍을까요, 마틴 선생님?"

마틴은 고개를 흔든 다음 사진을 들고 크리스틴이 기다리고 있는 방으로 들어갔다. 데니스가 그의 뒤를 따랐다.

"흠, 아주 좋은 소식이오. 아가씨의 사진에는 나쁜 데가 아무 곳도 없어요."

마틴은 필름을 흔들면서 말했다. 그리고 만약 증상이 좋아지지 않으면 1주일 내에 한 번 더 찍어보는 것이 좋겠다고 말하고 그녀의 전화번호를 물었다. 그리고 물을 것이 있으면 언제든지 연락을 하라면서 자기 방의 직통 전화번호를 가르쳐 주었다.

크리스틴은 고맙다는 인사를 하고 일어서려고 했으나 그때 현기증이 나서 황급히 X-ray 검사대를 붙잡지 않으면 안 되었다. 방이 시계 방향으로 빙글빙글 돌기 시작했던 것이다.

"이제 다 나았어요. 집으로 가는 것이 좋겠어요."

마틴은 택시를 불러주려고 했으나 그녀는 괜찮다고 하면서 말을 듣지 않았다. 뿐만 아니라 엘리베이터의 문이 닫힐 때는 손을 흔들면서 미소까지 지어 보이려고 했다.

"매력적인 젊은 아가씨의 전화번호를 얻어내는 방법이 매우 교활하군요."

데니스는 마틴의 방으로 함께 돌아오면서 말했다. 마틴은 헬렌이 퇴근한 것을 보고 잘됐다고 생각했다.

데니스는 방안을 힐끗 들여다보더니 믿어지지 않는다는 듯이 숨을 죽였다.

"도대체 어떻게 된 거예요, 이건?"

"아무 말도 하지 마. 내 인생은 완전히 붕괴되어 어떤 좋은 말로도 위로가 되지 않으니까."

사방에 흩어져 있는 잡동사니를 헤치고 책상 쪽으로 걸어가면서 마틴이 말했다. 그리고 헬렌이 남기고 간 메모를 집어 들었다. 그것은 예상대로 골드블래트와 드레이크로부터 걸려온 중요하다는 표시가 붙어 있는 전화였다. 그는 한동안 그것을 지켜보다가 이내 큰 휴지통에 집어던졌다. 2장의 종잇조각은 천천히 원을 그리면서 그 속으로 떨어졌다.

그는 컴퓨터로 다가가 크리스틴의 필름을 넣었다.

"여! 어떻게 되어가고 있어요?"

마이클스가 문 앞에 나타나서 말했다. 그는 방안의 잡동사니들을 보고 아침에 찾아왔을 때와 조금도 달라진 것이 없음을 직감했다.

"자네가 묻는 것이 무엇이냐에 따라 다르지. 프로그램에 대해 묻는다면 대답은 순조롭네. 겨우 두세 장을 넣어보았을 뿐이지만 지금까지는 100퍼센트 정확하게 움직이고 있네."

마틴이 말했다.

"근사하군요."

마이클스는 손뼉을 치면서 말했다.

"근사한 정도가 아니라 거의 환상적이야! 제대로 일을 해주고 있는 것은 여기서 이 녀석뿐이야. 그런데 유감스럽게도 이놈을 움직일 시간이 없단 말이야. 뿐만 아니라 일상적인 일도 다 못하고 있어. 하지만 오늘밤은 여기 남아서 되도록 많은 필름을 넣어볼 작정이야."

마틴이 말하자 데니스가 그를 돌아보았다. 그는 데니스의 얼굴에 떠오르는 표정을 읽어보려고 했다. 그때 갑자기 프린터가 덜컥거리면서 자료를 토해내는 바람에 그의 주의는 그쪽으로 쏠렸다. 마이클스도 그것을 보고 마틴의 뒤로 돌아가더니 그의 어깨너머로 들여다보았다. 데니스가 보기에 그 두 남자는 마치 대견한 자식을 바라보는 부모 같았다.

"이것은 방금 어떤 젊은 여성의 두개골을 찍은 필름의 자료야. 이름은 크리스틴 린퀴스트. 이 여자도 전에 자네에게 말한 환자들과 같은 음영을 가지고 있을 줄 알았는데 그렇지 않더군."

마틴이 말했다.

"당신이 왜 그렇게 그 음영에만 집착하고 있는지 이해할 수가 없어요. 나로서는 이 컴퓨터의 프로그램에 대해서만 시간을 써주었으면 좋겠는데. 그런 연구 상의 관심은 뒤로 돌리고 말예요."

마이클스가 말했다.

"자네는 의사들을 잘 모르는 모양이군. 이 작은 컴퓨터를 갑자기 의사의 세계로 보낸다면 그야말로 코페르니쿠스의 천문학이 중세의 가톨릭교회와 부딪치는 것과 마찬가지란 말이야. 그보다는 이 프로그램이 발견한 새로운 방사선학의 진단법을 발표하는 것이 더 순조롭게 받아들여진단 말이야."

프린터가 멈추자 마틴은 자료를 찢었다. 보고서를 재빨리 훑어 내려가던 그의 시선이 어느 한 문장에서 고정된 채 움직일 줄 몰랐다.

"도저히 믿을 수가 없어!"

그는 그렇게 말하면서 필름을 판독상자에 걸었다. 그리고 두 손으로 사진의 대부분을 가리고 두개골 뒤쪽의 조그만 부분만 남겼다.

"여기 있어! 맙소사! 어쩐지 이 환자가 같은 증상을 가지고 있다고 했지. 프로그램도 다른 환자의 증례를 기억하고 있다가 이런 조그만 음영의 이상을 찾아낸 거야."

"다른 필름에서도 희미한 음영이었잖아요."

데니스가 마틴의 어깨너머로 들여다보면서 말했다.

"이번에는 두정엽이나 측두엽이 아니라 후두엽의 앞쪽만 약간 침범하고 있군요."

"아마도 병의 진행으로 본다면 틀림없이 극히 초기일 거야."

마틴이 말했다.

"무슨 병인데요?"

마이클스가 물었다.

"확실히는 모르겠어. 하지만 환자가 몇 명씩이나 똑같이 이상한 음영을 가지고 있는 것을 보면 다발성 경화증이 아닐까 하는 의심은 가네. 물론 어디까지나 추측이지만 말이야."

"난 도저히 모르겠어요."

마이클스는 필름에 얼굴을 바짝 갖다 대고 들여다보았으나 역시 무리였다.

"이것은 조직의 특성이야."

마틴이 설명했다.

"물론 정상적인 짜임새를 모르면 그 차이를 모르지만 말이야. 날 믿어, 바로 여기야. 프로그램은 이것이 무엇인지 모른다고 하고 있어. 좋아, 내일 환자를 한 번 더 오게 해서 특히 이 부분을 집중적으로 조사해야겠어. 틀림없이 자네도 알아볼 수 있도록 더 좋은 사진을 찍을 수 있을 거야."

마이클스는 마틴의 이상에 대한 판단을 비평하지 않고 순순히 받아들였다. 그리고 병원의 커피숍에서 저녁식사를 하고 가라는 마틴의 권유를 거절하고 이만 실례하겠다고 말했다. 그러나 그는 문 앞에서 걸음을 멈추고 말했다.

"아무튼 옛날 필름들을 계속 컴퓨터에 넣어보도록 하세요. 그렇게 하면 프로그램이 여러 사진에 나타나는 여러 가지 병변을 발견할 거예요. 그 경과만 따라가보면 프로그램의 결점을 보완하는 것은 별로 어렵지 않아요."

그는 마지막으로 손을 흔들고 밖으로 나갔다.

"저 사람은 정말 열심이군요."

데니스가 말했다.

"그러는 것도 당연하지. 오늘 내게 이 프로그램을 처리하기 위해서 보다 효과적으로 기억시킬 수 있는 새로운 조작기계를 설계했는데 그게 곧 완성될 거라고 하더군. 나 때문에 차질이 생기면 안 되잖아."

"그래서 오늘 밤에 일을 할 거예요?"

"물론이지."

마틴은 그렇게 말하고 그녀의 얼굴을 보고서야 비로소 그녀가 몹시 지쳐 있다는 것을 알았다. 아무튼 어젯밤에는 거의 한잠도 자지 못한 데다 오늘도 온종일 일에 매달려 있었던 것이다.

"오늘밤은 우리 집에서 저녁식사를 가볍게 한 다음 어젯밤에 시작하다가 만 우리의 일을 끝내는 것이 어떻겠어요? 그러면 좋겠는데."

그녀는 충분히 계산된 에로틱한 목소리로 말했고 마틴은 매우 알맞은 표적이었다. 그날의 욕구불만과 짜증을 성적으로 해소하는 것도 훌륭한 치유방법이기는 했다. 그러나 그에게는 하지 않으면 안 될 일이 있었다. 그렇다고 데니스는 매우 소중한 존재이기 때문에 인턴시절 간호사를 상대로 긴장완화를 도모했던 것처럼 할 수는 없는 일이었다.

"나는 밀려 있는 일을 좀 하지 않으면 안 돼. 당신은 빨리 집에 돌아가는 것이 좋겠어. 늦게라도 가게 되면 전화할게."

그러나 데니스는 막무가내로 기다리고 있겠다고 말했다.

마틴은 신경방사선과 전임의들이 구술해놓은 혈관조영과 CAT 검사결과를 모두 읽어보았다. 비록 보고서에 자기 이름이 써 있지 않더라도 마틴은 자기 과에서 실시한 일을 모두 점검하는 버릇이 있었다.

두 사람이 기지개를 켜며 의자에서 일어나 등을 문질렀을 때는 이미 6시 45분이 되어 있었다. 마틴이 고개를 들어 데니스를 보려고 하자 그녀는 얼굴을 휙 돌렸다.

"왜 그래?"

"지금 내 얼굴이 엉망일 것 같아서 당신에게 보이고 싶지 않아요."

그는 그녀의 태도가 의외라고 여기면서 손을 뻗어 그녀의 턱을 치켜들려고 했으나 그녀는 그의 손을 뿌리쳤다. 판독상자의 불을 끄는 그 짧은 시간에 그녀가 지금까지 일에 몰두하고 있던 과학자에서 민감한 보통여자로 변신한 것은 참으로 놀라운 일이었다.

마틴이 볼 때 그녀는 아무리 지쳐 있어도 여전히 매력적이었다. 그가 그렇다고 말해주었으나 그녀는 믿으려고 하지 않았다. 그녀는 그에게 재빨리 키스를 한 다음, 집에 가서 천천히 목욕을 하고 싶다며 나중에 만나자고 말하고 훌쩍 떠나고 말았다.

마틴은 마음을 가다듬는 데 약간의 시간이 걸렸다. 데니스는 그의 뇌를 마비시키는 힘을 가지고 있었다. 그는 사랑에 빠졌고 그것은 자신도 잘 알고 있었다. 그는 크리스틴의 전화번호를 꺼내 걸어보았으나 응답이 없었다. 그는 카페테리아에서 저녁을 먹으면서 한 다발의 편지를 교정보기로 했다.

마틴이 구술과 편지 교정을 마친 것은 9시 15분이었다. 그 사이에 그는 완벽한 작업을 해주고 있는 컴퓨터에 옛날 필름을 25장이나 더 넣어 분석해볼 수 있었다. 그 동안 한쪽에서는 랜디 제이콥스가 분석을 끝마친 필름 봉투들을 계속 자료실에 반납하느라 들락거리고 있었다. 그리고 수백 장씩 더 가져왔기 때문에 마틴의 방은 전보다 더 어수선해지고 발 디딜 틈도 없어졌다.

그는 책상 위의 전화로 다시 크리스틴에게 전화를 걸었다.

"늦은 시간에 미안해요. 당신의 X-ray 사진을 자세히 검토해보니 약간 나쁜 데가 있는 것 같아서요. 그래서 아주 작은 부분을 좀 더 자세히 조사해보고 싶은데 내일 아침쯤 한 번 더 와주지 않겠소?"

"아침은 안 돼요. 이틀 동안 학교를 쉬었기 때문에 더 이상 쉬고 싶지 않아요."

크리스틴이 대답했다.

그래서 두 사람은 3시 반에 만나기로 약속했다. 마틴은 절대 기다리게 하지 않을 테니 병원에 오면 곧바로 자기 방으로 오라고 말했다.

전화를 끊은 다음 마틴은 의자에 등을 기대고 오늘 하루의 일을 되돌아보았다. 매너하임과 드레이크와의 대화에는 화가 났으나 그들의 성격상 그것은 별로 대수롭지 않았다. 그러나 골드블래트와의 대화는 달랐다.

그는 지금까지 상사로부터 공격을 당하리라고는 꿈에도 생각하지 못했었다. 4년 전 그를 신경방사선과 부과장으로 지명한 것은 골드블래트였다. 그러므로 그 공격은 도저히 이해할 수가 없었다. 만약 골드블래트가 컴퓨터 작업에 적의를 품고 있다면 마틴과 마이클스가 예상하고 있었던 것보다도 두 사람 사이에 더 심각한 분쟁이 일어날 것은 의심할 여지가 없었다.

생각이 거기에 미치자 마틴은 자세를 고쳐 앉은 다음 새로운 방사선학 진단법의 가능성을 보고서로 만들어 놓은 환자들의 리스트를 다시 한 번 살펴봐야겠다고 생각했다. 이 새로운 진단기술을 확실히 해놓는 것이 중요한 일이라고 생각했기 때문이다. 그는 리스트를 찾아서 거기에 크리스틴 린퀴스트의 이름을 추가했다.

골드블래트가 새로운 컴퓨터장치를 싫어하고 있다는 것은 이해할 수 있지만 그의 태도는 여전히 이해할 수가 없었다. 어쩌면 매너하임과 드레이크가 한패가 되고, 골드블래트가 매너하임의 편을 들고 있는 것이 아닐까. 만약 그렇다면 어떤 심상치 않은 사태가 일어나게 될지도 몰랐다. 무엇인가 굉장히 기괴한 일이.

마틴은 다시 자리를 고쳐앉아 그 리스트를 살펴보았다. 마리노, 루커그, 콜린스, 맥카시, 그리고 린퀴스트. 맥카시의 이름 뒤에는 자기가 쓴 '신경외과 실험실'이라는 글씨가 있었다. 매너하임이 정상적인 절차를 밟지 않는다면 그리고 그렇게 하지 못할 이유가 없었다.

마틴은 어두운 방에서 밝은 복도로 나왔다. 즐비하게 늘어서 있는 X-ray 투시실 맞은편에 그가 찾고 있는 것이 있었다. 그것은 잡역부들이 사용하는 청소차였다.

늦게까지 일하는 습관 때문에 마틴은 청소원들과 사귈 수 있는 기

234

회가 많았다. 그들은 몇 번이나 그가 방에 있을 때 들어와서 청소해주면서, 박사님은 책상 밑에서 사는 것 같다고 농담을 하기도 했었다. 한 사람은 백인, 한 사람은 흑인인 20대 중반의 두 남자와 푸에르토리코와 아일랜드 출신인 2명의 연상의 여성들로 구성된 매우 유쾌한 사람들이었다. 마틴은 그들 중 아일랜드 여자와 얘기를 나누려는 것이었다. 그녀는 14년 동안이나 이 병원에서 일해 왔는데 명목상으로는 감독이었다.

마틴은 그 패거리가 X-ray 투시실의 한 방에서 커피를 마시고 있는 것을 발견했다.

"잠깐만, 디어리!"

마틴은 그녀를 불렀다. 디어리는 그녀의 별명인데 그녀가 항상 다른 사람을 그렇게 부르고 있기 때문에 붙여진 것이었다.

"혹시 신경외과 실험실에 들어갈 수 있나?"

"나는 마약실 외에는 병원의 어디든 들어갈 수 있어요."

"디어리는 좋겠어. 그럼 당신이 거절할 수 없는 부탁을 좀 해야겠군. 그 방에 X-ray 사진을 찍어야 할 표본이 있는데 그것을 가져올 수 있도록 15분 동안만 열쇠를 좀 빌려줘요. 그 대신 CAT 검사를 공짜로 해줄 테니까."

그러자 그녀는 1분 동안이나 깔깔거리며 웃었다.

"이것을 빌려주고 싶지는 않지만 다름 아닌 박사님의 부탁이니 어쩔 수 없죠…… 방사선과 청소가 끝날 때까지는 돌려주세요. 20분만 시간을 드릴 테니까."

마틴은 와트슨 연구소의 빌딩으로 통하는 터널 길을 택하기로 했다. 아무도 없는 로비에 엘리베이터가 서자 그는 즉시 그것을 타고 목표하는 층의 단추를 눌렀다. 어수선하게 펼쳐져 있는 인구 과잉의 도시, 그중 이 바쁜 병원의 한가운데 있으면서도 마틴은 마치 혼자 떨어져 있는 것 같은 고립감을 맛보았다. 아침 9시부터 저녁 5시까지 연구가 끝난 빌딩 안은 매우 한산했다. 들리는 소리라고는 엘리베이터가 위로 올라갈 때 그 공간에서 들려오는 바람소리뿐이었다.

이윽고 문이 열리자 그는 불빛이 드문드문 켜져 있는 로비로 나갔다. 비상구를 빠져나가자 빌딩의 끝에서 끝으로 관통되어 있는 긴 복도가 있었다. 에너지를 절약하기 위해 불은 거의 꺼놓고 있었다. 디어리가 빌려준 열쇠는 하나가 아닌 놋쇠 고리에 끼워놓은 한 다발이 전부였기 때문에 인기척이 없는 빌딩의 정적을 깨뜨리고 짤랑짤랑 소리를 내고 있었다.

신경외과 실험실은 복도 끝에 가까이 있는 왼쪽의 세 번째 문이었다. 마틴은 그곳으로 다가감에 따라 긴장감을 느꼈다. 문은 금속제로 되어 있었는데 가운데 부분이 젖빛 유리로 되어 있었다. 그는 어깨너머로 주위를 살펴본 다음 열쇠를 끼웠고, 문이 열렸다. 마틴은 재빨리 안으로 들어가 문을 닫았다. 자신의 불안해하는 모습을 스스로 비웃었지만 초조감만 더해질 뿐 아무 소용도 없었다. 그는 마침내 자신을 비열한 좀도둑이라고 여기기로 했다.

전등의 스위치를 켜자 뜻밖에 큰소리가 나면서 즐비하게 늘어서 있는 형광등이 거대한 연구실을 일제히 비추었다. 개수대와 가스대, 그리고 연구용 유리기구 등을 몇 단씩이나 얹어놓은 큰 진열대가 방의 반을 차지하면서 두 줄로 늘어서 있었다.

방의 끝 쪽은 동물 전용의 현대식 수술실이었는데 넓이는 병원 수술실의 4분의 3쯤 되는 것 같았고 수술등과 작은 수술대, 그리고 마취용 기계까지 갖추어져 있었다.

수술실 바닥에 타일로 되어 있는 것 이외에는 실험실과 별반 다를 것이 없었다. 모두가 훌륭한 설비여서 매너하임의 보조금을 타내는 솜씨를 단적으로 드러내고 있었다.

어디에다 뇌의 표본을 보관하고 있는지 마틴은 전혀 알 수가 없었으나 틀림없이 수집한 뇌가 한두 개는 아닐 것으로 생각하고 될 수 있는 한 큰 선반을 찾아보기로 했다. 그러나 그 어느 곳에도 그것은 보이지 않았다. 그때 그는 수술실 뒤편으로 또 하나의 문이 있는 것을 발견했다. 거기에는 철망이 쳐져 있는 깨끗한 유리창이 끼워져 있었다. 마틴은 그 창문에 얼굴을 대고 어두운 실내를 들여다보았다. 문 바로 근처에는 유리 항아리가 얹힌 책장이 즐비하게 늘어서 있고 그 항아리에는 보존액에 담가놓은 뇌가 들어 있었다.

시간이 지남에 따라 마틴은 불안감이 더해 가는 것을 느꼈다. 뇌가 들어 있는 유리병을 발견한 순간 그는 맥카시의 뇌를 찾아내어 한시라도 빨리 이곳을 떠나야겠다고 생각하고 문을 열고 들어가 재빨리 라벨을 살펴보았다. 동물의 강렬한 냄새가 코를 찔렀다. 왼쪽 어둠 속에 짐승우리의 모습이 희미하게 보였다. 그러나 그의 신경은 유리병에만 집중되어 있었다.

유리병 하나하나에는 이름과 번호, 날짜를 적은 라벨이 붙어 있었다. 날짜는 틀림없이 환자가 죽은 날일 거라고 생각하면서 마틴은 유리병이 늘어서 있는 긴 줄을 따라 재빨리 걸음을 옮겼다. 불빛은 문에 붙어 있는 유리창을 통해서만 들어오기 때문에 걸음을 옮길 때마다 유리병에 코를 갖다 대고 들여다보지 않으면 안 되었다. 맥카시의 유리병은 방의 맞은편 끝에 있는 출구 옆에 있었다.

그가 표본을 집으려고 다가선 순간, 갑자기 찢어지는 듯한 날카로운 소리가 좁은 방안에 울려퍼졌다. 마틴은 흠칫하고 뒤로 물러섰다. 이어 금속끼리 부딪치는 소리가 들렸다. 그는 본능적으로 방어자세를 취하며 돌아섰지만 미처 다리가 움직이지 않아서 어깨를 벽에 부딪치고 말았다. 다시 날카로운 비명이 공기를 뒤흔들었다. 그러나 누가 덤벼드는 것 같은 기척은 없었다.

눈을 가늘게 뜨고 어둠 속을 유심히 살펴보니 우리에 갇힌 원숭이의 잔뜩 화난 얼굴이 보였다. 새카만 눈은 이글이글 불타고 있었고 입술은 말려 올라가 이를 드러내고 있었다. 우리의 쇠창살을 물어뜯다가 그랬는지 이가 2개나 부러져나간 상태였다. 원숭이의 머리 위에는 색색의 스파게티 같은 전선다발이 몇 개나 튀어나와 있었다.

마틴은 자기가 보고 있는 것이 매너하임과 그 일당이 만들어놓은 분노에 찬 괴물이라는 것을 알아차렸다. 매너하임의 최근의 관심은 동물의 노여움의 반응과 관련이 있는 뇌의 부위를 정확하게 알아내는 연구였는데, 그것은 이제 이 병원에서는 모르는 사람이 없으리만큼 유명한 얘기가 되어 있었다. 그런 중추는 단독으로는 존재하지 않는다고 다른 연구자들이 아무리 말해도 매너하임은 결코 단념하려고 하지 않았다.

어둠에 눈이 익숙해지자 마틴은 많은 우리를 볼 수 있었다. 우리마다 여러 형태로 머리를 깎인 원숭이가 갇혀 있었는데, 그중에는 아예 두개골 후반부를 완전히 반구형의 투명유리로 대체하고 그 안에 수백 개나 되는 전극을 꽂아놓은 것이 비쳐 보이는 것도 있었다. 또 뇌백질 절제술을 받아 완전히 얌전해진 원숭이도 있었다.

마틴은 간신히 자세를 가다듬고 여전히 소리를 지르기도 하고 덜컹

덜컹 우리를 흔들기도 하는 원숭이를 지켜보면서 일부분을 떼낸 흔적이 있는 맥카시의 뇌가 들어 있는 유리병을 들어올렸다. 병 뒤편에 고무밴드로 묶어놓은 슬라이드가 놓여 있었다. 마틴은 그것도 집어들었다. 막 나오려고 하는데 실험실 바깥문이 열리고 닫히는 소리가 나더니 이어서 두런거리는 사람의 목소리가 들려왔다.

마틴은 공포에 질린 채 유리병과 슬라이드와 열쇠꾸러미를 간신히 들고 동물 우리 뒤쪽의 문을 열었다. 눈앞에는 비상계단이 끝없이 아래쪽으로 이어져 있었다.

마틴은 계단의 맨꼭대기에서 걸음을 멈추었다. 달아나는 것이 최선의 방법은 아니라는 생각이 들었다. 그는 문이 완전히 닫히기 전에 얼른 손잡이를 잡고 실내로 들어갔다.

"마틴 박사님!"

놀라서 소리친 것은 경비원이었다. 그의 이름은 피터 쇼바니안이었는데 원내 대항 농구팀의 일원이었으며, 이따금 밤늦게 마틴과 얘기를 나눈 적도 있는 사나이였다.

"도대체 여기서 뭘 하고 계십니까?"

"요기라도 할까 하고."

마틴은 정색을 하고 말하면서 뇌 표본이 들어 있는 유리병을 들어 보였다.

"아으으."

쇼바니안은 얼굴을 돌리면서 말했다.

"저는 여기서 일하기 전에는 정신과 선생님들만 괴짜인 줄로 알았어요."

"사실대로 말하면."

마틴은 후들거리는 다리를 간신히 내디디며 앞으로 나왔다.

"이 표본의 X-ray 사진을 좀 찍으려고. 오늘 인수하기로 되어 있었는데 받지 못해서……."

마틴은 처음 보는 또 한 사람의 경비원에게 고개를 끄덕여 보이면서 말했다.

"여기에 오시겠다는 연락을 미리 좀 해주셨어야죠. 현미경 몇 대를 도둑맞았기 때문에 요즘은 저희들이 엄중하게 단속을 하고 있는 중이에요."

마틴은 야간 당직을 하고 있는 방사선 촬영기사의 의견을 듣기 위해 응급실의 외상환자에 대해 할 얘기가 있으니 신경방사선과로 좀 와달라고 말했다. 그 혼자서 일부가 떼어내어진 맥카시의 뇌를 종이판 위에 올려놓고 직접 X-ray 사진을 찍어 현상해보았으나 계속 실패했기 때문이다. 아무리 해봐도 사진이 제대로 나오지 않아 뇌의 내부 구조를 확인하기가 어려웠다. 방사선 투과량을 낮춰보았으나 역시 마찬가지였다.

불려온 기사는 뇌를 한번 보고 얼굴이 새파랗게 질려서 손도 대려고 하지 않았다. 그가 가버린 뒤 마틴은 어디가 잘못되었는지 결론을 내렸다. 뇌는 포름알데히드에 담가놓았는데도 불구하고 X-ray로 진단하기가 어려울 정도로 내부구조가 변질되어 있는 것이 틀림없었다. 마틴은 뇌를 유리병 속에 도로 집어넣고 슬라이드 다발을 챙겨 병리과로 갔다.

병리과 연구실은 잠겨 있지는 않으나 아무도 없었다. 만약 누군가가 현미경을 훔치려고 한다면 여기가 바로 절호의 장소겠구나 하고 마틴은 생각했다. 부검실의 문을 열어보았지만 거기에도 역시 아무도 없었다.

현미경을 일렬로 늘어놓고 그 옆에 구술용 녹음기를 한 대씩 설치해놓은 중앙의 긴 테이블을 따라 걸으면서 마틴은 처음으로 자신의 혈액을 채취하여 들여다보던 날의 일을 떠올렸다. 그때 자신의 슬라이드를 보고 백혈병이 아닐까 하고 흠칫했었다. 의대 재학시절에는 한시도 온갖 질환들이 머리에서 떠나지 않았기 때문에 그도 역시 거의 모든 병에 걸려 있는 것 같은 느낌이 들었다.

방 안쪽으로 들어가다가 그는 분젠버너 위에서 비이커에 담긴 물이 팔팔 끓고 있는 것을 보았다. 그는 유리병과 슬라이드를 내려놓고 누군가가 나타나기를 기다렸다. 이윽고 굉장히 뚱뚱한 병리과 레지던트가 어기적거리며 들어왔다. 방에 누가 있으리라고는 생각지 못했는지 바지의 지퍼를 올리면서 들어오던 그는 마틴을 발견하고 멋쩍은 표정을 지었다. 그의 이름은 벤저민 반즈라고 했다.

마틴은 자기소개를 한 다음 손을 좀 빌려줄 수 있겠느냐고 물었다.

"손을 빌리다니, 무슨 일인데요? 난 지금 부검만 끝내면 좀 쉬려고 하는데."

"여기 슬라이드가 몇 장 있는데 이것을 대충 좀 봐줄 수 없을까?"

"현미경은 얼마든지 있는데 왜 직접 보지 않는 거죠?"

아무리 다른 과 소속이라고 하더라도 간부 중 한 사람인데 너무 건방진 말투라고 생각했다. 하지만 마틴은 필사적으로 자신의 짜증을 억눌렀다.

"겨우 1, 2년 해봤을 뿐이어서. 더구나 이것은 뇌란 말이야. 난 뇌는 약하거든."

"내일 아침 신경병리가 나올 때까지 기다리는 게 좋지 않을까요?"

"아냐, 아무래도 빨리 결과를 알아야겠어."

마틴은 뚱뚱한 사람치고 쾌활한 사람을 본 적이 없었다. 이 병리의 레지던트도 그런 인상을 더 깊게 해주었다.

반즈는 마지못해 슬라이드를 받아서 그 한 장을 현미경 밑에 올려놓고 한동안 들여다보더니 다른 슬라이드까지 모두 집어서 보았다. 슬라이드를 전부 보는 데는 10분이나 걸렸다.

"재미있군. 여기, 여기를 좀 들여다봐요."

그는 마틴이 볼 수 있도록 자리를 비켜주었다.

"뻥 뚫린 곳이 보이죠?"

"응."

"전에 신경세포가 있던 자리예요."

마틴은 반즈의 얼굴을 쳐다보았다.

"이 붉은 색연필로 표시한 슬라이드는 모두 뉴런(neuron ; 신경단위)이 없어졌거나 있어도 형태가 망가뜨려져 있는 것들이에요."

레지던트가 설명했다.

"그런데 이상한 것은 염증 소견이 없다는 거예요. 뭔지는 모르겠지만, 아무튼 이렇게밖에는 말할 수가 없을 것 같아요. 병인 불명의 '다발 병소성, 분리성 뉴런 괴사'라고요."

"그 원인을 추측해보고 싶지 않은가?"

마틴이 물었다.

"아뇨."

"다발성 경화증이라고 하면 어떨까?"

그러자 레지던트는 이마에 주름을 잡으면서 이상한 얼굴을 했다.

"어쩌면 그럴 수도 있겠죠. 다발성 경화증일 경우에는 회백질에 병변이 있는 경우도 있지만 보통은 백질에만 있으니까. 하지만 그런 경우에도 이렇게 보이지는 않아요. 좀 더 염증이 있어야 한단 말이에요. 아무튼 그것을 확인하려면 마이엘린 염색을 해보는 수밖에 없어요."

"칼슘일 가능성은 없을까?"

X-ray 음영에 영향을 미치는 물질이 그리 많지 않다는 것을 마틴은 알고 있으나 칼슘도 전혀 생각하지 못할 것은 없었다.

"칼슘이라고 생각되는 것은 눈에 띄지 않아요. 다시 말하지만 염색을 해봐야만 확실한 것을 알 수 있어요."

"한 가지 더 부탁이 있네. 후두엽에서 약간만 슬라이드를 만들어주지 않겠나?"

"슬라이드만 봐달라고 했었잖아요."

반즈가 말했다.

"그랬지. 그냥 자르기만 해주게. 보지는 않아도 되니까."

오늘은 재수가 없는 날이라고 생각되었다. 이 흐리멍덩한 레지던트를 언제까지나 상대하고 있을 수는 없다고 마틴은 생각했다.

반즈는 더 이상 잔소리를 늘어놓을 생각은 없는 것 같았다. 그는 유리병을 들고 또 어기적거리면서 부검실로 들어갔다. 마틴도 그 뒤를 따라갔다.

반즈는 국자를 들고 포름알데히드 속에서 뇌를 떠내더니 개수대 옆에 있는 스테인리스 판 위에 놓았다. 그리고 부검에 쓰는 큰칼을 들고 어떤 곳을 자르느냐고 마틴에게 물은 다음 1센티미터 정도의 너비로 몇 장을 자르더니 그것을 파라핀으로 굳혔다.

"이것을 절편으로 만들려면 내일이나 돼요. 어떤 종류의 염색을 할까요?”

“자네 맘대로, 될 수 있는 대로 여러 가지가 좋겠어. 그리고 마지막
으로 하나만 더 묻겠는데, 야간에 저 시체안치소에서 일하는 그 별난
친구를 아는가?”

“워너 말인가요?”

마틴은 고개를 끄덕였다.

“조금 알아요. 좀 괴짜이기는 해도 믿을 수 있는 좋은 사람이에요.
벌써 몇 년째 근무하고 있죠.”

“뇌물을 받아먹거나 하는 일은 없을까?”

“그런 것은 모르겠어요. 하지만 그 사람한테 무엇 때문에 뇌물을 줄
까요?”

“여러 가지가 있지. 뇌하수체에서는 성장호르몬을 채취할 수 있고,
금니도 있고, 특별한 편의를 봐주고 받을 수도 있고.”

“모르겠어요. 그렇다 해도 나와는 상관없는 일이고요.”

신경외과 실험실에서 극도의 긴장감을 느낀 뒤여서인지 마틴은 아
직도 불안한 기분으로 지하의 시체안치실로 향하는 붉은 선을 따라
걸어갔다. 그 바깥쪽에 있는 동굴처럼 어둡고 거대한 방은 무시무시
한 고딕시대의 완벽한 무대장치 같았고, 소각로 문에 끼워져 있는 석
영의 창은 마치 외눈박이 거인 큐클로프스의 눈을 연상하게 했다.

“부탁이야, 마틴. 도대체 왜 이러는 거야?”

마틴은 자칫하면 허물어지려는 자신감을 되찾으려고 자신에게 말
했다. 시체안치소는 어젯밤과 마찬가지로 전구가 없는 갓만 매달려
있어서 그 방의 풍경을 더욱 으스스하게 만들었다. 뿐만 아니라 시체

썩는 냄새도 약간씩 풍기고 있었다. 냉동실 문이 약간 열려 있었는데 문 틈으로 새어나오는 불빛에 차가운 김이 함께 흘러나오고 있었다.

"워너!"

마틴은 큰소리로 불렀다. 그 목소리는 타일을 바른 실내에 메아리쳤다. 그러나 응답이 없었다. 마틴은 방으로 들어갔다. 등 뒤에서 문이 쾅 하고 닫혔다. 정적을 깨뜨리고 있는 것은 수도꼭지에서 떨어지는 물소리뿐이었다.

그는 혹시나 하고 냉동실로 다가가서 안을 들여다보았다. 워너가 시체 하나와 씨름을 하고 있는 중이었다. 워너는 벌거벗은 뻣뻣한 시체를 들어 올려서 스트레처카에 실으려고 하다가 밑으로 떨어뜨린 것 같았다. 거들어줄 수도 있었지만 마틴은 그냥 그 자리에 서서 그것을 지켜보고 있었다. 이윽고 워너가 간신히 시체를 스트레처카에 싣는 것을 보고 마틴은 냉동실 안으로 들어갔다.

"워너!"

마틴의 목소리에는 정감이 없었다.

그가 부르자 워너는 무릎을 구부리더니 두 손을 쳐들었다. 마치 정글의 짐승이 습격할 때와 같은 자세였다. 마틴이 너무 놀라게 했던 것이다.

"잠깐 얘기 좀 했으면 좋겠소."

마틴이 고압적인 목소리를 내려고 했으나 자신이 듣기에도 힘이 없었다. 시체들 사이에 들어가 있었기 때문에 아무래도 자신감이 사라진 것이다.

"당신 입장은 이해하고 있기 때문에 여기서 복잡한 문제를 일으킬 생각은 없소. 다만 알고 싶은 것이 있어요."

상대가 마틴라는 것을 알고 워너는 안심을 한 것 같았으나 그래도 역시 움직이지 않았다. 숨이 하얀 증기가 되어 그의 입에서 새어나오고 있었다.

"나는 리사 마리노의 뇌를 꼭 찾아야겠소. 누가 무엇 때문에 가지고 갔는지, 그런 것은 알고 싶지도 않아요. 다만 연구 자료로 삼기 위해 조사해보고 싶을 뿐이오."

그래도 워너는 꼼짝하지 않았다. 하얀 숨만 보이지 않는다면 시체와 조금도 다를 것이 없었다.

"알겠소? 돈을 주겠단 말이오."

그는 지금까지 한번도 남에게 뇌물을 줘본 적이 없었다.

"얼마나?"

"100달러."

"마리노의 뇌 같은 것은 난 몰라."

마틴은 얼어붙은 것 같은 상대방의 표정을 바라보았다. 이런 곳에서는 어떻게 해볼 수도 없을 것 같았다.

"좋소. 만약 갑자기 생각이 떠오르면 방사선과 내 방으로 전화를 해주시오."

그리고 몸을 돌려 냉동실에서 나왔으나 어느 사이엔가 엘리베이터를 향해 달리고 있는 자신을 발견했다.

데니스의 아파트 현관에 들어선 마틴은 문패들을 살펴보았다. 데니스의 방이 어디쯤인지는 대충 알고 있었으나 워낙 가구 수가 많아서 올 때마다 약간은 더듬거리지 않으면 안 되었다. 그는 검은 버튼을 누른 다음 버저가 울리며 철컹 하고 문이 열릴 때까지 손잡이를 잡고 기다렸다.

누군가가 저녁식사에 양파를 튀기고 있는지 냄새가 온 건물 안에 풍기고 있었다. 마틴은 계단으로 올라가기로 했다. 엘리베이터가 있었지만 다른 층에 가 있다면 1층 로비까지 내려오는데 시간이 걸리기 때문이었다. 데니스는 3층에서 살고 있었기 때문에 계단을 올라가는 것이 별로 힘들지 않았다. 그러나 거의 다 올라갔을 무렵 그는 자신이 몹시 지쳐 있다는 것을 깨달았다. 오늘은 참으로 길고 괴로운 하루였다.

데니스는 다시 한 번 변신해 있었다. 목욕을 한 뒤 잠깐 눈을 붙였을 뿐이라고 말했는데 전혀 피로한 기색이 보이지 않았다. 그녀는 윤기나는 머리를 부드러운 웨이브 그대로 내려뜨리고 있었다. 또 핑크색 새틴 캐미솔에 거기에 어울리는 짧은 바지를 입고 있었는데, 그 나머지는 충분히 남자의 상상에 맡길 수 있는 여지를 남기고 있었다.

그녀의 모습을 보자 마틴은 왠지 피로가 풀리는 것 같았다. 그는 그녀가 여성적인 매력을 지적인 능력으로 소화해내고 있다는 것을 잘 알고 있었다. 그래도 병원에서 보여주는 그 탁월한 직업의식을 어떻게 이렇게 깨끗이 벗어버릴 수 있는지 놀라지 않을 수 없었다. 매우 보기 드물고 멋진 행동이었다.

두 사람은 문 앞에서 포옹을 한 다음 말없이 팔짱을 끼고 침실로 들어갔다. 마틴은 그녀를 안아 침대에 눕혔다. 처음에는 그가 하는 대로 얌전하게 따르고 있던 데니스도 차츰 상대의 열정적인 행동을 즐기다가 나중에는 자진해서 그 행위에 가담했다. 그리고 그들의 정열은 차츰 상승작용을 일으켜 서로가 만족할 때까지 그칠 줄을 몰랐다.

그들은 행위가 끝난 후에도 침대에 나란히 드러누워 한동안 그 기뺨을 나누었다. 마침내 마틴은 팔꿈치를 짚고 몸을 일으키고는 손가락으로 그녀의 코를 만지기도 하고 입술을 더듬기도 했다.

"우리는 이제 도저히 어떻게 할 수 없는 데까지 와버린 것 같군."

그는 미소를 지으면서 말했다.

"나도 그렇게 생각해요."

"몇 주 전부터 증상은 있었지만 이틀 전에야 확실한 진단을 내릴 수 있었어. 사랑해, 데니스."

그녀에게 있어서 그 말은 최고의 의미를 지니고 있었다. 마틴은 지금까지 자신에 대해 신경 쓰고 있다는 말은 한 적이 있어도 사랑한다고 말한 적은 없었다.

두 사람은 가볍게 키스를 했다. 비록 말은 하지 않았지만 두 사람의 친밀함에는 새로운 무게가 실리게 되었다.

"당신을 사랑하지만 한 가지 걱정이 있어. 의학이 과거의 부부관계를 망가뜨리고 말았는데 그것이 다시 되풀이될까 봐 겁이 나."

"난 그렇게 생각하지 않아요."

"글쎄. 차츰 요구되는 것이 많아지면 그 때문에 꼼짝달싹도 하지 못하게 될지도 모르니까."

"하지만 전 그런 요구를 이해할 수 있어요."

"난 당신이 이해한다고 확신할 수 없어. 아직은 아니야."

이렇게 말하면 거드름을 피우는 것 같았지만, 그녀가 지금은 의사라는 직업에 동경을 품고 있어도 한 부서를 운영해 나가면서 매일같이 반복되는 고된 일이 생쥐들의 경주 같은 다른 직업과 다를 바가 없다는 것을 미리 알려주어야 했다. 두 사람의 관계를 공격하던 골드블래트의 기분 나쁜 말도 아직 마틴의 가슴속에 무겁게 가라앉아 있었다.

그의 걱정도 결코 기우만은 아닌 것이다.

"당신이 생각하고 있는 것보다 난 더 잘 알고 있다고 생각해요. 당신은 이혼한 다음부터 많이 변한 것 같아요. 예전에는 자신의 직업에서 충족감과 자신감을 가지고 있었을 거예요. 하지만 지금은 친밀한 인간관계에서 더욱 큰 만족을 얻을 수 있다고 생각하죠?"

한동안 침묵이 흘렀다. 마틴은 데니스의 예리한 통찰력도 통찰력이지만 자신의 마음속을 꿰뚫어보고 있는 그녀의 날카로운 지적에 놀라움을 금치 못했다. 그 침묵을 깨뜨린 것은 데니스였다.

"다만 한 가지 알 수 없는 것이 있어요. 만약 당신이 이 병원을 그만두고 달리 살아갈 방법을 찾고 있다면 왜 그 연구에서 손을 떼려고 하지 않는 거죠?"

"그것이 내가 자유로워질 수 있는 열쇠가 되기 때문이야."

마틴은 그녀를 바짝 끌어당겨 안으면서 말했다.

"당신은 내게 성취해야 할 목표가 되었어. 그리고 연구는 의학에서 내가 필요로 하는 것을 손에 넣게 해줄 뿐만 아니라 당신과 함께 지낼 수 있는 시간도 만들어주기 때문이야."

두 사람은 다시 솟아오르는 애정을 확인이라도 하듯이 키스를 교환했다. 그러나 껴안고 드러누워 있는 동안에 피로를 느끼기 시작한 두 사람은 이 정도에서 잠을 자지 않으면 안 된다는 것을 알았다.

데니스가 양치질을 하러 간 사이에 마틴은 수수께끼에 싸여 있는 린 앤의 실종사건을 떠올렸다. 닫혀 있는 욕실 문을 힐끗 바라본 그는 병원에 전화를 해봐야겠다고 생각했다. 린 앤이 응급실을 통해 입원한 직후에 전원하게 된 경위를 간호사에게 떠올리게 해야겠다고 생각한 것이다.

전화를 받은 간호사는 환자가 입원수속을 끝내자마자 바로 전원을 했기 때문에 그것을 금방 기억해냈다. 환자가 어디로 전원했는지 아느냐고 묻자 간호사의 대답은 모르겠다는 것이었다. 마틴은 고맙다는 인사를 한 다음 전화를 끊었다.

그는 침대 안에서 데니스의 등에 달라붙듯이 몸을 웅크렸으나 좀처럼 잠을 이룰 수가 없었다. 그는 머리에 전극을 꽂고 있는 원숭이의 기분 나쁜 모습을 그녀에게 얘기하고, 매너하임이 얻은 지식이 과연 그만한 희생을 치러야 할 만한 가치가 있는지 그녀의 생각을 물었다. 그러나 데니스는 막 잠 속으로 빠져들던 참이었으므로 입 속으로만 뭐라고 중얼거릴 뿐이었다. 잠이 완전히 달아나버린 마틴은 대학의 산부인과 외래를 찾아갔을 때의 일을 떠올렸다.

"이봐, 당신은 우리 병원 산부인과 외래에 가본 적이 있어?"

그는 팔꿈치로 몸을 지탱한 다음 데니스를 반듯이 눕혀놓고 물었다. 그녀가 눈을 떴다.

"아뇨, 없어요."

"난 오늘 가봤는데 거기는 굉장히 이상한 느낌이 들더군."

"그래요? 그건 무슨 뜻이죠?"

"모르겠어. 말로는 잘 표현할 수가 없지만 아무튼 나도 다른 산부인과에는 별로 가본 적이 없어서……."

"어디든지 당신한테는 틀림없이 즐거운 곳일 거예요."

데니스는 빈정거리듯이 말하고는 등을 홱 돌렸다.

"한 가지 부탁이 있는데, 산부인과를 한번 살펴봐주지 않겠어?"

"환자 행세를 하란 말인가요?"

"어쨌든 상관없어. 거기에 있는 사람들을 어떻게 생각하는지, 당신의 의견이 듣고 싶단 말이야."

"좋아요. 정기검사가 좀 늦어졌어요. 거기서 받으면 되겠네요. 아무튼 내일 전화해볼게요."

"고마워."

마틴은 그렇게 말한 다음 마침내 잠을 자기로 했다.

그를 쫓는 자는 누구인가

데니스가 잠에서 깨어나 시계를 움켜쥔 것은 7시가 지나서였다. 그
녀는 시간을 보고 흠칫했다. 마틴이 늘 6시 이전에 일어나기 때문에
자명종을 맞춰놓지 않았던 것인데 그가 그만 늦잠을 자버린 것이다.
그녀는 이불을 걷어차고 욕실로 뛰어 들어가 샤워를 했다. 마침 마틴
이 눈을 떴을 때 복도를 달려가고 있는 그녀의 발가벗은 등이 보였다.
하루의 시작으로서는 매우 근사한 구경거리였다.

그 늦잠은 마틴에게 있어 이전의 생활에 저항하는 계획적인 표명이
었다. 그는 따뜻한 침대 속에서 늘어지게 기지개를 켠 뒤 다시 잠을 청
해볼까 하다가 데니스와 함께 샤워를 하는 것이 더 좋겠다고 생각했
다. 그러나 그가 욕실에 들어섰을 때는 데니스가 이미 샤워를 마쳤기
때문에 그 안에서 장난을 칠 수가 없었다. 그는 억지로 샤워실에 끼어
들었으나 그녀는 오전 8시의 임상병리 간담회에 X-ray 사진을 제출하
지 않으면 안 되기 때문에 상당히 초조한 기분이었다.

"다시 한 번 사랑을 나누는 게 어때?"

마틴이 은근하게 말했다.

"의사가 지각했을 때의 변명 정도는 가르쳐줄게."

그러나 데니스는 목욕가운을 마틴의 머리에 뒤집어씌우고 욕실에서 나갔다. 그리고 몸을 닦으면서 샤워소리 너머로 마틴에게 말을 걸었다.

"당신이 적당한 시간에 일을 마칠 수 있다면 오늘 저녁엔 내가 식사를 준비할게요."

"뇌물은 사절이야!"

마틴은 큰소리로 외쳤다.

"맥카시의 뇌 절편이 어떻게 되었는지 병리과에 알아보러 가야 하고, 크리스틴 린퀴스트의 측면 단층촬영과 CAT 검사도 해야 하고, 뿐만 아니라 묵은 사진도 더 많이 컴퓨터에 넣어봐야 하고, 이래저래 오늘은 내 연구에서 제일 중요한 날이야."

"당신은 너무 옹고집인 것 같아요."

"억지지."

"그건 그렇고, 난 언제 산부인과에 가면 되죠?"

"될 수 있는 대로 빠른 것이 좋아."

"좋아요. 내일 갈게요."

데니스가 헤어드라이어를 사용하기 시작하자 얘기는 전혀 할 수 없게 되었다. 마틴은 샤워실에서 나와 데니스의 일회용 면도칼로 면도를 했다. 이리하여 두 사람은 좁은 욕실에서 서로에게 방해가 되지 않으려고 이리저리 댄스를 추지 않으면 안 되게 되었다.

데니스는 거울에 얼굴을 밀어붙이듯이 하고 눈화장을 하면서 마틴에게 물었다.

"X-ray의 그 이상한 음영의 원인을 당신은 뭐라고 생각해요?"

"나도 모르겠어. 그래서 병리에다 절편을 만들어달라고 한 거야."

마틴은 자신의 금발을 매만지면서 대답했다. 데니스는 뒤로 물러서서 화장상태를 확인하면서 말했다.

"다발성 경화증과 같은 특수한 병과 연결시켜 생각하기보다는 오히려 그 원인을 규명하는 것이 선결문제가 아닐까요?"

"당신 말이 맞아. 다발성 경화증이라는 착상은 차트에 그 말이 있었기 때문이야. 물에 빠진 놈이 지푸라기라도 잡는다는 식이었지. 그런데 당신 이거 알아? 방금 내게 또 다른 아이디어를 가르쳐줬어."

마틴은 터널을 지나 옛날 의대 건물로 들어갔다. 큰길에서 들어가는 입구는 폐쇄된 지가 오래되었다. 로비로 통하는 계단을 올라가면서 장래가 약속되고 희망에 가득 차 있던 학생시절을 떠올리자 그는 매우 감상적이 되었다.

닳아서 다 떨어져 가는 붉은 가죽을 댄 나무문 앞에서 그는 걸음을 멈추었다. 정교하게 '의과대학'이라고 쓰인 글씨도 그 위에 아무렇게나 못질해놓은 생나무 널빤지 때문에 훼손되어 있었고, 그 밑에는 두꺼운 종이가 압핀으로 꽂혀 있었는데 거기에는 '의과대학은 버거관으로 이전했음'이라고 쓰여 있었다.

금방이라도 부서져 내릴 것 같은 낡은 문을 들어서자 다 떨어져 나간 실내 장식물이 보였다. 그리고 철거도 마치기 전에 예산이 바닥나서 오크나무로 만든 벽판이 경매에서 처분되었고, 그 후에 황폐하게 버려져버린 현관이 있었다.

마틴은 전에 안내소가 있었던 근처의 돌 부스러기 따위를 치운 통로를 걸어가 휘어진 계단을 올라갔다. 그 위에서 현관을 내려다보니 그 앞의 큰길에서 들어오는 입구에 빗장이 걸려 있는 것이 보였다. 문에는 쇠사슬이 감겨 있었다.

그가 찾아가는 곳은 배로우 계단 강당이었다. 거기에 가보니 '컴퓨터과학부, 인공지능과'라고 쓰인 새로운 표지판이 붙어 있었다. 마틴은 문을 열고 난간 역할을 하고 있는 쇠파이프가 있는 곳까지 걸어가서 반원형의 강당을 내려다보았다. 의자들은 모두 치워지고 없었고, 대신 여기저기에 높다랗게, 또는 나지막하게 온갖 종류의 장비들이 적당한 간격을 두고 배치되어 있었다.

맨 밑의 바닥에는 마이클스가 마틴의 연구실로 가져온 소형 컴퓨터와 비슷하게 만들어진 대형 컴퓨터 2대가 설치되어 있었다. 짧은 소매의 흰 상의를 입고 있는 청년이 한 손에는 인두를, 한 손에는 철사를 들고 그중 한 대에 달라붙어 있었다.

"무슨 일이십니까?"

청년이 큰소리로 물었다.

"윌리엄 마이클스를 찾고 있는 중이오!"

마틴도 큰소리로 대답했다.

"그분은 지금 안 계십니다."

청년은 도구를 내려놓고 마틴이 있는 곳으로 올라왔다.

"전할 말씀이라도 있으십니까?"

"마이클스에게 닥터 마틴이 전화를 좀 해달란다고 전해주시오."

"아, 마틴 박사님이시군요? 만나 뵙게 되어 반갑습니다. 저는 칼 러드만인데 마이클스 선생님의 대학원생입니다."

러드만이 난간 위로 손을 내밀었다. 마틴은 그 압도적인 장치들을 바라보면서 손을 잡았다.

"엄청난 설비로군."

컴퓨터 연구실을 방문해본 적이 없는 마틴은 이렇게 대규모이리라고는 상상도 못했었다.

"여기에 들어오니 이상한 기분이 드네. 나는 61년에 여기 있던 의대를 다녔었는데 이 강의실에서 미생물학 강의를 들었었지."

"아, 그렇습니까? 지금은 저희가 이곳을 최대한으로 활용하고 있습니다. 만약 학교 측에서 의대 개축비를 남겨놓았다면 우리는 틀림없이 갈 데가 없었을 겁니다. 여기는 다른 사람들이 아무도 없기 때문에 컴퓨터 작업을 하는 데는 안성맞춤이죠."

러드만이 말했다.

"미생물학 연구실이 이 강의실 뒤에 그대로 남아 있나?"

"예, 있습니다. 그곳을 저희들은 기억장치 연구실로 사용하고 있습니다. 사람들이 없기 때문에 아주 완벽하죠. 박사님도 아시다시피 컴퓨터 세계에는 스파이들이 우글우글하거든요."

"옳은 말이야."

그때 마틴의 호출벨이 집요하게 울렸다. 그는 스위치를 누른 다음 물었다.

"두개골 필름을 판독하는 프로그램에 대해 들은 적이 있나?"

"물론 알고 있습니다. 그것이 저희들이 연구하고 있는 인공지능 프로그램의 원형이니까요. 저희들 모두 거기에 대해서는 모르는 사람이 없습니다."

"아, 그래. 그럼 자네한테 물어도 잘 알겠군. 특히 사진의 음영을 분석하는 부프로그램을 따로 뽑아낼 수도 있는지, 그 점을 마이클스에게 물어보려고 했었는데."

"물론 할 수 있죠. 컴퓨터에게 물어보기만 하면 됩니다. 구두닦는 것만 빼고는 무엇이든 다 해주니까요."

8시 15분, 병리과는 이미 모두 일을 시작하고 있었다. 현미경이 일렬로 늘어서 있는 긴 책상에는 많은 레지던트들이 떼를 지어 몰려 있었다. 냉각된 절편이 15분 전에 수술실에서 속속 들어오기 시작한 것이다. 마틴은 레이놀즈가 좁은 사무실에 있는 것을 발견했다. 그의 앞에는 35밀리 카메라를 머리에 설치한 정교한 현미경이 놓여 있었는데 그것을 들여다보면서 언제든지 사진을 찍을 수 있게 되어 있었다.

"잠깐 방해를 해도 되겠는가?"

마틴이 말했다.

"물론이지. 어젯밤에 자네가 가지고 온 절편을 지금 보고 있는 중이야. 벤저민 반즈가 오늘 아침에 가지고 왔더군."

"참 유쾌한 사람이더라고."

마틴은 빈정거리듯이 말했다.

"성미가 까다로운 사나이지만 병리에서는 상당히 유능한 레지던트야. 나는 그 친구가 옆에 있으면 기분이 좋아. 그 녀석이 있으면 내가 날씬해 보이니까."

"슬라이드에서 뭐 좀 찾아낸 것 있나?"

"굉장히 흥미 있어. 나는 뭐가 뭔지 몰라서 신경병리의 누군가를 불러서 한번 봐달라고 할 참이었어. 병소의 신경세포는 소실되었는지 형태가 망가지고 핵도 시커멓게 붕괴되고 말았어. 염증은 없거나, 있어도 극히 적어. 가장 이상한 것은 이 파괴된 신경세포가 뇌의 표면과 직각방향으로 가느다랗게 몇 가닥이나 늘어서 있다는 점이야. 이런 것은 지금까지 본 적이 없어."

"몇 가지 특수 염색한 것은 어떤가. 보이는 게 없나?"

"소용없어. 자네는 칼슘이나 중금속류를 염두에 두고 있는지 모르지만, 그런 것은 없네."

레이놀즈가 말했다.

"그럼 X-ray 사진 상으로 나타날 만한 것은 전혀 보이지 않는단 말이지?"

"전혀 없네. 현미경으로 보이는 죽은 신경세포는 절대로 X-ray에 안 찍혀. 반즈에게 들으니 자네는 다발성 경화중이 아닐까 생각하고 있는 모양인데 그것은 생각할 수가 없네. 마이엘린의 변화가 없기 때문이야."

"만약 자네가 어림짐작으로라도 진단을 내린다면 병명을 뭐라고 하겠나?"

"그건 어려워. 바이러스라고나 할까. 하지만 자신은 없어. 이건 아무래도 기괴하기 짝이 없는 일이야."

마틴이 연구실로 들어서자 헬렌은 잔뜩 기다리고 있었는지 의자에서 벌떡 일어나더니 전화 메모와 편지 등을 한 아름 안고 그의 앞을 가로막으려고 했다. 마틴은 왼쪽으로 피하는 체하다가 오른쪽으로 돌아서 들어갔다. 그는 내내 싱글싱글 웃고 있었다. 데니스와 함께 지낸 하룻밤이 그의 표정까지 달라지게 만든 것이다.

"어디 갔다 오셨어요? 벌써 9시가 다 되었는데."

헬렌이 전화 메모를 전하는 동안 그는 리사 마리노의 두개골 필름을 찾기 위해 책상 위를 뒤지기 시작했다. 그것은 맨 처음 만든 사진 리스트 밑에 깔린 차트 아래에 있었다. 그는 그 필름을 안고 소형 컴퓨터로 다가가서 스위치를 넣었다. 그리고 곤혹한 표정을 짓고 있는 헬렌은 거들떠보지도 않고 키보드를 두드리기 시작했다. 그는 컴퓨터에게 음영에 관한 부프로그램 출력을 명령했다.

"골드블래트 박사님의 비서에게서 두 번이나 전화가 있었습니다. 출근하시는대로 전화해 달라고 했습니다."

헬렌이 말했다.

이윽고 출력장치가 작동하기 시작하더니 부프로그램 출력을 디지털 형으로 하느냐 아날로그 형으로 하느냐, 아니면 둘 다로 하느냐를 물었다. 그는 그것이 무엇을 뜻하는 것인지 잘 몰라서 둘 다를 부탁한다고 입력했다. 그러자 필름을 넣으라고 했다.

"그리고."

헬렌은 단조로운 목소리로 말을 계속했다.

"산부인과 과장인 클린턴 클라크 박사님이 전화했어요. 비서를 시켜서가 아니고 박사님이 직접 전화를 하셨는데, 무엇 때문인지 몹시 화가 나 있는 것 같았습니다. 꼭 전화해 달라고 하셨어요. 그리고 드레이크 씨도 전화를 해달라고 했습니다."

그때 갑자기 프린터가 작동하기 시작하더니 숫자들만 가득한 종이를 연달아 토해냈다. 마틴은 무슨 일인지 알 수가 없어서 멍하니 바라보고만 있었다. 이 작은 기계가 마치 신경쇠약에 걸린 것만 같았다.

헬렌은 프린터가 타닥타닥 짧은 스타카토로 글자를 찍어내는 소리에 지지 않으려는 듯 더욱 큰소리로 말했다.

"윌리엄 마이클스 씨가 전화를 걸어와서 모처럼 컴퓨터연구실을 방문해 주셨는데 자리를 비워서 미안하다고 하시면서 역시 전화를 걸어달라고 했습니다. 그리고 휴스턴에서 전화가 왔는데, 국제회의 신경방사선 분과위원회 위원장 문제가 아직도 미결상태에 있으니 오늘 중으로 꼭 대답을 해달라고 했습니다. 또 뭐가 있더라……."

헬렌이 메모를 뒤적이고 있는 동안, 마틴은 몇 천이나 되는 숫자로 가득 메워진 컴퓨터의 그 해독할 수도 없는 종이를 집어 들었다. 프린터가 마침내 숫자 찍어내기를 중지한 것이다. 컴퓨터는 곧바로 여러 부분으로 나뉘어 각각 문자 부호화된 두개골 측면의 모형도를 그리기 시작했다. 이번에는 일반적인 문자부호이기 때문에 마틴은 일찍부터 관심이 있었던 뇌의 부위를 찾아낼 수가 있었다. 그러나 프린터는 계속해서 이번에는 뇌 전체를 여러 부분으로 쪼개어 그린 다음, 음영의 농도는 회색 명암으로 표시한 그림을 찍어냈다. 이것이 아날로그 출력으로 이쪽이 보기가 훨씬 수월했다.

"아, 여기 있네. 혈관조영 2호실은 오늘 하루 쉬면서 새 필름 장전 장치를 들여놓는다고 합니다."

헬렌이 말했다.

마틴은 헬렌의 말에 전혀 귀 기울이지 않고 있었다. 프린터가 그려낸 도형을 보고 이상이 있는 부분의 그늘이 주위의 정상적인 부위의 그것보다 전체적으로 빛깔이 엷다는 것을 발견했다. 그 차이가 워낙 분간하기 어려웠기 때문에 그는 반대로 음영이 짙다고 착각했을 정도였다.

그는 디지털 출력물을 보고서야 그 이유를 알았다. 디지털에서는 주위와 비교할 때 숫자에 큰 차이가 있었기 때문에 그는 거기에 칼슘의 작은 반점이나, 아니면 무엇인가 음영을 짙게 하는 물질이 있다고 생각했다. 그러나 기계는 이상이 있는 부분이 정상적인 부분보다 전체적으로 농도가 엷거나 또는 훨씬 밝다고 지적하면서 그것은 X-ray선이 쉽게 통과하기 때문이라고 말했다.

마틴은 병리에서 본 신경세포의 괴사를 생각했으나 그것도 분명히 X-ray선의 통과를 방해할 수는 없었을 것이라고 생각했다. 이것은 그로서도 설명할 수 없는 수수께끼였다.

"이걸 좀 봐요."

마틴은 디지털 프린트를 가리키면서 헬렌에게 말했다. 헬렌은 무엇인지도 모르면서 고개를 끄덕였다.

"이게 무슨 뜻이죠?"

그녀는 물었다.

"모르겠어. 만약에……."

마틴은 갑자기 말을 끊었다.

"만약에, 뭔데요?"

"칼을 좀 빌려줘. 아무 칼이나."

마틴은 갑자기 흥분한 듯이 말했다.

헬렌은 영문을 알 수 없는 상관의 태도에 어이가 없었지만 커피포트 옆에 있는 땅콩 항아리에서 칼을 집어 들었다. 그리고 그의 방으로 다시 들어가더니 기겁을 했다. 마틴이 포름알데히드가 들어 있는 유리병에서 사람의 뇌를 꺼내 신문지 위에 내려놓는 중이었다. 판독상자의 불빛에 낯익은 나선형 덩어리가 번쩍였다. 치밀어 오르는 구역질을 필사적으로 참으면서 헬렌은 마틴이 뇌의 뒷부분을 얇게 썰고 있는 것을 가만히 지켜보고 있었다. 이윽고 그는 뇌를 다시 포름알데히드 유리병에 집어넣은 뒤 신문지에 싼 표본의 절편을 집어 들고 문

쪽으로 향했다.

"아참, 그리고 토머스 박사님의 부인이 척수 조영실에서 준비를 끝내고 기다리고 계십니다."

방을 나서는 마틴의 등 뒤에 대고 헬렌이 말했다.

마틴은 대답도 하지 않고 빠른 걸음으로 암실로 향했다.

어두컴컴한 빨간 램프의 불빛이 눈에 익을 때까지는 약간의 시간이 걸렸으나 이윽고 보이게 되자 그는 현상하지 않은 X-ray 필름을 꺼내어 뇌의 절편을 그 위에 올려놓고 캐비닛 속 윗선반에 넣었다. 그리고 캐비닛 문에 테이프를 바른 다음 그 위에 '미 현상 필름. 열지 말 것! 닥터 마틴'이라고 쪽지를 붙여놓았다.

데니스는 임상병리 간담회가 끝난 후 산부인과 외래에 전화를 걸었다. 만약 자신이 의사라는 것을 모른다면 적당한 직종으로 해두는 것이 좋겠다고 생각하고 그냥 대학의 직원이라고만 했다.

접수계가 그녀를 기다리게 하는 것에 그녀는 놀랐다. 그리고 다음 사람이 전화를 받아 예약을 하기 전에 여러 가지를 자세하게 묻는 것을 보고 그녀는 감탄했다. 그녀의 일반적인 건강상태, 신경병학적인 증상의 유무, 산부인과의 병력 등을 매우 자세하게 물은 것이다.

"그럼 언제 오시겠습니까? 오늘 오후에도 진료를 합니다만."

상대 여성은 마지막에 말했다.

"오늘은 사정이 좀 안 좋은데 내일 가면 안 될까요?"

데니스가 말했다.

"좋습니다. 11시 45분은 어떨까요?"

"좋아요."

전화를 끊은 다음 데니스는 마틴이 왜 그 외래를 이상하다고 했는지 의아한 생각이 들었다. 그녀의 첫 인상은 매우 긍정적인 것이었다.

토머스 부인의 척수조영 X-ray 사진을 자신의 판독상자에 끼운 마틴은 정형외과 의사가 토머스 의사 부인의 등에다 한 수술이 무엇인지를 자세하게 살펴보았다. 그것은 제4요추골까지 포함하는 광범한 추궁(椎弓)절제술인 것 같았다.

그때 마틴의 연구실 문을 거칠게 밀어젖히며 화가 머리끝까지 치민 골드블래트가 뛰어 들어왔다. 그는 얼굴을 시뻘겋게 물들이고 안경을 코끝에 매달고 있었다. 마틴은 그를 힐끗 쳐다본 다음 다시 X-ray 필름을 살펴보기 시작했다.

마틴의 계산된 무시가 골드블래트의 분노를 더욱 부채질했다.

"참으로 무례하기 짝이 없군!"

그는 신음하듯이 내뱉었다.

"과장님은 노크도 하지 않고 여기에 뛰어 들어오시지 않았습니까. 나는 과장님의 사무실에 들어갈 때 예의를 지킨 걸로 기억합니다. 저도 똑같은 대우를 받을 자격이 있다고 생각합니다."

"그런 예의를 따지는 사람이 남의 개인 재산에 손을 대나? 매녀하임이 날도 새기 전에 전화를 걸어와서 자네가 실험실에 침입해서 표본을 훔쳐갔다고 노발대발하더군. 사실인가?"

"빌렸을 뿐입니다."

"뭐, 빌렸다고! 무슨 소릴 하는 거야! 그럼 어제 시체안치소에서 시체를 빼낸 것도 빌린 건가? 자네 무엇에 홀려도 단단히 홀린 거야, 마틴. 자네 의학계에서 매장당하고 싶은가? 그러고 싶다면 그렇다고 말해. 그것이 우리 두 사람에게 서로 편할 테니까."

"말씀은 그것뿐입니까?"

마틴은 짐짓 공손하게 말했다.

"아냐, 끝나지 않았어! 클린턴 클라크의 얘기를 들으니 자네가 산부인과의 유능한 레지던트 하나를 모욕했다고 하더군. 마틴, 자네 미쳤나? 자네도 남 못지않은 신경방사선 학자가 아닌가! 만약 자네가 그만큼 유능한 의사가 아니었다면 일찌감치 쫓아내고 말았을 거야!"

마틴은 잠자코 입을 다물고 있었다.

"하지만 자네는 매우 우수한 신경방사선 학자란 말이야."

골드블래트의 목소리가 약간 누그러져 있었다.

"알겠나, 마틴. 당분간만 좀 가만히 있어주게. 알겠지? 매너하임은 굉장히 화가 나 있을 거야. 그에게 접근하지 말게! 그리고 그의 실험실에도 제발 가지 말고. 그 친구 거기에 아무도 넣고 싶지 않은 거야. 언제고 말이야. 그런데 밤에 몰래 들어갔으니 말할 것도 없지."

골드블래트는 비로소 난잡한 방안을 둘러보더니 그 믿을 수 없으리만큼 어질러진 광경에 입을 딱 벌렸다. 그리고 다시 마틴에게 눈길을 준 뒤 말없이 바라보기만 했다.

"지난주까지만 해도 자네는 매우 훌륭하고 근사하게 일하고 있었네. 그리고 이 방도 처음부터 깨끗이 사용하고 있었지. 제발 옛날의 마틴 필립스로 돌아가 주게. 요즘의 자네 행동은 나로서는 도저히 이해할 수가 없고 이 방의 이런 꼴도 이해할 수가 없네. 이것만은 분명히 말해두겠네. 자네가 만약 태도를 고치지 않는다면 할 수 없네. 다른 일자리를 찾아보는 수밖에 없단 말일세."

그리고 골드블래트는 몸을 돌려 방에서 나갔다. 마틴은 말없이 그의 뒷모습을 지켜보았다.

그는 화를 내야 할 것인지, 웃어야 할 것인지 알 수가 없었다. 그러나 아무리 자활의 길을 생각해봐도 여기서 해임되는 것은 큰 위협이었다. 요컨대 마틴은 병원의 수뇌부로부터 미움을 받는 중심인물이되어 있었다.

거기에 생각이 미치자 그는 곧장 행동파가 되어 움직이기 시작했다. 그는 부서를 뛰어다니면서 필요한 주의를 주어 내부의 일이 순조롭게 진행되도록 했다. 그리고 아침에 밀려 있던 필름들을 모두 살펴보고 나서 까다로운 환자에게는 자신이 직접 뇌혈관조영을 실시하여수술이 필요 없다는 것을 최종적으로 통보하기도 했다. 의학생들을데리고 CAT 검사 장치에 대한 강의를 할 때는 그들의 집중 정도에 따라 어떤 사람은 현혹시키고 어떤 사람은 당황하게 만들기도 했다.

그러는 동안에도 그는 헬렌에게 지난 2, 3일 동안 밀려 있던 편지나전화에 대한 답장을 모두 보내라고 지시하고, 사무원에게는 대량의필름을 정리하게 했다. 그리고 오후 3시까지 60장의 묵은 필름을 컴퓨터로 분석해서 옛날의 진단과 결과를 비교했다. 프로그램은 매우훌륭한 기능을 발휘하고 있었다.

3시 반이 되자 그는 문밖으로 얼굴을 내밀고 크리스틴 린퀴스트에게서 전화가 오지 않았느냐고 헬렌에게 물었다. 그녀는 고개를 저었다. 그는 X-ray 촬영실에 가서 케네스 로빈스에게 젊은 아가씨가 오지않았었느냐고 물었으나 그의 대답도 노였다.

마틴은 4시까지 다시 6장의 필름을 컴퓨터에 넣었는데 이번에는 뇌막종양의 가능성을 시사하는 석회화된 부위를 찾아냈다. 컴퓨터가 마틴보다도 우수한 방사선 학자라는 것을 증명한 것이다. 필름을 다시 들여다본 마틴은 그것을 인정하지 않을 수가 없었다. 그는 사진을 옆에 놓고 그 환자가 아직도 연락이 없느냐고 헬렌에게 물었다.

4시 15분, 마틴은 크리스틴 린퀴스트에게 전화를 했다. 벨이 두 번 울렸을 때 전화를 받은 것은 그녀의 룸메이트였다.

"미안합니다, 마틴 박사님. 오늘 아침 메트로폴리탄 박물관에 간다고 나간 후로 크리스틴을 아직 못 봤어요. 11시와 1시 15분 강의에도 나오지 않았습니다. 이런 일은 거의 없었는데 말예요."

"그녀가 어디 있는지 알아내서 나한테 전화해달라고 전해주지 않겠습니까?"

"네, 기꺼이. 저도 걱정이 되거든요."

4시 45분, 헬렌이 그날 보낼 편지를 들고 방으로 들어왔다. 마틴이 거기에 서명만 하면 퇴근하는 길에 우체통에 넣을 수 있기 때문이다. 5시 반이 약간 지나자 데니스가 연구실에 들렀다.

"이제 방이 많이 정리된 것 같네요."

방안을 둘러보면서 그녀가 말했다.

"뭐, 겉으로만 그렇게 보이는 거야."

마틴은 필름을 레이저 스캐너에 넣으면서 대답했다. 그리고 문을 닫고 그녀를 와락 껴안았다. 그녀를 놓기 싫은 걸 참고 마침내 팔을 풀었을 때 데니스는 어리둥절한 얼굴로 그를 올려다보았다.

"어머, 내가 이런 환영을 받다니! 내가 그만한 일을 한 것이 있나?"

"온종일 당신 생각만 했어. 어젯밤을 떠올리면서."

그는 자포자기가 된 기분으로 오늘 아침 골드블래트가 와서 했던 최후 통고에 대해 그녀와 상의하고, 앞으로 나머지 삶을 그녀와 함께 했으면 좋겠다고 말하고 싶었다. 그러나 곤란한 것은 지금은 그것을 생각해볼 여유가 전혀 없을 뿐만 아니라 그녀를 보내고 싶지 않은 마음과 동시에 당분간 혼자 있고 싶은 생각도 들었다. 그는 그녀가 저녁 식사를 준비하겠다던 약속을 떠올리면서 잠시 망설였다. 그러나 기분이 언짢은 것 같은 그녀의 얼굴을 보면서 말했다.

"지금 내가 뭘 생각하고 있는지 알아? 이 묵은 필름에 대한 분석이 다 끝나면 토요일 밤에는 코니아일랜드로 드라이브를 할 수 있을 것 같다는 거야."

"그거 근사한 계획이군요."

데니스는 금방 기분이 좋아져서 말했다.

"참, 오늘 산부인과에 전화해서 내일 점심 무렵으로 예약했어요."

"그거 잘했군. 그런데 누가 전화를 받았지?"

"모르겠어요. 하지만 매우 친절했어요. 진심으로 와주기를 바라는 것 같더라고요. 빨리 일을 끝내고 우리 집에 오시지 않겠어요?"

데니스가 돌아간 후 한 시간쯤 지나자 마이클스가 찾아왔다. 그는 프로그램과 열심히 씨름하고 있는 마틴을 보고 매우 흐뭇해했다.

"예상보다 훨씬 좋은 성적이야. 판독을 한 번도 잘못하고 있지는 않았어."

마틴이 말했다.

"대단하군요. 생각하던 것보다 진도가 훨씬 빨라진 것 같아요."

마이클스가 말했다.

"틀림없이 그럴 것 같아. 이런 상태로 가면 초가을에는 기능적인 상품으로서 충분히 통용될 수 있는 장치가 만들어질 거야. 방사선학 연례총회에 이놈을 발표해도 되겠어."

마틴은 그때의 반향을 상상하자 가슴이 뛰었다. 오늘 아침에 자신의 직업상의 위치가 위태로워졌던 것이 우스꽝스럽게 느껴졌다.

마이클스가 돌아간 후 마틴은 다시 일을 시작했다. 이번에는 기계에 묵은 필름을 삽입하는 작업을 더 빨리 할 수 있게 되었다. 그러는 동안에도 그는 크리스틴 린퀴스트의 실종이 차츰 불안하게 느껴졌다. 처음에는 그녀의 무심함에 화가 났지만 차츰 자신의 책임감도 느껴졌던 것이다. 만약 그 여자의 신변에 무슨 일이 일어난다면…… X-ray 사진을 찍으려고 할 때마다 실패하는 것을 결코 우연으로만 받아들일 수가 없었다. 그렇게 생각하자 일손이 잡히지 않았다.

9시쯤 되자 마틴은 다시 크리스틴에게 전화를 걸었다. 이번에는 벨이 한번 울리자 역시 룸메이트가 전화를 받았다.

"죄송합니다, 마틴 박사님. 이쪽에서 전화를 드렸어야 하는데. 하지만 크리스틴은 아무데도 없어요. 온종일 그 아이를 본 사람이 없어요. 경찰에도 연락은 해놓았지만 아직 아무 소식도 없어요."

마틴은 전화를 끊은 다음 그녀에게 무슨 일이 일어났을 리가 없다고 자신을 타이르면서 현실을 부정하려고 했다. 도저히 있을 수 없는 일인 것이다…… 마리노, 루커스, 맥카시, 콜린스, 그리고 이번에는 린퀴스트! 아니, 그럴 리가 없다. 말도 안 되는 소리다.

그때 갑자기 입원계로부터 아직 아무런 회답도 못 들었다는 것을 깨달은 그는 수화기를 들었다. 네 번째 벨로 상대방이 나왔을 때는 오히려 이쪽이 놀랐다. 그러나 담당 여직원이 5시에 퇴근해서 내일 아침 8시에나 출근할 것이기 때문에 아무도 도와줄 사람이 없다는 대답이었다. 마틴은 수화기를 내동댕이쳤다.

"빌어먹을!"

그는 외치면서 의자에서 벌떡 일어나 방안을 서성거렸다. 그때 문득 맥카시의 뇌 절편을 캐비닛에 넣어둔 것이 생각났다.

기사가 암실에서 응급실의 필름을 현상하는 동안 그는 기다리지 않으면 안 되었다.

기사의 작업이 끝나자 그는 즉시 캐비닛을 열고 필름과 함께 이미 완전히 건조된 뇌의 절편을 꺼냈다. 그리고 표본을 어떻게 할까 망설이다가 결국 휴지통에 던져버리고 필름을 현상기에 넣었다.

필름이 나오는 출구 근처의 복도에 서서 마틴은 생각했다. 크리스틴의 실종은 과연 단순한 우연에 지나지 않는 것일까? 그보다 더 중요한 것은 자신이 도대체 무엇을 할 수 있겠느냐 하는 것이었다.

그때 X-ray 필름이 받침상자에 떨어졌다. 마틴은 당연히 사진이 새까맣게 나올 줄 알았는데 그것을 판독상자에 끼웠을 때 그는 자기도 모르게 흠칫했다.

"아니, 이럴 수가!"

그는 너무나 놀라 벌린 입을 다물지 못했다. 뇌 표본의 모양이 그대로 음영이 감소된 부분으로 필름에 떠올라 있는 것이 아닌가. 거기에는 단 한 가지 원인밖에 없다는 것을 마틴은 잘 알고 있었다. 방사능인 것이다! X-ray 사진에 나타나 있는 그 이상한 음영은 모두 대량의 방사능 오염 때문이었다.

마틴은 곧장 핵의학과로 달려갔다. 실험실로 들어간 그는 전자가속장치 옆에서 필요한 것을 찾아냈다. 방사선탐지기와 납으로 둘러싸인 부피가 큰 방사능물질 저장 상자였다. 그 상자는 들어올릴 수는 있었으나 직접 옮기는 것은 힘들 것 같아 그것을 스트레쳐카에 실었다.

그는 먼저 자기 연구실로 갔다. 그리고 뇌가 들어 있는 유리병은 분명 방사능에 오염되어 있을 것이므로 고무장갑을 몇 겹이나 끼고 그것을 납 상자에 넣었다. 뇌를 쌌던 신문지도 찾아내어 상자에 넣었다. 그리고 방 밖으로 나가서 뇌를 자르던 칼도 찾아내어 그것도 넣었다. 마지막으로 방사능탐지기를 들고 방안을 샅샅이 돌았다. 다행히도 방사능은 검출되지 않았다.

그는 암실로 가서 휴지통을 찾아내어 그 안에 있는 것을 모두 상자에 쏟아부었다. 그런 다음 방사능탐지기로 휴지통을 검색해보고 안심을 하고는 연구실로 돌아와 고무장갑을 벗어 상자에 넣고 봉인을 했다. 그리고 탐지기로 다시 한 번 방안을 검색해보고 극히 미량의 방사능밖에 없는 것을 확인하자 마음을 놓았다. 다음에는 그가 벨트에 차고 있는 방사량계에서 방사선 노출체크용 필름을 꺼내어 계측 준비를 했다. 뇌 표본에서 자신이 어느 정도의 방사능을 받았는지 정확하게 알고 싶었던 것이다.

그는 부지런히 몸을 움직이고 있는 동안에도 머릿속으로는 제각기 별도로 일어난 사건들을 어떻게든지 연결해보려는 노력을 하고 있었다. 아마도 대량의 방사능을 머리에 받고, 또는 몸의 다른 부분에도 받았을 것으로 생각되는 5명의 젊은 여성…… 다발성 경화증과 비슷한 증상을 연상하게 하는 신경병학적 증상…… 전원이 산부인과에서 팝 도말검사로 이형세포가 발견되었다는 사실…….

마틴은 거기에 대해서는 아무것도 설명할 수가 없었으나 방사선 조사(照射)가 중심과제라는 것은 짐작이 갔다. 과도한 양의 방사능 조사가 어쩌면 자궁경부 세포를 변질시킬 수 있고, 그 때문에 팝 도말검사에서 이상이 나타났을지도 모른다는 생각이 들었다. 그러나 그 5명에게 모두 이형세포가 나타났다는 것은 특이한 일이었다. 이것도 우연의 일치라고 생각하기엔 어딘가 부자연스러웠다. 그렇다고 달리 어떻

270

게 설명할 수 있단 말인가?

방사능 검색을 완전히 끝마친 마틴은 콜린스와 맥카시의 번호와 산부인과에서 진찰을 받은 날짜만을 적어서 방사선과의 중앙복도를 종종걸음 쳤다. 그리고 중앙 X-ray 판독실을 지날 때는 거의 달음박질을 쳤다. 엘리베이터 앞에 도착했을 때 그의 절박한 마음은 더욱 안절부절 못했다.

크리스틴은 걸어 다니는 시한폭탄이었다. 보통으로 촬영한 X-ray 필름에 그런 이상이 나타날 정도라면 그녀의 뇌에는 엄청난 양의 방사능이 들어 있을 것이 틀림없었다. 그녀를 빨리 찾아내는 것만이 지난주의 수수께끼 같은 사건을 모두 풀 수 있는 열쇠라고 그는 생각했다.

병리과에는 놀랍게도 벤저민 반즈가 외투를 걸친 채 작업용 의자에 아무렇게나 앉아서 일을 하고 있었다. 비록 유쾌한 성격은 아니지만 그의 업무에 대한 헌신적 노력은 존경하지 않을 수 없었다.

"계속해서 이틀 밤이나 오시는데, 이번에는 무엇을 가지고 오셨습니까?"

레지던트가 말했다.

"팝 도말검사야."

마틴은 거두절미하고 용건부터 말했다.

"난 또 급한 슬라이드를 봐달라고 하실 줄 알았지."

반즈는 농조로 말했다.

"아냐, 다만 좀 알아볼 것이 있어. 방사능 때문에 팝 도말검사에 이형세포가 나타나는 수가 있는지 그것이 알고 싶어."

반즈는 거기에 대답하기 전에 잠시 생각했다.

"진단을 위한 방사선 촬영만으로 그런 것이 생긴다는 소리는 들어

본 적이 없지만, 치료를 한다면 자궁경부에 침투해서 이형세포가 생기는 경우도 있겠죠."

"만약 비정상으로 나온 표본을 보면 그것이 방사능 때문인지 아닌지 구분할 수 있겠나?"

"아마 그럴걸요."

"어젯밤에 내가 부탁했던 절편을 기억하고 있나?"

마틴은 말을 이었다.

"뇌의 절편 말일세. 그 신경세포의 병변이 방사능 때문에 일어난 것은 아닐까?"

"어쩌면 그럴 수도 있겠죠. 방사능에 손상된 신경세포 바로 옆의 것들은 멀쩡한 걸로 봐서 원격조준으로 그 부분만 방사능이 조사된 것일 수도 있어요."

이 서로 모순된 사실을 어떻게 받아들여야 할지 몰라서 마틴은 어리둥절한 표정이 되었다. X-ray 사진에 감광되리만큼 대량의 방사능을 쬔 환자의 뇌세포가 일부는 완전히 파괴되고 그 옆의 부분은 아무렇지도 않다는 것이다.

마틴은 마지막으로 물었다.

"팝 도말 표본은 보존하고 있는가?"

"보존할 거예요. 적어도 한동안은. 하지만 여기엔 없어요. 세포학 실험실로 가버리니까. 하지만 거기는 은행 출퇴근시간과 같기 때문에 내일 아침 9시가 돼야 열릴 거예요."

"고맙네."

마틴은 한숨을 쉬면서 말했다. 지금 곧장 세포학 실험실로 가보는 것이 좋을까, 아니면 레이놀즈에게 전화를 하는 것이 좋을까. 그는 돌아가려고 하다가 문득 다른 일을 떠올렸다.

"그들이 팝 도말검사를 관찰하고 나면 차트에는 단순히 그 결과에 대한 분류만 해놓는가, 아니면 따로 병리소견을 상세히 적어놓는가?"

"분류만 해놔요. 상세한 소견은 테이프에 기록되어 있거든요. 환자의 번호만 알면 자료를 읽을 수 있을 거예요."

"여러 가지로 고맙네. 바쁜데 정말 미안하게 됐네."

반즈는 고개를 약간 끄덕하고는 현미경을 들여다보기 시작했다.

병리과의 컴퓨터실은 중간에 몇 개의 방이 있기 때문에 연구실과는 상당히 떨어져 있었다. 마틴은 의자를 당겨 모니터 앞에 앉았다. 컴퓨터는 방사선과에 있는 것과 마찬가지로 키보드 바로 뒤에 텔레비전같이 생긴 화면이 있었다. 그는 5명의 환자들의 리스트를 꺼내어 캐서린 콜린스의 이름과 번호, 그리고 팝 도말검사의 코드를 입력했다. 이윽고 화면에 마치 누가 타이프라이터를 치는 것처럼 글자가 나타나기 시작했다. 먼저 캐서린 콜린스라는 이름이 나오더니 조금 있다가 첫 번째 검사 날짜가 나타났다.

도말 양호, 고정 양호. 세포는 정상적인 성숙과 분화를 보임. 에스트로겐 작용 정상. 0/20/80. 칸디다 유기체 약간 발견. 결과 : 음성.

마틴은 화면에 다음 자료가 나타나는 동안 처음 검사일자를 다시 확인해보았다. 날짜는 전에 리스트에 적어놓았던 것과 일치했다. 콜린스의 두 번째 검사 결과를 읽던 마틴은 자기 눈을 의심했다. 두 번째도 역시 결과는 음성, 즉 정상이었다!

마틴은 화면을 지우고 곧 엘렌 맥카시의 이름과 번호, 검사코드를 입력했다. 컴퓨터가 정보를 화면에 비추기 시작했을 때 그는 위장에 무엇인가 딱딱한 응어리가 생긴 것 같은 느낌이 들었다. 이것도 마찬가지로 음성이었던 것이다!

계단을 걸어서 아래층으로 내려오며 마틴은 한동안 혼란스러움을 느꼈다. 의학세계에서는 차트의 기록을 신용하는 것이 상식으로 되어 있었다. 더구나 검사결과에 대한 보고서는 말할 것도 없었다. 환자의 증상이나 의사의 판단은 주관적이지만 검사결과는 어디까지나 객관적이기 때문이다.

자신만 해도 X-ray 사진에서 무엇을 빠뜨리거나 해석을 잘못하는 경우가 가끔 있듯이 검사실의 테스트에도 드물지만 약간의 실수가 있다는 것은 알고 있었다. 그러나 가능성이 적은 실수와 고의적인 날조는 문제가 전혀 다르다. 결과를 날조하려면 몇 사람의 공모가 이루어져야 가능할 것이라고 마틴은 나름대로 생각해보았다.

연구실로 돌아온 마틴은 책상에 앉아서 두 손으로 머리를 흔들기도 하고 눈을 비비기도 했다. 맨 먼저 생각한 것은 병원 책임자에게 전화를 거는 것이었다. 그러나 병원 책임자란 곧 스탠리 드레이크라는 데 생각이 미치자 그만두기로 했다. 드레이크는 틀림없이 언론 쪽이 냄새 맡지 못하게 하라고 할 것이다. 그리고 증거물을 없애버리고 대충 무마하려 들 것이 뻔했다.

경찰이 있지! 그는 마음속으로 이런 대화를 생각해보았다.

'여보세요, 저는 닥터 마틴 필립스입니다. 홉슨대학 병원에서 무엇인가 이상한 일이 벌어지고 있기 때문에 알려드립니다. 여성 환자의 팝 도말 검사는 음성인데 차트에는 이형세포가 있다고 기록되어 있습니다.'

마틴은 고개를 저었다. 이렇게 말하면 우스꽝스럽게 들릴 뿐일 것이다. 경찰에 신고하려면 좀 더 정보가 있어야 한다. 무엇 때문에 결과를 날조했는지는 모르지만 방사능을 쬔 것과 무슨 관계가 있을 것 같다고 마틴은 직감적으로 깨달았다. 그러나 실제로 방사능을 쬐게 되면 팝 도말에 이형세포가 나타나도 이상할 것이 없기 때문에 누군가가 방사능을 조사한 것을 숨기고 싶으면 팝 도말은 이상이 없다고 쓰면 될 것이다. 그러나 이건 정반대의 경우였다.

마틴은 다시 시체안치소의 그 괴짜를 떠올렸다. 어젯밤 그와의 타협이 실패로 끝난 후 마틴은 워너가 리사 마리노에 대해 자기가 생각하고 있는 것 이상으로 무엇인가를 알고 있는 것이 틀림없다고 확신하고 있었다. 아마 100달러로는 성에 차지 않았을 것이다. 그렇다면 좀 더 많은 금액을 제안해볼 수밖에 없다. 아무튼 이 사건은 이제 학문적인 연구의 차원을 넘어서 있었다.

시체안치소에서 워너와 얘기를 해봐야 도저히 성공할 가망이 없다고 마틴은 생각했다. 시체에 둘러싸여 있는 그곳은 워너에게는 홈그라운드지만 이쪽에게는 으스스한 곳일 뿐이다. 그 사나이의 입을 열게 하기 위해서는 그 자신이 좀 더 권위적이고 위압적인 모습을 보일 필요가 있었다. 강력하게 밀어붙일 수밖에 없는 것이다.

마틴은 시계를 보았다. 11시 25분이었다. 워너는 분명 4시부터 자정까지 일하는 근무조에 속해 있었다. 마틴은 충동적으로 워너의 집까지 따라가서 500달러를 주겠다고 제안하고 담판을 지어야겠다고 생각했다. 그는 약간 망설이다가 데니스에게 전화를 걸었다. 벨이 6번이나 울린 뒤에야 그녀의 잠에 취한 목소리가 저편에서 들려왔다.

"오시겠어요?"

"아니. 지금 한참 일하고 있는 중인데 중단할 수가 없어."

마틴은 변명하듯이 말했다.

"여기 당신을 위한 근사하고 따뜻한 잠자리가 있어요."

"오는 주말에 벌충할게. 그럼 좋은 꿈 꾸도록 해요."

그리고 마틴은 옷장에서 짙은 감색의 스키복을 꺼내 입고 그 호주머니에 들어 있던 그리스 선장 모자를 썼다. 4월이기는 하지만 이슬비가 내리는 날씨여서 북동풍이 불고 공기는 몹시 쌀쌀했다.

응급실을 지나 병원을 빠져나온 그는 현관의 돌층계에서 빗물이 고여 있는 주차장의 아스팔트 위로 뛰어내렸다. 그러나 한길로 나가지 않고 오른쪽으로 방향을 틀어 병원의 본관 모퉁이를 돌아 브렌너 소아과 병원 건물과 본관 사이에 형성된 빌딩 골짜기를 따라 걸었다. 그 50미터쯤 전방에 병원의 안뜰로 들어오는 입구가 있었다.

밤안개 속에서 깎아지른 절벽처럼 제멋대로 치솟은 병원 건물들이 불규칙한 시멘트 계곡을 형성하고 있었다. 병원은 합리적인 종합계획이 있었는데도 불구하고 즉흥적으로 증축되어 왔기 때문이다. 즉 길모퉁이도 버팀벽도 제멋대로 튀어나와 있어서 그것을 보면 얼마나 무계획적이었던가를 잘 알 수 있었다.

마틴은 골드블래트의 사무실이 되어 있는 조그만 날개 부분을 발견하고 그것을 목표로 하여 현재의 위치를 확인할 수가 있었다. 그리고 거기에서 겨우 25미터쯤 앞에 지하의 시체안치소로 들어가는 눈에 잘 띄지 않는 돌계단이 있다는 것도 발견했다. 병원에서는 그곳이 시체를 다루는 장소라는 것이 알려지는 것을 싫어하기 때문에 시체는 남의 눈을 피해 기다리고 있는 검은 영구차에 아무도 모르게 실려 나가는 것이다.

마틴은 벽에 몸을 기댔다. 호주머니에 손을 넣고 워너를 기다리고 있는 동안 케네스 로빈스가 리사 마리노의 X-ray 사진을 건네주었을 때부터 시작된 일련의 착잡한 사건을 떠올려보았다. 아직 만 이틀도 되지 않았는데 마치 2주일이나 된 것 같은 느낌이 들었다. X-ray 사진의 이상한 음영을 발견하고 느꼈던 그 최초의 홍분은 이제 공허한 공포로 변하고 말았다. 그는 병원에서 일어나고 있는 이 이변을 폭로하는 것이 무서워졌다. 그것은 마치 자기 가정에 환자가 생긴 것이나 마찬가지였다.

의학은 그의 전 생명이었다. 만약 이것이 크리스틴 린퀴스트에 대한 나름대로의 책임감에서 우러나온 것이 아니라면 과연 이미 알고 있는 사실들을 잊어버릴 수 있을까 하고 생각했다. 의학계에서의 매장이라고 공격하던 골드블래트의 목소리가 아직도 귓가에 쟁쟁하게 울리고 있었다.

이윽고 시간이 되자 워너가 모습을 나타냈다. 그는 이쪽으로 등을 돌리고 문을 잠갔다. 마틴은 몸을 앞으로 내밀고 그것이 워너라는 것을 확인하기 위해 손을 이마에 대고 어두컴컴한 불빛을 가렸다. 놀랍게도 그는 검은색 양복에 흰 와이셔츠, 그리고 넥타이를 매고 있었다. 마치 성공한 상인이 밤에 자신의 고급의상실 문을 닫는 모습이어서 마틴은 눈이 휘둥그레졌다. 시체안치소에서는 마치 악마처럼 보이던 그 깡마른 얼굴도 지금은 거의 귀족적인 분위기를 풍기고 있었다.

워너는 몸을 돌려 잠시 망설이더니 비가 오고 있는지 알아보려고 손바닥을 내밀었다. 그리고 날이 갠 것을 확인하고는 한길 쪽으로 걸어가기 시작했다. 오른손에는 검은색 손가방이 들려 있고 구부린 왼쪽 팔꿈치에는 단단히 감은 우산이 매달려 있었다.

충분한 거리를 두고 뒤를 쫓으면서 마틴은 워너의 걸음걸이가 이상하다는 것을 깨달았다. 그는 절름발이는 아니었다. 오히려 한쪽 다리가 반대쪽 다리보다 힘이 센 것처럼 펄쩍펄쩍 뛰어가는 것 같은 걸음걸이였다. 그러면서도 걸음은 빠르고 안정되어 있었다.

워너가 브로드웨이의 모퉁이를 돌아 지하철 계단을 내려가는 것을 보고, 병원 근처에 살고 있기를 바라던 마틴의 기대는 무너졌다. 그는 걸음을 빨리하여 워너와의 거리를 좁히려고 계단을 두 단씩 뛰어내렸다. 그러나 워너의 모습을 놓치고 말았다. 아마도 승차권을 갖고 있었던 것 같았다.

마틴은 황급히 승차권을 구입한 다음 회전문을 빠져나갔다. IRT(도시 간 급행 선으로 뉴욕 지하철 노선의 하나)의 플랫폼으로 내려가는 비탈길을 뛰어 내려갔다. 모퉁이를 막 돌아서자 다운타운의 플랫폼으로 통하는 계단에 막 사라지려고 하는 워너의 머리가 보였다.

마틴은 휴지통에서 신문을 주워 그것을 읽는 척하고 있었다. 워너는 10미터쯤 떨어져 있는 플라스틱 의자에 앉아 격에 어울리지도 않게 '체스입문'을 열심히 읽고 있었다. 지하철의 밝은 불빛으로 마틴은 사나이의 옷차림을 더 자세히 볼 수 있었다. 옷은 짙은 감색의 에드워즈조 풍으로 양쪽이 터져 있었고, 짧게 깎은 머리는 빗질이 잘 되어 있었기 때문에 그 툭 불거진 광대뼈와 함께 꼭 프러시아 장군 같은 모습을 하고 있었다. 다만 한 가지 그의 품위를 떨어뜨리고 있는 것은 구두였는데, 몹시 닳았을 뿐만 아니라 닦지도 않고 있었다.

병원의 근무 교대시간이어서 지하철의 플랫폼은 간호사, 잡역부, 기사들로 몹시 붐비고 있었다. 다운타운 급행이 굉음을 울리며 역에 들어오자 워너는 거기에 올랐다. 마틴도 그 뒤를 쫓았다. 사나이는 책을 앞에 놓고 단정하게 앉아 그 움푹 들어간 두 눈으로 페이지를 훑어보고 있었다. 바닥에 내려놓은 손가방은 무릎 사이에 단단히 끼고 있었다. 마틴은 차의 중간 정도에 앉아 있는 폴리에스테르 양복을 입은 핸섬한 스페인계 미국인의 정면에 앉았다.

전동차가 역에 멈출 때마다 마틴은 내릴 준비를 했으나 워너는 꿈쩍도 하지 않았다. 59번가를 지나게 되자 마틴은 슬슬 걱정이 되기 시작했다. 어쩌면 워너는 곧바로 집에 가는 것이 아닌지도 모른다는 생각이 들었다. 그러나 워너가 42번가에서 내리자 뒤따라 내리며 속으로 안도했다.

이젠 워너가 집에 가느냐 안 가느냐가 문제가 아니라 그가 어디로 향하든 시간이 얼마나 걸릴까 하는 것이 문제가 되었다. 그가 거리로 나서는 것을 뒤따르며 마틴은 자신이 어리석은 짓을 하고 있는 것 같아 적잖이 낙담했다.

밤거리에는 사람들이 많이 나와 있었다. 더구나 습기가 많은 추위 속에서도 42번가에는 불이 환하게 밝혀져 있었다. 멋진 옷차림을 하고 있는 워너는 포르노영화관이나 책방 앞에 몰려 있는 기괴하고 그로테스크한 패거리는 완전히 무시하고 있었다. 이런 세계의 성도착적인 행태에는 완전히 익숙해져 있는 것 같았다.

그러나 마틴은 그럴 수가 없었다. 마치 이 밤의 세계가 그의 전진을 가로막고 있듯이, 워너를 놓치지 않으려고 열심히 뒤쫓아 가고 있는 그의 몸을 스쳐지나가는 사람들의 무리와 부딪히기도 하고, 방향을 바꾸기도 하고 때로는 차도에 내려서기도 했다. 한순간 워너가 갑자기 방향을 바꿔 성인용 책방에 들어가는 것이 보였다.

마틴은 가게 앞에서 걸음을 멈췄다. 그리고 앞으로 한 시간만 더 워너에게 줘버려야겠다고 결심했다. 만약 한 시간 내에 집에 돌아가지 않는다면 단념하는 수밖에 없을 것이다.

워너를 기다리고 있는 동안 마틴은 자신이 수많은 외판원들과 행상인, 그리고 거지들의 좋은 표적이 되고 있다는 것을 깨달았다. 그들은 매우 집요했다. 그는 그들을 피하기 위해 생각을 고쳐먹고 서점 안으로 들어갔다.

그가 들어서자 천장 가까이의 설교단 같은 발코니에서 보랏빛 머리의 날카로운 얼굴을 한 여자가 앉아서 마틴을 내려다보았다. 그녀는 움푹 들어간 두 눈으로 여기에 들어오는 손님이 어떤 사람인지 품평이라도 하듯이 마틴의 온몸을 훑어보고 있었다. 이런 곳에 들어온 것을 누구에게 들키지나 않았을까 하고 쭈뼛거리면서 가장 가까운 통로로 들어섰다. 그런데 워너의 모습이 아무 곳에도 보이지 않았다!

그때 손님 하나가 팔을 흐느적거리며 마틴의 옆을 지나가다가 은근하게 그의 등을 쓰다듬었다. 그 사내가 저만큼 갔을 때까지도 마틴은 그것이 무엇을 의미하는지 모르고 있다가 갑자기 구역질을 느끼고 하마터면 소리를 지를 뻔했다. 그는 결국은 자신이 조심하는 수밖에 없다고 생각했다.

워너가 서가나 잡지 진열대의 그늘에 숨어 있지나 않나 해서 가게 안을 빙 둘러보았다. 감시대의 그 보랏빛 머리의 여자는 마틴의 움직임을 일일이 지켜보고 있는 것 같았다. 그는 의심을 사지 않기 위해 잡지 하나를 집어 들었는데 비닐포장이 되어 있어서 다시 내려놓았다. 표지의 사진은 두 남자가 마치 곡예를 하듯 뒤엉켜 있는 모습이었다.

그때 갑자기 워너가 서점 위편의 문에서 나오더니 마틴의 옆을 지나갔다. 마틴은 깜짝 놀라 얼른 돌아서서 포르노 비디오테이프를 집어 들었다. 그러나 워너는 마치 곁눈가리개라도 한 말처럼 좌우는 거들떠보지도 않고 황급히 가게를 나갔다.

마틴은 워너를 놓치지 않고 따라갈 수 있을 정도로 가게에서 나가는 것을 약간 늦췄다. 워너를 미행하는 것이 남의 눈에 띄어서는 곤란하다고 생각했기 때문이다. 그래도 발코니의 여자는 몸을 내밀고 그가 가게를 나가는 것을 가만히 지켜보고 있었다. 그가 무슨 일을 꾸미고 있는지 그 여자는 다 알고 있었던 것이다.

한길로 나오자 워너가 택시를 타고 있는 것이 보였다. 지금까지의 노력이 수포로 돌아갈지도 모른다고 생각한 마틴은 차도로 뛰어내려 달려오는 택시를 향해 미친 듯이 손을 흔들었다. 택시가 길 가운데 멈춰 서자 마틴은 다른 차들을 피해 황급히 택시에 뛰어올랐다.

"버스 뒤의, 저 체크무늬 택시를 따라가 주시오."

마틴은 흥분한 목소리로 말했다.

운전사는 그를 빤히 처다보기만 했다.

"어서, 빨리요!"

마틴은 계속 소리쳤다.

운전사는 어깨를 으쓱한 다음 기어를 넣었다.

"경찰이쇼?"

마틴은 대답하지 않았다. 이럴 때는 될 수 있는 한 입을 다무는 것이 상책이라고 생각했다. 워너는 52번가와 2번가의 모퉁이에서 내렸다. 마틴은 모퉁이에서 30미터쯤 못 미쳐서 내려, 그 블록의 끝까지 달려가면서 사내를 찾았다. 워너는 세 번째 가게에 들어가 있었다.

한길을 가로 질러간 마틴은 가게 안을 들여다보았다. 성구점(性具店)이라고 쓰여 있었으나 42번가의 포르노 숍과는 달리 겉보기는 매우 수수했다.

주위를 둘러보니 거기는 골동품 가게와 현대식 레스토랑, 그리고 고급 의상실들이 즐비하게 늘어서 있는 곳이었다. 높이 솟은 아파트 건물로 보아 주민들이 모두 중산층 수준이라는 것을 알 수 있었다. 상당히 좋은 환경이었다.

이윽고 워너가 다른 사나이와 함께 문 앞에 나타났다. 사나이가 웃으며 워너의 어깨에 손을 얹자 워너도 빙그레 웃으며 사나이와 악수를 한 다음 2번가 쪽으로 걸어가기 시작했다. 마틴은 안전한 거리를 유지하면서 그 뒤를 따랐다.

워너가 이렇게 들러 가는 장소가 많다는 것을 조금이라도 알았더라면 마틴은 처음부터 미행을 시작하지 않았을 것이다. 그러나 기왕 이렇게 된 이상 한시라도 빨리 이 긴 여행이 끝나주기를 바랄 수밖에 없었다.

그러나 워너에게는 방문할 곳이 한 군데 더 남아 있었다. 그는 길을 건너 3번가로 접어들더니 55번가를 따라 걷다가 유리와 콘크리트의 마천루 사이에 파묻혀 있는 것 같은 허름한 작은 건물로 들어갔다. 그것은 1950년대 사진에서나 볼 수 있을 것 같은 술집이었다.

마틴은 들어갈까 말까 망설인 끝에 워너의 모습을 지켜보고 있지 않으면 언제 놓쳐버릴지 모르기 때문에 그의 뒤를 따라 들어갔다. 늦은 시간인데도 불구하고 그 안은 놀랍게도 활기에 넘쳐 있는 손님들로 몹시 혼잡했다. 그는 그 속에 억지로 끼어들지 않으면 안 되었다. 거기는 독신자들이 찾는 바였는데 마틴에게는 또 하나의 요지경 속이었다.

혼잡 속에서 워너를 찾고 있던 마틴은 자기도 모르게 흠칫했다. 그가 바로 그의 왼쪽에 있었던 것이다. 그는 맥주 조끼를 들고 어느 회사의 비서처럼 보이는 금발 아가씨와 웃으며 얘기를 하고 있었다. 마틴은 모자를 약간 밑으로 내려 썼다.

"뭐하는 분이세요?"

그 시끄러운 소음 속에서도 들릴 만큼 금발 아가씨는 큰소리로 물었다.

"난 의사야, 병리학자지."

워너가 대답했다.

"정말이에요?"

아가씨는 감탄한 듯이 말했다.

"이 일에는 좋은 점도 있고 나쁜 점도 있지. 난 대개 야간근무를 하지 않으면 안 된단 말이야. 하지만 아가씨만 좋다면 이따금 한 잔씩 할 수도 있어요."

"난 마시는 걸 아주 좋아해요!"

아가씨가 큰소리로 대답했다.

카운터에 기대어 그들의 대화를 듣고 있던 마틴은 워너가 지껄이는 소리가 무슨 소리인지 그녀가 알고 있을까 의심스러웠다. 그는 맥주 한잔을 주문해서 뒤의 벽 쪽으로 파고들어갔다. 거기서는 워너의 모습이 잘 보였다. 마틴은 맥주를 한 모금씩 마시면서 이런 상황에 처하게 된 자신의 어처구니없는 행동을 곰곰이 생각하기 시작했다. 자신은 오랫동안 교육을 받았음에도 불구하고 이런 심야 독신자 바에 들어와 있다, 더구나 겉보기엔 놀라우리만큼 착실해 보이는 기묘한 사나이를 미행하면서.

마틴은 주위를 둘러보다가 워너가 너무도 쉽게 실업가나 법률가들

틈에 끼어드는 것을 보고 전율을 느꼈다.

워너는 아가씨가 적어주는 전화번호를 받은 뒤 맥주를 단숨에 들이켜고는 소지품을 그러모았다. 그는 3번가에서 다시 택시를 탔다. 마틴은 자기가 잡은 택시 운전사와 앞차를 쫓는 조건으로 몇 마디 흥정을 한 다음 5달러로 결정했다.

차안에서는 아무 말도 하지 않았다. 마틴은 갑자기 억수같이 퍼붓기 시작한 비로 흐려지는 거리의 불빛을 바라보았다. 택시의 와이퍼는 어떻게든지 앞이 보이게 하려고 분주하게 움직이고 있었다. 2대의 택시는 57번가를 따라 시가를 달리다가 콜럼버스 순환로에서 비스듬히 브로드웨이를 지나 암스테르담 거리로 구부러졌다. 마틴은 왼쪽에 콜롬비아 대학이 있는 것을 보았다. 비는 내리기 시작할 때처럼 갑자기 뚝 그쳤다. 택시가 141번가로 구부러질 때 마틴은 앞으로 몸을 내밀고 여기가 어디냐고 물었다. 운전사는 '해밀턴 하이츠'라고 대답했다. 차는 왼쪽으로 꺾어져 해밀턴 광장으로 들어가더니 이윽고 속도를 떨어뜨렸다.

전방에서 워너의 차가 멎은 것을 보자 마틴은 요금을 지불하고 차에서 내렸다. 암스테르담 거리의 풍경은 북쪽으로 갈수록 보잘 것이 없는데 그 근처는 매우 매혹적이라는 것을 마틴은 깨달았다. 거리에는 고풍스럽고 아치가 있는 집들이 늘어서 있었는데 르네상스 이래의 여러 가지 건축 유파를 반영하는 변화가 있는 벽면을 보이고 있었다.

건물의 대부분은 이미 훌륭하게 개축되었거나 한창 개축 중이었다. 워너는 해밀턴 광장을 향하고 있는 막다른 골목으로 들어갔다. 그가 들어간 집은 정면이 흰 석회석으로 지어져 있었는데 창문 주위는 베네치아풍의 고딕장식으로 되어 있었다.

마틴이 거기에 도착했을 때 3층의 창문들은 모두 불이 꺼져 있었다. 가까이 다가가보니 그 저택은 멀리서 볼 때만큼 좋은 상태는 아니었지만 그래도 그 외관이 전체적인 인상을 별로 해치고 있는 것 같지는 않았다. 마틴은 빛바랜 우아함 같다고 생각하면서 무엇보다도 이런 곳을 점유하고 있는 워너의 수완에 감탄했다.

현관에 들어서면서 마틴은 직접 워너의 방문을 두드려 그를 놀라게 할 배짱이 자신에게는 없다는 것을 깨달았다. 데니스의 아파트처럼 각 방마다 버저로 문을 열어주는 구조로 되어 있었기 때문이었다. 헬무트 워너의 이름은 밑에서 세 번째에 있었다.

마틴은 버저에 손가락을 대기 전에 이 일을 끝까지 해낼 자신이 자기에게 있는지 어떤지를 생각하면서 잠시 망설였다. 서두를 어떻게 꺼내야 할지도 아직 정하지 못하고 있었다. 그러나 크리스틴 린퀴스트를 생각하자 용기가 생겼다. 그는 버튼을 누르고 기다렸다.

"누구요?"

조그만 스피커를 통해 단조로운 워너의 목소리가 들려왔다.

"닥터 마틴요. 당신에게 돈을 가져왔소. 큰돈이오."

잠시 침묵이 흘렀다. 마틴은 자신의 심장이 고동치고 있는 것을 느꼈다.

"또 누가 있소, 마틴?"

"아무도 없소."

귀에 거슬리는 버저소리가 호화로운 현관에 울려 퍼졌다. 마틴은 문을 밀고 들어갔다. 3층으로 올라가니 하나밖에 없는 문 안쪽에서 수많은 자물쇠가 열리는 소리가 들려오더니 문이 약간 열리면서 은색의 불빛이 마틴의 얼굴을 가로질렀다. 움푹 들어간 워너의 눈이 이쪽을 내다보고 있는 것이 보였다. 그는 놀랐는지 눈이 휘둥그레져 있었다. 사슬이 벗겨지고 문이 활짝 열렸다.

마틴이 성큼성큼 방안으로 들어서자 워너는 몸이 부딪치지 않도록 뒤로 물러섰다. 마틴은 방 한가운데서 걸음을 멈췄다.

"돈에 대해서는 조금도 걱정하지 마시오. 하지만 리사 마리노의 뇌가 어떻게 되었는지 그것을 알아야겠소."

그는 매우 단호한 태도로 말했다.

"얼마나 내겠소?"

워너는 두 손을 리드미컬하게 쥐었다 폈다 했다.

"500달러."

마틴은 말했다. 엄청나게 많은 돈은 아니지만 상대방을 충분히 유혹할 수 있는 금액이라고 생각했다.

워너는 히죽 웃으며 움푹 들어간 뺨에 깊은 주름을 만들었다. 이는 작고 가지런했다.

"혼자 왔다는 것은 정말이오?"

워너가 말했다.

마틴은 고개를 끄덕였다.

"돈은 어디 있소?"

"염려 마시오. 여기 있으니까."

마틴은 왼쪽 가슴을 두드렸다.

"좋소. 그럼 알고 싶은 게 뭐요?"

"모든 걸 다."

워너는 어깨를 움츠렸다.

"그렇게 되면 얘기가 길어지는데."

"시간은 얼마든지 있소."

"막 식사를 하려던 참이오. 같이 하겠소?"

마틴은 고개를 저었다. 긴장으로 위에 딱딱한 응어리가 생긴 것 같았다.

"편히 앉으시오."

워너는 몸을 돌리더니 그 특유의 걸음걸이로 부엌으로 들어갔다.

마틴은 뒤를 따라가면서 재빨리 실내를 둘러보았다. 벽지는 빨간 벨벳 종류였고 가구는 빅토리아풍이었다.

실내는 빈약하고 답답하게 꾸며져 있었는데 티파니 램프의 희미한 조명으로 그것이 더욱 돋보였다. 테이블 위에는 워너의 손가방이 놓여 있었고 그 옆에는 케이스에 들어 있는 폴라로이드 카메라와 함께 사진이 산더미같이 쌓여 있었다.

부엌은 싱크대와 조그만 난로, 냉장고가 놓여 있는 좁은 방이었다. 그 냉장고는 마틴이 어릴 때 이후 본 적이 없는 물건이었는데, 위쪽은 원통형의 코일이 달린 에나멜 상자였다. 워너는 냉장고를 열고 샌드위치와 맥주병을 꺼내더니 싱크대 밑의 서랍을 열고 오프너를 꺼내어 마개를 딴 다음 다시 그것을 서랍에 넣었다.

맥주병을 치켜들고 워너가 말했다.

"한잔 하겠소?"

마틴은 고개를 저었다. 워너가 부엌에서 나오자 마틴은 뒤로 몇 걸음 물러섰다. 워너는 테이블 위의 손가방과 폴라로이드 카메라를 한쪽으로 밀어놓고 마틴에게 앉으라고 손짓을 했다. 그리고 목이 탔던지 맥주를 길게 한 모금 들이키고 병을 내려놓더니 큰소리를 내며 트림을 했다.

상대가 꾸물거리며 시간을 끌수록 마틴의 자신감은 흔들리기 시작했다. 처음에 그를 놀라게 했던 유리한 입장은 차츰 허물어지고 있었다. 그는 손이 떨리는 것을 억제하기 위해 손을 무릎에 올려놓고 상대방의 움직임을 하나도 빼놓지 않고 가만히 지켜보고 있었다.

워너가 천천히 입을 열었다.

"누구든지 잡역부의 월급만으로는 살 수가 없소."

마틴은 고개를 끄덕여주고 다음 말을 기다렸다. 워너는 샌드위치를 한 조각 베어 먹고 말을 이었다.

"내가 구대륙에서 왔다는 것은 알고 있을 거요. 루마니아에서 왔죠. 물론 좋은 얘기는 아니오. 나치가 우리 부모를 죽이고, 난 다섯 살 때 독일로 끌려갔소. 그 나이에 난 다하우(폴란드의 독일군 강제수용소가 있던 도시)에서 시체를 다루기 시작했지……."

워너는 샌드위치를 먹으면서 그 무서운 얘기를 자세히 늘어놓기 시작했다. 부모가 살해당했을 때의 상황, 수용소에서 당한 가혹한 처사, 시체와 함께 지낼 수밖에 없었던 강제된 생활. 그 소름이 끼치는 얘기는 끝없이 계속되어 마틴에게는 한 번도 끼어들 틈을 주지 않았다. 몇 번이나 상대방의 끔찍한 신상 얘기에 끼어들려고 했으나 워너는 조금도 틈을 주지 않고 얘기를 계속했다.

마틴은 자신의 확고한 결심도 활활 타오르는 석탄 앞의 밀랍처럼 어이없이 녹아내리고 있음을 깨달았다.

"그 후에 난 미국으로 건너왔소."

꿀꺽꿀꺽 소리를 내며 맥주를 마시고 난 워너는 의자에서 벌떡 일어나더니 맥주를 더 가지러 부엌으로 갔다. 그의 이야기에 기가 질린 마틴은 탁자에 앉은 채 그의 뒷모습만 바라보고 있었다.

"그리고 의과대학의 시체안치소 일을 얻게 된 거요."

워너가 개수대 밑의 서랍을 열면서 큰소리로 말했다. 오프너 밑에는 부검용 칼이 몇 개나 들어 있었다. 그것은 시체안치소의 낡은 대리석 부검대에서 부검이 진행될 때 슬쩍 훔쳐다 둔 것이었다. 그는 그 메스를 하나 집어들어 한번 겨누어 본 뒤 윗옷의 왼쪽 소매에 숨겼다.

"하지만 월급이 너무 적었소."

그는 병을 딴 다음 오프너를 다시 서랍에 집어넣고 테이블로 돌아왔다.

"내가 알고 싶은 건 리사 마리노에 관한 것뿐이오."

마틴은 힘없는 목소리로 말했다. 워너의 신상 얘기를 듣느라 심신이 완전히 지쳐버렸기 때문이었다.

"지금부터 그 얘기를 하는 거요."

워너는 새로 가져온 맥주를 한 모금 마시더니 다시 테이블에 놓고는 말했다.

"지금보다 부검이 더 많았을 때 난 시체안치소에서 일하면서 월급 이외의 돈벌이를 하기 시작했소. 자질구레한 일들을 많이 했지. 그러는 동안 사진 찍는 것을 생각해냈소. 난 그것을 42번가에 내다팔았지. 벌써 몇 년째나 그 짓을 하고 있소."

워너는 한쪽 팔을 흔들어대며 실내를 둘러보라는 듯한 몸짓을 했다. 마틴은 어두컴컴한 방안을 둘러보았다. 그러자 붉은 벨벳 벽 가득히 사진이 붙어있는 것이 어렴풋이 보였다. 자세히 보니 그것은 모두 죽은 여자들의 누드를 찍어놓은 외설적인 사진들뿐이었다. 마틴은 자신을 곁눈질로 보고 있는 워너에게로 슬며시 시선을 옮겼다.

"리사 마리노는 나의 최고의 모델 중 하나였소."

워너는 그렇게 말하면서 테이블 위에 산더미처럼 쌓여 있는 폴라로이드 사진들을 집어 마틴의 무릎 위로 던졌다.

"그걸 한번 보시오. 그것들은 최곳값을 불렀었소. 특히 2번가에서. 잠깐 계시오. 화장실에 좀 갔다 올 테니까. 맥주를 마셨더니 오줌이 자꾸 마렵구먼."

워너는 어리둥절한 채 앉아 있는 마틴의 뒤를 돌아서 침실 문으로 사라졌다. 마틴은 구역질이 날 것만 같은 리사 마리노의 변태적인 시체 사진을 마지못해 바라보았다. 그러나 사진의 정신이상이 손가락에 달라붙을 것만 같은 생각이 들어서 사진을 만지기가 무서웠다. 워너는 분명 이쪽의 관심사를 잘못 생각하고 있는 것 같았다. 어쩌면 저 사내는 도둑맞은 뇌에 대해서는 정말 아무것도 모르고 있는지도 모른다. 그의 의심스러운 태도는 다만 이 같은 시체의 누드사진을 무단으로 팔아먹고 있기 때문에 생겨난 것일지도 모른다. 마틴은 갑자기 속이 메슥거렸다.

워너는 침실을 지나 욕실에 들어가자 수도꼭지를 틀어 누가 들어도 소변을 보고 있는 것처럼 들리도록 물을 흘렸다. 그리고 왼쪽 소매에 손을 넣어 가늘고 긴 부검용 메스를 꺼내 그것을 단도처럼 오른손에 쥐고 살그머니 침실을 빠져나왔다.

마틴은 워너에게 등을 돌린 채 워너로부터 4, 5미터 떨어진 곳에 앉아 머리를 떨어뜨리고 사진을 들여다보고 있었다. 워너는 침실 입구에서 걸음을 멈추고 그 가느다란 손가락으로 닳아빠진 메스의 나무 손잡이를 단단히 움켜쥐더니 입을 한일자로 다물었다.

마틴은 사진을 테이블 위에 엎어놓으려고 막 손을 들어 올리는 중이었다. 손이 가슴높이까지 왔을 때 등뒤에서 인기척이 느껴졌다. 뒤를 돌아본 순간 날카로운 비명이 터져 나왔다!

칼날이 워너의 목 바로 아래 오른쪽 쇄골의 바로 뒤를 뚫고 폐의 상엽을 도려내고는 오른쪽 폐동맥을 꿰뚫었다. 끊어진 기관지 사이로 피가 쏟아져 들어가자 반사적으로 고통스러운 기침을 터뜨렸다. 입에서는 선혈이 울컥하고 포물선을 그리며 뿜어져 나와 마틴의 머리와 그 앞에 놓인 테이블을 시뻘겋게 물들였다.

마틴은 동물적인 반사작용으로 오른쪽으로 홀쩍 피하면서 동시에 맥주병을 잡았다. 그리고 몸을 홱 돌리자 눈앞에 워너가 있었다. 목에 자루까지 박힌 단검을 뽑으려고 헛되이 손을 허우적거리면서 앞으로 비틀거리고 있는 워너가. 그는 괴로운 듯이 그르륵 하고 목을 울리며 테이블 위로 푹 고꾸라지더니 그대로 마루 위에 널브러졌다. 그가 들고 있던 메스가 테이블에 부딪쳐 소리를 내면서 주르르 미끄러져 내렸다.

"움직이지 마시오! 아무것도 만지면 안 돼!"

워너를 습격한 사나이가 외쳤다. 사나이는 열려 있던 문을 통해 안으로 들어온 것이다.

"당신을 감시해야 한다는 우리 방침이 옳았어."

그는 마틴이 지하철에서 보았던 짙은 콧수염에 폴리에스테르 양복을 입은 그 스페인계 미국인이었다.

"대동맥이나 심장을 찌르려고 했는데 이 친구가 그럴 만한 여유를 주지 않더군."

사나이는 몸을 구부리고 워너의 목에서 단검을 뽑으려고 했다. 그러나 워너는 머리를 오른쪽 어깨에 틀어박고 쓰러져 있었기 때문에 칼을 뽑을 수가 없었다. 사나이는 무기를 회수하기 위해 아직도 꿈틀

거리고 있는 워너의 몸을 타넘었다.

사나이가 테이블 옆에서 몸을 구부렸을 때 마틴은 이미 최초의 쇼크에서 충분히 회복을 하고 있었기 때문에 손에 들고 있던 맥주병으로 침입자의 머리를 내리쳤다. 상대방은 기척을 느끼고 얼른 몸을 피했기 때문에 어깨에 맞기는 했으나 그래도 죽어가고 있는 워너의 몸 위에 털썩 쓰러져버렸다.

그것을 보고 완전히 당황한 마틴은 여전히 맥주병을 손에 든 채 무작정 뛰기 시작했다. 그러나 문간에 이르자 아래의 현관에서 무슨 소리가 들리는 것 같았다. 저 살인자는 혼자가 아니었구나 하는 생각이 들었다. 문고리를 잡고 방향을 바꾼 그는 워너의 집 뒤쪽으로 달리기 시작했다. 그때 살인자가 양손으로 머리를 감싸 쥐고 비틀거리면서 일어나는 것이 보였다.

마틴은 침실 뒤의 창문으로 달려가 섀시 창을 밀어 올렸다. 방충망을 열려고 했으나 열리지 않자 발로 차서 부수고 비상계단으로 뛰어내렸다. 떨어진 것과 마찬가지였기 때문에 거기서 넘어지지 않은 것이 이상할 정도였다. 지상에 도착하자 방향 같은 것은 선택하고 있을 여유가 없었다.

그는 무작정 동쪽을 향해 달리기 시작했다. 옆 건물을 지나자 채소밭이 있었다. 그는 그리로 뛰어 들어갔다. 오른쪽으로 해밀턴 광장으로 가는 길을 차단한 바람막이 울타리가 쳐져 있었다.

동쪽으로 계속 달려가자 지대가 갑자기 낮아져서 그는 바위투성이의 언덕 비탈을 미끄러져 내렸다. 불빛은 이제 뒤쪽밖에 없었다. 그는 어둠 속으로 무턱대고 뛰어들다가 철조망에 부딪쳐 나동그라졌다. 철조망 너머는 폐차장이었는데 그 사이에 3미터 정도의 비탈길이 있었고 그 끝에 불빛을 깜빡거리며 세인트 니콜라스 거리가 뻗어 있었다. 마틴은 철조망을 넘으려고 하다가 그 밑에 터진 곳이 있는 것을 발견했다. 그는 그 틈을 빠져나가 1미터 정도의 시멘트 담을 뛰어내렸다.

거기는 진짜 폐차장이 아니라 약간의 빈터에 차가 버려져 있었는데 차는 빨갛게 녹이 슬고 있었다. 마틴은 그 잔해 사이를 조심스럽게 빠져나와 눈앞에 보이는 길의 불빛을 향해 달려갔다. 그 사이에도 그는 쫓아오는 사람이 없는지 귀를 기울이고 있었다.

일단 거리로 나오자 달리기가 한결 쉬웠다. 어떻게든 자신과 워너의 아파트와의 거리를 넓히는 것이 목적이었다. 순찰차의 모습을 찾아보았으나 한 대도 보이지 않았다. 길 양쪽의 건물들이 부서져 있었는데 자세히 보니 대부분 불에 탄 채 방치되어 있어서, 안개 낀 밤에 해골처럼 보이기도 했다. 보도 위에 쓰레기와 돌 부스러기들이 도처에 흩어져 있는 것을 보고 순간 마틴은 자신이 지금 어디에 와 있는가를 깨달았다. 그는 할렘 한가운데로 뛰어들고 있었다. 그것을 깨닫자 그는 걸음을 늦췄다. 어둡고 쓸쓸한 주위의 풍경이 공포심을 더욱 부채질했다.

두 블록 저쪽에 누더기를 걸친 흑인 불량배들이 무리를 짓고 있다가 달려오는 마틴의 모습을 보고 어지간히 놀란 것 같았다. 그들은 미치광이 백인이 할렘의 중심가를 향해 달려오는 것을 멍하니 바라보면서 마약 매매를 일시 중지했다.

아무리 건강한 몸이라도 그 격렬한 구보는 그의 체력을 소모시켜 호흡을 할 때마다 가슴이 아프고 금방이라도 쓰러질 것만 같았다. 그는 마침내 문짝이 떨어져나간 허름한 건물의 어둠 속으로 숨어들어갔다. 벽돌조각에 발이 걸려 그는 하마터면 넘어질 뻔했다. 축축한 벽에 매달려 간신히 몸을 지탱하고 숨을 몰아쉬었다. 금방 악취가 코를 찔렀으나 그는 개의치 않았다. 달리기를 멈춘 것만도 큰 위안이 되었다.

그는 조심스럽게 몸을 내밀고 누가 쫓아오지 않았는지 어둠 속을 지켜보았다. 물을 끼얹은 듯이 조용했다. 그때 마틴은 문득 사람의 냄새를 맡았다. 그와 동시에 건물 안의 어둠 속에서 손 하나가 뻗어 나와 그의 팔을 움켜잡았다. 마틴은 자기도 모르게 목구멍에서 비명이 터져 나왔으나 입 밖으로 나올 때는 마치 새끼양의 울음소리처럼 가냘팠다. 그는 마치 독충에라도 물린 것처럼 그 팔을 뿌리치며 출입구 밖으로 뛰쳐나갔다. 마틴은 자기 앞에 서 있는 사람이 똑바로 서 있지도 못할 정도로 마약에 찌든 중독자라는 것을 알아차렸다.

"빌어먹을!"

마틴은 그렇게 소리치며 몸을 돌린 뒤 다시 밤의 어둠 속으로 뛰어나갔다.

다시는 멈추지 않기로 결심한 마틴은 여느 때처럼 조깅의 속도를 유지하면서 뛰었다. 완전히 길을 잃고 말았지만 똑바로 달려가면 언젠가는 사람들이 있는 곳으로 나갈 수 있으리라 생각했다.

다시 비가 내리기 시작했다. 실안개가 드문드문 서 있는 가로등 주위에서 소용돌이를 치고 있었다.

마틴은 두 블록을 달려가다가 드디어 오아시스를 발견했다. 넓은 차도가 펼쳐져 있었고, 그 모퉁이에 철야주점이 있어서 '버드와이저'라는 화려한 네온사인이 그 교차점에 피 같은 붉은 빛을 뿌리고 있었다. 그 붉은 네온 빛이 마치 황폐한 도시에 안식처를 제공해주기라도 하는 듯했고, 서너 사람의 그림자가 출입구 근처에서 서성거리고 있었다.

마틴은 젖은 머리를 손으로 쓸어 올리다가 무엇인가 덩어리 같은 것이 달라붙어 있음을 깨달았다. '버드와이저'라는 네온의 불빛에 비쳐보니 그것은 워너의 피였다. 마틴은 싸우고 온 것처럼 생각되는 것이 싫어서 손으로 그것을 닦아냈다. 몇 번이나 손으로 문질러서 핏덩이를 닦아낸 다음 그는 문을 밀고 안으로 들어갔다.

술집의 분위기는 끈끈했고 담배연기가 자욱했다. 귀가 먹먹해지는 디스코 음악의 박자가 가슴을 칠 것처럼 울려 퍼지고 있었다. 12명 정도의 손님이 있었는데 반 정도는 이미 몽롱한 표정이었고 모두가 흑인이었다. 디스코 음악과 함께 소형 컬러텔레비전에서는 1930년대의 갱 영화를 방영하고 있었다. 그것을 보고 있는 것은 지저분한 흰색 에이프런을 걸치고 있는 덩치가 큰 바텐더뿐이었다.

손님들의 얼굴이 일제히 마틴에게로 향하면서 순식간에 폭풍 전의 희미한 섬광 같은 긴장감이 감돌았다. 마틴은 공포에 질려 있으면서도 직감적으로 그것을 깨달을 수 있었다. 그는 거의 20년 가까이 뉴욕에 살고 있었지만 화려한 부유계급과 함께 이 거리를 특징짓고 있는 극빈층에는 지금까지 한 번도 접근해본 적이 없었다.

그는 조심스럽게 술집 안으로 들어가면서 언제 습격당할지도 모른다는 생각이 들었다. 그가 걸음을 옮길 때마다 마치 위협하는 듯한 얼굴들이 따라붙었다.

턱수염을 기른 한 사내가 바의 의자에서 일어나 그의 앞을 가로막고 섰다. 사내는 매우 건장한 흑인이었는데 어두컴컴한 불빛에 근육질의 몸이 시커멓게 번들거렸다.

"이리 와, 흰둥이."

사나이는 이를 악문 사이로 소리를 내며 말했다.

"플래시, 그만둬!"

바텐더가 소리쳤다. 그리고 마틴에게 말했다.

"선생, 여기서 뭘 하는 거요? 죽고 싶소?"

"전화를 쓰고 싶소."

마틴은 간신히 말했다.

"뒤에 있어요."

바텐더는 믿을 수 없다는 듯이 머리를 흔들었다.

마틴은 숨을 죽이고 그 플래시라는 사나이의 옆을 조심스럽게 지나 호주머니에서 10센트짜리 동전을 꺼내어 전화를 찾았다. 전화는 화장실 옆에 있었으나 여자 친구와 통화를 하고 있는 흑인 사나이에게 점령되어 있었다.

"이봐, 베이비, 뭘 어쨌다고 질질 짜는 거야?"

아까의 겁에 질린 상태였다면 마틴은 사나이로부터 전화를 낚아채 버렸을는지도 모른다. 그러나 지금은 많이 진정되어 그는 바의 제일 끄트머리에 비어 있는 자리를 돌아와 통화가 끝나기를 기다릴 수 있었다. 바 안의 분위기는 다소 누그러져 손님들은 다시 대화를 시작하고 있었다.

바텐더는 선불을 요구한 다음 그에게 브랜디를 내놓았다. 독한 알코올이 그의 헝클어진 신경을 진정시키자 뭔가를 생각할 수 있는 여유가 생겼다. 워너의 죽음이라는 믿을 수 없는 사건에 대해 마틴은 그제야 그 경과를 되돌아볼 수 있었다.

워너가 칼에 찔렸을 때 자신은 우연히 그 자리에 있었을 뿐이었고, 그것은 어디까지나 워너와 그 살인자 사이의 싸움에 지나지 않는다고 생각했었다. 그러나 가만히 돌이켜보니 그 살인자는 자신을 미행하고 있었던 것 같았다. 그런데 어째서 이런 어처구니없는 일이!

결국 워너를 뒤쫓고 있었던 것은 바로 자신이었는데……. 그는 워너가 메스를 가지고 있는 것도 보았다. 자신을 덮칠 생각이었을까? 그 사건을 더듬어보니 마틴은 뭐가 뭔지 더욱 알 수 없게 되었다. 특히 그날 밤 그 암살자를 지하철에서 보았던 기억을 떠올리자 더 혼란스러워졌다.

그는 술을 쭉 들이켜고 추가요금을 지불한 뒤 한 잔을 더 청했다. 그리고 여기가 어디냐고 물었다. 바텐더가 거리의 이름을 가르쳐주었으나 마틴은 들어보지도 못한 이름이었다.

전화로 실랑이를 벌이던 흑인 사내가 마틴의 뒤를 지나 술집을 나갔다. 마틴은 의자에서 일어나 새로 따른 잔을 들고 전화기 쪽으로 갔다. 이젠 마음도 가라앉아 이 정도라면 경찰에 좀 더 조리 있게 사건의 경위를 설명할 수 있을 것 같았다. 전화기 밑에 조그만 선반이 있었다. 마틴은 거기에 술잔을 놓고 동전을 넣고는 911을 돌렸다.

디스코 음악과 텔레비전의 소음 속에서도 상대편 벨이 울리는 소리가 들렸다. 마틴은 병원 일까지 얘기할까 하다가 그건 혼란스러운 상황을 더 악화시킬 뿐이라는 결론을 내렸다. 그는 의학적인 문제에 대해서는 얘기하지 않기로 했다. 만약 이 한밤중에 워너의 아파트에서 무엇을 하고 있었느냐고 묻는다면 그때 가서 얘기해도 될 것이다.

"여기는 제6관구, 맥닐리 경사올시다."

졸린 듯한 쉰 목소리가 전화를 받았다.

"살인사건이 있어서 알려드리려고 합니다."

마틴은 될 수 있는 대로 침착하게 말했다.

"어디입니까?"

"번지는 모르지만 다시 가보면 알 수 있을 겁니다."

"그래서, 지금 당신에게는 위험이 없습니까?"

"없을 겁니다. 난 지금 할렘의 술집에 와 있는데……."

"술집! 알겠다. 이봐, 자네 얼마나 마셨나?"

경사가 그의 말을 가로막았다.

상대방이 자기를 미치광이로 생각하고 있는 것을 그는 알아차렸다.

"들어봐요, 난 칼에 찔린 사람을 봤단 말입니다."

"할렘에서는 많은 사람이 칼에 찔리곤 하지. 자네 이름은?"

"닥터 마틴 필립스. 홉슨대학 병원의 방사선과 부과장이오."

"지금 마틴라고 했소?"

경사의 목소리가 달라졌다.

"그렇소."

마틴은 상대방의 반응에 깜짝 놀랐다.

"왜 즉시 말씀해주시지 않았습니까? 여보세요. 우리는 당신의 전화를 기다리고 있었단 말입니다. 당신한테서 전화가 오면 '기관'으로 즉시 연결하라는 지시를 받았습니다. 그대로 끊지 말고 계십시오! 만약 끊어지면 곧 다시 걸어주세요, 아시겠죠?"

경사는 이쪽의 대답을 기다리지 않았다. 그가 전화를 끊지 않고 있는데 찰칵 하는 소리가 들려왔다. 마틴은 수화기를 귀에서 떼고 경사가 지껄인 이상한 말들에 대한 설명이라도 구하듯 수화기를 물끄러미 바라보았다. 경사는 분명 이쪽의 전화를 기다리고 있었다고 했다! 그리고 '기관'이라는 것은 무슨 뜻일까? 무슨 '기관'이란 말인가?

찰칵 하는 소리에 이어 누군가 다른 사람이 수화기를 들었다. 그의 목소리는 긴장되고 매우 걱정스럽게 들려왔다.

"좋소, 마틴. 지금 어디 있소?"

"할렘이오. 당신은 누구요?"

"난 샌슨 수사관이오. 기관의 뉴욕지구 부국장을 맡고 있어요."

"무슨 기관을 말하는 겁니까?"

일단 진정되었던 신경이 마치 전기에 감전된 것처럼 찌르르 했다.

"연방수사국(FBI)이오, 그것도 모른단 말이오! 잘 들어요. 아무튼 시간이 별로 없소. 당신은 거기에서 빨리 나오도록 하시오."

"왜요?"

마틴은 얼떨떨한 와중에서도 샌슨이 진지하게 말하고 있다는 것을 감지했다.

"설명하고 있을 여유가 없소. 하지만 당신이 머리를 내리친 사나이는 우리 기관의 수사관인데 당신의 신변을 지키려고 했던 거요. 그가 방금 연락을 해왔소. 아직도 모르겠소? 워너가 당한 것은 그야말로 우연이었단 말이오."

"난 하나도 모르겠소!"

마틴은 자기도 모르게 소리쳤다.

"상관없소. 문제는 당신이 거기에서 빨리 나오는 거요. 잠깐만, 끊지 말고 기다리시오. 이 전화가 도청되고 있는지 확인해볼 테니까."

마틴이 그대로 기다리고 있는데 다시 찰칵하는 소리가 들렸다. 마틴은 아무 소리도 나지 않는 전화기를 바라보면서 은근히 부아가 치밀었다. 이 무슨 잔인한 농담이란 말인가.

"이 전화는 위험해요. 그쪽 전화번호를 알려주시오. 이쪽에서 곧 전화를 걸 테니까."

샌슨이 다시 전화기를 들고 말했다.

마틴은 전화번호를 가르쳐주고 전화를 끊었다. 그의 노여움은 차차 새로운 공포로 바뀌었다. 아무튼 상대는 FBI인 것이다.

마틴은 손아래서 벨이 울리자 흠칫하고 놀랐다. 샌슨이었다.

"오케이, 마틴 씨. 똑똑히 들어요! 홉슨병원에 얽힌 음모가 있소. 그동안 우리가 은밀하게 수사해오고 있었죠."

"방사능도 관련되어 있소."

마틴은 자기도 모르게 불쑥 말했다. 이제 뭔가를 알 것 같은 생각이 들었다.

"그게 확실하오?"

"확실합니다."

마틴은 말했다.

"좋소. 마틴. 이 수사에는 당신이 꼭 필요하오. 그러나 당신이 미행당하고 있을 우려가 있소. 직접 만나서 당신과 꼭 얘기를 해봐야겠소. 우리에게는 병원 내부에 있는 사람이 필요하단 말이오. 알겠소?"

샌슨은 마틴의 대답을 기다리지 않고 말을 계속했다.

"당신이 미행을 당하고 있으면 안 되니까 여기에 오라고 할 수도 없소. 아직은 그들이 FBI가 수사하고 있다는 것을 알면 절대로 안 되니까. 잠깐만 기다려주시오."

샌슨의 목소리가 끊기고 무엇인가 자기들끼리 의논하는 소리가 들렸다.

"수도원이오, 마틴. 수도원을 아시오?"

샌슨이 전화기로 돌아와서 물었다.

"물론 알죠."

마틴은 얼른 대답했다.

"거기서 만납시다. 택시를 타고 와서 정문 앞에서 내리시오. 차는 돌려보내야 하오. 그럼 우리가 당신에게 이상이 없다는 것을 알 수 있을 테니까."

"이상이라뇨?"

"미행자가 없다는 뜻이.. 이런 젠장! 그것만 해주시오, 마틴."

마틴은 끊어진 수화기를 들고 한동안 멍하니 서 있었다. 샌슨은 이쪽의 질문도 승낙도 기다리지 않았다. 그의 말은 제안이 아니라 이미 명령이었다. 그러나 상대방의 매우 진지한 태도에는 강렬한 인상을 받았다.

마틴은 바텐더에게 돌아가 택시를 부를 수 있겠느냐고 물었다.

"밤에 할렘에 와주는 택시는 없을 거야."

바텐더는 말했다.

그러나 택시 운전사가 오겠다는 승낙을 받아내는 데는 다시 20달러의 팁이 더 필요했고, 행선지가 워싱턴 하이츠라고 거짓으로 알려주지 않으면 안 되었다. 그리고 초조한 심정으로 15분을 기다리자 밖에 차가 와서 멈추는 것이 보였다.

마틴이 택시에 올라타자 차는 날카로운 타이어 소리를 내면서 거리를 질주해갔다. 운전사는 문을 모두 잠가달라고 말했다.

10블록 정도 달리자 거리는 이제 무서운 곳으로는 보이지 않게 되었다. 이윽고 마틴의 눈에도 낯익은 구역이 나타나고, 불을 환하게 밝힌 상점들이 지금까지의 황폐한 풍경을 대신했다. 우산을 쓰고 걸어가는 사람도 몇몇 볼 수 있었다.

"오케이, 이제 어디로 가시겠습니까?"

운전사는 마치 적중에서 누군가를 구출해오기라도 한 듯이 안도의 한숨을 내쉬며 물었다.

"수도원."

"수도원이라고요? 손님, 지금은 새벽 3시 반이에요. 그 근처에는 얼씬거리는 사람이 없어요."

"요금은 지불하겠소."

실랑이를 벌이고 싶지 않았기 때문에 마틴은 그렇게 말했다.

"잠깐만 기다려주세요."

정지신호가 떨어지자 운전사는 차를 세웠다. 그리고 칸막이인 플래시 유리 너머로 그를 돌아보았다.

"난 복잡한 건 싫습니다. 손님에게 무슨 용무가 있는지 모르지만 난 못 갑니다."

"복잡한 일은 없소. 정문 앞에서 내려주기만 하면 돼요. 그리고 당신은 돌아가면 되는 거요."

신호가 바뀌자 운전사는 액셀러레이터를 밟았다. 더 이상 아무 말도 하지 않는 것을 보면 그는 그것으로 납득한 것 같았다. 마틴은 생각할 수 있는 여유가 생겼기 때문에 그의 침묵이 반가웠다.

샌슨의 고압적인 태도가 오히려 큰 도움이 된 것 같았다. 그와 같은 상황 아래서 마틴은 아무것도 혼자 결정할 수 없었을 것이다. 모든 것이 기괴한 일뿐이었다. 병원을 나선 순간부터 그는 일상의 생활과는 전혀 다른 세계로 들어가고 만 것이다. 자신의 윗옷에 묻어 있는 워너의 핏자국을 발견할 때까지만 해도 자신이 경험한 모든 것이 꿈이 아니었을까 생각했을 정도였다. 어떤 의미에서든 그 핏자국 때문에 용기를 얻기도 했다. 적어도 자신이 미치지 않았던 것만은 확실했기 때문이다.

그는 춤을 추듯 지나가는 창밖의 불빛을 지켜보면서 FBI의 개입이라는, 도저히 상상할 수도 없는 사건에 대해 생각해보려고 했다. 그 자신도 병원에서 충분히 경험을 쌓았기 때문에 조직이라는 것은 무엇보다도 조직 자체를 위해 움직이고 있고 개인의 일 같은 것은 생각하지 않는다는 것을 잘 알고 있었다. 그러므로 이 사건이 FBI라는 조직에 그만큼 중대한 것이라면 마틴 개인을 위해서가 아닌 것만은 분명했다!

그렇게 생각하자 그는 수도원에서 만난다는 것이 불안해졌다. 인적이 없는 곳이라는 것도 마음에 걸렸다.

그는 고개를 돌려서 택시의 뒤창으로 뒤를 살펴보면서 미행이 없다는 것을 확인했다. 차가 적어서 그런 낌새는 없는 것 같았으나 확실한 것은 알 수가 없었다. 그는 운전사에게 하마터면 방향을 바꾸라고 할 뻔했으나 자신에게는 더 이상 안전한 장소가 없다는 것을 깨닫고 긴장된 표정으로 좌석에 앉아 있었다.

이윽고 수도원이 가까워지자 그는 몸을 앞으로 내밀고 운전사에게 말했다.

"서지 마시오. 그대로 계속 가요."

"하지만 정문 앞에서 내려주기만 하면 된다고 하지 않았소."

운전사가 따졌다.

택시는 중앙의 입구로 사용되고 있는 타원형의 대지로 들어갔다. 거기에는 중세풍의 출입구 위에 커다란 램프가 매달려 비에 젖은 화강암 보도를 비추고 있었다.

"여기를 한 번 돌아주시오."

마틴은 그 주위를 유심히 살펴보면서 말했다.

두 줄의 전용 차도는 어둠 속으로 사라지고 건물 내부의 불빛이 몇 개인가 위쪽에 보일 뿐이었다. 밤의 이 지역은 마치 십자군 시대의 성곽을 연상하게 하리만큼 으스스한 분위기를 풍기고 있었다.

운전사는 투덜거리면서도 허드슨 강에 면해 있는 순환도로를 따라 차를 몰았다. 밤이라 강물은 보이지 않았으나 아름다운 빛의 포물선을 그리고 있는 조지 워싱턴 다리가 하늘을 배경으로 장엄하게 솟아 있는 것이 보였다.

마틴은 이리저리 고개를 돌리면서 이상한 낌새를 눈여겨보았으나 강가에 차를 세워두고 밀회를 즐기는 흔한 연인들의 모습도 눈에 띄지 않았다. 시간이 늦었거나 날씨가 춥기 때문인 것 같았다.

차는 순환도로를 한 바퀴 돌고 다시 정문으로 돌아왔다.

"자, 대체 뭘 하려는 거유?"

백미러로 마틴의 얼굴을 보면서 운전사가 말했다.

"여기서 빠져나갑시다."

마틴이 말했다.

운전사는 대답 대신 핸들을 돌리더니 속도를 내어 건물에서 멀어지기 시작했다.

"잠깐, 스톱!"

마틴이 외치자 운전사는 급브레이크를 밟았다. 부랑아 셋이 진입로를 따라 세워진 돌담에 서서 담 너머를 보고 있는 것을 발견한 것이다. 택시의 타이어가 내지르는 소리를 듣고 이쪽을 쳐다본 그들은 택시가 멈춘 곳으로부터 30미터쯤 뒤에 있었다.

"얼마요?"

마틴은 창밖을 내다보면서 물었다.

"필요 없소. 빨리 내리기나 해요."

마틴은 플렉시글래스 창틀에 10달러짜리 지폐를 끼워놓고 차에서 내렸다. 택시는 문이 닫히자마자 달려가기 시작하더니 곧 밤의 습기찬 공기 속으로 사라졌다. 남은 것은 물을 끼얹은 듯한 고요뿐, 그것을 깨뜨리는 것은 그곳에서는 보이지 않는 헨리 허드슨 고속도로를 이따금 달려가는 자동차소리 뿐이었다.

마틴은 부랑아들이 있는 쪽으로 걸어갔다. 오른쪽에는 큰 길로 통하는 소로가 싹이 트기 시작한 나무들 사이로 뻗어 있었다. 마틴은 그 소로가 도중에서 둘로 갈라져서 육교가 있는 큰길 밑으로 뻗어 있는 것을 보았다.

그는 그 길을 따라가면서 육교 밑을 내려다보았다. 부랑아는 셋이 아니라 네 사람이었다. 한 사람은 곤드레만드레가 되어 길바닥에 드러누워 코를 골고 있었고, 나머지 세 사람은 앉아서 트럼프를 하고 있었다. 조그만 모닥불이 타면서 2.8리터들이 술병 2개를 비추고 있었다.

그들이 정말 겉보기처럼 집도 절도 없는 부랑인들인가를 확인하기 위해 마틴은 한동안 그들을 유심히 지켜보았다. 그리고 가능하면 이 패거리를 자신과 샌슨 사이의 방패막이로 사용하면 어떨까 하고 생각했다.

설마 체포되리라고는 생각하지 않았으나 오랫동안 병원에서 근무한 경험에 비추어, 아무튼 앞일을 예상하고 모든 가능성을 신중히 검토할 필요가 있다고 생각했다. 그렇다면 이럴 때 생각할 수 있는 것은 중간에 사람을 세워서 상황을 살펴보는 정도일 것이다. 아무튼 이런 한밤중에 수도원에서 만나자는 것 자체가 정당한 절차라고 할 수는 없었다.

그 패거리를 한참 동안 더 지켜보고 있다가 마틴은 자기도 약간 취한 척하면서 육교 밑으로 걸어갔다. 3명의 부랑아들은 그를 힐끗 쳐다보았으나 별로 위험한 사람은 아니라고 생각했는지 다시 트럼프를 하기 시작했다.

"자네들 중에 누구든지 50달러 벌고 싶은 사람 없나?"

마틴이 말을 걸었다.

3명의 부랑아들은 다시 얼굴을 들었다.

"무슨 일을 하면 50달러를 버는데?"

가장 젊은 친구가 물었다.

"10분간만 내가 되어주면 돼."

세 사람은 서로 마주보고 웃었다. 두 번째로 젊은 친구가 자리에서 일어섰다.

"좋아. 당신이 되어서 뭘 하라는 거야?"

"수도원으로 올라가서 그 근처를 돌아다니기만 하면 되는 거야. 만약 누군가가 누구냐고 물으면 마틴라고 대답하기만 하면 돼."

"50달러부터 보여줘요."

마틴은 돈을 꺼냈다.

"나는 어때?"

제일 나이 많은 친구가 힘들게 몸을 일으키며 말했다.

"닥쳐, 잭! 아저씨의 성과 이름을 말해줘."

젊은 친구가 말했다.

"마틴 필립스."

"오케이, 마틴. 계약은 성립되었어."

마틴은 자신의 윗옷과 모자를 벗어서 그에게 입히고 모자를 깊숙이

눌러 씌웠다. 그리고 부랑아의 코트를 받아서 하는 수 없이 자기가 입었다. 그것은 조그만 벨벳 깃이 달려 있는 다 닳아빠진 체스터필드였는데 호주머니 속에는 먹다 남은 샌드위치가 그대로 들어 있었다.

마틴이 반대하는데도 불구하고 나머지 두 사람은 부득부득 같이 가겠다고 고집을 부렸다. 그들은 마침내 마틴이 잠자코 있지 않으면 모든 거래는 취소라고 할 때까지 큰소리로 웃고 농담을 했다.

"똑바로 걸어가면 돼?"

젊은 친구가 물었다.

"그래."

마틴은 대답하면서 이 가장행렬의 제2단계를 생각하고 있었다. 소로는 넓은 차도 밑에 있는 작은 정원으로 이어져 있었는데 그 앞에는 가파른 비탈길이 자갈을 깔아놓은 현관 앞의 광장으로 이어져 있었다. 거기에는 지친 보행자를 위한 벤치도 놓여 있었다. 입구에서부터 이어져 있는 돌담은 소로의 교차점에서 끝나고, 그대로 더 올라가면 수도원의 정문이 되었다.

"오케이."

마틴은 작은 소리로 말했다.

"저 문까지 가서 그것을 여는 척하고 돌아오기만 하면 돼. 그럼 10달러는 자네 거야."

"내가 모자와 옷을 입고 그냥 달아날지도 모르잖아. 내가 그런 사람이 아니라는 것을 아저씨가 어떻게 알아?"

"어쨌든 한번 해보는 거지. 그리고 자네를 붙잡는 건 문제없어."

"이름이 뭐라고 했지?"

"필립스. 마틴 필립스."

부랑아는 고개를 뒤로 젖혀야만 앞을 볼 수 있을 정도로 필립의 모자를 일부러 더 눌러썼다. 그리고 비탈길을 올라가기 시작했는데 몸의 균형을 잃고 있었다. 마틴이 등을 살짝 떠밀자 그는 엎어져 엉금엉금 기어 올라가 간신히 차도에 이르러서야 몸을 일으켜 세웠다.

마틴도 돌담 너머가 보일 때까지 비탈길을 올라갔다. 부랑아는 이미 차도를 건너 자갈이 깔린 곳까지 비탈길을 올라갔다. 그는 울퉁불퉁한 표면에 발이 걸려 넘어질 뻔하다가 간신히 몸을 가누고 있었다. 그리고 버스 정류소가 되어 있는 중앙의 정원수를 돌아 나무문이 있는 곳으로 갔다.

"누구 있어요?"

그의 목소리가 정문 앞의 광장에 메아리쳤다. 그는 정문 앞의 중앙으로 걸어 나와서 다시 소리쳤다.

"마틴 필립스요!"

마침 그때 내리기 시작한 빗소리 이외에는 아무 소리도 들리지 않았다. 조잡한 누벽을 갖추고 있는 낡은 수도원은 이 세상의 것이 아닌 것처럼 무궁한 모습을 보이고 있었다. 마틴은 또 자신이 터무니 없는 환각을 느끼고 있는 것이 아닐까 하고 생각했다.

그때 갑자기 한 발의 총성이 주위의 정적을 깨뜨렸다. 앞뜰에 있던 부랑아가 공중제비를 하고는 화강암 보도 위로 곤두박질치는 것이 보였다. 고속으로 날아간 총탄이 잘 익은 멜론을 맞춘 것과 비슷한 장면이었다. 총알이 들어갈 때는 외과의 절개창 정도밖에 안 되었지만 나올 때는 무서운 힘으로 얼굴의 대부분을 날려버리고 10미터 사방으로 포물선을 그리며 그의 살 조각을 흩뿌렸다.

마틴은 그때처럼 절망감을 느낀 적이 없었다. 워너의 집에서 뛰쳐

나왔을 때도 이렇게 무섭지는 않았었다. 금방이라도 총소리가 다시 나고 총탄이 날아와 그를 그 자리에 쓰러뜨릴 것만 같았다. 총탄의 타는 듯한 아픔마저 느껴졌다. 누가 자기를 쫓고 있는지 모르지만 저 정문 앞의 시체를 살펴보면 금방 다른 사람이라는 것을 알게 될 것이다. 어떻게든 그 자리를 피하지 않으면 안 되었다.

그러나 바위투성이의 비탈길은 매우 위험했다. 마틴은 노출되어 있는 바위 모서리에 발이 걸려 공중제비를 하며 쓰러졌다. 간신히 일어나자 소로가 오른쪽으로 구부러져 있는 것이 보였다. 그는 덤불을 헤치면서 그쪽을 향해 달려갔다.

두 번째 총성에 이어 다시 단말마의 비명이 들려왔다. 마틴은 숨이 멎을 것만 같았다. 덤불 숲을 벗어난 그는 캄캄한 소로를 전속력으로 달려갔다.

앞이 전혀 보이지 않았기 때문에 그는 아차 하는 순간 계단 꼭대기에서 허공으로 날아올랐다. 지면에 닿을 때까지 믿을 수 없을 만큼 긴 시간이 걸린 것 같았다. 그는 충격을 줄이기 위해 본능적으로 머리를 숙이고 몸을 앞으로 기울이면서 체조선수처럼 공중제비를 했다. 그리고 등부터 땅에 떨어지자 멍하니 그 자리에 앉아 있었다. 그때 뒤에서 소로를 달려오는 발소리가 들려왔다. 그는 황급히 일어나 현기증과 싸우면서 다시 달렸다.

이번에는 제때 계단을 발견하고 속도를 늦출 수 있었다. 한 번에 계단을 서너 개씩 뛰어내리면서 후들거리는 다리로 필사적으로 달렸다. 이윽고 직각으로 교차되는 길이 나타났지만 너무 빨리 뛰느라 순간적으로 어느 쪽으로 가야 할지 결정할 수 있는 여유도 없었다.

다음의 갈림길에서 곧바로 가는 길이 없어지자 그는 잠시 망설였다. 오른쪽의 내리막길은 그 앞에서 숲이 끝나고 있었다. 그 가장자리에 시멘트 난간이 붙어 있는 발코니 같은 것이 있었다.

다시 발소리가 들려왔다. 이번에는 추격자가 한 사람이 아닌 것 같았다. 생각하고 있을 틈이 없었다. 그는 발코니로 향하는 길을 내려갔다. 그 밑에는 100평방미터쯤 되어 보이는 시멘트로 된 운동장이 있었는데, 거기에는 그네와 벤치가 있었고 중앙에는 여름에 수영장으로 쓰는 듯한 움푹 패인 곳도 있었다. 운동장 너머로는 도시의 거리가 보이고 택시가 왕래하고 있는 것도 보였다.

추격자들의 발소리가 점점 다가오고 있는 것을 들은 마틴은 발코니에서 마당까지 이어진 널찍한 시멘트 계단을 향해 몸을 움직여가다가 추격자들보다 먼저 넓게 트인 장소를 가로 지르다가는 발각될 우려가 있다는 것을 깨달았다. 운동장 주변엔 몸을 숨길만한 곳이 없었던 것이다.

그는 재빨리 발코니 밑의 지린내가 코를 찌르는 캄캄한 구덩이로 기어들어갔다. 그 순간 다급한 발소리가 머리 위에서 들려왔다. 그는 무턱대고 벽에 닿을 때까지 몸을 굴렸다. 그리고 가쁜 숨을 진정시키려고 애를 썼다.

발코니를 지탱하고 있는 기둥이 멀리 보이는 운동장을 배경으로 앞에 늘어서 있고, 그 너머로 거리의 불빛이 깜빡거리고 있는 것이 보였다.

무거운 발소리가 머리 위에서 쿵쾅거리다가 계단을 내려갔다. 그때 갑자기 누더기를 걸친 검은 그림자가 마틴에게도 들릴 만큼 숨을 헐떡거리면서 실루엣으로 보이더니 비틀거리며 거리를 향해 걸어가기 시작했다.

그 뒤를 이어 가벼운 발소리가 또 위의 마루에서 들리고 소곤거리는 말소리도 들려왔으나 이윽고 조용해졌다. 조금 전의 그 그림자는 물이 없는 수영장을 대각선으로 달려가고 있었다.

머리 위의 발코니에서 라이플의 날카로운 총성이 들리는 것과 동시에 달아나던 그림자가 얼굴을 땅에 처박고 곧 움직이지 않게 되었다. 즉사한 것이다.

마틴은 모든 것을 운명에 맡기고 단념하기로 했다. 더 이상 달아난다는 것은 불가능한 일이었다. 그는 궁지에 몰린 여우처럼 이젠 마지막 일격을 기다리고 있을 뿐이었다. 이렇게까지 지치지 않았다면 저항을 시도해볼 수도 있었지만 이런 상태에서는 잠자코 숨어 있을 수밖에 없었다. 그는 발코니를 가로질러 계단을 내려가는 가벼운 발소리에 귀를 기울이며 움직이지 않고 앉아 있을 수밖에 없었다.

마틴은 눈앞의 기둥 사이로 금방이라도 사람의 실루엣이 나타날 것을 예상하며 가만히 숨을 죽이고 있었다.

FBI, 그리고 로맨스

데니스 생거는 번쩍 눈을 떴으나 숨을 죽이고 가만히 드러누운 채 한밤중에 나는 이상한 소리에 귀를 기울였다. 체내에 쏟아져나온 아드레날린으로 인해 관자놀이의 쿵쾅거리는 맥동을 느끼고 있었다. 그녀를 깨운 이상한 소리는 더 이상 들리지 않았다. 이제 귀에 들려오는 것이라곤 낡은 냉장고가 돌아가는 소리뿐이었다. 호흡은 서서히 정상으로 돌아왔다. 이윽고 그 냉장고 소리마저 마지막에 딸깍하고 멈추더니 방안에는 다시 정적이 감돌기 시작했다.

그녀는 몸을 뒤척이면서 나쁜 꿈을 꾸었나 의아해 하다가 화장실에 가야겠다는 생각이 들었다. 하복부의 팽만감은 더 이상 내버려둘 수 없을 정도로 점점 더해 가고 있었다. 일어나기 싫다고 생각할수록 더 일어나지 않으면 안 되었다.

데니스는 따뜻한 침대를 빠져나와 욕실로 갔다. 그리고 나이트가운을 무릎 위로 걷어 올리고 차가운 변기에 앉았다. 불고 커지 않고 문을 닫지도 않은 채였다.

체내의 아드레날린이 방광을 억제하고 있는지 소변이 나올 때까지 몇 분 동안이나 앉아 있지 않으면 안 되었다.

그녀가 용변을 끝냈을 때 쿵 하는 둔중한 소리가 다시 들려왔다. 옆 방에서 벽에 부딪히는 것 같은 소리였다. 그녀는 또 소리가 들릴까 하고 귀를 기울였으나 방안은 여전히 조용했다.

그녀는 용기를 내어 살그머니 마루로 나가 현관문을 살펴보았다. 자물쇠는 단단히 채워져 있었다. 그녀는 안도의 한숨을 내쉬었다. 그리고 몸을 돌려 침실로 돌아갈 때였다. 마루에 찬 공기가 흐르고 메모판에 꽂아놓은 종이쪽지가 팔락이는 소리가 들렸다. 그녀는 다시 몸을 돌려 현관 쪽으로 돌아가 어두운 거실을 들여다보았다. 배선관이 있는 비상계단으로 올라가는 창문이 활짝 열려 있었다!

그녀는 겁을 먹지 않으려고 필사적으로 노력했다. 뉴욕에 온 이래 가장 두려웠던 것이 이런 낯선 사람의 침입 가능성이었다. 그래서 이곳에 살고부터 그녀는 거의 한 달 동안이나 밤잠을 이루지 못했었다. 그런데 지금 창문이 활짝 열려 있고 그녀의 악몽은 현실이 되고 있었다. 분명 누군가가 방에 들어와 있는 것이다!

몇 초 사이에 그녀는 전화기가 2개라는 것을 기억했다. 하나는 침대 옆에, 또 하나는 바로 눈앞의 부엌 벽에 매달려 있었다. 그녀는 낡은 리놀륨의 감촉을 발바닥에 느끼면서 마루를 가로질러 부엌으로 들어가서 껍질을 벗기는 데 쓰는 작은 칼을 잡았다. 작은 칼날이 희미한 빛에도 섬뜩하게 빛났다. 그녀는 그 빈약한 무기를 손에 들고 그것으로 몸을 지킬 수 있다는 어처구니없는 안도감을 느꼈다.

그녀는 냉장고 쪽으로 손을 뻗어 수화기를 잡았다. 그 순간 낡은 냉장고의 콤프레서가 다시 가동하기 시작하면서 마치 지하철이 달리는 것처럼 덜컹거리기 시작했다. 그녀는 그 소리에 놀라 황급히 수화기를 놓고 하마터면 비명을 지를 뻔했다. 그러나 비명소리가 터지기 전에 하나의 손이 그녀의 목을 잡고 무서운 힘으로 그녀를 들어올렸다. 그녀는 온몸의 힘이 빠져 칼을 떨어뜨리고 말았다.

그녀는 마룻바닥에 발을 끌며 누더기 인형처럼 가볍게 끌려갔다. 침대에 내동댕이쳐진 그녀의 눈앞에 섬광이 번쩍이더니 머리에 둔한 통증이 왔다. 그리고 소음기가 부착된 권총이 발사되는 소리가 났다.

총탄은 침대 위에 불룩하게 뭉쳐져 있는 담요를 향해 날아갔다. 한 사람이 담요를 확 제치더니 그녀를 거칠게 꿇어앉혔다.

"그 사람 어디 있어!"

침입자 중 하나가 물어뜯을 듯이 말했다. 다른 한 명은 벽장을 열어 보았다.

그녀는 침대 옆에 웅크리고 있다가 얼굴을 들었다. 검은 양복에 폭이 넓은 가죽벨트를 매고 있는 두 남자가 그녀 앞에 서 있었다.

"그 사람이라니, 누구 말인가요?"

그녀는 기어들어가는 소리로 간신히 물었다.

"네 애인, 마틴 필립스 말이야."

"몰라요. 병원에 있겠죠."

그러자 한 남자가 그녀를 번쩍 들어 올리더니 침대 위에 내동댕이 쳤다.

"그럼 기다리지."

마틴에게 시간은 꿈처럼 지나가고 있었다. 마지막 총성이 울린 뒤에는 아무 소리도 들리지 않고, 운동장 건너 쪽에서 이따금 자동차 소리가 들려올 뿐 쥐 죽은 듯이 조용했다. 맥박은 정상으로 돌아와 있었으나 그는 아직도 생각을 정리할 수가 없었다.

아침해가 희미하게 운동장을 비추기 시작했을 때에야 그의 머리도 회전하기 시작했다. 날이 완전히 새자 주위의 풍경을 자세하게, 예를 들면 주위의 자연석과 비슷하게 만든 콘크리트 휴지통까지 분간할 수 있게 되었다. 어디선가 새들이 갑자기 모여들고, 비둘기 몇 마리가 마른 수영장에 쓰러져 있는 시체 주위를 서성거리고 있었다.

마틴은 저린 다리를 뻗으면서 이번에는 '저 운동장에 있는 시체가 위협이구나' 하고 생각했다. 누군가가 곧 경찰을 부를 것이다. 어젯밤과 같은 일이 있었기 때문에 마틴은 당연히 경찰을 두려워하고 있었다.

그는 간신히 일어나 혈액순환이 될 때까지 벽에 몸을 기대고 있었다. 그리고 조심스럽게 다시 시멘트 계단을 올라가서 주위를 살피는데 온몸이 욱신거려왔다. 몇 시간 전에 공포의 도주를 했던 소로도 보였다. 그 너머에는 누군가가 개를 데리고 산책을 하고 있는 것도 보였다. 조금 있으면 운동장의 시체가 발견될 것이다.

그는 황급히 계단을 내려가서 널브러져 있는 시체 옆을 지나 공원을 향해 걸어갔다. 총탄에 갈가리 찢어져 사방으로 흩어진 살 조각의 일부를 놓고 비둘기들이 싸우고 있었다. 마틴은 얼른 고개를 돌렸다.

그는 운동장에서 나와 어젯밤 부랑아가 입었던 코트 깃을 세우고 한길을 가로질러 브로드웨이로 접어들었다. 모퉁이에 지하철 입구가 보였으나 지하로 내려가기가 무서웠다. 자신을 쫓는 사람들이 아직도 그 근처에 있는 것 같아서 그는 극도로 불안했다.

그는 어떤 건물의 출입구에 들어가서 한길을 둘러보았다. 주위는 차차 밝아지고 자동차도 사람들을 태우기 시작했다. 그것을 보자 마틴은 기분이 좋아졌다. 사람이 많으면 많을수록 이쪽의 신변도 그만큼 안전하기 때문이었다. 주위에 이상한 눈초리로 서성거리고 있는 사람도 없었고 주차하고 있는 차에 앉아 있는 사람도 없었다.

빨간 신호등이 켜지자 한 대의 택시가 바로 그의 눈앞에서 멈췄다. 마틴은 출입구에서 뛰어나가 택시의 뒷문을 열려고 했으나 문이 잠겨 있었다. 운전사가 고개를 돌려 마틴을 보더니 붉은 신호임에도 불구하고 속도를 내어 달아나버렸다.

마틴은 당혹스런 표정으로 거리에 서서 멀어져가는 택시의 뒷모습을 바라보았다. 그는 하는 수 없이 다시 아까의 출입구로 돌아가서 유리에 비친 자신의 모습을 보고 나서야 비로소 택시가 왜 자기를 태워주지 않았는지를 깨달았다. 영락없이 부랑자 몰골을 하고 있었다. 머리는 말라붙은 피와 검불을 붙인 채 헝클어질 대로 헝클어져 있었고, 지저분한 얼굴은 24시간 자랄 대로 자란 다박수염에 뒤덮여 있었다. 게다가 그 낡아빠진 체스터필드가 완벽하게 부랑자의 모습을 연출하고 있었다.

그는 바지 뒷주머니에 손을 넣어 촉감이 익숙한 지갑이 만져지자 안도의 한숨을 쉬었다. 지갑을 꺼내어 현금이 얼마나 되는지 세어보니 31달러가 들어 있었다. 이런 꼴을 하고는 신용카드를 사용할 수도 없었다. 그는 5달러짜리 지폐 한 장을 꺼내고 지갑을 다시 주머니에 넣었다.

5분쯤 지나자 다른 택시가 와서 멈췄다. 이번에는 운전사가 볼 수 있도록 앞에서 차로 다가갔다. 머리는 될 수 있는 대로 보기 좋게 쓰다듬고 코트의 앞도 열어서 초라한 모습이 당장은 드러나지 않도록 했다. 그리고 무엇보다도 중요한 동작인 5달러짜리 지폐를 높이 들어 보였다. 운전사가 타라는 신호를 했다.

"어디로 모실까요, 손님."

"똑바로, 똑바로 갑시다."

마틴은 말했다.

운전사는 의아한 표정을 지으며 백미러로 마틴의 얼굴을 보았으나 신호가 바뀌자 차에 기어를 넣고 브로드웨이를 달려갔다.

마틴은 자리에 앉은 채 몸을 비틀어 뒤쪽의 창문을 내다보았다. 포트 트리온 공원과 작은 운동장은 순식간에 뒤로 사라졌다. 마틴은 어디로 갈까 하다가 일단 군중 속에 들어가 있으면 안심이 될 것 같았다.

"42번가로 가고 싶소."

간신히 그는 말했다.

"진작 말씀하시지 그랬습니까. 리버사이드 드라이브에서 꺾었으면 되는데."

"아니, 그 길은 가고 싶지 않았소. 이스트사이드로 갑시다."

"그럼 요금이 20달러쯤 나오는데요, 손님."

"아, 좋소."

마틴은 지갑을 꺼내 20달러짜리 지폐를 백미러로 보고 있는 운전사에게 보였다.

차가 다시 움직이기 시작하자 마틴은 어떻게든 마음을 안정시켜야겠다고 생각했다. 지난 12시간 동안에 일어난 사건이 그는 도저히 믿어지지 않았다. 마치 자신의 세계가 완전히 무너지고 만 것만 같았다. 경찰에 도움을 청해야겠다는 자연스러운 충동은 아직도 억제하지 않으면 안 되었다. 왜 경찰은 자신을 FBI에 넘겼을까 그리고 그 '기관'

에서는 무엇 때문에 다짜고짜 자신을 죽이려고 했을까? 차가 속도를 내면서 2번가를 달리고 있는 동안 마틴은 또다시 새로운 공포가 엄습해왔다.

42번가는 마틴이 원했던 대로 그를 정체불명자로 만들어 주었다. 이 지역은 6시간 전만 해도 낯설고 위험한 곳이었으나 지금은 마음을 놓을 수 있는 곳이었다. 사람들은 병적인 정신 상태를 굳이 숨기려 하지 않고 그대로 드러내고 있었다. 그래서 위험한 인물은 한눈에 알아볼 수 있을 뿐만 아니라 얼마든지 피할 수도 있었다.

마틴은 신선한 오렌지 주스를 큰 것으로 한 병 사서 단숨에 다 마시고도 모자라 또 한 병을 샀다. 그리고 42번가를 걷기 시작했다. 그는 생각해볼 필요가 있었다. 모든 일을 논리적으로 해명하지 않으면 안 되었다. 그는 의사로서 아무리 이치에 맞지 않는 호소나 증상이 있더라도 거기에는 하나의 병이 있고 반드시 진단을 내릴 수 있다는 것을 알고 있었다.

5번가가 가까워졌을 때 마틴은 도서관 옆에 있는 작은 공원으로 들어가 비어 있는 벤치에 앉았다. 그리고 그 더러운 체스터필드를 푹 뒤집어쓰고 최대한 편안한 자세를 취하고는 어젯밤의 사건들을 돌이켜보았다. 그것은 맨 먼저 병원에서 시작되었다.

마틴이 눈을 떴을 때는 해가 중천에 와 있었다. 그는 누가 자기를 보고 있지나 않나 해서 주위를 둘러보았다. 공원 안에는 많은 사람이 있었지만 아무도 그를 주목하지 않았다. 햇살이 따뜻해서인지 그는 몹시 땀을 흘리고 있었다. 벤치에서 일어설 때 그는 자기 몸에서 확 풍겨나는 시큼한 냄새를 맡았다. 공원을 걸어 나오며 손목시계를 보니 벌써 10시 반이었다.

몇 블록 떨어진 곳에 그리스풍으로 지어진 커피점이 있었다. 그는 낡은 코트를 똘똘 뭉쳐 탁자 밑에 쑤셔 넣었다. 배가 고파 죽을 지경이었다. 그는 달걀프라이와 베이컨, 토스트, 커피를 주문했다. 그리고 좁은 남자 화장실에 들어갔으나 얼굴은 씻지 않기로 했다. 누가 봐도 자기를 의사라고 할 사람은 없었다. 만약 수배를 받고 있다면 이 이상 멋진 변장은 있을 수 없었다.

그는 커피를 다 마시고 나서 5명의 환자—마리노, 루커스, 콜린스, 맥카시, 린퀴스트—등의 이름이 적혀 있는 꾸깃꾸깃한 종잇조각을 찾아냈다. 이 5명의 환자와 그들의 병력이 FBI에게 쫓기고 있는 지금의 이 기괴한 사건과 무슨 관계가 있는 것일까. 그리고 그 여성들은 어떻게 되었을까? 살해당한 것일까? 이 사건이 섹스나 암흑가와 무슨 관계가 있는 것일까? 만약 그렇다면 방사능과 무슨 연관이 있을까. 그리고 왜 FBI가 관계되고 있는 것일까.

그는 이러저런 생각에 잠겼다. 어쩌면 전국의 모든 병원을 상대로 하는 국가적인 음모가 있을 수도 있었다.

마틴은 커피를 한잔 더 마시며 이 수수께끼를 푸는 열쇠는 홉슨대학 병원에 있는 것이 틀림없다고 생각했다. 그렇다면 FBI는 자신이 병원에 나타날 것으로 생각하고 있을 것이다. 다시 말하면, 병원은 마틴에게 가장 위험한 장소인 동시에 사건을 해명할 가능성이 있는 유일한 장소이기도 했다. 마틴은 커피잔을 내려놓고 공중전화로 다가갔다. 그가 먼저 통화해야 할 사람은 헬렌이었다.

"마틴 박사님! 전화 주셔서 매우 기뻐요. 지금 어디 계세요?"

그녀의 목소리는 긴장되어 있었다.

"병원 밖에 있어."

"그럴 줄 알았어요. 그런데 어디 계세요?"

"왜?"

"알고 싶어서요."

"솔직히 말해 봐. 누가 날 찾는 사람은 없는지…… 예를 들면……
FBI라든가."

"FBI에서 왜 박사님을 찾죠?"

마틴은 헬렌이 감시를 받고 있다고 직감했다. 질문에 질문으로 대
답하는 것은 그녀답지 않았다. 더구나 FBI에서 누가 찾지 않았느냐는
터무니없는 질문에 대한 반응이 확실한 증거였다. 여느 때 같으면 박
사님 머리가 어떻게 된 것 아니냐고 몰아세웠을 것이다. 샌슨이나 그
의 부하가 와 있는 것이 틀림없었다.

마틴은 전화를 툭 끊었다. 방에서 갖고 나와야 할 차트나 그 밖의 자
료는 뭔가 다른 방법으로 손에 넣지 않으면 안 되었다.

다음에 그는 병원에 전화를 걸어 데니스 생거를 호출해달라고 했
다. 산부인과에는 절대로 가지 말라고 하기 위해서였다. 그러나 그녀
는 호출에 응하지 않았다. 그는 메모를 전하기도 두려워서 그냥 전화
를 끊었다.

마지막으로 그는 크리스틴 린퀴스트에게 전화를 걸었다. 벨이 한
번 울리자 같은 방에 있는 친구가 나왔는데, 마틴이 이름을 대고 크리
스틴에 대해서 묻자 그녀는 아무런 정보도 주지 않고 다시는 전화하
지 말라면서 끊고 말았다.

자리로 돌아온 마틴은 환자들의 리스트를 테이블에 펼쳐놓았다. 그
리고 펜을 꺼내 이렇게 썼다.

'젊은 여성들의 뇌에 강한 방사능(또는 다른 부위에도?), 팝 도말검

사는 정상인데 이상이라고 보고함. 신경학적 징후는 다발성 경화증과 같음.'

그리고 그는 자기가 쓴 글을 보면서 머릿속에서 다람쥐 쳇바퀴 돌 듯이 같은 생각만 하고 있는 자신을 깨달았다. 그는 다시 썼다.

'신경증상—산부인과—경찰—FBI'

그리고 그 밑에 덧붙였다.

'워너, 시간증(屍姦症)'

그러나 이것들이 모두 서로 관계가 있다고는 도저히 생각되지 않았다. 아무래도 산부인과가 그 중심에 있는 것 같았다. 만약 팝 도말검사에서 이형이라고 보고한 이유만이라도 알 수 있다면 무엇인가 파악할 수 있을 것 같았다.

그는 갑자기 절망감이 파도처럼 밀려오는 것을 깨달았다. 그로서는 도저히 감당할 수 없는 거대한 것에 직면하고 있는 것이 분명했다.

매일 고민이 없는 날이 없었던 그의 지난날도 이렇게 되고 보니 그리 나빴다고만은 할 수 없을 것 같았다. 데니스를 안고 편안한 잠자리에 들 수만 있다면 그는 기꺼이 지겹고 따분한 일상생활도 견뎌낼 수 있을 것 같았다. 그는 종교와는 인연이 없는 사람이었으나 필요하다면 신과의 거래도 불사할 것이다. 만약 신이 이 악몽 속에서 자신을 구출해준다면 다시는 자기 생활에 불평을 하지 않겠다고 생각했다.

그는 종이쪽지를 내려다보다가 두 눈에 눈물이 고이는 것을 느꼈다. 경찰은 왜 하필 자기를 쫓아다니고 있는 것일까? 아무리 생각해도 까닭을 알 수 없었다.

그는 다시 공중전화로 가서 데니스에게 연락을 시도했다. 그러나 그녀는 여전히 호출에 응하지 않았다.

절망감에 휩싸인 채 그는 산부인과 외래에 전화를 걸어서 접수계와 통화를 했다.

"데니스 생거라는 환자가 왔었는지 알 수 있습니까?"

"아직 안 오셨습니다. 우리도 기다리고 있습니다만."

마틴은 잠시 생각하고 나서 그녀에게 말했다.

"나는 닥터 마틴인데, 그녀가 오면 내가 예약을 취소시켰으니 나한테 연락하라고 전해주시오."

"네, 그렇게 전하겠습니다."

접수계는 그렇게 대답했으나 완전히 당황하고 있다는 것을 그는 감지했다.

마틴은 소공원으로 다시 돌아가 벤치에 앉았다. 그는 자신이 그 어느 것 하나도 해결할 수 있는 능력이 없음을 절감했다. 질서와 권위를 진심으로 존중하고 있는 사람이 총격을 당하고도 경찰에 연락하지 못하는 이런 부조리가 어디 있단 말인가.

꾸벅꾸벅 졸기도 하고 깨어서 다시 생각하고 하는 동안에 오후는 어느새 지나가버렸다. 이젠 결론을 내리지 못하는 그 자체가 결론이 되어버렸다.

러시아워가 시작되어 가장 붐비는 시간이 되었다. 이윽고 공원에 있던 군중도 흩어지기 시작하자 마틴은 저녁식사를 하기 위해 커피숍으로 다시 들어갔다. 6시가 조금 지난 시각이었다.

그는 미트로프를 주문하고 나서 그것이 나올 동안 데니스에게 전화를 걸어보기로 했다. 그러나 역시 연락이 되지 않았다.

식사가 끝나자 그는 그녀의 집으로 전화를 걸기로 했다. 경찰에서 그에 관해 많은 것을 알고 있다면 그녀 역시 감시를 받고 있을지 모른다는 생각이 들었다. 그래도 역시 걸어봐야겠다고 생각했다.

벨이 울리자마자 데니스가 나왔다.

"마틴?"

완전히 절망에 빠져 있는 목소리였다.

"그래, 나야."

"하나님 감사합니다! 당신 어디 있어요?"

마틴은 질문을 무시하고 말했다.

"당신은 어디 가 있었어? 온종일 찾았는데."

"기분이 안 좋아서 집에 있었어요."

"병원에는 연락도 안 했잖아?"

"알아요, 난……."

그러더니 갑자기 생거의 목소리가 달라졌다.

"여기 오지 말아요!"

그녀가 소리쳤다.

그녀의 목소리는 거기서 끊기고 뭔가 말다툼을 하고 있는 낮은 목
소리가 들려왔다. 그는 심장이 방망이질치는 것을 느꼈다.

"데니스!"

그가 소리치자 커피숍에 있던 손님들은 모두 긴장된 표정으로 일제
히 마틴을 바라보았다.

"마틴, 샌슨이오."

그 수사관이 전화를 받았다. 데니스가 아직도 뒤쪽에서 뭐라고 외
치는 소리가 들려왔다.

"잠깐만 기다려요, 마틴."

샌슨은 그렇게 말한 다음 뒤쪽을 향해 "그 여자를 저쪽으로 데리고

가서 조용히 하게 해." 하고 말한 뒤 다시 말을 이었다.

"잘 들어요, 마틴."

"대체 어떻게 된 거요, 샌슨! 데니스에게 지금 무슨 짓을 하고 있는 거요!"

마틴은 소리쳤다.

"흥분하지 마시오. 아가씨는 아무 일도 없으니까. 우리는 그녀를 보호하고 있을 뿐이오. 그런데 어젯밤 수도원에서는 어떻게 된 거요?"

"어떻게 된 거냐고? 당신 제정신이오? 당신들이 나를 죽이려고 했잖아!"

"엉터리군요, 마틴. 그 수도원 안뜰에 있었던 것이 당신뿐만 아니라는 것은 우리도 알고 있었소. 나는 그들이 이미 당신을 잡아간 줄로 알았단 말이오."

"그들이라고? 그들이라니?"

마틴은 다시 어리둥절해서 물었다.

"마틴! 전화로는 이런 얘기를 할 수가 없소."

"대체 무엇이 어떻게 됐는지 말해!"

커피숍의 손님들은 꼼짝도 하지 않고 쥐 죽은 듯이 앉아 있었다. 그들은 모두 뉴욕사람들이어서 어지간한 일에는 익숙해져 있었지만, 이런 작은 커피숍에서 벌어지는 소동에는 그렇게 되지 않는 것 같았다.

샌슨은 냉정을 되찾고 말했다.

"미안하오, 마틴. 당신은 이리로 와야만 해요. 그것도 지금 당장! 그렇게 멋대로 돌아다니고 있으면 일을 더 복잡하게 만들 뿐이오. 그리고 이미 아무 죄도 없는 많은 생명들이 위험에 빠져 있다는 걸 알지 않소."

"두 시간!"

마틴은 소리쳤다.

"난 거기서 두 시간이나 걸리는 곳에 있단 말이야!"

"좋소, 두 시간. 하지만 1초라도 늦으면 안 되오."

찰칵 하고 전화가 끊어졌다.

마틴은 겁에 질려 몹시 허둥거렸다. 지금까지의 우유부단한 모습은 사라졌다. 그는 5달러짜리 지폐를 내던지고 8번가 지하철을 향해 달리기 시작했다.

그는 병원으로 갈 생각이었다. 가서 무엇을 어떻게 할 것인지는 아직 결정하지 못했지만 아무튼 병원부터 들러야겠다고 생각했다. 2시간의 여유가 있었기 때문에 그 사이에 어떤 해답을 찾아내지 않으면 안 되었다.

샌슨의 말이 사실일 가능성도 있었다. 그들은 어떤 정체불명의 그룹에게 마틴이 붙들렸다고 생각했을지도 몰랐다. 그러나 그는 그것이 무슨 말인지 몰라서 더욱 불안했다. 그리고 데니스의 신변이 위험하다는 것은 직감적으로 깨달았다.

러시아워가 끝났는데도 시내 선에는 앉을 자리가 없었다. 그러나 지하철을 타고 있는 시간은 그에게 도움을 주었다. 그동안 두려움을 가라앉힐 수 있었고, 그의 잠재적인 지능을 사용할 시간을 갖게 해준 것이다. 그는 지하철에서 내릴 때까지 병원에 들어갈 방법과 들어가서 할 일을 생각해 두었다.

지하철에서 내리는 군중의 뒤를 따라 거리에 나오자 마틴은 맨 처음 목표로 삼았던 술집으로 갔다. 점원이 마틴의 더러운 모습을 보고 금전등록기 뒤에서 누군가 뛰어나와 쫓으려고 하다가 그가 내미는 돈을 보고는 표정이 부드러워졌다.

위스키 반 리터 병을 골라 돈을 지불하는 데는 30초밖에 걸리지 않았다. 브로드웨이를 벗어나 샛길로 들어간 마틴은 드럼통을 즐비하게 늘어놓은 골목을 발견했다. 거기서 그는 위스키의 뚜껑을 열고 한 입가득히 넣고 입안을 씻은 다음 조금만 삼키고 대부분은 뱉어냈다. 그리고 화장수처럼 얼굴과 목에 그것을 바르고 나서 반쯤 남아 있는 병은 코트 주머니에 넣었다. 그리고 드럼통 사이를 비틀거리면서 가다가 안쪽에 있는 통 하나를 골랐다. 거기에는 겨울 동안 보도에 깔았던 모래가 가득 들어 있었다. 그는 거기에 작은 구멍을 뚫고 지갑을 파묻고 남아 있는 현금은 위스키가 들어 있는 호주머니에 넣었다.

그가 그 다음 걸음을 멈춘 곳은 비록 작기는 하지만 분주한 식료품 가게였다. 마틴이 들어가자 사람들이 모두 피했다. 상당히 붐비고 있었기 때문에 출구에 있는 금전등록기에서 똑바로 볼 수 있는 장소를 찾아내기 위해 마틴은 손님들을 밀어젖히고 앞으로 나가지 않으면 안되었다.

이윽고 그는, "아아……." 하고 숨이 막히는 체하며 깡통 진열장을 부여안고 바닥에 나뒹굴었다. 깡통이 요란한 소리를 내며 사방으로 굴러가는 가운데 그는 몹시 괴로운 신음소리를 냈다. 점원이 달려와서 무릎을 꿇고 괜찮냐고 묻자 그는 가슴을 쥐어뜯으면서, "아이고 죽겠다. 내 심장이!" 하고 소리쳤다.

이내 구급차가 달려왔다. 홉슨대학 병원까지 짧은 드라이브를 하는 동안 마틴의 얼굴에는 산소마스크가 씌워지고 가슴에는 심전도 기록계가 설치되었다. 정상으로 나올 수밖에 없는 그의 심전도는 이미 무선으로 검토되어 심장약은 필요없다는 결정이 내려졌다.

남자 간호사가 그를 응급실로 싣고 들어갈 때 경찰관 몇 명이 현관에 서 있는 것이 보였으나 특별히 그를 주목하는 것 같지는 않았다.

그는 주 응급실로 실려가 침대로 옮겨졌다. 간호사 한 사람이 신원을 확인하기 위해 그의 옷주머니를 뒤지고 있는 동안 레지던트는 다시 심전도를 검사했다. 검사는 정상이므로 심장반은 나가고 당직 인턴만 남게 되었다.

"통증은 좀 어때요?"

인턴이 마틴을 들여다보면서 물었다.

"말록스를 좀 주시오. 이따금 싼 술을 마실 때는 그것을 먹으니까."

마틴은 신음소리를 내면서 말했다.

"하긴 그것은 제산제니까 괜찮을 거요." 하고 의사는 말했다.

마틴에게 말록스를 갖다 준 사람은 깐깐하게 생긴 35세의 간호사였는데 그의 초라한 모습을 보고도 구박을 하지 않고 매우 친절하게 돌봐주었다. 그녀는 간단히 병력을 물었다. 그는 자신의 이름을 하베이 홉킨스라고 둘러댔다. 그것은 대학시절 동급생의 이름이었다. 간호사는 또 가슴에 통증이 일어나는지를 알아보기 위해 2, 3분 동안 쉬게 한 다음 침대 주위에 커튼을 쳤다. 마틴은 몇 분 동안 상황을 살피고 있다가 침대에 일어나 앉았다. 그가 들어 있는 응급실 벽가에는 상처를 깨끗이 하기 위해 비치해놓은 면도칼과 조그만 비누가 놓여 있었다. 그는 거기에 있던 수건을 들고, 수술용 모자와 마스크를 한 다음 커튼 밖의 동정을 살폈다.

한밤중의 응급실은 항상 눈코 뜰 새가 없었다. 프런트 데스크 앞에는 입원 수속을 하기 위해 거의 입구까지 줄을 서 있고, 구급차가 일정한 간격을 두고 들어오고 있었다. 중앙복도를 지나 사람들이 줄을 서 있는 데스크 앞의 회색 문을 열 때까지 마틴을 눈여겨보는 사람은 아무도 없었다. 휴게실에는 의사가 한 사람 있었으나 마틴이 샤워실에 들어갈 때까지 열심히 심전도를 들여다보고 있었다.

마틴은 서둘러 샤워를 하고 수염을 깎은 다음 옷은 방의 한쪽 구석에 벗어두었다. 개수대 옆에 항상 응급실 스태프들이 입어야 하는 수술복이 쌓여 있어서 그는 그 서츠와 바지를 입고 젖은 머리에는 모자를 썼다. 마스크도 했다. 병원의 의사들은 수술실 밖에서도 코감기에 걸리거나 하면 그대로 쓰고 다니는 경우가 많았다.

마틴은 거울에 자기 모습을 비춰보고 이 정도면 상당히 친한 사람이 아니면 아무도 알아보지 못할 것이라고 생각했다. 순조롭게 병원에 숨어들어왔을 뿐만 아니라 아주 그럴듯하게 병원의 의사로 둔갑할 수 있었고, 가짜인 하베이 홉킨스만 하더라도 응급실 환자가 나다니는 일은 흔히 있기 때문에 별로 문제될 것이 없었다.

마틴은 시계를 보았다. 지금까지 꼭 한 시간이 소비되어 있었다.

휴게실에서 뛰어나온 마틴은 응급실 앞에 서 있는 2명의 경찰관 옆을 뛰어 지나갔다. 그리고 커피숍 뒤에 있는 계단을 올라가 이층으로 갔다. 그는 방사능탐지기를 손에 넣고 싶었으나 자기 방에 있는 것을 들고 나오는 것은 너무 위험한 일이라고 생각하고 방사선 치료실 근처를 뒤져서 간신히 다른 것을 손에 넣었다. 그는 다시 계단을 내려와서 중앙복도를 거쳐 외래병동으로 들어갔다.

그곳의 엘리베이터는 구식이라 운전사가 필요했으나 그 사람도 이미 근무를 마치고 돌아가버렸기 때문에 마틴은 산부인과가 있는 4층까지 계단으로 올라가지 않으면 안 되었다. 그가 아까 지하철까지 굉장히 불행해 보이는 두 사람의 샐러리맨 사이에 끼여 생각한 것은 방사능이 산부인과와 무슨 관계가 있는 것이 틀림없다는 것이었으나, 막상 탐지기를 손에 들고 여기에 와보니 그 결론도 흔들리기 시작했다. 무엇을 찾아야 할지 전혀 알 수가 없었다.

마틴은 산부인과의 중앙대기실을 지나 그보다 협소한 외래로 들어갔다. 청소부들이 아직 청소를 시작하지 않았기 때문에 꽁초가 가득 찬 재떨이와 종이 등이 사방에 흩어져 있었다. 어두운 불빛 아래서 보는 그곳은 극히 정상이고 아무 일도 없는 것처럼 보였다.

마틴은 접수계의 책상을 살펴보았으나 잠겨 있었다. 책상 뒤에 있는 2개의 문을 열어보니 그것도 모두 잠겨 있었다. 그러나 그 자물쇠는 모두 손잡이에 열쇠를 끼워 열게 되어 있는 간단한 것이었기 때문에 접수계의 책상 위에 있는 플라스틱 카드로 간단히 열 수 있었다. 마틴은 안으로 들어가서 문을 닫고 불을 켰다.

그는 입구에 섰다. 거기는 하퍼 의사와 얘기를 나누던 장소였다. 왼쪽에는 검진실이 2개, 오른쪽에는 연구실과 기계실이 있었다. 그는 탐지기를 들고 검진실부터 시작해서 여러 방을 신중히 돌아다니면서 찬장과 움푹 들어간 곳, 검진대까지 일일이 조사해보았으나 아무 이상도 없었다. 실내는 매우 깨끗했다. 검사실에 들어가서도 작업대 위의 캐비닛부터 검사를 시작해서 찬장을 열어보기도 하고 상자 안을 들여다보기도 했다. 방 한쪽 구석의 큰 기계가 있는 찬장도 조사했으나 모두 음성이었다.

최초의 반응은 휴지통에서 나왔다. 바늘이 흔들리는 것도 매우 약하고 실제적인 해는 전혀 없었으나 아무튼 방사능인 것은 틀림없었다. 그는 시계를 힐끗 보고 시간이 자꾸 지나가고 있는 것을 깨달았다. 30분 내로 데니스의 아파트로 가지 않으면 안 되었다. 샌슨이 데니스에게 해를 끼치지 않았다는 것을 반드시 확인한 뒤에 들어가야겠다고 그는 생각했다.

휴지통에서 방사능을 발견했기 때문에 다시 연구실 안을 조사하기로 했으나 벽장에 다가갈 때까지는 아무것도 없었다. 벽장의 아래 선반에는 리넨과 입원환자들의 가운이 가득 들어 있고, 위 선반에는 검사기와 사무용 비품이 들어 있었다. 그리고 선반 밑에는 더러워진 리넨을 넣어두는 큰 상자가 있었는데 그가 탐지기를 바닥 가까이에 대자 거기에서도 약한 반응이 있었다.

마틴은 더러운 리넨을 바닥에 쏟아놓고 거기에 탐지기를 들이댔다. 아무런 반응도 없었다. 빈 상자에 탐지기를 넣어보니 아래쪽에서 약간의 반응이 나타났다. 그는 손을 넣어 상자 안을 더듬어보았다. 옆면과 바닥은 나무 색깔로 칠해져 있어서 단단해 보였으나, 바닥을 주먹으로 두드려보니 이상한 진동이 느껴졌다. 그는 천천히 가장자리를 돌아가며 모두 두드려보았다. 그러자 한쪽 모퉁이에 이르렀을 때 바닥의 널빤지가 약간 기울어지더니 틈이 벌어졌다. 그는 상자의 바닥을 들어 올리고 밑을 들여다보았다. 거기에 눈에 익은 방사능 경고문구가 붙어 있는 납 상자 2개가 들어 있었다.

그 2개의 상자에 붙어 있는 라벨에는 의학용 동위원소를 독점판매하고 있는 브루크헤이븐 연구소의 이름이 찍혀 있었다. 라벨 한 장은 글자를 똑똑히 읽을 수 있었는데 '2(18F) 플루오로-2-디옥시-D-포도당'이라고 쓰여 있고, 또 한 장에는 거의 벗겨져 있었으나 그것도 '디옥시-D-포도당'의 동위원소라는 것을 알 수 있었다.

마틴은 재빨리 상자를 열어보았다. 읽기 쉬운 라벨의 상자는 중 정도의 방사능 반응이 있었다. 그러나 두꺼운 납으로 감싼 상자에 탐지기를 들이대자 탐지기가 엄청난 반응을 보였다. 바늘이 미친 것처럼 휙휙 돌아가서 높은 수치를 나타낸 것이다. 무엇인지는 몰라도 아무튼 굉장한 양의 방사능이었다. 마틴은 뚜껑을 닫고 상자의 바닥을 덮은 다음 원래대로 리넨을 넣어놓고 벽장문을 닫았다.

이런 화합물에 대해서는 아직 한 번도 들어본 일이 없었으나 산부인과에 이런 것을 두고 있다는 자체가 이곳이 수상하다는 증거가 아니겠는가. 병원에서는 방사능 치료와 몇 가지 진단 작업, 그리고 한정된 연구 분야 외에는 방사능물질을 극단적으로 엄격하게 단속하고 있었다. 뿐만 아니라 이런 범위의 것은 산부인과에는 전혀 해당되지도 않는 것이다. 그가 알아내야 할 것은 이 방사선 디옥시·D·포도당이 어디에 사용되느냐 하는 것이었다.

마틴은 방사능탐지기를 들고 외래의 계단을 통해 지하층까지 내려갔다. 터널이 되어 있는 거기에서는 의학생들을 놀라게 하지 않기 위해 일단 천천히 걸었다. 의과대학의 신관에 들어서자 그는 다시 뛰기 시작해 도서관에 들어섰을 때에는 숨이 턱에 차 있었다.

"디옥시 D 포도당!"

마틴은 숨을 몰아쉬면서 말했다.

"그걸 어디서 찾아볼 수 있나?"

"모르겠는데요."

사서가 깜짝 놀란 표정으로 대답했다.

"젠장!"

마틴은 몸을 돌려 도서목록이 있는 쪽으로 걸어갔다.

"참고문헌이 있는 데스크로 가보세요!"

사서가 소리쳤다.

마틴은 다시 방향을 바꿔 15세 정도로밖에 보이지 않는 여자아이가 있는 정기간행물 코너의 참고문헌 데스크로 갔다. 여자아이는 거친 발소리를 듣고 마틴이 다가오는 것을 빤히 지켜보았다.

"빨리……."

마틴은 조급하게 말했다.

"디옥시 포도당이다. 어디를 찾으면 되지?"

"그게 뭔데요?"

여자아이는 휘둥그레진 눈으로 마틴을 쳐다보았다.

"틀림없이 포도당으로 만드는 당의 일종이겠지. 이봐, 거기에 대해서는 아무것도 몰라. 그래서 조사해보려는 거야."

"그럼 먼저 화학이론을 보시고 그 다음에 의학색인을 조사해보세요. 그리고……."

"화학이론! 그게 어디에 있지?"

여자아이는 긴 테이블 뒤에 서 있는 서가를 가리켰다. 마틴은 그곳으로 달려가서 색인집을 끄집어냈다. 시계를 보는 것이 무서웠다. 그는 '당'이라는 소제목에서 몇 권 몇 페이지라는 출전을 찾아냈다. 즉시 그 항목을 찾아내어 읽어보았으나 그의 흥분한 머리에는 그것이 무엇을 의미하는 것인지 전혀 감이 잡히지 않았다. 어떻게든 정신을 집중시켜 천천히 읽어 나갔다. 간신히 다음과 같은 것을 알게 되었다.

디옥시 포도당은 포도당과 비슷한 것으로 뇌의 생물학적 영양원이며, 혈액뇌장벽을 통과하여 뇌세포에 직접 흡수되지만 일단 거기에 흡수되면 대사되지 않고 차츰 축적된다는 것이었다. 이 짧은 문장의 마지막에는 이렇게 쓰여 있었다.

'방사능을 띠고 있는 디옥시 포도당은 뇌의 연구에 다대한 공헌을

하기에 이르렀다.'

마틴은 책장을 닫아버렸으나 손이 부들부들 떨렸다. 사전의 전모가 드러나는 것 같았다. 의심할 여지없이 병원의 누군가가 사람의 뇌를 사용해서 뇌 연구를 하고 있는 것이다!

"매너하임이다!"

그는 이를 부드득 갈면서 격노했다.

그는 화학자는 아니지만 만약 디옥시 포도당 같은 화합물에 충분한 양의 방사능을 섞어 그것을 인체에 주사하면 뇌에 대한 흡수도를 조사할 수 있다는 정도는 이해할 수 있었다. 그러므로 산부인과의 상자에 들어 있던 것과 같은 굉장히 강력한 방사능물질이라면 그것을 흡수한 세포는 사멸하고 말 것이다. 만약 누군가가 뇌 속의 신경 경로를 조사하고 싶다면 이 방법을 이용해서 뇌세포를 선택적으로 파괴할 수도 있다. 원래 동물의 뇌의 신경 경로를 선택적으로 파괴하는 방법은 신경해부학 분야의 기초적인 연구방법이었다. 비정한 과학자라면 인간에게도 능히 이 방법을 응용할 수 있을 것이다.

마틴은 몸을 떨었다. 예를 들어 매너하임 같은 자기중심적인 인간이라면 연구의 도덕적인 측면 따위는 충분히 무시할 수 있었다. 그러나 마틴은 그 발견에 맥이 빠지는 것을 느꼈다.

매너하임이 어떻게 산부인과와 결탁할 수 있었는지는 모르지만, 틀림없이 연구라는 명목으로 손을 잡았을 것이다. 그리고 병원의 수뇌부에서도 그것을 알고 있는 것이 틀림없었다. 그렇지 않다면 그 신경외과의 프리마돈나, 반신반인인 매너하임을 무엇 때문에 드레이크가 싸고돌겠는가. 마틴은 그 가공할 공동 모의에 완전히 맥이 빠지고 말았다.

매너하임은 정부로부터 상당한 재정적 원조를 받고 있다는 사실을 마틴은 알고 있었다. 몇백, 몇천만 달러의 공공기금이 그의 연구에 투입되고 있었다. 그것이 FBI가 개입하게 된 이유일까? 정부가 원조하고 있는 큰 사업을 위태롭게 하고 있다고 해서 마틴은 고발을 당하고 있는 것일까?

FBI는 매너하임의 연구가 인체실험에까지 미치고 있다는 것을 모르고 있는 것이 틀림없었다. 왼손이 하는 일을 오른손이 모른다면 조직에 혼란이 일어나는 것은 당연하다. 그것을 모를 만큼 마틴은 신출내기가 아니었다. 그러나 의학 연구를 위해 인간이 희생물로 제공되고 있는데 정부가 그것을 모르고 보호하고 있다는 것은 참으로 슬픈 일이 아닐 수 없었다.

마틴은 시계를 보기 위해 천천히 팔을 들었다. 데니스에게 전화할 시간이 이제 5분밖에 남아 있지 않았다. 기관의 패거리들이 그녀에게 위해를 가하고 있는지 어떤지는 알 수 없으나 부랑자들에게 한 그들의 행동을 보면 이럴 때 위험을 무릅쓰고 모험을 할 필요는 없었다. 어쨌든 지금의 자신이 무엇을 할 수 있단 말인가. 사건의 윤곽에 대해서는 어느 정도 알게 되었다…… 전부는 아니지만 어느 정도는…….

누군가 강력한 인물이 중간에 서준다면 이 모든 음모를 폭로할 수도 있었다. 그러나 과연 그런 인물이 있을까?

보건사회부 장관은 어떨까? 시청의 누군가는? 시 경찰 본부장은? 그러나 그런 사람들은 틀림없이 이미 마틴에 대한 거짓말투성이의 모략을 들어왔기 때문에 모처럼의 경고도 쇠귀에 경읽기가 될지 모른다. 그것이 염려되었다.

그때 문득 마이클스가 떠올랐다. 그 천재 청년이…. 그러면 대학의 교무담당관에게도 얼마든지 연락할 수 있다! 그리고 교무담당관의 말이라면 즉각 조사단이 편성될 것이다. 왜 진작 그 생각을 못했을까!

마틴은 전화가 있는 곳으로 달려가 외선을 불렀다. 그는 전화를 걸어서 마이클스가 제발 집에 있기를 마음속으로 빌었다. 이윽고 귀에 익은 그의 목소리가 들려왔을 때 마틴은 자기도 모르게 환성을 지를 뻔했다.

"마이클스! 난 지금 엄청난 곤경에 처해 있네."

"도대체 무슨 일이에요? 지금 어디에요?"

"설명할 시간이 없네. 난 이 병원에서 엄청나게 무시무시한 대규모 연구가 진행되고 있는 것을 발견했네. 그것을 FBI가 비호하고 있는 것 같아. 왜 그렇게 생각하느냐고 묻지 말게."

"내가 해줄 수 있는 일이 뭐예요?"

"대학 교무담당관에게 전화를 걸어주게. 인체실험에 관련된 엄청난 음모가 있다고 말하면 되네. 그가 그 음모에 가담하고 있지 않다면 그것으로 충분해. 그도 한패라면 그것으로 끝장이지만 말이야. 그리고 지금 가장 급한 것은 데니스야. 그녀는 지금 그녀의 아파트에 FBI에게 감금당해 있네. 교무담당관에게 워싱턴에 연락해서 구출해달라고 부탁해주게."

"당신은 괜찮아요?"

"난 걱정하지 말게. 괜찮으니까. 지금 병원에 있네."

"우리 집으로 오는 게 어때요?"

"갈 수가 없어. 신경외과 실험실에 가봐야 하거든. 15분 뒤에 자네 컴퓨터실에서 만나고 싶네. 서둘러주게!"

마틴은 전화를 끊고 데니스의 집으로 전화를 걸었다. 누군가가 받왔으나 아무 말도 하지 않았다.

"샌슨! 마틴요!"

마틴은 소리쳤다.

"어디 있소, 마틴? 당신이 상황을 심각하게 받아들이지 않는 것은 불쾌한 일이오."

"심각하게 받아들이고 있으니 염려 마시오. 난 지금 시내 북쪽에 있는데 그리로 가는 중이오. 시간이 좀 걸릴 거요. 앞으로 20분."

"15분 내에 오시오."

샌슨은 그렇게 말하고 전화를 끊었다.

마틴은 침울한 마음으로 도서관을 나왔다. 샌슨이 자신을 잡기 위해 데니스를 인질로 삼고 있다는 것을 더욱 분명히 알게 되었다. 자신을 죽이기 위해 그녀를 죽일지도 모른다. 모든 것은 마이클스에게 달려 있었다. 누군가 도와줄 수 있는 높은 사람을 찾아야 한다. 그러기 위해서는 자신의 말을 뒷받침할 수 있는 더 많은 증거가 필요했다. 그래서 그는 신경외과 실험실의 뇌표본 중 방사능에 오염된 것이 얼마나 있는지 그것을 알아야겠다고 생각했다.

마틴은 연구실 건물에 있는 신경외과로 올라가기 위해 빈 엘리베이터를 탔다. 수술모가 어느 틈에 벗겨져 그는 초조한 표정으로 헝클어진 머리를 쓸어 넘겼다. 데니스의 아파트에 다시 전화를 걸어야 할 시간이 얼마 남지 않은 것이다.

매너하임의 실험실은 문이 잠겨 있었다. 유리창을 부술 것이 없을까 하고 주위를 둘러보니 소형 소화기가 눈에 띄었다. 그는 그것을 벽에서 떼어내어 문의 유리창을 향해 내던졌다. 그리고 남아 있는 유리를 발로 차버린 다음 손을 넣고 손잡이를 돌렸다.

그 순간, 복도 끝의 문이 탕 하고 열리더니 제각기 권총을 든 2명의 사나이가 복도를 달려왔다. 그들은 병원 경비원이 아니었다. 폴리에 스테르 양복을 입고 있었다.

그중 한 사람이 한쪽 무릎을 꿇으며 두 손으로 총을 겨누고, 다른 한 사람이 소리쳤다.

"움직이지 마라, 마틴!"

마틴은 그들의 시야에서 벗어나기 위해 실험실 안의 깨진 유리 위로 몸을 날렸다. 소음기가 달린 권총에서 둔한 소리를 내며 발사된 총알이 문의 금속 테두리에 맞고 튕겨나갔다. 그는 황급히 일어나 두 발을 모아 실험실 문을 걷어찼다. 창틀에 남아 있던 유리조각들이 우수수 떨어졌다.

그는 실험실을 가로질러 안쪽으로 들어가면서 복도를 달려오는 무거운 발소리를 들었다. 실내는 어두웠으나 그는 방안의 배치를 잘 알고 있었기 때문에 방을 양분하고 있는 큰 진열대 사이를 빠졌다. 그리고 추적자들이 문밖에 도착했을 때는 이미 동물실의 문 앞에까지 와 있었다. 한 사나이가 스위치를 켜자 즐비하게 늘어서 있는 형광등의 불빛이 방안에 넘쳐흘렀다.

마틴은 거의 광란상태가 되어 있었다. 그는 동물실에 들어가 원숭이가 들어 있는 우리의 쇠창살을 잡았다. 뇌에 전극을 꽂고 있는 원숭이는 무서운 괴물로 변해 철망 너머로 그의 손을 잡고 물어뜯으려고 했다. 마틴은 온몸의 힘을 다해 우리를 실험실 문 쪽으로 밀고 갔다. 그때 추적자가 가까이에 있는 진열대를 돌아 나오는 것이 보였다. 마틴은 숨을 죽이고 우리의 문을 열었다. 순간, 실험실의 유리기구들이 흔들릴 정도로 날카로운 소리를 내지르면서 우리에서 뛰어나온 원숭이가 순식간에 작업대 위의 선반으로 뛰어오르더니 거기에 있는 기구들을 사방으로 집어던지기 시작했다.

금속의 전극을 머리에 꽂고 미친 듯이 날뛰고 있는 짐승이 나타나자 2명의 추적자는 뒷걸음질 치기 시작했다. 그것이 바로 마틴이 바라던 바였다. 원숭이는 오랫동안 갇혀 있던 분노를 폭발시키면서 선반 가까이에 있는 추적자의 어깨로 뛰어내리더니 그 강력한 손톱으로 추적자의 살을 쥐어뜯으며 목을 물었다. 또 한 사나이가 구하려고 했으나 원숭이의 행동이 더 재빨랐다.

마틴은 그 결과를 끝까지 지켜볼 여유가 없었다. 그는 동물실을 가로질러 뇌 표본이 진열되어 있는 선반의 긴 줄을 지나 비상계단으로 뛰어나갔다. 그리고 전속력으로 층계참을 돌면서 계단을 뛰어 내려갔다.

위에서 비상계단 문이 탕 하고 열리는 소리가 났을 때도 그는 벽에 찰싹 달라붙어서 달렸다. 조금도 속도를 늦출 수 없었다. 그들이 그를 보려 했다면 볼 수도 있었을 테지만, 걸음을 멈추고 그것을 확인하지는 않았다. 매너하임의 연구실에도 그들의 손이 뻗쳐 있다는 것을 예상했어야 했다.

계단을 쿵쾅거리며 달려 내려오는 발소리가 크게 들려왔으나 여러 층으로 차이가 벌어져 있었다. 그는 더 이상 총성을 듣지 않고 무사히 지하층에 도착해서 터널로 들어설 수 있었다.

마틴이 옛날 의대 건물의 양쪽으로 열게 되어 있는 구식 문을 밀었을 때 낡은 경첩이 끼익 소리를 냈다. 그는 나선형 대리석 계단을 뛰어올라가 거의 부서져가고 있는 복도를 경주하듯 달리고 나서야 간신히 낡은 계단 강당의 입구에 도착했다. 그는 강의실 안이 어두운 것을 보고 그 자리에 멈추어 섰다. 마이클스는 아직 오지 않은 것 같았다. 뒤쪽은 쥐 죽은 듯이 조용했다. 추적자는 분명히 따돌린 것 같았다. 그러나 경찰은 그가 이 병원 내에 있다는 것을 알고 있었다. 발견되는 것은 이제 시간문제였다.

마틴은 필사적으로 호흡을 가다듬으려고 했다. 만약 마이클스가 곧바로 와주지 않는다면 자신이 아무리 무력하다는 것을 알고 있더라도 데니스의 아파트로 가지 않을 수 없다. 그는 쭈뼛거리며 계단 강단의 문을 밀었다. 문은 열려 있었다. 그는 냉랭한 암흑 속으로 발걸음을 떼놓았다.

그때 학생시절부터 귀에 익은 낮은 음조의 '찰칵' 소리가 정적을 깨뜨렸다. 그것은 스위치를 넣은 순간에 일제히 전등에서 나는 소리인데, 옛날과 마찬가지로 실내는 금방 밝은 불빛으로 환해졌다. 시야 가장자리에 무엇인가 움직이고 있는 것을 본 마틴이 밑을 내려다보니 마이클스가 자기를 향해 손을 흔들고 있었다.

"마틴! 당신을 만나게 되어 정말 다행이에요!"

마틴은 옛날 교실로 사용되고 있을 무렵에 좌석 사이의 통로로 뛰어내리기 위해 올라서곤 했던 눈앞의 난간을 잡았다. 마이클스는 계단의 맨 아래에 서서 그에게 내려오라고 손짓하고 있었다.

"교무담당관에게는 연락했나!"

마틴은 소리쳐 물었다. 마이클스를 만나게 되자 지난 몇 시간 동안 품고 있었던 희망의 등불이 가냘프게나마 켜진 것 같았다.

"다 잘됐어요! 빨리 내려와요!"

마이클스도 소리쳤다.

마틴은 좁은 계단을 내려가기 시작했다. 옛날 좌석이 있었던 자리에는 전자기계가 설치되어 있었고 통로에는 전선이 사방에 깔려 있었다. 세 사람의 남자가 마이클스와 함께 기다리고 있었다. 그가 응원을 청한 것 같았다.

"곧 데니스를 어떻게 하지 않으면 안 돼. 그치들은……."

"그건 염려 말아요. 이미 손을 써놓았으니까!"

마이클스가 큰소리로 대답했다.

"그녀는 괜찮은가?"

잠시 걸음을 멈추고 마틴이 물었다.

"안전하게 잘 있어요. 어서 내려오기나 해요."

밑으로 내려갈수록 기계의 수가 많아져서 전선을 피하기가 어려워졌다.

"방금 신경외과 실험실에서 두 남자의 사격을 받았는데 간신히 피해 나오는 길이야."

그는 아직도 숨을 몰아쉬고 있었기 때문에 말소리가 중간 중간 끊어졌다.

"여기 있으면 안전해요."

마이클스는 계단을 내려오는 마틴을 지켜보면서 말했다.

계단을 다 내려가 바닥으로 내려선 마틴은 복잡한 통로에서 얼굴을 들고 마이클스의 얼굴을 똑바로 바라보았다.

"신경외과 실험실에서는 무엇을 찾아볼 틈이 없었네."

마틴은 그렇게 말한 다음, 비로소 다른 세 남자의 얼굴을 보았다. 한 사람은 처음 이 연구실에 왔을 때 만난 그 젊은 대학원생 칼 러드만이었다. 다른 두 사람은 처음 보는데 두 사람 모두 검은 낙하복을 입고 있었다.

마틴의 마지막 말을 못 들은 체하며 마이클스는 낯선 사람들에게 고개를 돌리고 말했다.

"자, 이제 만족하십니까? 내가 이 사람을 이리로 오게 할 수 있다고 했잖아요."

마틴에게서 줄곧 눈을 떼지 않고 있던 남자가 말했다.

"여기에 데려오기는 했소만, 박사는 이 사람을 요리할 수도 있습니까?"

"염려하지 말아요."

마이클스가 대답했다.

마틴은 그 이상한 대화를 듣고 마이클스에게서 그 낙하복 차림의 남자에게로 시선을 옮겼다. 그러자 갑자기 그 얼굴이 기억났다. 워너를 죽인 사나이였다!

"마틴."

마이클스는 부드러운 목소리로, 마치 아버지가 아들을 타이르듯이 말했다.

"당신에게 잠깐 보여줄 것이 있어요."

그 낯선 남자가 끼어들었다.

"마이클스 박사, FBI는 결코 경솔하게 일을 하지는 않습니다. 그것은 내가 보증할 수 있어요. 하지만 CIA의 행동은 우리가 어떻게 할 수 없습니다. 그것을 이해해주기 바랍니다, 마이클스 박사."

마이클스가 몸을 홱 돌렸다.

"샌슨 씨, CIA가 당신의 관할 밖이라는 것은 나도 압니다. 난 마틴 박사와 얘기할 시간이 필요할 뿐이오."

그리고 그는 다시 마틴에게로 돌아섰다.

"마틴, 당신에게 잠시 보여줄 것이 있어요. 이리 와요."

그러고는 옆의 또 하나의 계단강당으로 통하는 문 쪽으로 걸어가기 시작했다.

마틴은 온몸이 마비되는 것 같았다. 그는 강당의 가장자리에 있는 놋쇠 난간을 꽉 움켜쥐고 있었다. 이제 살았다는 생각은 곤혹으로 바뀌고, 그 곤혹감과 함께 새로운 공포가 소용돌이치기 시작했다.

"여기서 무슨 일이 벌어지고 있는 거지?"

그는 두려움을 숨기려고 한마디 한마디를 자르듯이 천천히 말했다.

"그걸 당신에게 보여주려는 거예요. 자, 이리 오세요."

"데니스는 어디 있나?"

마틴은 한 발자국도 움직이지 않고 잔뜩 긴장된 채 물었다.

"그녀는 조금도 염려하지 말아요. 나를 믿으세요. 자, 빨리 와요."

마이클스는 다시 돌아와서 마틴의 손목을 잡아끌었다.

"보여줄 것이 있다고 했잖아요. 안심해요. 곧 데니스를 만나게 될 테니까."

마틴은 샌슨의 앞을 지나 옆의 계단강당으로 들어갔다. 대학원생이 먼저 들어가서 불을 켰다. 거기도 좌석을 모두 치워버린 또 하나의 계단강당이었는데, 계단 아래 공간에는 수백만 개의 빛에 감응하는 광(光) 수용 셀로 구성되어 있는 거대한 스크린이 설치되어 있고, 거기에서 나온 수많은 전선들이 조작 장치에 연결되어 있었다. 그리고 그 조작 장치에서 나온 그보다 적은 양의 전선들이 두 가닥의 간선에 합쳐져 2대의 컴퓨터에 각각 연결되어 있었다. 그리고 다시 이 컴퓨터에서 나온 전선들은 다른 컴퓨터로 얼기설기 접속되어 있었다. 실내는 이런 장치들로 가득 차 있었다.

"당신이 지금 보고 있는 것이 뭔지 알겠어요?"

마이클스가 물었다.

마틴은 고개를 저었다.

"그건 세계에서 처음으로 컴퓨터화 된 인간의 시각체계 모델이에요. 부피가 커서 현재의 우리 수준으로 봤을 때는 아직 원시적인 것이지만 엄청난 기능을 발휘하고 있죠. 영상이 스크린에 비치게 되면 여기에 있는 컴퓨터가 정보를 정리해요."

마이클스는 그렇게 말하면서 두 손을 크게 휘두르는 것 같은 몸짓을 했다.

"마틴, 당신 앞에 있는 그것은 프린스턴에 세워진 최초의 원자로에 견줄 수 있어요. 역사상 가장 위대한 과학적 업적 가운데 하나가 될 거예요."

마틴은 마이클스의 얼굴을 바라보았다. 아무래도 제정신이 아닌 것 같았다.

"우리는 마침내 제4세대 컴퓨터를 창조해낸 거예요!"

마이클스는 그렇게 말하면서 마틴의 등을 소리 나게 쳤다.

"당신도 알겠지만, 제1세대는 계산기에서 약간 발전한 정도의 컴퓨터였어요. 제2세대는 진공관을 대신하는 트랜지스터의 등장으로 시작되었고, 제3세대는 마이크로칩, 즉 집적회로와 같이 용적이 극단적으로 소형화된 컴퓨터죠. 그런데 우리는 이제 제4세대를 탄생시켰어요. 당신 연구실에 있는 그 컴퓨터도 이것을 응용한 시작품이었어요. 그 결과 무슨 일이 있었는지 알아요?"

마틴은 여전히 고개를 저었다. 마이클스는 더욱 신이 나서 열을 올렸다.

"우리는 진정한 의미의 인공지능을 창조해냈어요! 생각하는 컴퓨터를 만들어냈단 말예요. 컴퓨터가 배우기도 하고 추리하기도 해요. 언젠가 이루어지고야 말 일이었지만 결국 우리가 그것을 완성했단 말예요!"

마이클스는 마틴의 팔을 잡고 2개의 계단강당을 연결하고 있는 복도로 데려갔다. 강당 사이에는 예전에 미생물학과 생리학 실험실로 쓰이던 방으로 통하는 문이 있었다. 마이클스가 그 문을 열었을 때 마틴은 실내가 완전히 강철로 보강되어 있다는 것을 깨달았다. 그 뒤에 또 하나의 문이 있었는데 그것도 보강되어 엄중히 자물쇠가 채워져 있었다. 마이클스는 특수한 열쇠로 그 문을 잡고 잡아당겨 열었다. 마치 금고실로 들어가는 것처럼 절차가 복잡했다.

마틴은 또 무엇을 보게 될까 하는 압박감을 느끼며 주춤했다. 옛날의 그 낡은 연구실은 몇 개의 작은 방으로 나뉘어져 있던 칸막이도, 슬레이트를 올려놓았던 실험대도 모두 철거되고 창문도 없는 사방 30미터 정도의 큰 방으로 변해 있었다. 그리고 중앙에는 깨끗한 물이 들어 있는 거대한 유리 기둥이 몇 개나 일렬로 늘어서 있었다.

"이것이 우리에게 가장 가치 있고 생산적인 준비과정이었어요."

마이클스는 가장 가까이에 있는 유리 기둥의 측면을 두드리며 계속해서 말했다.

"지금 당신이 받는 첫인상은 감정적일 거예요. 우리도 모두 그랬었으니까요. 하지만 이 훌륭한 성과는 충분히 그만한 희생을 지불할 만한 가치가 있었다는 것을 믿어줘요."

마틴은 그 용기의 주위를 천천히 돌아보았다. 그것은 적어도 높이가 2미터, 지름이 1미터 정도 되었다. 그 안에 들어 있는 액체는 나중에 뇌척수액이라는 것을 알았지만, 거기에 가라앉아 있는 것은 캐서린 콜린스의 살아 있는 신체였다. 그녀는 앉은 자세로 두 팔을 머리 위에 올리고 있는 형태로 부유하고 있었는데, 호흡장치가 작동하고 있는 것이 아직도 살아있다는 것을 나타내고 있었다. 그러나 뇌는 완전히 노출되어 있고 두개골은 아예 없었다. 얼굴도 눈 이외는 거의 잘려나갔고 눈도 주위의 뼈는 제거되고 콘택트렌즈로 덮여 있었다. 기관지에 삽입한 튜브가 목에서부터 바로 튀어나와 있었다.

그녀의 두 팔도 신중히 절개되어 지각신경의 말단이 노출되어 있었는데, 그것이 마치 거미줄처럼 얽히면서 뇌 속에 묻혀 있는 전극에 연결되어 있었다.

마틴은 천천히 그 유리 기둥의 주위를 한 바퀴 돌았다. 견딜 수 없는 무력감이 그를 덮쳐와서 그는 금방이라도 그 자리에 주저앉을 것만 같았다.

"당신도 알겠지만."

마이클스는 계속해서 말했다.

"예를 들어 컴퓨터 과학에서 피드백(처리 결과가 주어진 조건과 목적대로 수행되었는지를 검사, 확인하여 자동적으로 자가수정, 또는 제어를 위해 재투입시키는 체제)과 같은 중대한 발전은 생체조직을 연구함으로써 가능했어요. 인공두뇌학에서 연구하는 게 바로 인간의 생체조직이죠. 우리는 정신의학에서처럼 뇌를 신비한 블랙박스로 여기지 않고 자연적인 절차를 밟아가면서 인간의 뇌 자체로 접근해왔던 거예요."

마틴은 마이클스가 지난번 컴퓨터 프로그램을 가지고 왔을 때 블랙박스라는 수수께끼 같은 말을 사용했던 것을 떠올렸다. 이제야 그것이 무슨 말인지 이해할 수 있었다.

"우리는 뇌를 다른 복잡한 기계와 같은 것이라고 생각하고 연구했어요. 그리고 상상 외로 큰 성공을 거둔 거죠. 우리는 두뇌가 정보를 어떻게 저장하는가 하는 그 시스템, 즉 이전의 컴퓨터가 한 것 같은 비능률적인 축차적 집적이 아니라 지식을 병렬로 집적하는 방법과, 또 어떻게 해서 기능적으로는 피라미드형으로 구성되어 있는지를 발견해냈어요. 무엇보다도 큰 소득은 우리가 두뇌를 충실히 재현하여 똑같은 기능을 발휘할 수 있는 기계적 장치를 설계하고 조립하는 방법을 터득했다는 거예요. 그렇게 해서 만들어진 컴퓨터가 놀라운 기능을 발휘하게 된 거죠. 마틴! 당신의 상상을 초월하는 대성공이었어요!"

마이클스는 팔꿈치로 마틴을 쿡쿡 찌르면서 일렬로 세워진 유리 기둥을 따라 걸으며 제각기 다른 형태의 생체 해부를 가한 젊은 여성들의 노출된 뇌를 보여주었다. 마지막 유리 기둥 앞에서 마틴은 걸음을 멈췄다. 그 인체는 이제 막 해부를 시작한 표본이었는데 그 남아 있는 얼굴을 그는 알아볼 수 있었다. 바로 크리스틴 린퀴스트였다.

"자, 들어봐요."

마이클스가 말했다.

"이것을 처음 보고 당신은 틀림없이 큰 충격을 받았을 거예요. 하지만 과학의 이 비약적인 발전은 당면한 이점 같은 것은 비교할 수도 없으리만큼 위대한 것이어서 의학 부문에서만도 이것은 모든 분야에 대변혁을 일으킬 거예요. 극히 초기 프로그램이 두개골 X-ray 사진을 판독해내는 것을 당신은 이미 보았죠. 마틴, 제발 경솔한 판단은 하지 마세요. 내 말 이해하시죠?"

병원과 컴퓨터장치가 합쳐져 있는 그 방안을 두 사람은 한바퀴 돌았다. 방 한쪽 구석에 병원의 집중 감시실에 있는 것 같은 복잡한 생명

유지 장치 같은 것이 놓여 있었다. 감시장치 앞에는 흰 가운을 입은 사나이가 앉아 있었는데 두 사람이 다가가도 거기에서 눈을 떼려고 하지 않았다.

캐서린 콜린스 앞에 다시 서게 된 마틴은 비로소 처음으로 입을 열었다.

"이 물체의 뇌에 삽입된 건 뭐지?"

그의 목소리는 아무런 감정도 들어 있지 않은 것 같았다.

"그것은 지각신경이에요. 뇌라는 것은 아이러니컬하게도 그 자체는 감각이 없기 때문에 캐서린의 말초 지각신경을 전극에 연결해서, 어떤 순간에 그녀의 뇌의 어떤 부분이 활동하는지를 알 수 있게 해놨어요. 다시 말해 뇌에 자동제어장치를 설치해놓은 거죠."

마이클스는 여전히 열띤 목소리로 대답했다.

"그럼 이 합성체가 자네와 대화를 할 수 있단 말인가?"

마틴은 깜짝 놀란 표정으로 물었다.

"그럼요. 그것이 이 모든 장치의 매력이죠. 우린 인간의 뇌를 연구하기 위해 실물을 사용한 거예요. 보여줄게요."

케서린 콜린스가 들어 있는 유리 기둥 바깥쪽에는 그녀의 눈과 연결되어 있는 컴퓨터의 단말기 같은 장치가 있었는데 거기에 똑바로 세워놓은 대형 스크린과 키보드가 붙어 있었다. 그리고 그것은 유리 기둥 안에 있는 기계와 방 옆에 있는 컴퓨터 본체와도 전기식으로 연결되어 있었다. 마이클스가 그 장치의 키보드를 누르자 그것이 스크린에 비쳐졌다.

기분이 어때요, 캐서린?

이어 질문이 사라지고 거기에 다음과 같은 문장이 나타났다.

좋습니다. 일을 시작하고 싶어요, 제발 저를 자극해주세요.

마이클스는 미소를 지으며 마틴을 돌아보았다.

"이 여자는 만족할 줄을 몰라요. 그래서 일을 더 잘하죠."

"자극해달라는 것은 무슨 뜻인가?"

"그녀의 쾌락중추에 전극을 심었거든요. 이것이 그녀에 대한 보상이고 협력을 얻기 위한 격려이기도 하죠. 그녀를 자극하면 그녀는 100번의 오르가슴을 한꺼번에 느끼게 돼요. 끊임없이 원하는 걸 보면 참 대단해요."

마이클스가 타이프를 쳤다.

'딱 한 번만이야, 캐서린, 참아야 한단 말이야.'

그리고 그는 키보드 옆에 있는 빨간 단추를 눌렀다. 그러자 캐서린의 몸이 활처럼 휘면서 부르르 떨었다.

"뇌의 보상체제가 가장 강력한 동기유발 작용을 한다는 것을 알 수 있어요. 어쩌면 자기보존 본능을 능가할지도 모르죠. 우리는 가장 최신의 컴퓨터에 이 원리를 적용하는 방법을 발견했어요. 따라서 더욱 효과적으로 기계를 움직일 수 있게 되었죠."

마이클스가 말했다.

"도대체 누가 이런 것을 구상했는가?"

마틴은 방금 자기 눈으로 보고서도 믿을 수 없다는 듯이 물었다.

"어느 한 사람이 명성을 얻거나 비난을 받을 수는 없어요. 일을 하다 보니 이렇게 된 거예요. 하지만 군이 책임을 따진다면 바로 당신과

나, 두 사람이 되겠죠."

"나라고?"

마틴은 마치 따귀를 한 대 맞은 것 같은 느낌으로 반문했다.

"그래요. 당신도 알다시피 나는 항상 인공지능 문제에 흥미를 가지고 있었어요. 그래서 처음부터 당신과 함께 기꺼이 일해 왔던 거죠. 당신이 가지고 온 X-ray 사진을 판독하는 문제를 생각하다가 '도형인지(圖形認知)'에 대한 핵심이 명확하게 떠오르더군요. 인간은 도형을 인식할 수 있지만 아무리 정교한 컴퓨터라도 컴퓨터는 그런 기능을 발휘하지 못하죠. 그런데 당신이 X-ray 사진을 판독할 때 사용하는 방법을 신중히 분석해보고, 그 기술을 배가할 수 있는 전자장치에 의존하는 논리적 단계를 고안하게 됐어요. 복잡한 것 같지만 그렇지 않았죠. 우리는 인간의 뇌가 어떻게 눈에 익은 사물을 인식하는지 그것만 알면 되었거든요. 그래서 신경과학에 관심을 가지고 있는 생리학자들과 손을 잡고 방사능을 띤 디옥시 글루코스를 그 당시 어느 특정한 유형을 나타내는 환자에게 주사하는 방법으로 아주 조심스럽게 연구를 시작했죠. 그 도형으로 우리가 사용한 것은 안과에서 사용하는 E시력표예요. 방사성 포도당 유사물질은 E도형을 인지하고 조절하는 데 관련된 세포를 파괴함으로써 실험 대상자의 뇌에 미세한 병변을 만들어냈어요. 나머지는 그 병변이 있는 부위를 알아내서 뇌가 어떻게 기능하는가만 판정하면 되었죠. 이 선택적 파괴기술은 오랫동안 동물의 뇌를 연구하면서 사용되어온 거예요. 우린 다만 그것을 인간에게 직접 응용해보고 많은 노력과 시간을 들이지 않고도 보다 큰 성과를 얻을 수 있었어요."

"하지만 왜 젊은 여성들만 골랐나?"

마틴이 물었다. 악몽이 아무래도 현실화되는 것 같았다.

"단지 용이하다는 이유 하나예요. 우리는 필요할 땐 언제나 불러올 수 있는 건강한 실험대상 집단이 필요했죠. 그런데 산부인과를 찾는 환자들이 우리의 목적에 부합되는 사람들이었어요. 그들은 자신에게 무슨 일이 행해지고 있는지 거의 묻지도 않을 뿐더러 팝 도말검사 결과만 약간 변조하면 필요할 때 몇 번이든 부를 수 있었어요. 내 아내가 대학병원 산부인과 외래에 몇 년 동안 근무하고 있는데 그 사람이 환자를 선택해서 일반적인 검사를 위해 혈액을 채취할 때 혈관에 방사성 물질을 주사했죠. 매우 간단한 일이었어요."

마틴은 얼른 산부인과 외래에 있던 그 검은 머리의 접근하기 어려웠던 여성을 떠올렸다. 그녀와 마이클스를 연결해서 생각하기는 어려웠으나, 그래도 지금까지 그가 본 어떤 것보다도 훨씬 쉽게 믿을 수 있는 얘기였다.

그때 캐서린 콜린스 앞에 있는 스크린에 또다시 글자가 나타났다.

저를 자극해주세요, 제발.

마이클스가 키보드를 두드렸다.

규칙을 알고 있잖아. 나중에 실험이 시작되면 해줄게.

그리고 그는 마틴을 돌아보면서 말했다.

"이 프로그램이 매우 간단하고 성과가 좋았기 때문에 우리는 연구목표를 확대해도 되겠다는 자신감이 생겼어요. 몇 년에 걸쳐서 간신히 성공한 일이긴 하지만요. 뇌의 가장 민감한 부분을 더 확실히 알기 위해 막대한 양의 방사능을 투여할 수 있는 자신감도 생겼죠. 그런데 불행히도 그 때문에 몇몇 환자에게서 증상이 나타나기 시작했어요. 특히 측두엽에 병소를 만드는 작업을 시작할 때였죠. 우리는 우리가 만든 세포 파괴와 환자의 증상을 어떻게든 견딜 수 있을 정도로 균형을 잡아나가지 않으면 안 되었기 때문에 그 작업은 상당한 노력이 필요했어요. 그리고 증상이 너무 악화되면 이런 단계의 연구를 시작하기 위해 환자를 여기에 수용하지 않으면 안 되었죠."

마이클스는 유리 기둥을 가리키면서 말했다.

"그리고 이 모든 중요한 발견들은 바로 이 방에서 이루어졌죠. 물론 우리도 처음 시작할 때는 이런 결과가 되리라고는 생각지도 못했지만요."

"마리노와 루커스, 린퀴스트 같은 최근 환자들은 어떻게 된 건가?"

"아, 그래요. 그 친구들은 약간의 소동을 일으켰죠. 최대량의 방사능을 쫓인 것이 그들이었고, 따라서 증상도 너무 빨리 나타났기 때문에 우리가 데려오기 전에 의사한테 먼저 갔어요. 하지만 의사들은 결코 아무런 진단도 내릴 수 없었죠. 특히나 매너하임 같은 사람은."

"그럼 매너하임은 이 일에 관련이 없다는 말인가?"

마틴으로서는 너무도 뜻밖이었다.

"매너하임요? 농담하세요? 저밖에 모르는 그런 이기주의자를 무엇 때문에 이런 중대한 계획에 끌어들여요. 그자는 아무리 작은 업적이더라도 모두 자기 공로로 하고 싶어하는 작자란 말예요."

마틴은 방안을 한번 둘러보았다. 그는 완전히 기가 질리고 말았다. 대학병원 한가운데서 이런 일이 일어날 수 있다는 것이 도무지 믿어지지 않았다.

"내가 가장 놀라는 이유는 자네들이 어떻게 아무런 제약도 받지 않고 이런 연구를 할 수 있느냐는 거야. 약리과 약물학자들이 실험쥐를 학대했다는 이유만으로 동물애호연맹으로부터 비난을 받고 있는 세상인데 말이야."

"우린 많은 사람들의 도움을 받았어요. 밖에 있는 사람들이 FBI 수사관이라는 건 아시죠?"

마틴은 마이클스의 얼굴을 쳐다보았다.

"그건 자네가 말하지 않아도 잘 아네. 그들은 나를 죽이려고 했으니까."

"그 점에 관해서는 유감스럽게 생각해요. 당신 전화를 받기 전까지는 나도 무슨 일이 벌어졌었는지 전혀 모르고 있었어요. 당신은 1년 전부터 감시를 받고 있었어요. 물론 그들은 당신을 보호하기 위해서라고 했지만."

"내가 감시를 받고 있었다고?"

마틴은 도저히 믿을 수 없었다.

"우리 모두 감시를 받았어요, 마틴. 이 연구의 성과는 사회의 전반적인 분야를 완전히 변혁시킬 거예요. 조금도 과장해서 하는 말이 아녜요. 이 연구를 시작했을 때는 보잘것없는 계획이었지만 뜻밖에 일찍 좋은 결과가 나왔기 때문에 우리는 초기 연구결과로 특허를 신청했어요. 그러자 큰 컴퓨터 회사들이 앞 다투어 막대한 연구비와 원조금을 보내오더군요. 어떤 방법으로 우리가 새로운 발견을 하느냐에 대해서는 일체 간섭을 하지 않고. 그런데 그러는 동안에 피할 수 없는 사태가 일어났어요. 우리가 개발한 제4세대 컴퓨터의 최대 고객은 국방성이었는데, 그 컴퓨터가 무기의 개념을 뿌리째 뒤엎어버린 거예요. 우리는 조그만 인공지능장치에 분자기억축적장치인 홀로그래피적 기구를 조합해서 사상 최초로 진정한 의미의 지능미사일 유도 체제를 완성했던 거죠. 군은 지금 '지능미사일'의 원형을 보유하고 있어요. 원자폭탄 발명 이래 방위산업분야의 일대 혁신이었죠. 하지만 정부는 컴퓨터 회사보다도 더 우리의 연구방법에 대해서 무관심했어요. 다만 원자폭탄을 만들었던 당시의 맨해튼 계획 이상으로 그들은 우리의 의사와는 상관없이 최대한의 기밀유지를 위해 우리 주변에 철저한 감시망을 구축했을 뿐이죠. 지금은 대통령이라 해도 여기에 마음대로 들어오지 못해요. 그 정도로 철저히 감시를 당하고 있는 거예요. 그리고 그들도 완전히 신경과민이 되어 있어요. 오늘이라도 소련인들이 여기를 습격하지나 않을까 몹시 신경을 쓰고 있죠. 어젯밤에 그들은 당신이 광포해져서 보안에 차질을 초래할 것 같다고 말하더군요. 그래서 제가 그들을 설득시켰어요. 이제 당신한테 달렸어요. 이제 최종 결정을 내리지 않으면 안 될 단계에 와 있단 말예요."

"무슨 결정 말인가?"

마틴은 힘없이 물었다.

"당신이 이 모든 연구 성과를 가슴에 품고 살아갈 수 있는가 없는가를 지금 결정해야만 해요. 쇼크라는 것은 잘 알아요. 이 작업의 성과를 당신한테는 얘기하지 않으려 했었다는 것을 고백해야겠군요. 하지만 당신은 이미 제거되어도 어쩔 수 없을 만큼 너무 많이 알고 있기 때문에 할 수 없이 얘기를 한 거예요. 들어보세요, 마틴. 본인의 동의도 없이 인체를 사용해서 실험을 하는 것은, 더구나 생명을 희생시키지 않으면 안 될 경우에는 의학 윤리의 전통적인 관념에 어긋난다는 것은 나도 잘 알아요. 하지만 나는 결과에 따라서 수단은 정당화될 수 있다고 생각하고 있어요. 17명의 젊은 여성들이 본인도 모르는 사이에 그 생명을 희생했어요. 그건 사실이에요. 하지만 그것은 사회를 향상시키기 위해서였고 이 미국의 우수한 방위력을 영구히 보장하기 위해 어쩔 수 없는 일이었어요. 각자의 입장에서 본다면 큰 희생이라고 할 수 있지만, 2억 미국인 전체의 입장에서 보면 아주 적은 수에 지나지 않아요. 해마다 얼마나 많은 젊은 여성들이 스스로 목숨을 버리고 있는지, 또 얼마나 많은 사람들이 고속도로에서 생명을 잃고 있는지 생각해봐요. 더구나 세상에 아무런 도움도 주지 못하고 말예요. 하지만 이 17명의 여성들은 나름대로 사회에 공헌을 했고, 또 깊은 동정을 사면서 정중한 대접을 받고 있어요. 우리는 그들을 잘 보살피고 있고 그들은 아무런 고통도 느끼지 않아요. 뿐만 아니라 순수한 쾌락까지 제공받고 있어요."

"난 도저히 그런 얘기를 인정할 수 없네. 왜 그들이 나를 죽이도록 내버려두지 않았는가? 그랬으면 내가 어떤 결정을 내릴지 자네가 걱정하지 않아도 됐을 텐데 말이야."

마틴은 지친 목소리로 말했다.

"난 당신을 좋아해요, 마틴. 우린 벌써 4년 동안이나 함께 일해 왔어요. 당신은 뛰어난 머리를 가진 사람이고, 인공지능 개발에 기여한 공적이 참으로 크죠. 앞으로도 마찬가지일 거예요. 의학 분야, 특히 방사선학 분야에는 이 모든 과정을 다 적용시킬 수가 있어요. 우린 당신, 마틴이라는 사나이가 필요해요. 우리 중 어느 한 사람도 절대로 없어서 안 될 사람은 없지만 당신은 꼭 필요해요."

"나 같은 것은 조금도 필요하지 않네."

"당신과 말다툼하고 싶지 않아요. 우리가 당신을 필요로 한다는 것만 알아두세요. 그리고 또 한 가지 꼭 말해둘 것이 있어요. 이제 더 이상 사람의 표본은 필요없어요. 이 연구의 생물학 부분은 마무리 단계에 이르렀거든요. 필요한 만큼의 자료는 전부 손에 넣었고, 지금은 이 개념을 전자 공학적으로 압축하기만 하면 되는 단계에 와 있어요. 생체실험은 이제 끝났어요."

"이 연구에는 얼마나 많은 과학자들이 참가했나?"

마틴이 물었다.

"그게 바로 이 프로그램의 매력 가운데 하나예요. 원안(原案)의 중대성에 비해 관계한 사람은 아주 적었죠. 생리학자 몇 명, 컴퓨터과학자 몇 명, 그리고 실무에 종사하고 있는 간호사 몇 명뿐이에요."

마이클스는 자랑스럽게 말했다.

"의사는 없었단 말인가?"

"없어요."

마이클스는 미소를 지었다.

"아니, 잠깐만! 없다는 것은 정확한 표현이 아니에요. 신경과학을 담당하고 있는 생리학자 한 사람은 의학박사에다 철학박사니까."

두 사람은 서로의 얼굴을 마주보며 한동안 침묵을 지키고 있었다.

"참, 한 가지 더 말할 게 있군요."

마이클스가 먼저 입을 열었다.

"이 새로운 컴퓨터 기술을 이용해서 의학의 진보에 공헌한 공로로 당신은 곧 세상에 알려지게 되고, 그 영예를 한 몸에 받게 될 거예요."

"그건 뇌물인가?"

"뇌물이라뇨, 사실인데요. 이제 당신은 미국에서 가장 저명한 의학

연구자가 될 거예요. 그리고 방사선학의 전 분야에 적용되는 컴퓨터 프로그램을 개발할 수 있을 것이고, 그렇게 되면 100퍼센트의 능률을 가진 컴퓨터가 모든 진단 작업을 대신 할 날도 멀지 않아요. 그것은 인류에 대한 헤아릴 수 없는 은혜가 될 거예요. 언젠가 당신이 방사선 학자는 아무리 베테랑이라도 75퍼센트 정도의 능력밖에는 없다고 한 적이 있었죠? 그리고 마지막으로 또 한 가지……."

마이클스는 눈을 내리깔고 약간 어색한 표정으로 발을 움직였다.

"아까도 말했지만 내가 저 수사관들을 설득하는 데는 한계가 있어요. 만약 그들이 기밀이 누설될 우려가 있다고 생각한다면 그때는 내 힘으로도 어쩔 수가 없어요. 불행히도 데니스 생거가 지금 혐의를 받고 있어요. 그녀는 물론 이 연구에 대해 확실한 것은 모르고 있지만, 그래도 그녀가 알고 있는 범위만으로도 이 계획을 위험에 빠뜨릴 수 있다고 봐요. 만약 당신이 내 말을 받아들이지 않는다면 당신뿐만 아니라 데니스도 같이 제거되고 말 거예요. 내게는 그걸 막을 힘이 없어요."

데니스를 죽일지도 모른다는 협박을 받는 순간 마틴의 가슴에 치밀어 오르고 있던 도덕적인 분노는 또 다른 분노로 바뀌어갔다. 그의 가슴속에서 강렬한 증오심이 솟구쳤다. 그는 그 증오 때문에 발작적으로 폭발하려는 감정을 간신히 억제했다. 이제 완전히 녹초가 되어 신경도 산산이 헝클어지고 말 것 같았다. 이성을 되찾기 위해서는 모든 정력을 기울여야 했다.

그렇게 감정을 억제한 마틴은 이 계획이 가지고 있는 가공할 힘에 직면해 있는 너무도 무력한 자신을 느낄 뿐이었다. 자기를 희생할 수는 있겠지만 데니스까지 희생시킬 수는 없었다. 슬픈 체념의 감정이 그의 마음에 휘장을 드리웠다.

마이클스가 이윽고 마틴의 어깨에 손을 얹었다.

"자, 마틴. 난 이제 모든 걸 털어놓았어요. 이제 당신 생각을 말해 보세요."

"내게 무슨 선택의 여지가 있겠는가."

마틴은 느릿느릿 말했다.

"여지가 있긴 해요. 범위가 한정되어 있을 뿐이지만. 물론 당신도 데니스도 엄중한 감시하에 놓여서 의회에든 신문에든 절대로 비밀을 누설할 기회가 주어지지 않을 거예요. 그 어떤 예측할 수 없는 사태에 대한 대응책도 마련되어 있어요. 당신의 선택은 다만 당신과 데니스가 끝까지 생명을 유지하느냐, 아니면 무의미하게 죽음을 재촉하느냐, 이 두 가지 중의 하나일 뿐이에요. 당신이 내가 바라는 대로 결정을 내리면 당신과 데니스는 이 연구가 국방성의 의뢰에 의해 진행되고 있다는 것을 모르고 기밀누설의 오해를 사게 되었다고 내가 해명하면 돼요. 그리고 그녀도 비밀 준수를 서약해야 하기 때문에 그것이 끝나면 모든 것이 해결되는 거예요. 이 생물학 표본에 대해서는 절대로 그녀에게 말하면 안 돼요. 그것이 당신에게 맡겨진 책임이에요."

마틴은 긴 한숨을 내쉬며 유리 기둥으로부터 몸을 돌렸다.

"데니스는 어디 있나?"

마이클스는 미소를 지었다.

"나를 따라와요."

두 사람은 은행의 금고실 같은 이중문을 도로 빠져나와서 아치형 문을 지나 계단강당을 가로질렀다. 마이클스는 마틴을 돌이 깔려있는 통로를 지나 옛날 의대 교무처였던 방으로 데리고 들어갔다.

"마틴!"

마틴을 본 데니스는 미친 듯이 외치면서 의자에서 벌떡 일어나 2명의 수사관 사이를 빠져 나왔다. 그러고는 마틴의 품안으로 뛰어들어 왈칵 울음부터 터뜨렸다.

"대체 무슨 일이 있었던 거예요?"

계속 흐느껴 울면서 그녀가 물었다.

마틴은 아무 말도 할 수가 없었다. 그러나 억압된 그의 감정은 데니스를 만나게 된 기쁨에 어쩔 줄을 모르고 있었다. 그녀는 살아 있고 안전하다! 어떻게 그녀를 죽음으로 몰아넣을 수 있겠는가?

"FBI가 당신이 위험한 배신자가 되었다고만 되풀이해서 말하더군요. 난 그런 말을 믿지 않았지만, 그래도 당신 입으로 거짓말이라고 해주세요. 모두 나쁜 꿈이었다고 말해줘요!"

마틴은 눈을 감았다. 다시 눈을 떴을 때 그는 간신히 말을 할 수 있었다. 그는 될 수 있는 대로 조심스럽게 천천히 말했다. 뭐니 뭐니 해도 데니스의 생명이 자기 손에 달려 있고, 그들은 언제든지 자신들을 얽어맬 수 있기 때문이었다. 그러나 언젠가는 이 속박을 풀 수 있는 방법을 반드시 찾아내고야 말 것이다. 설령 몇 년이 걸리더라도.

"그래. 모두 악몽이었어. 무서운 오해였고. 하지만 이제 다 끝났어, 데니스."

마틴은 말하고 나서 그녀의 얼굴을 잡고 입술에 키스를 했다. 그녀도 그에 대한 확고한 믿음이 있고, 그를 믿고 있는 한 자기는 안전하다고 생각하면서 그에게 키스했다.

마틴은 한동안 그녀의 머리카락에 얼굴을 파묻고 있었다. 만약 개인의 생명이 소중한 것이라면 그녀의 생명 역시 소중하다. 특히 그에게 있어서는 다른 누구의 것보다도 소중한 것이었다.

"이제 다 끝났어요……."

그녀는 그의 말을 되풀이했다.

마틴은 데니스의 어깨 너머로 마이클스를 바라보았다. 그 컴퓨터 전문가는 잘됐다는 듯이 그에게 고개를 끄덕여주었다. 그러나 마틴은 알고 있었다. 결코 이대로 끝날 수 없다는 것을…….

미 과학자, 과학계에 충격—스웨덴에 정치적 망명 요구

[스톡홀름(AP)] 마틴 필립스 박사, 최근 그 연구업적으로 일약 국제적 저명인사가 된 이 의사는 어제 오후 스웨덴에서 도저히 이해할 수 없는 상황 하에서 행방불명이 되었다. 오후 1시, 유명한 칼로린스카 연구소에서 강연할 예정이던 이 신경방사선 학자는 만원을 이루고 있는 군중 앞에 끝내 모습을 나타내지 않았다. 4개월 전에 결혼한 아내 데니스 생거 의사도 박사와 함께 자취를 감췄다.

당초의 추측에 따르면 마틴 박사는 6개월 전 의학문제에 관한 일련의 경이적인 발견을 발표한 이래 자신에게로 집중되는 세상의 주목을 피하기 위해 부부가 함께 일시 몸을 감춘 것으로 생각했다. 그러나 그 부부가 현재까지 비밀정보기관의 극진한 보호하에 있었다는 것과 이번 실종이 스웨덴 정부의 결정적인 협력으로 이루어졌다는 것이 밝혀짐에 따라 이 추측은 소멸되었다.

미 당국에 대한 문의도 긴장된 침묵에 직면하고 있고, 이 사건 이후 미 정부 고관들의 분주한 움직임이 있었다는 것이 판명되어 더욱 의아심을 불러일으키고 있다. 또 어젯밤 늦게 스웨덴 정부에서 다음과 같은 성명을 발표한 이래 이미 고조되고 있는 국제적 호기심은 더욱 확대되고 있다.

....

마틴 필립스 박사는 스웨덴 정부에 정치적 망명을 요청하여 승인을 받았다. 박사 부부는 현재 정치적 보호를 받고 있다. 마틴 박사가 작성한 문서는 24시간 내에 국제사회에 발표될 예정이며, 그 내용은 의학적 실험이라는 미명 아래 이루어지고 있었던 현저한 인권침해에 관한 것이다. 현재까지 마틴 필립스 박사는 미 정부를 비롯해서 기득권을 가지고 있는 공동단체에 의해 의견발표가 완전히 봉쇄되어 있었다고 한다. 또 마틴 박사는 이 문서를 발표한 후 스웨덴 텔레비전의 후원아래 비디오로 기자회견을 가질 예정이다.

....

마틴 박사의 실종을 둘러싸고 있는 일련의 기묘한 사건은 심각한 억측을 불러일으키고 있으나 '현저한 인권침해'라는 말이 무엇을 가리키고 있는지는 아직도 분명치 않다. 마틴 박사의 전문영역은 의학의 X-ray 영상에 대한 컴퓨터의 해석 연구를 포함하고 있으나, 그것이 실험을 할 때 심각한 윤리적 모독과 연관이 있다고는 생각할 수 없기 때문이다. 그러나 마틴 박사에게 보내지고 있는 신망에 의해(가장 저명한 학자들로부터 금년도 의학부문 노벨상 후보로 지목되고 있는 것만 봐도 알 수 있듯이) 박사는 이미 수많은 지지자를 획득하고 있다. 마틴 박사는 이와 같이 대담하고 극적인 행동을 단행함으로써 그 경력의 장래를 위태롭게 할지도 모르며, 또 이 사건이 박사의 도덕관에 큰 상처를 입힌 것도 사실이다. 동시에 의학세계는 아직도 그 자신의 워터게이트를 내장한 위험을 안고 있다는 것을 암시하고 있다.

병원의 실험대상이 된 불특정 다수의 사람들

「제2차 세계대전 이래 인체실험은 심각한 문제를 야기하고 있다. 실험 대상자에게 그 효용이 분명히 알려지지 않는 경우에는 당연히 실험을 해서는 안 되지만, 환자를 실험재료로 이용하고 있는 경우가 점차 증가하고 있다.」

이 말은 하버드 의과대학 마춰 연구실에 근무하고 있는 존경할 만한 한 교수가 의학윤리를 유린했다고 판단한 22개의 실험예를 들어 발표한 문장의 한 구절이다. 그는 50개 그룹에서 그것을 골라내고, 아울러 5백 명의 명단을 확보하고 있는 영국의 M.H. 팝워스 박사의 논문을 인용하고 있다.

이 문제는 제각기 고립되어 있는 진귀한 얘기가 아니다. 오늘날 연구중심적인 의학계에 많이 배출되고 있는 의사와 실험자들의 사고 속에 뿌리 깊게 존재하고 있는 기본적인 가치관에서 파생되고 있는 특성인 것이다. 몇 가지 사례를 살펴보자.

여러 정부 기관에서 종사자들에게 환각제의 효과를 실험했었던 사건은 최근 뉴스에도 나오고 〈60분간〉이라는 텔레비전 프로의 논설로도 채택된 일이 있었다. 기가 막힌 것은, 이 소설 「인조두뇌」의 스토리와도 비슷한 실례가 있었는데, 그것은 노년의 환자들에게 충분히 납득할 만한 설명도 승낙도 없이 살아 있는 암세포를 주사한 것이다. 실험 당시 연구진은 암세포가 암을 일으킬지 어떨지 전혀 모르는 상태였다. 그들은 틀림없이 환자들이 이미 고령이기 때문에 조금도 상관이 없다고 제멋대로 결정을 내렸다!

아무것도 모르고 있는 사람에게 방사능물질을 주사한 실례도 결코 적지 않다. 그것은 이전부터 복지시설에 수용되어 있는 정신박약자를 대상으로 하고 있었으나 그중에는 신생아까지 포함되어 있었다.

이런 연구가 개개인의 치료에 효과가 있다는 이유만으로 정당화될 수도 없지만, 아무것도 모른 채 실험대상이 된 불특정 다수의 사람들은 불쾌감이나 그 고통은 말할 것도 없고, 그로 인해 심각한 신체손상을 입거나 병에 걸릴 위험까지 감수해야 한다. 무엇보다도 이런 종류의 연구는 대개 중대한 의미를 갖지 않는 경우가 많기 때문에 실험에 참가한 연구자들의 개인적 지식을 넓히는 데는 도움이 될지 모르지만 의학의 발전에는 별 성과가 없는 것이 현실이다. 그런데도 이런 연구가 미국 정부기관의 지원을 받고 있는 경우가 적지 않다.

특정 목적을 위한 주사 실험으로서는 7, 8백 명이나 되는 정신박약 아들에게 간염을 일으키기 위해 고의로 오염된 혈청을 주사한 예도 있다. 이 연구는 다름 아닌 육군 전염병반의 후원을 받은 것으로 확인되었다. 부모의 동의를 받았다고는 하지만 어떤 방법으로 동의를 받았는지 어느 정도까지 내용을 설명하고 동의를 받았는지 의심스러우며, 또 부모의 동의가 과연 실험대상 아동의 권리를 대변할 수 있는가

하는 점이 의심스럽다.

만약 연구자의 가족 중에 정신박약아가 있었다면 그는 과연 그 아이까지 실험에 참가시킬 수 있었을까? 또 앞에서 말한 여러 가지 실험에서도 연구자들은 과연 자기 가족이나 자기 자신을 실험 대상자로 삼을 수 있었을까? 나는 절대로 그렇지 않다고 생각한다. 이것은 의학과 의학연구자가 지니고 있는 지적 엘리트 의식이 자칫 자신을 전능으로 착각하게 하거나 또는 그것에 의해 이중적인 가치관—즉 남에 대한 차별감—을 낳게 한 것이다.

미국에서 행해지고 있는 모든 인간실험이 비윤리적 가치 위에서 이루어지고 있다고 단언한다면 그것은 무책임한 발언이 될 것이다. 그러나 무시할 수 없는 소수의 실험 중에 가공할 만한 것이 있기 때문에 국민의 감시가 필요하다.

미국의 아카데믹한 병원에서는 연구에 대한 압력이 매우 강해서 연구자들로 하여금 학구적인 열정과 직업상의 경쟁의식을 불러일으키게 하고, 그것이 환자들에게 끼칠 부정적인 결과가 되고 있다는 것도 국민의 눈으로부터 가려지고 있다. 그리고 실험 대상자, 즉 피험자에 대한 위험을 먼저 고려해야 할 것인지, 사회에 대한 기여도를 먼저 생각해야 할 것인지 거기에 대한 가치판단도 명확하게 확립되어 있지 않은 상황이다. 또 환자의 동의만 있으면 환자에게 가해지는 어떤 피해도 정당화될 수 있다는 생각도 잘못이라는 것이 증명되고 있다.

51명의 여성에게 분만촉진제를 실험적으로 투여한 일이 있었는데, 그 전원이 동의서에 서명은 했으나 결코 이상적인 조건하에서 이루어졌다고는 할 수 없었다. 그 연구보고에 따르면 대다수가 입원수속을 할 때나 분만실 안에서 일종의 위압을 받으면서 동의했다고 한다. 그

후 환자들을 인터뷰한 결과 40퍼센트가 '납득하고 동의' 했다고 응답했으나—실험내용을 충분히 주지시킨 다음에 얻어낸 동의라는 단서가 붙은 경우조차도—그 연구목적이 무엇인지는 전혀 모르고 있었다고 한다.

동의를 얻어내는 방법도 매우 교묘해서 연구에 사용되는 약물을 '실험용'이라고 하지 않고 '신약'이라는 말을 쓴 것이 틀림없다.

동의를 얻기 위해 반드시 속임수만 필요한 것이 아니다. 만약 환자가 '협력' 하지 않으면 잘 봐주지 않겠다는 투의 교묘한 '협박'이 가장 많이 사용되고 있다.

그 다음으로 많은 것은 실험의 성공 가능성은 매우 적지만, 성공만하면 환자에게 이익이 된다고 말하는 연구자의 교묘한 주장이다.

끝으로 실험대상자에게 치료방법에 대안이 없다고 하거나 확립된 치료방법이 있다는 것을 환자에게 일부러 말하지 않는 방법이 있다. 물론 이런 것들은 새삼스럽지 않다. 의학잡지만 해도 20년 전부터 인체실험을 포함하는 의학윤리의 모독문제를 거론하고 있다. 그런데도 인체실험이 지금도 버젓이 이루어지고 있는 것은 큰 비극이다.

그리고 80년대 들어 의학은 물리학과의 새로운 랑데부를 시도하고 있는데, 그에 따라 인체실험이 다시 악용될 가능성이 높아지고 있다. 의학과 물리학이 결합하는 주요 무대는 신경과학이며, 그 주역은 이 우주에서 가장 신비하고 경탄할 만한 창조물인 인류의 뇌일 것이다.

인체실험을 포함하는 의학의 윤리와 도덕문제가 한시라도 빨리 해결되지 않으면 안 된다. 소설이나 공상이 현실의 것이 되기 전에……

로빈 쿡

옮긴이 **문용수**

대구에서 출생하여 영남일보 논설위원을 지냈으며 신아일보, 경향신문, MBC 등에서 근무했다. 전문번역가로 활동했으며 저서에 《아, 따뜻한 남쪽 나라》, 《마지막 선택》, 《세계의 분쟁지대》 등이 있고, 주요 역서로 《인간 삼국지》, 《천도》, 《아이고, 강산아》, 《청춘 영웅》 등이 있다.

인조두뇌

개정판 1쇄 인쇄 2019년 2월 10일 | **개정판 1쇄 발행** 2019년 2월 15일
지은이 로빈 쿡 | **옮긴이** 문용수 | **펴낸이** 최효원 | **펴낸곳** (주)도서출판 오늘
출판등록 1980년 5월 8일 제2012-000082호
주소 서울시 영등포구 선유서로 15, 209호 | **전화** (02)719-2811(대) | **팩스** (02)712-7392
홈페이지 http://www.on-publications.com | **이메일** oneull@hanmail.net

* 잘못 만들어진 책은 바꾸어 드립니다.
ISBN 978-89-355-0552-4 03840